植物學家

ボタニカ

朝井真果 著

緋華璃 譯

目錄

一　岸屋的少爺

他吸著鼻涕，踩在鋪滿了杉樹落葉及枯草的後山山路上。

早春的清晨，腳底的木屐又濕又滑。有時候腳步不穩跪在地上，趕快用手撐住路旁的斜坡。抓住樹上垂下的藤蔓，重新站穩腳步時，似曾相識的東西映入眼簾。整個冬天都靜悄悄的石縫間，冒出一顆圓圓的頭。

富太郎彎下腰，把臉湊近。

「圓滾滾，你出現啦。」

「圓滾滾」是富太郎取的名字。或許是對這名字不太滿意，只見它們絲毫不為所動，逕自蜷縮成漩渦狀。它們覆蓋著有如馬毛的紅棕色鬚鬚，看似有些虛張聲勢，然而隨著水溫逐漸升高，漩渦會一天天舒展，最後意氣風發地張開綠意盎然的葉片，就像有次來村子裡變戲法的人展現的技藝。細長的葉子規規矩矩地左右對稱排列，看起來整齊又美觀。明明觸感輕飄飄、軟綿綿的，葉片背面卻長滿紅棕色顆粒，儼然小動物。

富太郎輕撫它們圓滾滾的小頭，自顧自地笑開懷。

真可愛。怎麼能這麼可愛呢？

再往前走幾步，又有東西出現在視線一隅，富太郎停下腳步。稚嫩的樹芽及堅挺的花苞，有的看起來非常嚴肅，有的展現出討喜的姿態。富太郎每次都會踮著腳尖蹲下來，跟他們說話。隨心所欲地左右移動時，風吹拂過整座山。時值冬春之交，樹木已悄悄改變了模樣。沒錯，春天會讓山煥然一新。

忽然感覺嘴唇有點涼，富太郎稍微仰起臉，用袖子抹了一把。前幾天就覺得有點感冒，大概是流鼻水了。富太郎吸吸鼻子，又用袖子抹了把鼻子底下。他穿著藍染的絣織和服，腰帶是白色的縐綢。哎呀，可能是口水也說不定，富太郎又看了濕亮的袖子一眼。

坐在家中簷廊[1]逗貓時，自己好像經常不自覺地張開嘴，祖母每次經過都忍不住蹲下來唸他。

富太郎，口水要流下來了。

祖母的口吻既傷腦筋又難掩喜悅，她從懷裡掏出紙，不動聲色地擦掉他的口水。祖母的胸口及膝頭總是散發出好聞的氣味，跟山上的花不太一樣，比較像樹的味道。祖母會從京都訂購香香的東西，用來薰衣服。

繼續往山上走，富太郎又停下腳步。他也認得眼前恣意伸展的枝椏。葉子在冬天掉光了，灰色的樹幹和藤蔓看起來好冷的樣子，但已經開始發芽。

「甜蜜蜜，你也快了。」

等到入夏，這棵樹就會開出許多抬頭挺胸的花，為山景妝點成淡雅的淺紫色。即使在家中庭院玩，也能聞到那些花的清甜香味。所以富太郎稱它們為「甜蜜蜜」。

沒多久，終於走到半山腰的午王大人面前。富太郎先向神社敬禮，然後學祖母每次做的那樣，雙手合十，大聲擊掌。午王大人是富太郎的產土神[2]。

神社位於森林裡一片特別開闊的空地上，沒有任何裝飾，既明亮又悠閒。富太郎每天都會來這裡跟花草樹木說話，或是仰望夏日天空中流動的雲朵，鑽進杜鵑鳥叫聲響徹雲霄的森林玩耍。秋天則從家裡帶著木桶來撿橡實。狐狸和松鼠在旁邊跑來跑去，富太郎忍不住向牠們打招呼。

你是不是生小朋友了？哪天帶來給我看看。

富太郎拾起染成紅色或黃色的葉子，扔出橡實。對方一動也不動地盯著他，可是等他再回頭看，地上的橡實確實少了幾顆。

走到北側開闊的斜坡，又有了新發現。斜坡上開滿成千上萬的白色小花，迎風搖曳。

富太郎衝上前去，內心充滿期待。自從去年春天發現這個群落，他一直在等這一刻。每次光是想像眼前的景色，就忍不住手舞足蹈。

「哎呀，開了，開了。」

他迫不及待地趴在斜坡前，雙手夾疊，放在臉的下方，撐住下巴。這個季節的草葉還很柔軟，草葉碰到臉頰一點也不痛。富太郎目不轉睛地凝視眼前那朵花。莖的長度頂多三、四寸[3]，花也只有指尖大小，約半寸。雪白花瓣的形狀很像富太郎家也有的梅花，因此他姑且稱其為「梅花二號」。但也只是姑且稱之。這種花開花時的氣勢比梅花有活力多了，富太郎不是很滿意這個稱呼。總覺得這種花

1 傳統日式建築物中，設置於和室外圍的木板走廊。
2 在日本的神道教中，產土神是指出生地的守護神，類似華人道教信仰中的土地公。
3 一寸是中國傳統長度單位，也在日、韓等國廣泛使用。一寸約三公分。

更像是什麼別的植物，他抬起頭，看到從群山延伸而去一望無際的蔚藍。對了，花的形狀就像張開羽翼，彷彿隨時都要展翅翱翔、破空而去的小鳥。

富太郎繼續觀察，人小鬼大地點點頭。花蕊的造形巧奪天工。去年還沒注意到這個細節，所以富太郎又「哦……」了一聲。花蕊有幾根細細長長，宛如綠色果實的東西緊緊地擁抱在一起，周圍探出幾根有如風車的白色棒狀物。其間還有色彩鮮艷、前端形狀有如酒杯的黃色棒狀物，也開滿了花。

「好有意思啊。」

富太郎用手肘移動身體，更靠近花一點。

「我說梅花二號，為什麼你一朵花裡面裝了這麼多東西？」

花朵微微搖動。不知是花朵被風吹動，還是花朵搖動才形成風。富太郎經常思考這個問題，也問過祖母和女傭，結果把她們考倒了。

富太郎屏氣凝神地等了好一會兒。又想吸鼻子了，但一直忍著。他靜靜地，幾乎是抹去氣息似的等待著。

你一個人嗎？

看吧，來了。富太郎的背和腰晃了一下。

「你這是明知故問嗎？」

你沒跟朋友一起玩嗎？

「朋友？」

朋友是什麼，富太郎還沒有概念。

「梅花二號呢？你有朋友嗎？」

有啊，像是蝴蝶和蜜蜂、鳥，還有風。

「如果是這種朋友，我也有喔。像是蜻蜓和蟬、鳥和風，還有你。」

一一列舉之後，發現自己擁有的都是些非比尋常的東西，富太郎不禁微笑，結果鼻水又流出來了。富太郎邊吸鼻涕邊輕聲細語地對花說：

「梅花二號，我有事想問你。」

什麼事？

「你到底叫什麼名字？」

不是梅花二號嗎？

「那是我隨便取的。」

富太郎撐著地上站起，再端正地跪坐在草地上，四下張望。平原的另一邊是傾斜的山坡，長滿杉樹及日本扁柏、赤竹。他不知不覺間就記住了這些名字。

「我想知道你真正的名字。」

梅花二號沉默了半晌，一陣風吹過，梅花二號彷彿受到催促似的側著頭。

不管別人怎麼叫我，我都是我。我才不管什麼真正的名字呢。再說了，你前陣子不是還叫作誠太郎嗎？

「誠太郎是乳名，七歲就改成富太郎了。」

為什麼要改？

「哪有為什麼，每個人都有很多名字喔。乳名、別稱、字號……一大堆。」

即使如此，你還是你不是嗎？改了名會有什麼不一樣嗎？

「有啊，我變強壯了。聽說我小時候很容易生病，醫生還說我可能活不過五歲。所以祖母把赤蛙和臭蟲乾煮給我吃喔。那時候我恨死她了。」

那是藥，是為了治你肚子裡的蟲[4]吧。

「大概吧。但我沒看過那種蟲，所以不能確定。我問遍家中的女傭，我肚子裡的蟲是什麼蟲，但誰也不肯告訴我。還問過醫生和我們家的掌櫃及夥計，他們也都不告訴我。差點沒把我氣死，我明明是因為不懂才請教他們的。」

大人總是露出不可思議的表情，低頭看著富太郎。就拿去年秋天來說，他覺得園藝工人修剪神社樹枝的樣子很有趣，問了很多問題，結果又挨罵了。

真是人小鬼大。為什麼、為什麼的，吵死人了。這是哪家的孩子？

被問煩了，園藝工人脫口而出。旁人說：「是岸屋的少爺。」工人便挑起眉毛：「哦，這個怪怪的孩子就是岸屋的孫子啊。」這種事發生過不只一次了。

確實，他穿著上好的和服呢。只是整個人瘦巴巴的，臉色也很差。腦子沒問題吧，是不是哪根筋沒接好？

別這麼說嘛。可憐他是個無父無母的孤兒，老闆娘也很心疼他，從來捨不得罵。

照這種方式教養下去的話，長大一定會變成窩囊廢。

這句話儼然某種不祥的預言，富太郎決定不告訴祖母。

富太郎又用袖子在鼻子底下抹了一把。面向梅花二號的白花，雙膝著地，從旁邊把臉頰湊上去。

「告訴我你叫什麼名字嘛。」

憑什麼？

「我想知道你真正的名字。我就是想知道，你真正的名字。」

為我們取名的不是你們人類嗎？

「是嗎？既然如此，那我去問為你取名的人好了。那個人住在哪裡？要怎麼見到他？」

我哪知道。

富太郎一骨碌地站起來，仰望天空。

「我好想知道啊。」

富太郎用盡全身的力量，放聲大喊。

「不只名字。我還想知道為什麼季節一到，草就會破土而出，長出新芽。為什麼時間到了，葉子就會打開，長出花苞。花為什麼有這麼多顏色和形狀，圓滾滾為什麼捲成一團。不只這座山，我也想知道春日川及城山、越知村的橫倉山上所有植物的祕密。我想更認識你們，了解你們。」

他想觸碰那道真實且不偏不倚的光芒。

無論如何都想知道。內心湧出源源不絕的渴望，身體像青蛙一樣鼓起。

梅花二號已經閉上嘴巴，周圍只有微風吹過。

4 醫學尚不發達的時代，日本人認為小孩健康狀態欠佳是因為肚子裡長蟲。

富太郎張開手腳，在地上仰躺成大字形。雲絮在天上靜靜流過。

文久二年（一八六二年），富太郎出生於牧野家。

牧野家以釀酒為業，據說明治維新前曾為藩主效力，被賦予姓氏、准許佩刀[5]。在佐川村以「岸屋」為屋號，也販賣木桶及臉盆、篩子、掃把等日常用品，以及手帕、菸葉及口紅等女用化妝品。沿著街道往南走，就能看見岸屋的屋頂，波浪狀的瓦片反射陽光，林立的倉庫就連看在年幼的富太郎眼中也顯得富麗堂皇。屋子裡的空間很大，房間多到紙門後面還有紙門，怎麼拉也開不完。

如同村民所言，富太郎對父母一無所知。打從他記事以來，父母就只活在佛龕裡。祖母早晚都會上香、供花、敬茶、獻上繪有花紋的小膳台，搖鈴。富太郎坐在祖母身後，朝漆成黑色的牌位雙手合十。有時也去掃墓。這些就是富太郎對雙親的印象。從小到大，他只有一個親人，那就是祖母浪。

明治六年（一八七三年），富太郎十二歲了。這天他精神抖擻地走向村子的東郊。和服下襬摩擦發出的聲音、整齊地裝滿筆墨紙硯的包袱都令他樂在其中。光是想像今天要學什麼，就不由得喜形於色，笑得合不攏嘴。

他的目的地是目細谷的伊藤塾。那是一家教人寫字的私塾。

去年上的習字塾也很快樂。祖母擅長和歌，所以富太郎不知不覺學會了簡單的假名，也會寫些漢字。但是被祖母以外的人，尤其是男老師稱讚自己的發音或寫的字，總覺得特別開心。

富太郎寫得一手好字。

老師會攤開墨跡散發鮮活光澤的宣紙給大家看，要大家向富太郎學習。有時老師也會讚美其他人寫的字，這時富太郎就會覺得輸了，心裡不太舒坦。與他人一起學習能了解自己的程度。富太郎回到家，咬牙切齒地在嘴裡唸唸有詞，開始猛練字，直到寫滿整張宣紙為止。在競爭中勝出固然很痛快，更重要的是，進步的感覺令人欲罷不能。

從私塾回家的路上，富太郎跟朋友一起玩著賽跑、相撲、爬樹，有時還會在山上組織陣營玩對戰遊戲。

「往那邊進攻！」

富太郎在私塾的表現十分出色，所以玩遊戲時總自封大將。就連身材比自己高大的人也敢當成小兵使喚，大吼大叫地與敵方的大將打成一團。他最討厭輸了，也不喜歡被人指揮，凡事都要爭第一。要是有人說：「我偶爾也想當一下大將。」他會讓出大將之位：「你當得了就給你當。」果不其然，換人坐鎮指揮的下場是好幾個人被敵方抓住，兵敗如山倒。經過一番調兵遣將，指揮棒又重回手中。下山時，富太郎得意極了。

「那是山吹，這是酢漿草。啊，那不是灯台躑躅嗎？這是杜鵑花。」

富太郎認得的花草樹木比以前更多了。只要給老師看他在山上挖的花草或摘下的枝枒，老師會告訴他：「這是薔薇。」那天老師也讓大家寫了「薔薇」的假名。真不可思議，只要動手寫下名字，花草的名字就會進入體內，一旦進入體內，就會在腦子裡扎根，再也不會忘記。其中當然有連老師也不認識的花草，富太郎就會去問上山撿柴的老人家或耕田的百姓。

5　在江戶時代原本是武士的特權，後來也允許一部分對幕府有功的平民冠姓及帶刀。

「哦，那個長得很像百合的是舐割花。舔舐葉片的時候，舌頭會像是割破般疼痛喔。」

「富太郎少爺懂的好多喔。」

大家都很佩服富太郎，所以他更得意了。回過神來，他一個人滔滔不絕，其他人早就下山的情況發生過不只一兩次。即便如此，富太郎還是很開心，大喊著「等等我啦」，笑著追上去。

他現在上的伊藤塾開在目細谷，老師名叫伊藤蘭林，年紀介於六十到六十五歲之間，是這一帶很有名的漢學大師。聲名遠播到連土佐都知道這號人物。聽說還被譽為「佐川山分，有一學者」。佐川四周都是高山，「山分」是指多山的意思。

蘭林老師氣質威嚴，但打扮樸素，頭髮半白，鬍鬚雪白如兔毛。從四書到五經，再講到《日本外史》、《日本政記》，語氣始終四平八穩。班上約有二十名學生，絕大多數都是稱為上組的武家子弟，人稱下組的平民子弟只有富太郎和另一個人。

抵達目細谷，走進當成教室用的房間。富太郎俐落地用手撩起和服下襬，坐在下座，與下組的同學打招呼，調整好姿勢，並肩而坐。沒多久，上組的武家子弟也陸續進教室，坐在上座，靜候蘭林老師出現在壁龕前坐下，齊聲向老師道早安。接著換富太郎他們向上座問好，這是當時的規矩。

「上組的同學早安。」

只有兩個人，所以必須扯著嗓門，大聲問好。

「下組的人早。」

結果換來聲勢浩大的問候，年紀從十歲到十四、五歲不等，所以聲音很粗。中午吃便當時也是由武家的同學先說：「下組的人，不好意思啊。」富太郎他們再回答：「上組的同學，請用。」然後才能開始動筷。這也是規定。

蘭林老師一如既往，有如膜拜似的畢恭畢敬小心翻開書本。這陣子都在講解《漢書》。老師已經教過《漢書》是記錄西漢的史書，也是二十四史之一，這些富太郎都記得。

「古人有云……」

這是老師開口的第一句話。一聽到這句話，富太郎就打直背脊，抬頭挺胸，豎起耳朵。

「這裡的古人是指名叫董仲舒的儒家學者。」老師補充說明，繼續往下唸：

「臨淵羨魚，不如退而結網。」

富太郎在腦中重複這句話，彷彿可以聽見海浪的聲音。

富太郎還不到十歲的時候，曾經拜訪過祖母位於高岡村的娘家。待在那裡的期間，親戚帶他去南邊有個名叫新居的村子玩。在那裡，富太郎有生以來第一次看到大海。

沒有山，只有一望無際的大海。大海的盡頭緊接著天空。

浪濤拍打著海岸，捲起高高的浪頭，雪白的浪花碎裂飛濺，然後又逐漸遠去。

好壯觀的景象啊。好震撼的聲音啊。

富太郎全身為之顫動，突然毫無緣由地大聲笑了起來。

「如何？」

回過神來，蘭林老師問上組的學生。被點到的是一個年紀還很小的孩子，臉都紅了。因為他始終默不作聲，老師又指名一個年紀比較大的同學回答。那個人點了點頭，開口說道：

「這句話是勸戒人們不要變成膽小鬼。」

老師默默地等他把話說完。

「不要因為害怕站在岸邊捕魚，就當一個只會跑回家編織漁網的膽小鬼。」

富太郎握緊放在膝上的拳頭。

這答案不對。他的解釋正好相反。

冷不防，蘭林老師的視線朝這邊瞥來。一旦開始上課，老師從來不分上下組，也會問下組的學生：「這句話要怎麼解釋？」有時還會要求大家一起討論，交換意見，這點跟習字塾的教學不太一樣。富太郎覺得自己稍微成熟了點。

果然，老師動了動雪白的鬍鬚，點到他的名字：「牧野。」

「在！」

「你怎麼解釋？」

富太郎伸直脖子，把頭抬高。

「只是站在海邊，再怎麼希望魚上鉤也沒用。必須先織網。我猜應該是這個意思。」

「也就是說——」

「如果想實現理想，就必須付出相應的努力。」

不願努力，只想不勞而獲是愚蠢的行為。

「很好。」老師臉上浮現一抹淺淺的笑意。「各位同學，請好好體會牧野的解釋。」

一旁的同學不知是否感同身受，如釋重負地鬆了一口氣。

「不過，第一句的『淵』字並不是指海邊喔。牧野，你要修正一下腦海中描繪的景色。」

「淵」這個字好像是指沼澤或池塘中比較深的地方。富太郎誠惶誠恐地低頭受教。

那天夜裡，鑽進被窩以後，自己在簡陋的小屋裡編織漁網的身影仍歷歷在目，不曾消褪。甚至還能聽見海浪的聲音。

蟲子在庭院的草叢裡鳴叫。

富太郎從剛才就坐立難安。祖母要他向遠道而來的客人問好，他都打完招呼了，祖母還不讓他離開。最近每次有生意伙伴或客戶來訪，祖母都要他同席，再也沒有比這個更麻煩的事了。而且今天的客人是牧野家遠房親戚的一對夫婦，沒完沒了地說著自己人的八卦及過去的往事。富太郎一點興趣也沒有，所有話都是左耳進、右耳出。

「富太郎今年幾歲了？」

親戚的妻子問他，富太郎想也不想便回答：「十三歲。」心想可以走人了吧，正要站起來，只見這對夫妻目不轉睛地看著他。

「上次見面的時候你還是個小不點，如今眉眼已經長得十分俊朗了。」

就連丈夫都一臉懷念地瞇細了雙眼，富太郎只能含糊地點頭帶過。

「託大家的福。」祖母把話接回來。「最近身子骨好不容易強壯了點，但是就如同二位所見，還是瘦巴巴的。聽說朋友都笑他是西洋草蜢仔。」

「草蜢仔？」

「其實就是蚱蜢啦。這一帶都稱作草蜢仔。」

「原來如此。現在就連蚱蜢也有西洋來的呀。」

三人放聲大笑。富太郎嘆了一口氣，心知這樣下去要聊很久了，望向庭院。

富太郎濃眉大眼，鼻子高挺，皮膚也很白，所以常常有人把他形容成洋人。明明誰也沒見過洋人，卻說得煞有其事，不過富太郎也不排斥被這麼形容。反而覺得有股文明開化的香氣。但是把他比喻成草蜢仔，他就不樂意了。朋友之所以給他取了草蜢仔這種綽號，好像是因為富太郎一天到晚滿山遍野地跑來跑去、蹦蹦跳跳，看起來毫無定性。也是，他有時候玩瘋了，確實會忘記自己是誰。像是從私塾回家的路上跟朋友把和服下襬綁在一起玩、扯下田裡堆成三角錐狀的乾稻草撒在路邊，經常因此挨過路行人的罵。

紙門有了動靜，一襲桃紅色的振袖和服進屋，靜靜地走向上座，為客人奉上糕點和茶。

「哎呀，瞧瞧，真可愛的小女傭。」

聽不出是讚美還是揶揄。畢竟慶應元年（一八六五年）出生的女傭才十歲，個子比富太郎還矮一尺[6]。但態度彬彬有禮無懈可擊，絲毫不比資深女傭遜色。接著又進來兩位貨真價實的女傭，在祖母和富太郎膝前放下糕點和茶盞。

「她叫阿猶，是阿政的女兒。」

祖母回答，女傭背對富太郎，看不見臉上的表情。

「原來如此，就是這孩子啊。這麼說來，我聽說是領養過來的。」「不是吧，我可沒聽說。」「山本的分家不是說過嗎？」夫妻倆交頭接耳，竊竊私語。

祖母招呼客人：「請喝茶。」看了跪坐著退到後面的猶一眼。

「這個家就是阿政的娘家，所以得教她各種禮儀及茶道、插花。」

夫妻倆感動萬分地端起茶盞。

猶是富太郎的表妹。雙親病故後由親戚收養，幾年前被祖母帶回牧野家。請女師傅來家裡教她寫字，祖母則親自傳授茶道、花道、古琴、和歌等才藝。富太郎從不跟她一起玩。畢竟年紀差三歲，玩的東西不一樣，更重要的是，富太郎這陣子很忙碌。白天要學習、上山，晚上也要學習，所以只有早晚吃飯時才會見到彼此。而且猶非常安靜，幾乎連眼珠子也不轉動，令人覺得有些毛骨悚然。髮量極多，眉毛很粗，嘴角還長滿細細的汗毛。不僅如此，脖子很短，所以大鳴大放地在桃紅底色上描繪著牛車圖案的振袖一點也不適合她。祖母很有品味，所以這應該是猶從老家帶來的長木箱裡裝的和服。祖母曾說：「和服是女孩子的財產」。

猶瑟縮地坐在紙門邊的下座，祖母喊了她一聲：「阿猶。」她傾身面向祖母。

「別坐在那裡，往前坐。」

祖母要她坐在富太郎旁邊。猶畢恭畢敬地說：「不勝惶恐。」起身踩著雪白的分趾襪朝他靠近。承著客人注視的眼光，猶在他身邊停下。

「聽說富太郎還在上學。」

「現在上的是名教義塾。」祖母從容自若地回答。

「說起名教義塾，那不是深尾大人[7]創辦的名教館嗎？」

6　約三十公分。

丈夫大吃一驚。

就讀於伊藤塾時，蘭林老師建議富太郎改讀名教義塾。因為廢藩置縣[8]，名教館前年一度休館，但去年以商家為中心，在有識之士奔走下，以名教義塾之名重新出發，對庶民廣開教育之門。蘭林老師也在那裡任教，除此之外還延攬了教授其他課程的老師。

「是的。然而時代不同了。如今除了國學及漢學以外，還要學習西洋算術及萬國地理。」

祖母說到這裡，問富太郎：「還有什麼？」

「還有朱子派的漢學及詩詞、和歌，以及伊勢流的典章律法。」

富太郎滔滔不絕地如數家珍：除此之外還有教無外流的劍術及日置流的弓術、大坪本流的馬術、北條流的兵法等老師，但富太郎沒有習武。武家的孩子從小就由父親傳授武術，富太郎完全不是他們的對手。富太郎喜歡一點用處也沒有的相撲，經常召集村子裡的小孩玩相撲。

「還要學英文。」

富太郎難掩得意地說。猶的小腦袋瓜驀地動了一下，小心翼翼地以卡在喉嚨裡的聲音茫然地重複了一遍「英文」二字。

「沒錯。father、mother、grandmother、flower。」

英文老師姓茨木，以手抄的方式謄寫了名叫《單字集》的教科書，一本兩錢。富太郎當然也買了一本來看。只要告訴祖母是做學問需要的東西，祖母一定二話不說買給他。

「pencil。」

猶一言不發，側著圓圓的腦袋瓜。

「這是一種西洋的書寫工具。無須磨墨，用口水舔濕前端就能寫字。」

「不用磨墨啊？」

這是一整年下來，猶第一次對他說出一句完整的話。

「對呀。墨就藏在pencil裡面喔。」

「墨水不會漏出來嗎？」

猶又丟出一個問題，這下可把富太郎考倒了。其實他也沒用過pencil。拜託祖母請村裡的舶來品店幫忙調貨，卻收到一根比筷子還粗的棒子。表面塗著鮮艷的藍色，觀察剖面，可以看到黑色的筆芯。貌似只要把前端削一削就能寫字，但他還不知從何下手。

「難不成……」富太郎突然意識到一件事，望向猶的側臉。

「妳喜歡學習嗎？」

猶一時半刻似乎有些困惑地咬著嘴唇，然後很乾脆地點頭。

「這下子難辦了。」上座的客人發出大驚小怪的叫嚷，以不贊同的眼神搖頭。

「這有什麼難辦的？」

「女孩子怎麼可以喜歡學習，光是這句話傳出去，可能就找不到好對象了。比起筆，女孩子更應該

7　佐川領主深尾重茂澄。

8　日本於西元一八七一年頒發「廢藩置縣」詔令，廢除大名制度，設立地方政府，施行中央集權，結束長達兩百多年的幕藩體制，也是明治維新最重大的變革。

喜歡針線掃帚，把家中打理得井井有條。生兒育女、孝敬公婆才是女孩子該扮演的角色。」

是這樣的嗎……富太郎不由得陷入沉思。他從未想過女孩子該扮演什麼角色，但女孩子又不是牛馬，能長智慧自然是再好不過。

「學習做人處世的道理也是學問的一環。我認為做妻子的也需要知道這些。」

「太難的事我不懂。」妻子說不過他，眼珠子左右轉動，輪流打量富太郎和猶，沒頭沒腦地發出瞭然於心的笑聲。

「用不著多久，猶就會變成富太郎的新娘子吧。」

「原來如此。阿浪夫人也真會打算啊。讓表兄妹結為夫婦的話，就不用擔心牧野家的將來了。」

富太郎很不服氣，但一時之間也無法反駁。在私塾，大家都稱讚他辯才無礙，此時此刻卻不知該如何對這麼無禮的多管閒事表示抗議。用眼角餘光偷瞄身旁的猶，只見她的臉蛋紅得像是猴子屁股。

「富太郎。」祖母慢悠悠地喊，臉上的表情看不出絲毫慍色，只以眼神暗示——可以了，退下。

「我還有功課要做，先失陪了。」

離開客廳，富太郎無奈嘆氣。

踩著大步走到主屋的走廊盡頭，穿過做生意的空間，揭開暖簾[9]走出去。伸了個大大的懶腰，強烈的氣味撲鼻而來。店頭擺滿紅、白、黃、紫的盆栽。岸屋釀的酒以「菊乃露」為名，顧名思義，每年都會以菊花做裝飾，這是以前流傳下來的習慣。富太郎仔細觀察花瓣的生長方向及排列方式，但一下子就膩了。盆栽裡的菊花有太多人工培育的痕跡，還是開在山上的野菊好。靜悄悄地在芒草與吾亦紅間綻放的模樣楚楚可憐，令人愛不釋手。

「少爺，客人呢？」

聲音從背後傳來，回頭看，是掌櫃竹藏。

「還在。」

「還在啊。」竹藏撇下八字眉，似乎想說什麼，卻又把話吞回去。

「怎麼了？」

「這件事不適合站著討論，改天再說。」

語聲未落，竹藏的身影已消失在暖簾後面。

富太郎大概可以猜到竹藏想說什麼，竹藏大概是希望他開始插手家族事業。忘了是什麼時候，富太郎在帳房附近聽到他對祖母的勸諫。

少爺再怎麼說也是岸屋的繼承人。

竹藏一直告訴自己「等少爺上完習字塾」、「等少爺上完伊藤塾」，沒想到繼承人又繼續去上名教義塾。這實在超出竹藏所能理解的範圍，憂心忡忡之餘也難掩焦躁。事實上，一起習字的伙伴已經開始幫忙家業了。醫生之子學習抓藥、商人之子拿起算盤、木工之子挑起木材。不過，牧野家可是特別的岸屋。就算由富太郎當家作主，一切也不會改變。還是由老闆娘——也就是祖母——在背後垂簾聽政，生意則繼續由掌櫃竹藏操持，才不會出任何差錯。因此祖母也四兩撥千金地迴避竹藏的問題。

再等等吧，船到橋頭自然直。

---

9 日本人掛在商家門口，印有店名的寬版半截布簾。

從外面的馬路推開屋後的竹條菱格小門，走進倉庫。最近富太郎都在倉庫的二樓學習。這裡明暗適中，更重要的是，發出再大的聲音也不要緊。在後面的房間讀書也不是不行，但是怕吵到別人，不敢大聲唸課文。他想複習英文單字和片語。把書桌擺在小窗下，在周圍設置書架，再把書堆在上頭。這麼小的空間正合他意。

從小櫃子裡拿出紙盒，蓋子繪有西洋男女童的臉，中間龍飛鳳舞地印著草寫的英文字，唸作「pencil」。

給猶一枝好了。

富太郎從盒子裡抽出一枝鉛筆，蓋回蓋子。可是直接給她又有點難為情，請女傭轉交好了。富太郎走出倉庫，耳邊傳來高高低低的嘹喨歌聲。是釀造師在唱釀酒歌。富太郎對家業漠不關心，但從小就莫名喜歡這首歌。

今年也開始釀酒了。祖母說的沒錯，富太郎仰望晴朗的秋日藍天。

岸屋也好，自己也好，船到橋頭自然直。

明治七年（一八七四年），名教義塾奉命關閉，原本的建築物被當成小學使用。依照兩年前公布的「學制」，開啟近代的學校制度，政府公告的〈關於獎勵學事之被仰出書〉[10]如下所示：

一般人民，不分貴族平民、士農工商、男女老幼都該接受教育，以期許村無不學之戶、戶無不學之人。

強調學問之前眾生平等，包含女孩子在內，全國人民都要學習。說到做學問的目的，不外乎自立其身、出人頭地。學習是為了「立其身、治其產、昌其業」，基於「學問是立身的資本」，排除無益於國家及立身的學問——以上是國家的教育方針。

模仿法國的學制，將日本全國分成數個學區，分別設立大學、中學、小學。年滿六歲即可就學，分成下等小學與上等小學，各自的修學年限為四年。下等小學的一年級從八級開始往七級前進，採半年進級制，一學年就能進兩級。

去年小學創校，富太郎入學就讀；過了一年，今年進級到下等一級，但每次上課都讓他失望。他已經十四歲了，學校卻淨教一些他已經知道的學問。習字時寫的是「たうゑ（種田）」或「いねかり（割稻）」這種簡單的假名，而且每到農忙時期，百姓的孩子都不來上課。甚至還有父親衝進學校破口大罵：「孩子來上課，那誰去幫忙農事和照顧弟妹！」

富太郎也好不到哪裡去，每次翻開教科書，都得費盡九牛二虎之力才能忍住不打哈欠。若是以「立身」為目的，岸屋家業穩如泰山、生意興隆，根本不需要靠學習來出人頭地。

想學才學。想了解再去了解。

為什麼不能這樣呢？為什麼大家都得乖乖坐在教室裡呢？

富太郎抬起頭，棋盤狀的天花板映入眼簾。回想老師講解《論語》、《漢書》的聲音及私塾同窗們

---

10 又稱「學制序文」，發表於一八七二年，宣告政府在日本全國廣設學校的教育藍圖，闡明學習的意義，並強調新的學制是以全體日本國民為對象。

熱烈討論的盛況，富太郎嘆了一口大氣。

現在唯一的樂趣，就是那張「博物圖」了。老師將博物圖掛在上座的柱子上時，富太郎就坐不住了，一回神他已經衝到教室前面。那是一張鮮豔的彩色掛圖，葉子、根、花等各種不同形態的圖畫排成一列。似乎是以葉子的形狀來區分，在「橢圓」的區塊寫上「胡頹子」等具有代表性的植物名稱，還有「木半夏」的漢字。「楔形」的區塊則有「玉蘭」和「辛夷」兩種名稱。圖畫旁邊還附上了英文，八角金盤唸作「Palmate[11]」。

既然有英文名稱，表示英國也有八角金盤嗎？留意到這點，富太郎踮起腳尖。

「還有這種東西啊。」

「這是植物學的入門磚。」

「植物學？」

「就是研究植物的學問呀。」

從此以後，富太郎一心期盼老師用那張圖上課。根莖類的蕪菁、水仙、百合的圖案美極了，蕪菁好像是「塊狀根」、水仙是「球根」、百合則是「鱗莖」的代表植物。富太郎對此都有印象，也親手摸過好幾次那些植物的根扁扁圓圓的形狀、有如圓球般的形狀、好似長滿鱗片的形狀。除此之外還有描繪野獸或鳥類的圖片，但這所小學似乎只分配到四張圖。富太郎仔細觀察這張圖，看到幾乎都背起來了，上課覺得無聊時就在腦中回憶，放學後又去山上。

不知從何時起，他帶上筆墨盒及筆記本，逐一畫下草木的模樣。因為都靠自己摸索，還無法畫得很傳神，但是在那張美麗的博物圖驅使下，他簡直無法自拔地不停描繪，幾乎忘了呼吸。

久而久之，他益發無法忍受浪費時間坐在小學的教室裡。太沒有建設性了，這種學校不去也罷。

明治九年（一八七六年）二月某日早上，富太郎與祖母和猶對坐用完早飯。祖母穿著露出大片帶點鼠灰色的藍色半襟[12]紬絲碎花和服，深紫色的綢布上灑滿了雪白的斑點。一旁是富太郎從小看到大的彎腳大火爐，上頭掛著一只正散發出氤氳熱氣的鐵壺。猶沉默地泡著茶。

這時，掌櫃竹藏走進來向大家道早安。待竹藏的腳步聲退到走廊上後，富太郎說：「祖母……」

「我想退學。」

「你不上小學嗎？」

「我已經十五歲了。」

背後立刻傳來躁動的聲響，竹藏回到門口時滑了一下。

「少爺，您終於想繼承家業了嗎？啊，太好了。這麼一來我就放心了。今年肯定是個好年。」

富太郎瞥了竹藏一眼。這傢伙在偷聽嗎？但他會錯意了。

「我沒說我要繼承岸屋。」

竹藏不可置信地猛眨眼，用膝蓋爬進屋裡。

---

11 掌狀。

12 縫在長襯衣領口部分的布。

「都已經這個時候了，您還不願意繼承家業嗎？我想知道您究竟想做什麼。」

「我想研究植物學。」

「植物學？」

「就是植物的學問。」

「又是學問。」

竹藏發出像是被什麼東西踩到的聲音，整個上半身向後仰。

「學問就算花上一輩子，不，兩輩子也研究不完。我還有很多想研究的東西。」

「一輩子？那您打算拿岸屋怎麼辦？老闆娘，您偶爾也該說點什麼吧，不要總是一副氣定神閒的樣子。要是總任由少爺想做什麼就做什麼，不只是岸屋，對少爺也沒有好處。」

祖母轉過身體，面向火爐，用火鉗輕輕地攪動木炭。猶逕自喝茶。

「現在就算勉強他繼承家業，又能怎麼樣呢。只會給你添麻煩。」

「祖母說的一點也沒錯。」富太郎將餐具移到旁邊，跪行至祖母面前。

「其實我從去年冬天就沒去學校了。」

「沒去學校，那你每天都上哪兒去了？」

「我去傳習所[13]。」

原本在名教義塾教書的茨木老師等人在小學附近開了傳習所，面對小學教員傳授學問。富太郎經常跑去旁聽，每次進了新書，也會請老師給自己看。

「對了，我想買這些東西。」

富太郎從懷裡拿出一張紙，放在榻榻米上。祖母用白皙修長的手指拈起那張紙，拿遠一點看。

「最近老花眼愈來愈嚴重了。我瞧瞧……要買筆記本和毛筆啊。不是鉛筆，而是毛筆嗎？」

猶的肩膀微微抖動了一下。這麼說來，忘了是什麼時候，富太郎給過她一枝鉛筆，但她什麼也沒說。不過這也無關緊要就是了。

「鉛筆的尖端太硬了，不好寫。我還是比較習慣用毛筆。」

「那我向京都訂購吧。我和猶的筆剛好也該換了，就訂製一枝蒔繪[14]的筆來紀念你退學吧。」

祖母顯然很滿意自己的靈機一動，在眼角擠出柔和的皺紋。「還有什麼？」祖母又瞇細雙眼，回頭看紙上的字。

「勸學，這是書名嗎？」

「嗯。我在剛才提到的傳習所聽老師說起這本書，無論如何都想弄來看看。這是由一位名叫福澤諭吉的教授寫的書。」

「那就要請鳥羽屋調貨了。竹藏，你差小學徒跑一趟，請掌櫃過來，就說又要請他幫忙訂書了。」

「老闆娘，恕我僭越。」竹藏一臉正色地說：「小的深知自己完全沒有資格對您要把錢花在哪裡指手畫腳，但您可知去年年底付了鳥羽屋多少錢嗎？」

「多少錢？」

---

13 傳授、學習來自國外的學問及技術的場所。

14 日本特有的漆工藝，始於奈良時代，在器物表面以漆描繪圖案，再貼上金、銀等金屬粉或色粉為裝飾。

「恕我直言，相當於夥計們一整年的薪水。」

「這樣啊，鳥羽屋想必樂壞了吧。」

火爐裡的炭火很旺，燒得鐵壺咻咻作響。竹藏嘆了一口大氣，心不甘情不願地告退。

「小的先退下了。」

「嗯，你去忙吧。」

竹藏退到走廊上，丟下一句「怎麼說也說不聽，真是浪費口水」的牢騷走開了。

富太郎本能地看向祖母，只見祖母像個惡作劇的小孩似的聳聳肩，噗哧一笑。富太郎也笑了。

富太郎與祖母非常合得來。但他們其實沒有血緣關係。祖母是祖父牧野小左衛門的繼室。

富太郎的母親名叫久壽，聽說是前妻生的女兒。在富太郎六歲的時候就去世了，所以富太郎對母親幾乎沒有任何印象。後來才從女傭口中得知母親一直住在別屋療養，不准任何人靠近。父親佐平是牧野家的贅婿，富太郎對父親的印象更薄弱，因為父親在富太郎四歲的時候就死了。聽說父母都是死於肺部的疾病。

富太郎七歲時，在祖父的葬禮上聽見耆老們聚在一起交頭接耳。

阿浪夫人真命苦，居然連小左衛門先生都撒手人寰，今後得獨力扶養年幼的孫子。

就是說啊。家世再怎麼顯赫、令人稱羨，依舊是老婦稚子相依為命。

而且還沒有血緣關係，少爺固然身世堪憐，阿浪夫人也很值得同情。

那一刻，富太郎有種奇妙的感覺。耆老們愁眉苦臉地表現出悲傷的樣子，但是有眼睛的人都看得出來，他們是抱著看好戲的態度在討論祖孫倆的八卦。真令人不舒服。只見坐在柱子對面的祖母倏地抬起蒼白的臉，喚了一聲：「富太郎，過來。」語氣少見地強硬。富太郎立刻穿過榻榻米房間，緊挨著祖母身邊坐下。祖母攬過富太郎的肩頭，低聲說道。

這些人比我們還關心我們有沒有血緣關係呢，真有意思。要他們多管閒事。

祖母從未高聲斥責傭人或與周圍的人起爭執，這次也以堅定的口吻拒絕世人好奇的眼光。富太郎第一次感受到祖母心裡肯定有個不屈不撓的靈魂。

不只富太郎，祖母也收養猶。不論是富太郎的母親久壽，還是猶的母親政，出生於牧野家的姊妹倆雙雙遺下幼子，不幸早逝。祖母心裡或許有她的打算，但富太郎沒問理由，祖母也沒說。

「這個Lupe是外文書嗎？」

祖母的視線又落在紙條上，挑起一邊的眉毛。

「不是啦，是西洋的放大鏡。有了那個，就能把字放大來看了。」

「那還真方便啊。」

沒錯，很方便。只要有了放大鏡，就能觀察草木的細節。還能看清楚葉子的尖端和花蕊的長法差在哪裡，就像博物圖裡畫的植物那樣。

「還有什麼，這是字典嗎？」

「是《英日對譯袖珍辭典》和《日譯英辭典》。」

想買來放在手邊的書愈來愈多。每知道一件事，就想知道更多事；每抵達一個地方，就想去更遠的地方。這就像每次上山都會愈走愈深。仔細想想，也有點像枝頭的葉脈。從一條主脈分出好幾條側脈，從而構成一片葉子，一根樹枝由好幾片葉子排列而成，一棵樹幹再岔出好幾根樹枝，最後形成一棵樹。樹木構成森林，森林再構成青山。富太郎一直遊走於這些高山與低谷、丘陵之間。

這個月底，那些白花又會在後山的山坡上成片盛放。光是想到這點，富太郎就覺得全身放鬆，口水都要滴下來了。他已經知道梅花二號的本名了，叫作五葉黃連[15]。果然跟梅花有關，得知這個名字時，富太郎完全不負蚱蜢之名，樂得差點飛上天。同時也知道其他花草叫什麼名字。甜蜜蜜叫山藤，圓滾滾叫羊齒。隨著認識的詞彙增加，感覺名字正主動向他靠近，真不可思議。

世上怎麼有這麼多令人滿心雀躍的事呢。

「哎，叫了。」

祖母忽然望向庭院。

「現在才二月，以農曆來說才一月呢。今年的黃鶯也太早開始叫了。」

富太郎邊說邊起身拉開紙門。走向簷廊，再走到簷廊的外圍去看。屋簷的遮雨板做得很寬，腳底下的木頭地板涼颼颼的，但春日暖陽早已灑滿庭院，爬上倉庫的白牆。富太郎把臉轉回屋內說：

「好像真的叫了。」

祖母白皙的臉頰浮現淡淡的笑意。猶抬起總是無精打采的眼皮，張開手掌，豎起掌心，貼在耳朵後面。富太郎跳下庭院，急不可耐地套上木屐，衝了出去。

今天要上哪座山探險呢？

二 開創者

富太郎拿著白色粉筆，在黑板上畫了三顆桃子。

「籃子裡有三顆桃子，乘以二，再吃掉四顆的話，會剩下幾顆？」

富太郎輪流打量坐在教室裡的學生，目光停留在一顆烏黑的平頭上。

「岩吉，你來回答。」

所有人一起向後轉。沐浴在全班同學的視線下，岩吉平板的臉瞬間染上一抹紅暈。他的身形跟大人差不多高，但其實跟富太郎一樣才十七歲。岩吉如果坐在前面，後排的學生就看不見掛在黑板上的圖或字了，因此他總是坐在靠近門口的後方。平常得先幫家裡做完農務才能來上學，所以經常遲到。

岩吉低著頭，肩膀和手臂侷促不安地動著。

「慢慢來，沒關係。」

碰到這種情況，富太郎一向不催學生。這麼簡單的計算難不倒岩吉，他一定有答案——這是富太郎基於過去上課時對他的觀察。這間教室是上等小學的八級。大家都是從下等小學的一級升上來的，

15 日本俗名為梅花黃連。

若通過臨時小考就能跳級，印象中岩吉也跳了好幾級。只是當著所有人的面，一時緊張才答不出來。百姓的子弟尤其不習慣在人前說話，岩吉也不例外。因為害怕犯錯，在老師面前會心生恐懼。

此時是明治十一年（一八七八年），雖然明治維新破除身分的籓籬，理應進入人人平等的時代，但陳規陋習早已根深蒂固，不是那麼輕易就能擺脫。富太郎也時刻提醒自己千萬要小心。

富太郎在佐川小學當授業生已經過了一年多。校長來家裡請他當授業生剛好是薩摩士族起兵造反的時候。

「牧野同學，你願意來小學當授業生嗎？」

授業生是指臨時雇用的教師，富太郎聞言大驚。

「要我當老師？我小學才念了不到兩年喔。」

富太郎雖然念到下等小學的一級，但實在太無聊，最後還是輟學了。富太郎一點也不後悔自己的選擇，但這個邀請還是太出乎意料。

「我可是校長喔，你退學的事我會不知道嗎？」

「但校長這個飯碗也太難捧了。」校長抱怨。遵循政府「全民就學」的方針，無所不用其極讓學生來學校上課是一回事，但教師荒也是個問題。而且全國都在鬧教師荒，如果只是被動地等老師來任教，等到地老天荒也等不到。直接在當地尋找適合的人選時，似乎有好幾個人向他推薦說：「可以請岸屋的少爺。」

「你的能力完全沒問題。而且我聽說你自信滿滿地誇口，說你之所以不去上高知的師範學校，是因為你已經知道怎麼教學了。」

校長捻著鬍鬚，抬起下巴問他：「是不是啊？」他並沒有自信滿滿地誇口，但確實放棄升學。

以前被稱為「土佐」的中心地區最近也依縣名改稱「高知」。明治九年（一八七六年）秋天，高知縣師範學校成立，是由以土佐藩的藩校為主體設立的陶冶學校改名而成，是縣裡的最高學府。

富太郎與周遭友人聽聞此事，無不磨拳擦掌，約好要一起去高知。但也不知是怎樣的因緣際會，有的為了家業，有的因為年齡，結果男生只剩下富太郎一個人和另外三個女生能成行。其中一個女生是在藩內負責教槍術的林家閨女三枝，小富太郎幾歲，經常跟他滿山遍野亂跑、玩遊戲，是富太郎的兒時玩伴。在佐川，即使是大家閨秀，多半是巾幗不讓鬚眉般的女子，富太郎不在乎玩伴是男生還是女生，論學問，三枝一點也不比男生遜色。

三個女孩中還包括猶。猶對學問的探究心比任何人都強，習字老師甚至以「俊秀」來形容她。祖母也不是那種會擔心她因為熱心向學的風評傳開而嫁不出去的老古板。

富太郎，你帶阿猶去參觀學校。

各家都派出負責照顧他們的女傭和提行李的小廝，一行人浩浩蕩蕩地在高知的市中心穿街過巷，十分引人注目。富太郎十五歲，女孩們約十二、三歲，加上師範學校位於又稱為鷹城的城寨西邊，長滿松樹及杉樹的武家宅邸一帶。路人無不對他們行注目禮，有的側頭表示不解，有的皺眉表示不悅。想也知道，富太郎一點也不在意，回頭看，另外三個女孩也都抬頭挺胸，落落大方地往前走。

「快到了。」三枝意氣風發地說：「各位，準備好了嗎？」

「那當然，我早就準備好了。」猶也以鬥志高昂的語氣回答。

「就是現在，上場吧。」

富太郎努力忍住不笑，心生佩服。他一直以為猶是個呆頭呆腦，連話都說不清楚的丫頭，但是她一路上的表現簡直判若兩人。從她在旅途中與其他女孩開的玩笑聽得出來，她腦筋動得非常快。還會仰望天空，看著雲流逝的方向吟唱古詩。不過她對富太郎依然寡言少語，即使富太郎主動跟她說話，她也絕少直視富太郎的雙眼。不過這沒什麼，她不開口，富太郎只管跟另外兩人聊天就好了。有來有往的對話真的很開心，富太郎比以前還要健談。

從佐川到高知的距離超過七里路[16]。如果是大人的腳程，大約半天就能抵達。但是想當然耳，每當遇見各種珍奇的草木，富太郎都會停下腳步，用毛筆畫下來。這麼說來，不知道為什麼，每次都是猶站在離他最近的地方。明明大家都頭也不回地往前走，背影漸行漸遠，唯有猶會停在三間[17]左右的前方。富太郎懷疑過猶是不是在等他，將畫冊及筆墨收入懷中，立刻追上去。風風火火地超過猶，趕上走在前面的人。猶卻未曾抱怨「我是在等你耶」，所以大概只是她走得太慢了。

一行人興沖沖地抵達目的地師範學校，但富太郎聽到授課內容，失望到極點。因為這所學校教的也是他早就學過的東西。三個女孩入學的意志很堅定，殊不知師範學校根本不收女生。最後是等到今年三月創設了高知縣女子師範學校才得以就學。猶寄住在市內的遠親家，如願成了女學生。

「拜託啦，牧野同學。再也沒有像你這麼學富五車，又整天無所事事的人了。」

「是嗎？」富太郎搔搔臉頰。他不覺得自己無所事事。他每天東奔西走，忙著採集植物，從各個角度觀察，並畫下來，遇到不知道名字的植物，就查閱藏書中的《重訂本草綱目啟蒙》或《救荒本草》。儘管《重訂本草綱目啟蒙》一共有二十本，還是經常翻遍二十本仍找不到答案，這時只好去網羅各種本草學書籍的村醫堀見家打擾，有時還跟他借書回來抄寫。因此富太郎經常熬夜。

然而看在校長眼中，富太郎似乎只是個小學沒畢業，既不去上師範學校，也不用繼承家業的閒人，是再適合不過的人選。

「但我就不是當教師的料啊。」

「你聽我說嘛。唯有達成全民就學的目標，日本的近代化才算完成。這點你應該很清楚吧。在舊幕府時代，只有身分地位崇高的人和像你這種資產家的後代才有機會讀書。如今無論是什麼家庭的孩子都能平等地接受教育，世上將不再有目不識丁的文盲，你不覺得是天皇的德政嗎？可以請你為了國家、為了立身，教教這群孩子嗎？牧野同學，教師不是一種職業，而是為日本奠定基礎的偉大使命喔。」

校長為了說服富太郎，甚至還搬出政府的主張。人人平等、全民就學無疑是一件好事，但富太郎從以前就對「為了國家、為了立身」的實用主義嗤之以鼻。

在富太郎心中，學問並非富國、立身的工具。不斷鑽研學問的結果，如果能經世濟民、出人頭地固然可喜，但如果凡事都從實用主義的角度出發，就會強行把「為了立身、為了出人頭地至少要讀小學，最好能讀到師範學校」的觀點套在所有人身上。

這種觀念完全背離學問的本質。學問之所以有意義，並不是因為能產生什麼助益，而是做學問本身就有意義。

---

16 明治維新後的一里約四公里。

17 間是日本以前的長度單位，一間的長度約一點八公尺。

但富太郎還是接下了這份工作。因為他轉念一想，如果有人真心想學習，就應該傾囊相授，再加上校長提出的月俸高達三圓。據說高知居民的平均月薪不到兩圓，所以算是相當不錯的待遇。

他對金錢沒有任何概念，長這麼大，需要什麼東西，只要告訴祖母一聲就行了。問題是想買的書就像包圍佐川的青山，峰峰相連到天邊。翻過一座山頭又會出現另一座山，而且書裡的知識通常未能窮盡。為了攀登下一座山頭，又需要新的書。

最近他開始採集昆蟲，對地理學也產生興趣。觀察草木生長的土壤時，心想雖然從小就知道土壤的種類依地域有很大的差別，那如果山上與河畔、海邊的土壤完全不一樣，那外國的土壤會是什麼情況呢？想著想著，對地圖也產生了興趣。古今東西有各式各樣的地圖，但他也想製作看看。除了日本，他還想走遍全世界。為此也必須學習。他作夢都想得到《米契爾的世界地理》和《康乃爾版地理》、《居約版地理書》，但進口的外文書所費不貲。有了這份薪水，就能盡情地向鳥羽屋調貨了。祖母雖然不置可否地表示「買書的錢不用自己出也沒關係」，但掌櫃竹藏可樂壞了。

有人邀請我們家少爺去小學當老師呢。

富太郎聽過他在暖簾另一頭跟鄰居炫耀的聲音。半是自豪，半是找藉口為他開脫。祖母毫不在意世人的眼光，但竹藏因為富太郎不願繼承岸屋似乎有些無地自容。

「岩吉，想到了嗎？」富太郎又喊了他一次。

岩吉誠惶誠恐地縮起肩膀，好不容易才細聲細氣地擠出答案：「兩顆。」富太郎點點頭：「答對了。」一轉身面向黑板，重新畫上五顆碩大的桃子。

「下一個問題。這次有七個人想吃桃子，但桃子只有五顆。請問還需要幾顆？」

富太郎點前排的女孩回答，女孩立刻回答：「兩顆。」依序往下問，大家都回答「二」、「兩顆」。題目比剛才簡單許多，所以沒有人答錯。富太郎心想早知道應該問難一點，最後輪到岩吉。

「還需要幾顆桃子？」

岩吉搖頭。

「不需要。」

「哦，不需要嗎？」富太郎微笑。問學生「還需要幾顆」時，回答「不需要」其實不是正確答案，但不正確的答案往往蘊含某些寓意。

沒錯，我就是在等這種答案。

富太郎內心充滿期待。學生們面面相覷，開始竊竊私語，岩吉的臉又紅得跟熟透的柿子一樣。

「大家安靜一下。岩吉，告訴我不需要的理由。」

岩吉眨眨眼，蠕動著嘴唇，從聲帶裡擠出聲音：「因為……」

「因為我們家都是從樹上摘下五顆桃子，七個人分著吃。」

「不會吵架嗎？」富太郎問他，不理會一些同學開始吃吃竊笑，用眼神鼓勵他回答。

「不會。」

「看來岩吉家似乎有什麼妙招，可以畫下來告訴大家嗎？」

富太郎朝他招手，要他到前面來。明知他不會馬上站起來，仍耐心等待。

「岩吉，也教教我嘛。」

岩吉縱然不太情願，也總算走到前面來了。藍色的棉布和服看上去不太合身，露出一截手腕和小腿。散發出曬過太陽的青草氣味。富太郎把粉筆遞給他，岩吉站在黑板前，愣了一會兒，慢吞吞地為三顆桃子畫上斜線，留下兩顆沒有畫線的桃子。

「哦，這要怎麼分呢？」

「一顆完整的桃子給老爸，另外三顆各自切成兩半，由爺爺奶奶、我和弟弟、兩個妹妹分著吃。」

「但這麼一來還剩下一顆。」

「對。剩下那顆供在我媽的牌位前。」

富太郎忍不住笑瞇了眼角，不住點頭：「這樣啊。」用掌心示意他回座。見岩吉坐下後，富太郎看著所有人說：「謝謝你告訴我們這麼溫馨的小故事。」

「多麼美好的分法啊。不僅如此，大家仔細看這幅畫，可以看出五這個數字並不是只由五個一構成對吧？兩個一、六個二分之一，加起來也是五喔。除此之外或許還藏著許多數字的排列組合，是不是很神奇。」

學生們全都屏氣凝神地睜大雙眼，開始思考「我們家有四個人」要怎麼分。

「還剩下一顆，那就再切成四等分，每個人又可以分到四分之一了。也就是說，四個一加四個四分之一也是五。」

真是個大發現。學生們都露出驚喜的眼神，臉頰閃爍著光芒。

富太郎環視教室，由衷盼望他們不要忘了這種感覺。

起初他絞盡腦汁傳道授業解惑，想讓學生知道這世界有多少有趣的事。但他逐漸發現，如果只是一廂情願地灌輸概念，每個人能接收的程度不一樣。有人學會三樣東西，腦袋就再也裝不下了。所以當學生腦中塞滿東西，就必須像這樣問他們問題。

教育並不是單向的給予，同時也是耐著性子等學生主動探索的瞬間。這麼說來，目細谷的伊藤塾的蘭林老師也經常問學生問題，而且願意耐心等待。

「順便告訴各位，桃子的英文是peach。語源是Persia這個異國的名字。在中國，自古以來都視桃子為神仙果，日本人則始終相信桃子能袪除邪氣，還出現在《古事記》裡。以前也告訴過各位，伊弉諾尊[18]丟出一樣東西，用來擊退黃泉醜女的故事吧。那就是桃子。舊幕府時代，諸藩爭相種植桃子，從產物帖[19]來看，桃子的產量僅次於柿子、梨子。」

講到這裡，教室裡已經鬧哄哄地吵成一團。根本沒有人面向前方，就連岩吉也跟鄰座的男生聊得非常起勁。

「喂，你們有沒有在聽啊？」

富太郎無奈地望向窗外。五月的樹木鬱鬱蒼蒼，冒出紅色的新芽，清風颯爽地吹過。

悶熱到令人無語的季節過去了，富太郎如常上完課，走出小學。

一如往常地直接上山。肩上斜背著裝滿畫冊及採集植物工具的頭陀袋[20]，捧著一堆草木回家可以

18《古事記》裡寫作伊邪那岐神、伊邪那岐命，是日本神話中開天闢地的男神。

19 當地生產的物品紀錄。

20 可以裝很多東西的簡易布袋。

說是家常便飯。能從根部挖出植物的木製大匙是他特別訂製的產品，小木桶裝滿了油紙及麻繩、包袱巾，從船來品行買來的西洋鐵盒子也大中小一應俱全。傷腦筋的是每走一步，鐵盒子就會發出咔嚓咔嚓的撞擊聲。就連自己都覺得吵死人，聽說小學生在私底下喊他「紡織娘」。

眼前是已經徹底換了模樣的天空。藍得一望無際，卷積雲薄薄的一層，宛如雪白的漣漪。夏天的雲會奮不顧身地往上爬升，秋天的雲則多半像今天這樣橫向舒展。秋高氣爽，令人心曠神怡。

堤防及田埂的曼珠沙華還不到開花的季節。不可思議的是，這種花每到彼岸時分[21]會一起開出花蕊極長的大紅色花朵。每年都是這個時間，不早也不晚。然後過了彼岸期間，花又全部銷聲匿跡，茂密地長出深綠色的細長葉片。就連在墓地也開得美不勝收，所以又叫「死人花」，但是在《萬葉集》看到某首詩歌時，忽然很有感覺。

灼然路邊壹師花　愛妻之心難隱藏

壹師不就是曼珠沙華[22]嗎？萬葉時代的人是否也從燃燒似火的灼灼其紅中感受到熾熱的戀情呢？

牧野家的墓地也開滿這種花，祖母曾手持佛珠，喃喃自語：「這不是獻給神佛的花。」這麼說來，就富太郎所知，不只祖母，自己從未見過有誰摘下這種花回家。一方面因為這是屬於死者的花，不敢亂摘，另一方面大概也因為曼珠沙華是一種毒草。正所謂毒即是藥、藥即是毒，所以富太郎並不害怕，但也不會嘲笑這些傳說是迷信。傳說多多少少都有幾分道理。

富太郎望著野菊及藤袴、穗還很硬的芒草叢前進。穿過佐川往東南方向走，進入人稱鳥巢的地帶。低矮的山谷間，綠色稻田開始結出黃色稻穗。走在這樣的田埂間，爬到堤防上，右手邊有一片隆起的草叢。

眼角餘光捕捉到綠意之間的鮮艷色彩時，富太郎停下腳步。轉過身，蹲下來，睜大雙眼。果然沒錯，那玩意兒開在羊齒蕨與枯萎的夏草間。高度約十五寸左右，每根莖的前端都開了幾朵花。如果是年幼的孩童，大概正好落在眼睛的高度吧。一共有四片紫紅色的卵形花瓣，兩兩相對地排列著細細長長的橢圓形葉片。

富太郎搖頭晃腦，咕嘟一聲嚥了嚥口水。他第一次看到這種花。不會錯，他以前從沒看過這種花。長得很像野牡丹，但不是野牡丹的同伴。野牡丹是常綠低矮灌木，這明顯是草花植物。

「你好。」富太郎向對方打招呼，全身又震顫了一下。

「初次見面。我叫牧野富太郎。告訴我，你叫什麼名字？」

由於是第一次見面，富太郎明知得不到回答，仍忍不住把臉湊近。

黃色的雄蕊。他是幾歲的時候知道花的這個部位叫雄蕊呢？是堀見醫生告訴他，還是從小學的博物圖上知道的呢？

過去日本並沒有特指這個部位的名詞，據說是幕末一位名叫伊藤圭介的偉大西洋學者翻譯植物學的外文書時創造的詞彙。從雄蕊與雌蕊的名稱能說明其功用，如今就連小學都會教授粉的原理了。

---

21 介於春分、秋分的中間，加上前後各三天，共七天。故曼珠沙華又稱彼岸花。

22 壹師花是曼珠沙華的別名。

「這位名叫伊藤圭介的老師是洋學的開創者，所以能創造外來語。」

富太郎卸下肩上的袋子，拿出工具。

「既然如此，那我要當植物學的開創者。等著看我的表現吧。」

富太郎輕鬆地說出認真的誓言，滿意地笑了。

黃色的雄蕊在花瓣的襯托下更顯鮮艷。身形十分泰然自若，似乎很高興被富太郎發現，又有幾分無措的樣子。富太郎攤開畫冊，用毛筆為其寫生，連同土壤從根部整棵挖起來，移到鐵盒子裡。

回到倉庫二樓的房間，翻書查資料，可惜都找不到那棵草的名字。翻遍所有藏書依舊一無所獲。

直到月光從倉庫的天窗透進來，他還在查。蟋蟀「唧唧唧唧」地鳴叫。

家家戶戶的屋簷下開始吊著柿子時。

週日午後，富太郎在倉庫二樓複習英文的《領導論》。閱讀的過程中還唸出聲音來，覺得自己發音還不錯，內心充滿奇妙的感覺。話說回來，他尚未見過外國人，所以不知道這種做法對會話有沒有幫助。但他很擅長英文拼音，在山上做記錄也是寫英文比較快。最近就連日記裡也夾雜了英文。

「富太郎少爺，你在家嗎？」

走廊上有人呼喚他。

「在啊。克禮嗎？」

過了一會兒，梯子底下探出一張臉。眉毛很粗，漆黑的眼珠子總是滴溜溜地轉來轉去。

「我家收到很多麻糬，我娘要我分一點給你。」

「太好了。」富太郎闔上書本，盤腿而坐。

「剛好出聲唸書唸到肚子餓了。感激不盡。」

富太郎用掛在火爐上的鐵壺泡茶，倒進圓筒形的茶杯裡。克禮掀開包著麻糬的竹皮，迫不及待地放入口中。大口咀嚼後，拿起茶杯，「呼……」地長嘆一聲。

「上面有岸屋的屋號呢。是用來喝酒的杯子嗎？」

「對呀。」富太郎也拿起一個麻糬。口感非常軟糯，還包入一整顆煮得甜甜的栗子。

「患者送的嗎？」

克禮的父親就是給富太郎看本草學書籍的醫生，名叫堀見久庵，是山間小鎮極為罕見的美男子，聽說年輕時有很多女性患者都想著：「好想生病啊，這樣就能見到醫生了。」

「不，聽說是上方[23]送的。」

克禮以變聲期特有的沙啞嗓音說道，又看著茶杯。克禮出生於慶應三年（一八六七年），小富太郎五歲，才十二歲。但不知道為什麼，十分仰慕富太郎，總是跟前跟後地喊著「富太郎少爺」，所以最近兩人走得很近。因為是醫生之子，克禮對植物也很有研究。

「富太郎少爺，你會邊喝酒邊讀書嗎？」

「不會，我不喝酒。」

「你是岸屋的少爺，多少會喝一點吧？」

---

23 江戶時代，稱皇居所在的京都（及周圍的近畿地方）為上方；明治維新後，上方則指現在的東京及關東地方。

骸。

「是喔。」克禮挑起兩道濃眉。「真少見，居然有人連一滴酒也不喝。」

這裡的人無論男女都很會喝酒。岸屋也因此生意興隆，但富太郎從小就不太喜歡酒席上的放浪形骸。

「我滴酒不沾喔。」

「喝醉了難免會狂歌放吟、扯著嗓門反覆講著相同的話。真是太惹人嫌了。最後甚至還不分場合，大字形地躺在地上睡覺，像頭牛似的推不動也拉不動。」

祖母也會喝酒，但別說酒後亂性，脊梁從頭到尾都打得直挺挺。

「忘了是什麼時候，掌櫃要我品酒，讓我喝了一口，但實在太不合我的胃口了。頭痛欲裂，心跳得好快。完全無法做學問，從此以後我就滴酒不沾了。」

「我很羨慕你呢，要是家裡是釀酒廠的話，想喝多少都沒問題。」

「你喜歡喝酒啊？」

「嗯，喜歡。」

「跟我們家掌櫃說一聲，讓你帶瓶酒回去。」

「真的嗎？」克禮興奮地就要站起來。

「當是麻糬的回禮。」富太郎苦笑著說，又把一個麻糬放進嘴裡。

「我才羨慕你呢，想知道什麼就能馬上查。」

堀見家有大量的藏書，簡直是富太郎夢寐以求的環境。藥都來自於動植物及礦物，醫生對此如果沒有正確的理解，就無法對症下藥，自然也無法治病。所以不只要了解藥效，還需要有深入的知識。

「這麼說來，堀見醫生有《植學啟原》這本書嗎？」

富太郎口中的《植學啟原》是由津山藩的醫生宇田川榕菴翻譯，介紹植物學的書籍。發行於天保五年（一八三四年），是第一本將歐洲的植物學引進日本的書。自從知道有這本書，富太郎就想看得不得了。

「嗯，有啊。」

「真的嗎？我說的是宇田川榕菴的著作喔。」

得來全不費工夫，富太郎反而有些難以置信。

「真的有啊。上個月吧，家父的舊識從大阪來找他，在我們家待了一陣子。每天都邊喝酒邊看那本書，跟我說了很多有趣的事。」

「克禮，你怎麼沒叫我一起？」

富太郎怨恨地瞪了他一眼，嘟起沾滿麻糬白色粉末的嘴巴。

「因為那個時間你要去學校啊，而且你不喜歡狂歌放吟吧。」

「我可以忍。」

話是這麼說，但如果是上課時間也沒辦法。

「那可以借我看嗎？醫生今天在家嗎？」

「我出門的時候還在，在寫東西。」

「真是太好了。」富太郎起身，克禮連忙喝光杯子裡的茶。

他們來到屋內一間八張榻榻米大的房間。冬陽隔著紙門照進來，但脖子還是涼颼颼的。女傭送上熱茶和暖手用的小火爐，這才好不容易活過來了。

走廊傳來腳步聲，久庵走進來。應該已經年過四十，甩動褲管的英姿仍十分颯爽。

「讓你久等了，突然來了急診病患。」

富太郎雙手握拳，放在膝蓋上，低頭行禮。久庵爽快地將手中的書放在榻榻米上。

「非常感謝您。我一定馬上歸還。」

「不急不急。書裡的內容都是歐洲的科學，還有些無法馬上消化的記述。你慢慢看，愛看多久就看多久。學問急不得。」

富太郎求之不得地猛點頭，恭敬地用雙手拿起那本書。光是看到寫著「理學入門《植學啟原》」的封面就心跳加速，目不轉睛地反覆看著標題。

意識到有人在動，富太郎抬起頭來，久庵盯著小火爐，張開掌心，捂著取暖。他的五官還是一如既往地端正。富太郎不管面對任何人，態度都一樣輕鬆自然，唯獨每次看到久庵這副模樣，總是忍不住看得入神，連話都忘了說。

這個人在距今十七年前的文久年間加入了土佐勤王黨，此事在佐川人盡皆知。

久庵曾是聲名遠播的志士。在鄉里的名教館求學後，赴土佐學習漢方醫學，然後又去大阪向緒方郁藏學習產科、向緒方洪庵學習內科、在華岡青洲的合水堂學習外科和眼科。期間開始產生勤王之志，與土佐的武市瑞山及薩摩的西鄉隆盛也有私交。不過人各有志，久庵選擇被召回佐川，成為領主深尾大人的御醫。於主公上京擔任京都御所的護衛時隨同前往。當時土佐的勤王黨正以如破竹之勢為世人所知。武市瑞山身為盟主，後來遭前藩主山內容堂逮捕入獄，被迫切腹的壯絕逸事至今仍廣為人知。與土佐勤王黨一同懷有倒幕之志的盟友西鄉隆盛則在明治新政府擔任要職，卻在去年秋天的西南戰爭中敗給政府軍，終究落得自盡的下場。

明治維新後，久庵專心在佐川行醫。富太郎只認識他溫和對待每個人的那一面。

「你在小學待得如何？」

「很好，學生教會我很多東西。」

「是你學到東西啊，這樣極好。」

富太郎拍了拍脖子，一起笑了。

「但也因為如此，我常常覺得不滿足。我還想讀更多書，也想採集更多植物。」

「一旦開始工作，就很難擁有自己的時間呢。」久庵喝口茶。「這麼說來，你讀過《菩多尼訶經》嗎？」

「沒有，我甚至不知道有這部經書。」

「雖然是經文的文體，但不是經書。也是宇田川榕菴的作品，寫得比《植學啟原》還早，發行於文政五年（一八二二年）。」

「菩多尼什麼？」

「《菩多尼訶經》。菩多尼訶是植物學的意思[24]。順帶一提，榕菴不僅將林奈教授[25]的植物分類法引

24 菩多尼訶是botanica的音譯，而botanica是植物學的拉丁語源。

進國內，也是他最早用植物學這個名詞來概括植物的學問。五十多年前就有這番成就，真令人嘆為觀止。」

「菩多尼訶。」

富太郎在嘴裡唸唸有詞。明明是第一次聽到，卻好像已經認識很久了。

「好像是起源於拉丁文。因此義大利文也唸作菩多尼訶，英文則唸作菩多尼[26]，除了植物學以外，還有別的意思。富太郎，知道是什麼意思嗎？猜看看。」

「好的。」富太郎端正了坐姿。

除了植物學這門學問以外的意思。是花嗎？還是根呢？

不，應該是更大、更寬廣的意思。意味著這個萬物欣欣向榮的世界。

紙門外傳來乒荒馬亂的腳步聲，然後是克禮的聲音：「別跑，快站住。」紙門被拉開，門口站著三個小孩。

「富太郎少爺，你好。」

是克禮的弟弟妹妹，小臉紅通通、笑盈盈的。

「你們好。我來打擾了。」

「一起玩嘛，富太郎少爺。」

「不是說了不行嗎？富太郎少爺今天是父親的客人。」

「克禮，不要緊。」富太郎把書放進頭陀袋。對孩子們說：「進來吧。」久庵也笑得跟彌勒佛似的，沒有罵人。孩子們一擁而上，黏在富太郎身旁，紛紛把手伸向他的膝蓋和肩膀。

「抱歉。母親出去買東西了，他們根本不聽我的話。」克禮向富太郎道歉。

「沒事，沒事。放馬過來吧。」

富太郎抱起孩子們柔軟的身體，在榻榻米上打滾，即使對方是小孩子，富太郎也不會手下留情。不知不覺就玩得滿頭大汗，連自己是誰都忘記了。富太郎躺在榻榻米上，像隻蟲子似的揮舞手腳。孩子們又騎到他身上，把手指伸進他的嘴巴裡，抓住他的耳朵，打鬧成一團。

翻了個跟斗，耳邊充斥著孩子們童稚的叫嚷聲，腦海中突然浮現出一個畫面。富太郎把手撐在榻榻米上，忍不住喊了聲：「醫生。」

「種子。是不是種子？」

久庵眼裡閃過一絲驚訝，隨即露出滿臉笑意。

「答對了。」

菩多尼訶。

通往未來的種子。

「誰可以幫忙開個窗，我好熱。」

富太郎以少見的大嗓門喊道。

25　卡爾・馮・林奈（Carl von Linné，一七〇七－一七七八）為瑞典自然科學家，將動植物細分為不同的種類和科屬，提出動植物的分類命名系統，奠定了自然科學研究的基礎。

26　botany，也是植物學的意思。

明治十二年（一八七九年）春天，因為教師人數增加，富太郎趁機辭去小學的授業生一職。教學很有趣，對自己也有益，但他最熱愛的學問卻因此遲遲沒有進展。孩子們每年都會晉級，所以每年都會換一批新面孔。聽說岩吉沒有繼續升級，而是認真承擔起家裡的工作。仔細想想他也十八歲了，算是不折不扣的勞動力了。

富太郎離開高知，進入一家名叫五松學舍的私塾。那家私塾就連佐川都聞名。私塾有間別屋，別屋二樓沒有人住，富太郎租下那裡，有生以來第一次獨居。他還以為這麼一來就能投身在學問中了，不料私塾主要教的還是漢學。

「老師，請問什麼時候才要教西方的學問？」

某天，富太郎問其中一位老師，只見老師大皺其眉。

「阿貓阿狗都想學西洋的學問，漢學才是日本人的學問基礎。如果不先學好漢學，學再多都是空中樓閣。更何況你還是後生晚輩，當然得先學好漢學。」

老師說的沒錯。但富太郎已經能輕鬆看懂漢文寫的書，也理解書中的內容。經過無數次交涉，發現老師似乎打定主意不教漢學以外的學問。富太郎嘆了一口氣，心想既然如此，只能靠自己。他走遍市裡所有的書店，只要看到新書，就不管三七二十一地買下來，命書店的學徒送到他的住處。三坪和兩坪半的房間不一會兒就塞滿堆積如山的書，富太郎置身其中，埋首案前，苦讀、書寫。離開佐川時，祖母給他三十圓，富太郎幾乎都拿來買書了。

有一天，富太郎買到岩崎灌園的《本草圖譜》，是臨摹山中野草的彩色手抄本。

明代李時珍寫的《本草綱目》可以說是日本的本草學源頭，大部分的本草學者皆以這本書為基礎進行各項研究。灌園則是將《本草綱目》中提到的植物逐一圖像化，著成《本草圖譜》。出版於天保年間的《本草圖譜》內容遍及野生種、園藝種、異國種，更令人感激的是，彩色的圖非常易於閱讀，空白處也有恰到好處的解說。

富太郎專心閱讀那些精細的圖案，照著描繪。愈畫愈覺得灌園的畫功了得，佩服得五體投地。但是沒多久，富太郎就注意到有很多部分都跟他記憶中的不太一樣。葉子的形狀及從莖長出來的順序、花的大小都跟實際上有出入。看樣子，灌園在畫的時候似乎沒有考慮到真實性的問題，也或許是在抄本的階段就已產生微小的錯誤或差異。

儘管如此，用上整個跨頁描繪的桔梗美極了，令人看得出神。不只紫藍色的桔梗，也畫了白色的花，根莖的部分都畫得很精緻。桔梗的根可以入藥，所以理當精細，連根的橫紋及靠近根部的莖帶著微微的紅色都畫出來了。再翻到下一頁，則有紫色和白色的園藝種桔梗、粉紅色的紋桔梗，以及莖比較細、花也比較小的糸桔梗。

真是令人讚歎的熱情。開頭以漢文寫著灌園的自序，富太郎仔細閱讀。翻了幾頁，視線停留在「赭鞭」這個單字上。

在中國古代的傳說中，赭鞭是神農手裡拿的鞭子。相傳神農會用紅色的鞭子鞭百草，再親自品嘗，以檢查能否入藥。灌園稱其為「赭鞭之學」。此舉或許是為了表明他想成為將《本草綱目》圖像化的開創者。

這股奮不顧身的熱情也鼓舞了富太郎。

綠草與紅鞭在眼底掠過。富太郎已知拚命採集完植物後，有什麼美景在等他。春天的田裡長滿了紫雲英和紫玉蘭、櫻花，夏日山中成群的百合與山藤。秋天呢？秋天有桔梗和野菊、油點草。冬天則有水仙及山菊、山茶花、福壽草。

如果能活在滿山遍野、河邊的百花叢中該有多好。

富太郎閉上雙眼，將手肘撐在書桌上，脫口而出「群芳」二字。拿起毛筆，寫在紙上。

群芳軒。

沒有太多虛飾的字面反而很有風情。很好。富太郎決定以此為號，感覺非常適合無師自通的自己。

走進有如自家後院的書店，大搖大擺地走到裡面。在帳房前的和室房間坐下，放下隨身攜帶的頭陀袋。「歡迎光臨。」掌櫃隔著帳房的柵欄向他問好，卻不見平常總是飛也似的衝到富太郎跟前的夥計和學徒。富太郎感到納悶，但也因而能靜下心來選書。

「我自己看囉。」

富太郎打了聲招呼，掌櫃簡短地回答：「請慢慢看。」我看看喔……富太郎站在並排於牆邊的書架前。這櫃都是和書，如果有新進的書，會在書架貼上小張的紙條。今天的紙條好少，富太郎不禁又感到不解。定睛一看，感覺書架上多出許多空隙。這時有人掀動後面的暖簾，有個男人與老闆一起走出來。前者穿著罕見的西服，頂著三七分的髮型，大概是官員吧。蓄著濃密的鬍子，年約三十，臉很長。穿著羽織[27]的老闆稱他為「永沼老師」。

「非常感謝您的惠顧。傍晚之前就會送到官邸。」

「嗯，有勞你了。」

男人以京阪腔說道，穿過和室。掌櫃也從帳房的柵欄裡走出來，命學徒「還不快去拿鞋子來」。學徒取來一雙西式皮鞋。男人坐在門框上，抬起膝蓋，把腳塞進鞋子裡。從富太郎的位置只能看到屁股以上的背影。

「哎呀，我沒想到《本草圖譜》居然賣掉了，而且還是賣給不到二十歲的年輕人，真可惜。」

富太郎知道掌櫃和學徒都在偷瞄自己，但老闆仍與男人高談闊論。

「老師，請放心。那只是抄本的抄本，一旦收到田安家[28]的正本，必定會為您留著。因為田安家本才是完成度最高的版本。」

抄本的抄本。這是怎麼回事？富太郎瞪了夥計一眼。

「你不是說這是抄本嗎？」

夥計縮了縮肩膀，豎起手掌，不斷地在面前甩動。掌櫃也發現情況不對，朝老闆使了個眼神，無奈老闆只顧著跟男人說話，根本沒注意到暗示。

「小人也想拜讀班特利[29]的《藥用植物》譯本。」

「我改天再帶來給你看。」男人站起來，一骨碌轉過身。轉動肩膀，用指尖拉平外套的下襬。與富太郎四目相交時，問他：

---

27 穿在長版和服外面的短外套。

28 即德川將軍家。

29 Robert Bentley（一八二一－一八九三），英國植物學家。

「你來買書嗎？真好學啊。是師範學校還是中學的學生？」

「都不是，我放棄入學了。學校教的東西根本不實用。」

夥計聽聞此言「啊……」地閉上雙眼，伸手扶住額頭。掌櫃撇開視線，老闆氣得吹鬍子瞪眼。

「你這小子在胡說什麼！」

「稱客人為小子是書店老闆該有的發言嗎？」

富太郎氣壞了。

「還不是給你氣的。聽好了，別嚇到喔。這位可是中學的老師。」

掌櫃和夥計連忙拉扯老闆的羽織。

「老爺，牧野先生雖然年輕，卻是我們的老主顧，請注意措辭。」

「什麼老主顧，明明是個乳臭未乾、弱不禁風的毛頭小子。」

看樣子他似乎把自己瞧扁了。這麼說來，富太郎一直穿著離開佐川村時穿的衣服，早已變得蓬頭垢面。祖母要他在高知做套和服，但他沉迷於大都會的生活和做學問，完全忘了這件事。

「呃，那個……買下《本草圖譜》的人正是這位牧野先生。」

老闆瞠目結舌，貌似中學教師的男人朗聲大笑。笑得前仰後合，對老闆說：「是你輸了，快道歉吧。」即便如此仍無法澆熄富太郎的怒火，他推開老闆，往前跨出一步，站在門框上，低頭看著男人說：

「如果你想看，我可以借你《本草圖譜》喔。雖然是抄本的抄本。」

男人「哦」了一聲，捻了捻嘴角的鬍子。

男人名叫永沼小一郎，出生於丹後的舞鶴，在高知中學任教。

「牧野老弟，如果你想研究植物學，最好多看原文書。也必須多了解一點自然科學。你還這麼年輕，不可以只研究自己感興趣的東西喔，這樣視野會不夠開闊。」

永沼非常博學多聞，而且充滿好奇心，對任何事都充滿興趣與熱情。對物理也很有一套，不只告訴富太郎蒸氣火車的原理，還懂人體的構造，就連紙牌遊戲都玩得有聲有色。無論從他口中聽到什麼，都令富太郎耳目一新，三天兩頭就去宿舍找他。

「我也一直在研究西洋的學問，但是很難買到原文書。再說，世上有太多書了，不知從何看起。」

沿著城濠散步時也聊個不停。富太郎今天直接闖進中學的教職員辦公室等永沼下課，等待的時候拜讀了永沼翻譯的班特利及包爾福[30]的植物學著作，其他教師問他與永沼結識的契機，富太郎頓時引起眾人的注意，就連負責打掃的清潔人員也主動找他攀談。

穿過市區，有片風光明媚的草地及樹林，那裡也有美好的相遇。

「有紅紅果耶。」

小白花有如煙霧繚繞般盛放。富太郎喃喃自語地在路邊蹲下來，仔細觀察花的形狀、雄蕊雌蕊的長法、葉子的長法、再到整體的模樣，還畫下來。運筆時才想起永沼就在旁邊，抬起頭來，發現他抱著胳膊，站在稍微有段距離的地方。眼睛在長長的馬臉上看起來好迷你，流露出興致盎然的神情。富太郎不禁覺得以前好像看過相同的景色。

30 John Hutton Balfour（一八〇八－一八八四），蘇格蘭的植物學家。

是誰呢？好像也是這樣站在路邊等他。

但怎麼也想不起來。這時，永沼走過來，彎下腰。

「這不是莢蒾嗎？」

到了秋天，枝頭就會長出一顆顆紅色果實，沒多久，連葉子也會變成紅色。

「是的。我們佐川人都管這個叫紅紅果。結霜時，果實的苦味會消失，是最美味的時刻。」

「我沒吃過呢。」

「因為通常都會先被鳥吃光，根本輪不到人類品嘗。黃尾鴝和斑點鶇、花雀這些鳥都很喜歡紅紅果的果實，經常偷吃喔。」

「可是仔細想想，植物的名字各地都不一樣。實在很難為植物進行鑑別呢。」

永沼還告訴富太郎，鑑定、識別看到的植物是什麼植物的行為稱為「鑑別」。

「一點也沒錯。我自從懂事以來，就一直稱這種植物為紅紅果。直到在書上看到莢蒾，發現特徵一模一樣，心想該不會是同一種植物吧，還認真比對了無數次。有些植物，書上寫的特徵會有些許出入，畫的圖也有一點細節不同，真令人困惑。」

「對呀，鑑別植物需要恆心。有些看在不會判斷的人眼中完全不一樣的植物也可能是同類。另一方面，有些長得一模一樣的植物說不定完全沒關係。這種草能不能吃、能不能入藥，只能仰賴同道中人的經驗。經驗豐富、眼光精準的人才能成為藥師或醫生，但是如果要研究這門學問，光靠認識身邊植物的經驗還不夠。」

永沼邊走邊說，富太郎追上，與他並肩而行，附和道：「就是說啊。」永沼把手伸進西裝褲的內側口袋裡，接著說：

「因此早在一百多年前，林奈就提倡學名的重要性。只要有放諸四海皆準的學名，就能有系統地進行是否為同一種植物的分類。就能判斷眼前的植物是什麼，是學者都知道的植物？還是目前尚未有名稱的新種？如果是新種，就得為其取名，介紹給世人。」

「這麼一來，不就成了為植物命名的第一人嗎？」

「正是。」

成為為植物命名的人。這個理想過於遠大，富太郎忍不住嚥了一大口口水。

真令人羨慕。我也想為植物命名。如此一來，肯定更能拉近與草木的距離，畢竟是給植物取名的再生父母嘛。

永沼瞇細了雙眼，從他的側臉看得出來，他顯然已經識破富太郎的想法了。

「近代的植物學基本上可以說是始於林奈。林奈的徒弟中有個名叫通貝里[31]的學者，曾於安永時代來日本採集我國的植物。」

安永時代是距今一百年前的歲月。

「通貝里回國後寫了一本名叫《Flora Japonica》的書，翻成《日本植物誌》。就連大名鼎鼎的西博爾德[32]也是這本書的忠實讀者，來日本時也帶著那本書。與一位日本人徒弟共同調查收錄於《日本植

31 Carl Peter Thunberg（一七四三－一八二八），瑞典自然學家，一七八四年發表《日本植物誌》。

32 Philipp Franz von Siebold（一七九六－一八六六），德國醫生、植物學家，曾於一八二三年赴日，帶去許多書籍。

物誌》中的日本植物，研究日本人怎麼稱呼那些植物。」

徒弟是日本人。能與外國人一起做研究，那可是非常偉大的開創者啊。

「當西博爾德因為那件事[33]不得不離開日本時，把《日本植物誌》留給徒弟。那位徒弟想必很失望吧。後來他將共同研究的成果整理成《泰西本草名疏》這本書發表。不只這樣喔。他還在書中的附錄加上花的解剖圖，介紹林奈定義的植物分類體系。林奈是以雄蕊和雌蕊的數量來分類植物，所以他也翻譯了那些名詞，像是雄花、雌花或花粉都是他翻的。」

「老師，」富太郎激動地猛跺腳，「那位徒弟是西洋學者伊藤圭介吧？」

「沒錯。他同時也是本草學者、博物學者。他是尾張人，舊幕府時代在幕府的蕃書調所[34]研究物產。」

永沼接著說：「目前人在東京大學。」

「真的嗎？」富太郎驚訝地看著永沼。「太驚人了，伊藤圭介居然還活著啊。」

「不僅活著，而且還活得好好的。」

永沼在數步之遙回過頭來，眉頭微蹙，一臉被他打敗似的搖搖頭。

「他在東京大學的理學部擔任客座教授。」

「那所日本唯一的大學[35]嗎？」

「也負責管理附設的小石川植物園，好像是前年吧，透過理學部出版了《小石川植物園草木目錄》。」

富太郎又嚇了一大跳，張得大大的嘴巴一時合不起來。文政時代出版《泰西本草名疏》的學者居然還活著。

「你驚訝的點好奇怪啊。伊藤老師還不到八十歲呢。確實比一般老人家還長壽一點，目前還在學術的第一線上。」

「好驚人。」富太郎拍了拍後頸。

「因為牧野家的人都很短命，什麼時候被鬼抓走都不奇怪。」

富太郎追上永沼，兩人並肩走在黃昏的松樹林道上。

「說成這樣，你總掛在嘴邊的祖母不也還健在嗎，她今年高壽？」

「我也不知道。聽說她出生於文化七年（一八一〇年），大概七十歲了。我不太確定。」

「牧野老弟，你對植物有旺盛的好奇心，但是對人類也未免太漠不關心了。所謂的神經大條就是指你這種人。對身邊的人也要跟植物一樣關心，好好珍惜才行，你遲早也要娶老婆吧？」

直到剛才都還眉飛色舞地高談闊論，突然換成對中學生說教的語氣。不過，這對富太郎來說依舊只是馬耳東風。

伊藤圭介，尾張的本草學者、博物學者，西博爾德的徒弟。林奈，雄蕊雌蕊。東京大學，小石川植物園。

---

33 西元一八二八年，西博爾德從日本歸國之際，發現行李中有當時禁止帶出國的日本地圖，隔年被驅逐出境。

34 江戶末期由幕府成立，用來教授洋學、翻譯洋書及外交文書的機構。

35 東京大學成立於一八七七年，這句話的時空背景確實是日本當時唯一的大學。

有如一股電流竄過全身，讓他整個身子都要飄起來了。伊藤老師手裡也拿著紅鞭嗎？他好像聽見紅鞭揮舞的聲音。

五松學舍的課上得太消極，被迫搬離私塾的別屋，富太郎搬到市內的木桶店二樓。岸屋好像也是買這家的木桶。然而時值盛夏，發生了可怕的流行病——霍亂。

富太郎嚇死了。因為他還很小的時候，霍亂在佐川村連續肆虐了兩年，當時人稱虎狼痢。一旦出現症狀，沒多久就會死掉。當時死了很多人，屍體都埋在神子野的山頂上，很長一段時間都沒有人敢靠近那個地方。這原本只是祖母告訴他的陳年往事，如今卻頓時充滿真實感。

房東夫婦告訴他石碳酸[36]對霍亂很有效。

「牧野先生，聽說把這種溶液塗在鼻孔，聞它的味道就能藥到病除喔。」

「好臭。這也太臭了吧。」

「畢竟是救命的仙丹，再臭也要忍耐。」

因為是房東的好意，富太郎裝在墨水瓶裡，隨身攜帶，但是臭到完全不願意拿出來用。根據他查到的資料，石碳酸溶液確實有防腐及消毒的作用。去永沼的宿舍找他時也帶著那個小瓶子，催眠自己「這是為了救命」塗在鼻孔。

永沼原本解開襯衫，正用扇子搧風，聞到他身上的味道，立刻用扇子猛搧，動作大到像是在打蒼蠅似的。

「你那個，該不會是苯酚溶液吧。」

「正是，用來預防霍亂。老師也來一點吧。」

富太郎遞出瓶子，永沼避之唯恐不及地猛搖頭。

「那玩意兒根本沒效，只是迷信。」

「才不是迷信，我還想說要不要把溶液調得更濃一點再來用。」

「那個毒性很強，要是塗上濃度更高的溶液，你的鼻子會爛掉喔。再說了，目前還不清楚霍亂的成因。」

「是這樣嗎？」富太郎垂下拿著瓶子的手。

「只能遠離霍亂流行的地方。你的故鄉還好嗎？」

「從祖母寄給我的信來看，佐川似乎還沒開始流行。」

「既然如此，與其塗那種東西，不如快點離開高知。萬一你的房東夫婦不幸得了霍亂，你可就回不去了。除非你想把霍亂帶回故鄉。」

富太郎突然感到一股火燒眉毛的焦急。

「我要回去。您說的沒錯，我應該先回佐川村避難。」

「很好，這才是明智的決定。」

「永沼老師一起走吧。」

「我要上課。只要還有學生在等我，我就不能擅離職守。」

---

36 即苯酚，用來生產殺菌劑、防腐劑及某些藥物的原料。

富太郎承諾一定會寫信給他後，離開宿舍。告訴房東夫婦改天再來收拾行李，當天就逃離住處。

快逃呀，快逃。

肩上斜揹著頭陀袋，在長滿了雜草的小徑上狂奔。途中不經意想起猶。兩人同在市區卻不相往來，也不曾在路上偶遇，所以他完全忘了這個人。

不過，應該不用擔心，猶比他可靠多了，絕對能保護好自己吧。

至於我，逃跑的速度可是很快的。

三 自由

富太郎的黑漆碗盤擺在壁龕前，祖母和猶的朱漆碗盤則放在右手邊的紙門前。一看到睡眼惺忪的富太郎坐下，猶立刻用火爐熱湯。猶從高知的女子師範學校結業，平安返回佐川。

富太郎一聲不吭地用筷子夾起烤魚，再依序將竹筍與麵麩的滷菜送入口中。用來增色的山椒嫩芽香氣四溢，眼前立刻浮現出山椒樹與花。鳳蝶的幼蟲很愛吃山椒葉，如果放著不管，可能會被吃光光。

「祖母，要再添一碗嗎？」

「不用了，富太郎呢？」

「那我再來一碗。」富太郎說道。猶屈膝前進，遞出托盤，富太郎放下碗。猶回到自己的座位，掀開鍋蓋，俐落地添飯。原本這些是女傭的工作，不知何時起猶都接手了。如果是植物或各式各樣的學問，他有信心能過目不忘，但家事完全不在他的守備範圍內，就像蒲公英的毛絮，一下子就輕飄飄地飛走了。當猶也坐鎮於岸屋做生意的地方時，富太郎著實大吃一驚。

岸屋已收掉日用品店，釀酒廠也租給別人，改為抽成的經營方式。負責營運釀酒事業的竹藏退休，所幸光靠釀酒的利潤和祖先留下來的土地、收租，即使不經商也能維持生計。新來的掌櫃叫和之助，來自三島村。他看過猶與和之助對著帳本大眼瞪小眼，一臉嚴肅時而點頭、時而發問的模樣。猶似乎也會打算盤。

富太郎接過飯碗，猶對他說：「便當準備好了。」猶太郎點頭，應了一聲「嗯」，喝口湯，又開始吃飯。

現在是明治十四年（一八八一年），富太郎二十歲了。他還是滿山遍野跑來跑去，下雨天就窩在倉庫二樓整理採集的植物或畫畫、讀書、抄書。若說有什麼細微的變化，頂多只有晚上與一起學英文的朋友談論政事。

富太郎嚼著竹筍，向祖母秉報：

「我要去東京。」

「哦，要去東京啊。」

祖母還是老樣子，氣定神閒地附和。

「上野正在舉行內國勸業博覽會。這次是第二屆了。」

「什麼是博覽會？」

「類似物產展的活動。堀見家的熙助先生會在園藝館展出作品，我想去看看。」

「是大堀見的熙助先生嗎？」

堀見家從深尾家當領主時就是大地主，坐擁佐川當地使用最多屋瓦的大宅院，所以百姓都尊稱他們家為「大堀見」。與克禮家是親戚，大富太郎四歲，因而也一起在名教館共學過一段時間，但對方畢竟是身分懸殊的士族，是上組的人，加上對方還曾在東京的慶應義塾學習。直到兩年前，熙助回村裡開墾示範農園後，兩人才建立起深厚的友誼。為了鼓勵村民種桑、養蠶、繅絲，熙助親力親為下田種地。富太郎在第一時間就去參觀他的桑園，從各種角度觀察桑樹，與熙助聊天。

你在這裡的話，我會聊得太開心，不能專心做事。晚上再來我家吧。

熙助苦笑著提出邀約，富太郎應邀前往，才發現村子裡的年輕人都來了，大家喝著酒高談闊論。儘管是富太郎最討厭的狂歌放吟，談論的主題卻是「自由民權」。不知不覺間，富太郎也加入討論。

「對呀。」富太郎對祖母點點頭，手裡還拿著筷子，一臉與有榮焉地說：「熙助先生為佐川展出的一歲桃和若樹櫻都得過獎狀呢。」

熙助給富太郎看了博覽會通知他得獎的來信，在評審的名單裡看到伊藤圭介的名字時，富太郎幾乎要跳起來了。他感覺到神農的召喚。

「那真是太值得驕傲了。你去吧。」

祖母還是不急不徐的老樣子，爽快地答應，視線瞥向富太郎的斜後方。

「阿猶，幫富太郎少爺準備行李。仔細聽他有什麼需要，以免旅途中有任何不便。」

「遵命。」

這陣子的祖母言必稱「阿猶」。

四月中旬，富太郎整理好行李，動身出發。

同行的還有岸屋的家僕——熊吉和五助。先步行前往高知，在浦戶搭上有生以來第一次的蒸氣船，繞過室戶岬，駛進神戶港。再從神戶搭蒸氣火車前往京都，當然這也是初體驗。即使對驚人的噪音與速度讚歎不已，但煤灰會把鼻孔搞得髒兮兮，只得閉上嘴巴。從京都步行至滋賀，翻越位於三重邊境的鈴鹿山，一路上採到十分珍貴的白樺樹及油瀝青的花與枝枒，再從四日市搭乘蒸氣船。

遠州灘的海相很不穩定，但他在甲板上第一次見識到了富士山，壯觀得令他不禁屏息。對於在山裡長大的富太郎而言，山一向是抬眼就可以看見的近鄰，但是在海上看到的富士山實在過於崇高。山頂上覆蓋著皚皚白雪，山脊拖著翠綠的裙襬，峰峰相連，直到天邊。

抵達橫濱港，紅瓦倉庫及洋房、外國人之多令他嘆為觀止。再轉乘蒸氣火車進入東京，新橋火車站富麗堂皇的程度看得他兩眼發直，熊吉等人也都瞠目結舌地呆立原地。祖母已經打點好了，他們在東京的住處位於名叫神田猿樂町的小鎮，是祖母同鄉的家。只要抵達那裡，就能卸下沉重的行囊。

走到停車場前，又被人山人海嚇住了。就連高知市內也很少見的人力車旁若無人地在路上暢行無阻，馬車也揚起漫天塵土地穿梭來去。除此之外，還有光著身子，穿著短外褂和肚兜的男人扛著扁擔，小跑步地穿梭於兵荒馬亂的車水馬龍中；明明沒有下雨，卻看見穿著洋裝的婦人和小姐撐著洋傘漫步其間，還以為是誰這麼裝模作樣，才發現居然是日本人，而不是外國人。

「喂，那邊的人，看過來。」

看過去，隔了幾間的距離外，有個黑帽黑衣的男人雙手扠腰，站在路邊大喊。

「少爺，他在喊什麼？」

熊吉和五助不安地靠向富太郎。「我也不知道。」富太郎疑惑地走上前去，問了好幾個行人，才搞清楚神田的方向。邁步向前，那人「喂，等一下，等一下啦」地說著追上來。看樣子好像是在叫富太郎他們。抬頭看，發現擋住他們去路的男人是巡查。富太郎這才想起來在報紙上看過，今年三月東京有超過三百個交番所改名為派出所的報導。巡查粗聲粗氣地給他們下馬威，一臉看到形跡可疑的人，非弄個清楚明白不可的樣子。

「喂，你們是從哪個藩國來的？名字？年齡？」

一副狗眼看人低的態度。他們的和服確實皺巴巴，褲管和綁腿也滿是泥濘，就連額頭和鼻子下方都被蒸氣火車的煤灰搞得髒兮兮。

「我叫牧野富太郎，來自高知佐川，今年二十歲。」富太郎大聲回答。

「土佐啊……」巡查的小眼睛精光閃閃地打量著他，明知故問：「你是薩摩那邊的人啊。」果不其然，富太郎挺起胸膛回答：「在下正是薩摩人。」

「做什麼的？是尋常百姓嗎？」

解釋起來太麻煩了，富太郎乾脆回答說家裡是釀酒的。

「旁邊那兩個呢？」

「是我的隨從，分別是負責會計的熊吉和搬行李的五助。」

富太郎回頭看了眼畏畏縮縮躲在背後的兩人，向巡查報告。熊吉是前任掌櫃——竹藏的兒子，保管祖母交給他們的現金和銀票，在旅途中負責付錢、記帳，他比富太郎小，才十七歲，五助也才十五歲。或許就是三個年輕人走在一起，才會引起巡查的猜疑。巡查要他們寫下落腳處的主人姓名，還以為終於可以走人了，沒想到巡查開始說教。

「現在的年輕人真有興致，還出來遊山玩水，土佐也真是太平呀。你們可知為了維新大業，先賢先烈流了多少血嗎？你們也應該振作起來，繼承先人的遺志，為建設近代國家粉身碎骨。」

富太郎非常看不慣他指著腰間的棍棒，作威作福的模樣。

「我們不是來玩的。」富太郎壓低嗓音回答。

「我們來參觀博覽會。就連福澤諭吉先生也在《西洋事情》裡提到博覽會，說博覽會是知識技術的交流。我是為了增廣見聞，好運用於往後的學習中，才從土佐遠道而來。」

「既然如此還在這裡磨蹭什麼，快走。」

明明是他叫住富太郎一行人，如今卻又像趕蒼蠅似的趕他們走。聽說巡查在軍官的階級中多半僅止於下士，沒有學問就算了，很多巡查根本目不識丁。因此才會在市區作威作福吧。富太郎瞥了對方一眼即轉身，不料熊吉和五助還在唯唯諾諾地打躬作揖，簡直跟搗米飛蝗[37]沒兩樣。富太郎氣沖沖地往前走。

「不就是個鄉下土包子嗎，自以為了不起。」富太郎不屑地說。

「少爺！」熊吉趕緊從背後出聲制止。「請不要初來乍到就惹麻煩。」

「我知道啦。」

富太郎踩著大步，往神田的方向走去。

以薩長土肥四藩[38]為主的政府，自從薩摩出身的大久保利通三年前遇刺後，權力的版圖就改變了。被視為人中豪傑的木戶孝允和西鄉隆盛、大久保相繼死後，肥前出身的大隈重信開始嶄露頭角，與主流的薩長勢力互別苗頭。這時土佐出身的板垣退助趁勢而起，大為揚眉吐氣。板垣要求政府賦予人民參政的權利，也就是所謂的「民權」。明治七年（一八七四年），其所提出的建白書[39]為國會開設請願之先河。換成現代的說法，可以說是「自由民權運動」的象徵。

「自由」在以前是意味著任性妄為的詞語。如果每個人都想做什麼就做什麼，很快就會失控。然而隨著新時代到來，這個名詞被賦予了新的價值。

所有人都渴望得到「自由」，所有人皆以「自由」為傲。

之所以能打倒堅不可摧的德川幕府，翻轉階級概念，也是因為民治的思想。但薩長的藩閥政治過於專橫，比舊幕府時代打壓得更厲害，導致九州地方的士族及豪農起身反抗。自由民權運動如草根般無孔不入，各藩國紛紛成立各種團體。以佐川為例，熙助也在三年前成立民權組織「南山社」，與已在政界闖出一番名堂的板垣退助有深交，還曾應板垣之邀出席政治結社的大阪大會。

當然，富太郎也讀過史賓塞及史密斯的書，積極參與集會。

可不是只有薩長燃起了維新的狼煙，就連土佐的深山都能呼吸到「自由」的空氣。

富太郎在心裡大聲吶喊。

第二天一早，富太郎立刻前往上野公園。

東照宮的山及天神山、雜木林的樹木都換上嫩綠的新衣，與春季的天空相映成趣。公園經過彼岸櫻及染井吉野櫻的花海洗禮後，如今盛開著燦爛的八重櫻。花香馥郁，連樹下都充滿甘甜的清香。青栲櫟的新芽間，枝垂櫻風情萬種地迎風搖曳，令人目眩神迷。富太郎笑得合不攏嘴。

37 劍角蝗的雌蟲被抓住後腳時，身體會不住地前後擺動，因此日本人又稱劍角蝗為「搗米飛蝗」。

38 薩摩藩、長州藩、土佐藩、肥前藩。

39 全名為「民撰議院設立建白書」，是要求政府成立民選議會的建議書，也是為日本揭開自由民權運動的文書。

「不愧是東京，我喜歡。」

「真的，人比花還多呢。」

走在後面的熊吉也興奮地說，與五助一起頻頻東張西望。有人圍成一圈坐在草地上飲酒作樂，也有一家人排排坐吃便當，總之熱鬧非凡。儘管富太郎說的喜歡指的並不是人多，但也不在意，繼續往前走。

他其實是對如此歌舞昇平的日常感慨萬千。幕末發生戊辰戰爭時他七歲，遠在佐川都能耳聞戰爭的慘烈，再過一段時間，連報上都能看到戰爭的消息。最令他心痛的莫過於上百年來皆以賞花名勝為人稱道的東叡山寬永寺受到大砲轟炸及子彈掃射，血流成河的事。整片山櫻及彼岸櫻、枝垂櫻幾乎付之一炬，留下慘不忍睹的畫面。然而到了明治六年（一八七三年），被指定為仿效西洋的公園，重新種植草木，還運來大量的櫻花樹。在那之後又過了八年，如今已恢復昔日榮景，又開始吸引人潮。

選擇上野公園做為博覽會場，大概也是看上這些賞花的人潮。會場面積超過四萬三千坪，每天的進場人數將近七千人，報紙上還說觀展人數是四年前第一次博覽會的兩倍。

隔著櫻花的樹枝，抬頭仰望建築物，轉過一個彎。在門口出示通行證，走進會場，左右兩邊設有西式的大噴水池。大概是用機器打水，只見水高高地噴向空中，水花四濺，勾勒出圓形的弧度，再落入池中。

「哇，好清涼啊。」

熊吉與五助手舞足蹈地幾乎都要把頭探進去了。富太郎在山中看到的瀑布都有些法相莊嚴，但眼前的噴水池充滿陽光氣息。飛濺的水花在春陽下閃閃發光。

正中央的那條大路不可思議地寬敞，左右兩側的紅磚建築物有如大鵬展翅。總共只有兩層樓的建築物是懸山頂造型，高度幾乎與城牆無異。路的盡頭是一座有如天守閣般高聳入雲的鐘塔，下面是上下兩層的門，可以讓人通過。再往前走，穿過中間的門，又是一座噴水池。直徑大概有十間，相當巨大，正面是富麗堂皇的洋房，有很多窗戶。

「這是名叫康德的英國人設計的美術館。」

富太郎想要說明，但熊吉與五助早已迫不及待地衝上正面的大樓梯。館內的天花板非常高，擠滿參觀人潮，也迴盪著參觀人潮的聲音。繞了一圈出去，接著前往機械館，然後是動物館、農業館。熊吉和五助興高采烈地上身前傾，不願錯過任何一樣展示品，從大型的紡織機到魚罐頭，樣樣都令他們感動不已，但隨著腳步漸漸慢下來，沉默逐漸橫亙在他們之間。

「再來要去園藝館了，還走得動嗎？」

「沒問題。」熊吉上氣不接下氣地逞強。

「累了吧？」

「少爺真是太厲害了。小的實在跟不上，可以在這裡等嗎？」

「我倒是無所謂。」

「那小的也在這裡等。」五助有樣學樣。事實上，他已經隨時都要一屁股坐在樹蔭下的厭世臉了。

「機械館附近有家茶店，你們去那裡等我吧。」

把會場的路線圖交給他們，兩人同時鬆了一口大氣，誠惶誠恐地頻頻道謝：「感謝少爺。」搖搖晃晃地走向噴水池。富太郎則轉過身去，走進目的地的園藝館。

這裡也擠滿觀光客，抬頭往展示台看去，有人踮起腳尖，盯著枝頭上的花。不知是否擔心有人摘花，展示台設置得比人還高，而且展出的盆栽又好大一盆。打造成懸崖的松樹及青楓、藤的花盆大到要兩個人環抱才能圍住，恐怕是先種在露天的空地，悉心灌溉，展出前才移到盆栽裡。

「哇，你看這個一棵就有紅白兩色的貼梗海棠，好有風情啊。」

「不就是把紅色的花和白色的花放在一起嗎，這我也會。」

東京似乎也有很多愛花人，耳邊傳來有說有笑的對話。他重複著撥開人潮往前走、停下腳步欣賞的過程，終於走到了。看了一眼展出者的解說牌，果然是「土佐國高岡郡佐川村本三野組六番地　堀見熙助」。富太郎與有榮焉，靜靜地笑了，指著名牌，前後左右看了一遍。

展出的櫻花是當地俗稱「若樹櫻」的品種，富太郎每年春天都會在深尾城附近看到這種櫻花。種植在梯形花盆裡的若樹櫻筆直而立，沒有分枝，花季已過，只剩少許零星的葉子。所以參觀的人潮幾乎都視而不見地從展示台前走過。

富太郎重新面向故鄉的櫻，小聲說。

難為你了，大老遠跑來東京，一路上辛苦了。

換來的是有些忐忑不安的回答。

還好，我被棉花和棉布小心翼翼地包起來，旅途中還算安適。問題是，誰也不肯為我駐足停留，令我無地自容。我有資格待在這裡嗎？

「這棵櫻花樹是怎麼回事？」

耳邊傳來宏亮的聲音。定睛一看，三個人停下了腳步。

「好像插著一根筷子啊。而且你們看，花都掉光了。」

「毫無風情。」

三個人不以為然地大肆批評。其中兩人皆為身材適中的紳士，頭上戴著禮帽，身上穿著羽織和服，手裡拿著拐杖。另一位是梳著髮髻的老人，穿著貌似園藝師，衣領或背部印有屋號的短外褂及工作褲。

「高度只有三尺左右，樹齡還很短吧。你怎麼看，玄老。」

老人說：「就是說啊。這棵樹再怎麼看，大概才種了三年。」

「有三年就開花的櫻樹嗎？我沒聽說過。」

老人又應了聲「是啊」，以沙啞的聲音附和：

「至少也要四、五年，如果要有像樣的花況，大概需要十年。人工可以控制開花的早晚，但樹的成長由不得人插手。」

「為何要展出這種櫻花樹呢？出品人來自土佐啊，這種東西有什麼好驕傲的，就是這樣才說沒見識的鄉下人傷腦筋。」

富太郎聽得一把火都上來了，轉身面向那三個人。

「這是播種第二年就能開花的樹。因此當地稱為『若樹櫻』。儘管樹齡看來尚淺，仍能開出滿樹櫻花。而且因為開得很漂亮，還得過獎狀喔。花瓣只有一重，形狀狹長，色澤雪白。其中也有邊緣帶著淡淡紫紅色的花瓣，別具一番風味。順便告訴三位，等高度長到一丈[40]左右，枝頭便會繁花似錦，美得令人屏息。我可以保證。」

眼前浮現這棵樹在佐川盛開的美景。樹枝及葉片、花苞都是紅色的，白色的花遍布其間，說有多美就有多美。綠繡眼及白頰山雀等小鳥都會停留在樹枝上，吸取花蜜。花期結束後，還會長出許多果實。

「你該不會是出品人吧？」

紳士的拐杖在地上敲得匡匡作響。

「不是。但我和這棵櫻花樹是同鄉，所以替他辯白一下。打擾三位參觀了，非常不好意思。感謝各位的傾聽。」

富太郎行個禮，抬起頭來，只見三人一臉啞口無言的表情，而且周圍已經圍起一道人牆了。

「自詡為花的代言人啊，土佐的怪人還真多。」

富太郎走出園藝館時，背後傳來有人挖苦的聲音。

第二天，為了達成另一個目的，富太郎前往皇城以西，內山下町的教育博物館。《懷中東京案內》的〈參觀之地〉章節裡緊接在吹上御庭、濱離宮御庭之後介紹了這座博物館。

從金石草木魚蟲類開始，不分天工人工、古今中西，館內陳列來自世界各國的數萬種奇珍異寶，就連平民男女都能買票參觀。

在正門的入口付了兩錢的門票費用，前腳剛踏進去，就被其廣闊的程度嚇到了。除了門票還拿到一張資料，寫著此處原本是島津藩邸等大名屋敷[41]的遺跡，腹地將近一萬七千坪。參觀的訪客並不多，感覺更寬敞。全東京的居民現在大概都跑去上野的博覽會了，而博覽會的主辦單位正是這座館內的博物局。

走在寬敞的通道上，走向貌似由木造平房搭著寺廟屋頂的洋房。左右兩邊也種滿樹，還能看到許多在土佐沒看過的樹。富太郎彎下腰，伸長脖子看得入迷時，不經意豎起耳朵。耳邊傳來抓撓的聲響。聽起來像猴子發出的聲音。富太郎停下腳步，抱緊包袱，從懷裡抽出剛才拿到的資料，又看了一遍，上頭以小字註明這裡附設有動物養殖場。還列出場內有熊及鹿、水牛、海狗、飛鼠、孔雀等動物，難怪一直感覺旁邊有東西和刺鼻的氣味，讓富太郎一直分心。又想停下腳步時，他連忙告誡自己今天的目的不是來參觀，轉身面向前方，大步流星地前進。

既然有機會上京，一定要來參觀這個博物局。還是小學生的時候，窮極無聊的課堂上，唯一令他著迷的只有「博物圖」的掛圖。「博物圖」上描繪著小時候在山上看過或沒看過的植物，讓他知道外國也有許多植物，依植物的部位進行分類的發想……無不令他熱血沸騰。那幅美麗的彩圖至今仍令他嚮往不已。而那幅彩圖的編輯就是博物局的小野職愨老師。

富太郎已經寫過三封信給小野老師，信上詳述博物圖是他通往植物學的階梯，他每天在山野為草木寫生、以自己的方式製作標本。也寄了感謝狀給他，感謝他們頒獎給佐川的若樹櫻。他在某個機

40 日本傳統的長度單位，一丈為十尺，約三公尺。

41 封建諸侯的府邸。

緣下看到評審名單，發現除了伊藤圭介，也有小野老師的名字。所有的信都石沉大海，這也在意料之中，富太郎只是想讓對方知道，土佐有個非常好學的讀書人。

走進陰暗的建築物，詢問警衛，順著面向庭園的走廊前進，不只一次走錯路又回頭，好不容易在最深處看到掛著木牌的門。推開門，房間裡擺了好幾排辦公桌。櫃子裡堆滿書和文件，不小心看得出神時，坐在辦公桌前的男人抬起頭來。

「這裡是博物局。你想參觀哪個展示室？不管是哪個展示室，都先穿過庭園，回到入口比較快喔。門在走廊那邊。」

習以為常的語氣十分親切，想必是經常有迷路的觀光客不小心闖進來吧。

「不是，晚生不是來參觀的。」富太郎搖頭。

「晚生來拜訪小野職愨老師。請問他在嗎？」

「你是哪裡的學生？」男人用手指推了推眼鏡。

「晚生哪裡的學生都不是。敝姓牧野，來自土佐，以自學的方式研究植物學。可以請您幫晚生引見一下嗎？」

「自學啊。你的喜好還真特殊。」男人回頭瞥了一眼。「剛才還在，可能是去跟部長開會了。請稍等。」

男人說完便起身離席。富太郎打算如果小野不在，就隔天再來，此時心情不由得飄飄然：「我運氣真好。」等了一會兒，剛才那個男人從門縫探出臉來，向他招手：「你過來。」富太郎充滿期待地走進去。門後面是狹窄的走廊，牆上有幾扇窗戶，庭園裡種植著枝繁葉茂的巨大樅樹。草地上還有貯物的小屋，木板牆邊開滿了白山吹。走廊盡頭的門半掩，眼鏡男朝裡頭喊了一聲：「老師。」富太郎跟著走進去，有個西服外面罩著白袍的男人站在屋子裡。

「打擾了。」富太郎行了一禮。「晚生是來自土佐的牧野富太郎。」

「寫了好幾封信給我的人就是你啊。」

也就是說，這個人就是小野老師。年紀大約四十過半，額頭白皙秀逸，鼻梁高挺。

「晚生來東京就是為了見老師一面。」

有些誇大其詞，聲音也比平常高了八度。不知怎地，小野露出努力忍住笑的表情，微微頷首對他說：「跟我來。」富太郎宛如被吸進去似的穿過辦公桌之間的走道。後面的牆壁也釘上了西式的橫向木板，卻掛著長長的畫軸。看到畫中人物手裡的鞭子，心想應該這是神農氏的畫像。正下方有張西式的椅子，椅子上有一位看上去同樣也是四十開外的男人。黑髮梳向兩邊，嘴角蓄著濃密的鬍子，穿著開襟上衣，襯衫的胸口繫著領結。

「這位是天產部長，田中先生。」

小野回過頭來說。富太郎聽到這個名字，意識到一件重大的事。

「難道是田中芳男先生嗎？」

「你知道我啊？」

田中以調侃的語氣說道。

「那當然。」富太郎一屁股坐在他面前的椅子上，將包袱置在膝頭，與田中面對面。

「晚生上小學時非常喜歡老師執筆的《博物圖》的動物部分。就算放到今天來看，老師的畫風依舊無可挑剔。還有《垤甘度爾列氏植物自然分科表》也帶給晚生相當大的啟發。這本書教會晚生植物有所謂的科。堇菜有堇菜科，槲寄生有槲寄生科。不過，看到櫻花屬於薔薇科時，晚生打從心底大吃一驚。仔細地比較過野生的野薔薇和原生的櫻花後才恍然大悟，兩者的花瓣及花萼都是五片，不管葉子是單葉或複葉，基部都有托葉，種子也有很多類似的地方。原來如此，這麼一來我就能理解為什麼梅花和桃花也都是薔薇科了。」

「哦。」田中原本靠著椅背，頓時坐直身體。

「自學的年輕人能看懂，還親自做了調查啊，真了不起。」

富太郎連氣都捨不得換，面向坐在田中左手邊的小野，急切地說：

「我也熟讀小野老師的《植學淺解初編》。」

「榮幸之至。」小野微微一笑。

「你住在土佐哪裡？」田中問富太郎。

富太郎回答：「一個叫佐川的村子。」

「沒聽過呢。」

小野聞言，馬上站起來，走到背後的辦公桌前，拿了一大張紙回來，在茶几上攤開。「大概是哪邊？」田中探出頭來詢問。兩人的年紀看起來差不多，田中是部長的話，小野應該是部下。

「這一帶。」富太郎也看著地圖，指著佐川的位置說：「是群山圍繞的土地，有一座名叫橫倉山的大山，構成十分有趣的形狀，在我看來就像站起來的螃蟹，一副想爬上天的模樣。」

兩人都沒吭聲，富太郎好像想起什麼，把膝頭的包袱放在茶几上。包袱裡有一疊厚達一尺左右的紙，是他這幾年來做的植物臘葉標本。雖然已經風乾，份量還是很驚人，所以他只選了一些做得比較好的，用印染了岸屋屋號的純棉包袱巾包好帶來。唯獨這件行李沒有交給五助，無論是在船上還是車上，他都須臾不離地帶在身邊。

「晚生去了土佐很多地方，打算做成土佐植物的目錄。只差一點點就能完成了。」

用完成來形容可能太誇張了，富太郎搔搔腦袋。田中和小野都看了他做的標本，翻頁的動作十分輕柔。「真難以置信。」小野真誠地說。田中也點點頭，看向富太郎表示讚許：「這是你一個人做的嗎？」

「晚生自從懂事以來就莫名地喜歡植物，想更了解植物，從而踏上研究植物學之路。但每往前走一步，又出現更多不了解的部分，所以不分晝夜地努力研究。」

「你的老師是？」

「山野和書本就是晚生的老師。像是宇田川榕菴的《菩多尼訶經》和《植學啟原》、岩崎灌園的《本草圖譜》，當然還有小野蘭山的《本草綱目啟蒙》。這些都可以說是日本本草學的巔峰之作。還有伊藤圭介老師寫的《泰西本草名疏》也是晚生的老師。」

「哦。」聽到這裡，田中正襟危坐地捻了捻濃密的鬍鬚。

「伊藤老師的《泰西本草名疏》啊。」

「他是創造『雄蕊』、『雌蕊』、『花粉』這些日文的學者。他也釐清了授粉的原理是雄蕊的花粉移到雌蕊上，生成種子。他可是西博爾德的學生喔。早在文政時代，日本的植物學就已經和世界接軌了。」

見富太郎攤開雙手，田中不禁莞爾。

「伊藤老師是我的老師喔。」

富太郎激動極了，心跳得好快。

「不瞞二位，我也給東京大學寄了信。」

當然沒有收到回信，但富太郎只是想表達問候之意，只是想讓對方知道自己的存在。土佐有個牧野富太郎。

兩人開始仔細地一張一張翻看那疊標本。

「是誰教你製作臘葉？」小野問道。

「我自己學的。寫生也只是照著描摹，幸好我從小就略有繪畫天分。」

「這上頭除了俗名以外，還有學名呢。」

「拉丁文的學名才是全世界共通的名稱，花再多天也要查出來。不過還是有很多不知道學名的植物，實在令晚生頭疼。」

「還有英文。這也是你寫的嗎？」這次換田中問他。

「是的。」富太郎更得意了。

「你也懂英文呢。」

「一邊查字典的話，勉強可以讀寫。」

「你會在東京待多久？」

「還沒決定。晚生想在這裡買書和顯微鏡，也想盡可能到處採集草木。還想去東京大學拜訪伊藤老師，這是我長年的心願。」

「老師負責在大學附設的植物園對植物進行採樣、調查，因此幾乎不去大學，整天在小石川採集植物。你去植物園找他還比較快。不，先去他家看看好了。我給你地址。」

「真的可以嗎？」富太郎簡直要樂翻天了。田中起身回到辦公桌前，寫了張紙條，把小野叫過去，遞給他，再由小野轉交給富太郎。紙條上寫著本鄉真砂町的地名及門牌號碼。富太郎握緊紙條，站起來，向田中低頭致謝：「非常謝謝您。」

「那我得去博覽會場了。先失陪。」

田中拿著禮帽站起來，似乎又想到什麼，回頭說：

「既然誕生在這個世界上，一定要做適合自己的事、為社會貢獻一己之力，這才是做人的道理。請好好加油。」

接著他露出惡作劇的眼神。

「對了，關於你口中那本巔峰之作《本草綱目啟蒙》啊，小野是蘭山老師的後裔喔。」

小野笑得眉眼彎彎，富太郎驚訝得說不出話來。

不愧是東京，不容小覷。

感覺各領域的翹楚都聚集在這裡了。

富太郎火速前往真砂町的伊藤家，可惜撲了個空，後來富太郎每天都在本鄉和神田跑來跑去。五月第二天，富太郎再次造訪真砂町。

看似商家的外觀十分雅致，大門是簡樸的冠木門[42]，前腳剛踏進去，身形挺拔的老梅立刻映入眼簾。樹齡雖老，但葉子充滿初夏的生氣，果實也綠得閃閃發光。這個季節的樹根十分翠綠，從樹上掉落的果實散落一地，修整得美不勝收。綠意盎然的夏草令人心曠神怡。還種了楓樹、紫玉蘭、杜鵑、海棠。樹下長滿苔蘚的洗手缽[43]周圍也冒出新綠的蜘蛛抱蛋。

富太郎被帶到玄關旁的小房間，房間裡熱鬧非凡，高朋滿座。等了半晌才叫到自己的名字。

「讓您久等了。」

單膝著地，跪在紙門後面的青年身形瘦削，身上穿著小倉和服，年約十七，大概是老師的學生吧。這麼年輕就能拜在伊藤老師門下……富太郎偷偷地瞄了他一眼，重新抱好懷中的包袱。房裡擺滿充滿歲月痕跡的書架，榻榻米上還有堆積如山的和書和洋書。

背對庭院坐在下座，不一會兒，穿著羽織和服的人從簷廊走進來。耳邊隱約傳來褲管摩擦的聲響，來人掀開羽織的下襬，在壁龕前坐下。

白髮白鬚，眉毛漆黑，目光也很銳利。

「承蒙博物局田中老師的引介，晚生名叫牧野富太郎。」

富太郎將雙手置於膝前，低頭行禮。

「我聽田中部長提過，說有個不遠千里而來的土佐人。」

講話速度非常緩慢。

「晚生目前正在製作土佐植物的目錄。」

「那是臘葉吧？」對方的目光停留在包袱上，富太郎將包袱移到膝上，解開包袱巾，遞出標本。

「讓我看看。」

伊藤老人稍微往前膝行挪動了幾步，小心翼翼地依序翻閱那疊紙。從頭到尾靜默無語，臉上的皺紋絲毫未動。乾燥的枝葉及花、根散發出山林的氣味。五葉黃連和蔓桔梗、眼子菜都在呵呵笑。

富太郎少爺，我緊張得全身都僵硬了。你也緊張嗎？可不是嗎？我的心臟跳得好快，感慨萬千。畢竟大名鼎鼎的伊藤圭介就在眼前。

伊藤老人倏地抬起頭。

「你說什麼？」

「沒什麼。」富太郎把頭搖成一只波浪鼓。

「聽說讓你白跑了好幾趟，真過意不去。」

「每一次都不是白跑，請不用放在心上。晚生聽聞神保町開了一家名叫三省堂的書店，跑去買了一堆書。又去拜訪機械商，買下德國徠茲製的顯微鏡。立刻拿來觀察晚生在上京路上採集到的植物，連葉脈都看得一清二楚。命令熊吉和五助——熊吉是晚生家裡的會計、五助是負責搬運行李的學徒——將醃醬菜的石頭搬到二樓，壓住報紙。採集到的植物如果不馬上壓出濕氣，製成臘葉，回鄉便無法研究細節。對植物來說，那才真是白死了。」

耳邊傳來忍俊不住的笑聲，剛才那位學生就坐在背後。

---

42 兩根柱子上有一根橫梁的門。

43 茶室前供人洗手、漱口的場所。

「原來如此，果然如田中先生所說，是個打開話匣子就停不下來的土佐人呢。」

「是嗎？晚生已經很克制了。」

富太郎沒大沒小地開玩笑，伊藤老人不禁苦笑。

「這位是我的孫子，篤太郎。」

「你好。」富太郎又回過頭，篤太郎已經收起笑容，表現出文質彬彬的態度。富太郎清了清喉嚨，重新面向伊藤老人。

「你姓牧野啊。」

「是的。晚生是打開話匣子就停不下來的牧野富太郎。」

「今後也請繼續走遍大山，製作臘葉。現今的日本學者雖然很擅長解讀西洋的文獻，卻不擅於實地考察。標本是在西博爾德老師的指導下才開始製作，歷史尚淺，目前還處於紙上談兵的狀態。所以必須用雙腳走訪每一寸土地。」

「晚生遇到令自己怦然心動的草木時，一向會先為其寫生。藉由描繪其活在這個世界上的模樣以刻劃在記憶裡。這麼一來就不會忘記了。製作臘葉則是為了以後能仔細研究枝葉和花的細節。」

富太郎說到這裡，換口氣，伸出下巴喊了聲：「老師。」

「請問製作臘葉與寫生，何者比較重要？」

「兩者都很重要。用你現在的方式就行了。大部分的學者會請畫師描繪，但是像西博爾德老師委任的川原慶賀那種畫功了得的人並不多。所以學者如果能自己畫下來自然是再理想不過的狀態。只不過，臘葉標本與植物寫生一樣重要。考察討論之際，要是沒有材料做基礎，無論在什麼情況下得到的結論都只是紙上談兵。」

「毫無用處嗎？」

「毫無用處。研究不會完成在一個人手上。必須建立在前人研究的基礎上，進行慎審的評估，再深入研究。如此一來才能交棒給下一代的學者。說得更直截了當點，留下標本也等於是為觀察的客觀性佐證。」

「客觀性。」富太郎細細品味地重複這句話。

「近代的科學需要客觀性。達爾文提倡生物並非由神創造，而是由物種本身演變成別的物種。依照他的學說，科學能讓人擺脫神的控制。在基督教的社會裡提倡這種學說需要莫大的勇氣。學者都必須像他這麼有勇氣才行。」

這位名叫達爾文的學者，肯定是敢親嘗毒草的人類。

「在故鄉認真地做學問也很好。正因為有各地的學者調查各地的植物，才能闡明日本的植物相。」他口中的「植物相」是指所有生長、分布在這塊土地上的植物。植物相的原文是flora，在西洋神話裡是掌管春天、花朵與豐收的女神芳名。篤太郎聞言，膝行上前，輕聲細語地說：

「八年前，也就是明治六年（一八七三年）的時候，祖父赴文部省編書課就任時出版了《日本產物志》的山城、武藏、近江篇。三年後的明治九年出版美濃篇，前年又出版信濃篇。」

「哦。」富太郎感到激動難耐。「是為了闡明日本的植物相嗎？」

「沒錯。靠我們日本人的雙手。」

「那麼土佐以西就交給牧野吧。」富太郎拍著胸脯，哇哈哈地仰天長嘯。

「晚生預計明天前往日光，既然如此，日光也交給晚生吧。」

這樣啊，很好，很好，非常好。

伊藤老人充滿期待地笑瞇了雙眼，彷彿能聽見他的讚許。

「老師。」富太郎想到一件事，往前探出身子。

「可以請老師賜晚生一筆嗎？」

「沒問題。」伊藤老人二話不說地應允。「篤太郎，拿筆硯來。」篤太郎從壁龕的另一個架子上取來文房四寶，對富太郎努了努下巴：「牧野先生。」示意他收起標本。富太郎趕緊用包袱巾重新包好標本，挪到屁股後面。

可能是經常應客人要求揮毫，硯台已經事先磨好很多墨。篤太郎把毛氈鋪在榻榻米上，擺上宣紙。

「你希望我寫什麼？」

富太郎想了一下，正襟危坐地說：「請您寫『群芳軒』。」

「群芳。散發出各種香味的一大片花海。」

富太郎在膝蓋上握拳，低頭承認。

「再加上『軒』這個字，是號嗎？」

「是的。是晚生的號。」

老人專注地盯著富太郎看了好半晌，整理一下衣服，把紙放在旁邊。提起筆，行雲流水地由右至左寫下三個字。等墨水乾的空檔，富太郎才發現自己兩手空空就來了。真是太不周到了，但隨即安慰自己別想太多，伊藤老師才不會在意這種小事。畢恭畢敬地收下對方惠賜的墨寶。眼睛一亮。因為

「群芳軒」的左邊還有四個字「太古山樵」。這大概是伊藤老人的號吧。

我的號與伊藤圭介的號並列。富太郎滿心歡喜，又開始口沫橫飛。從若樹櫻獲頒獎狀，在博覽會展示的事、到熙助種植桑園的事、再到土佐的草木，想到什麼就說什麼。老人也不吭聲，只是又寫了幾張毛筆字。篤太郎用眼神示意富太郎，小房間還有客人等著與老人見面，富太郎這才感恩戴德地道謝告辭。一走出大門就迫不及待地踩著木屐往前跑。

靠日本人的雙手，闡明日本的植物相。

眼前出現了無比宏大的目標，富太郎高興得不得了。

約莫十天後，富太郎心想差不多該回家了，前往博物局向眾人道別。小野命人帶他參觀小石川植物園。有生以來第一次看到比洋傘還大一號的秋田蕗本尊，而且從洋蘭到四照花，產自外國的植物也一應俱全，大小琳琅滿目。笑得合不攏嘴最能形容他當時的反應。

小野還告訴他有個名叫植玄的植木師專門處理珍奇的植物，所以富太郎立刻前往附近的駒込村拜訪，在栽種樹木的地方碰見了意想不到的人物。就是在博覽會的若樹櫻前遇到，穿短外褂的老頭。他果然不是泛泛之輩。對方顯然也馬上就認出他來，莞爾一笑。

「你來啦。我就覺得還會再見到你。」

紫木蘭盛開著繽紛的紫紅色花朵，富太郎在樹蔭下與老頭相談甚歡，買了很多樹苗及種子。

也走訪了伊藤老人住的真砂町，帶了金平糖當伴手禮。老人以莫名絲滑的聲音發出「金——平——糖」的外文音節，凝視著紅色及白色、黃色、藍色的糖粒。篤太郎看著祖父，眼裡滿是敬重。

「一、世間人人生而平等，你還不明白自己的權利嗎？」

村民們圍著用落葉焚燒的營火，高唱民權數數歌[44]。

富太郎六月返鄉，四個月後，收到板垣退助終於組成「自由黨」的消息。無須贅言，自由黨的主張是要求政府早日成立國會、實現民權。富太郎與朋友率先入黨，每當附近有演講可以聽，立刻一馬當先地趕往會場。

想當然耳，富太郎也繼續研究植物學。他將伊藤圭介的墨寶裱框，掛在牆上，依舊滿山遍野地到處寫生、製作臘葉標本。但他現在已經不算自學了。遇到不太確定名字、科屬的植物，就附上臘葉標本，寫信詢問博物局的小野或伊藤老人。他們都很樂意回答，每次收到回信，富太郎都不由得雀躍萬分。可惜伊藤老人的回信是由篤太郎代筆。

明治十五年（一八八二年）剛開年，絕大部分村民都成了自由黨員。不分男女老幼，大家都對政治極為狂熱，連富太郎以前的學生岩吉也來參加夜間集會。

「三、民權自由的社會中，你是那個尚未覺醒的人嗎？」

就連孩童都拿著枯枝，高聲朗誦。

「七、我們其實沒有兩樣，你還在卑躬屈膝是為什麼？」

聽到祖母和猶邊補衣服邊唱這首民權數數歌時，富太郎大吃一驚。後來才從祖母口中得知，猶早在讀女校時即與朋友一起入黨，只是從未在集會上遇見她。

富太郎已經在交流會上發表過好幾次演說了，鼓舞了大家的士氣。

「人人生而自由，每個人都應該擁有平等的權利。在這樣的理念下，日本政府也必須成為尊重自由的政府才行。無奈當前政府因循苟且至極，長久以來受到藩閥政治支配，熱衷於爭權奪利，打壓不利於他們的民權運動。如果社會比舊幕府時代更不自由、更壓抑，那我們不需要這樣的政府，現在正是我們土佐團結一致的時刻。我們要抱著必死的決心，為了獲得真正的自由奮戰到底。」

前往東京前，富太郎也演講過相同的內容，回鄉後得到更多的掌聲與喝采。這原本讓富太郎非常自滿，如今只覺得坐立難安、渾身不舒服。總有件事令他耿耿於懷。

沒錯，那就是東京。夜深人靜，秉燭寫信給田中老師和小野老師時，他發現自己對東京念念不忘。博物局是官方機構，老師們也不是政治家，而是公務員。富太郎不清楚政治家與公務員的區別，有時候覺得完全不一樣，有時候又覺得兩者密不可分。因為有政府的力量，才能以國家的規模舉辦那麼盛大的博覽會。因此眼前無論如何都會浮現田中和小野的臉。一旦推翻現在的政府，讓政局陷入不安，上野的景色會有什麼變化呢？掛在小學牆上的博物圖可能會被拿下來。

想到這裡，不免感佩無論世界如何變遷，都能不改其志，貫徹研究博物學和植物學的人真是太了不起了。而且每次參加黨的集會，到了要做出決策的時候，一定會僵持不下。傳統的士族與富甲一方的農民原本就很容易起爭執，農人派主張穩健地配合政府的方針緩步前進，以士族為中心的派系則不以為然地批評：「太沒出息了。」熙助也不阻止他們，只是閉著眼睛、抱著胳膊，不發一語。富太郎不喜歡他這種不乾不脆的態度。

「沒出息這句話未免也太難聽了。你們才是在虛張聲勢吧。再說了，腳踏實地的請願運動不是已經

---

44 明治時代出生於土佐的日本思想家植木枝盛為了讓不識字的人也能稍微了解自由民權思想寫的歌。

成功地促使政府下詔將於明治二十三年（一八九〇年）徵集議員，成立國會嗎？」

「成立國會本來就是人民的權利，居然還推到八年後，根本是在愚弄我們。政府只是開空頭支票，藉此分化人民的運動。」

去年冬天，為了封殺民權運動家之間甚囂塵上的「推翻政府論」，政府頒布了「詔書」。遵照天皇的旨意制定憲法，九年後成立國會。是故從今天起，不准再議論國家大事，若打破禁忌、引起騷動，將視為破壞國家安全，一律逮捕入罪。

以上是「詔書」的內容。有人利用這個機會讓原本在政府內握有強大勢力的大隈重信失勢。聽說在背後出謀劃策的是長州出身的伊藤博文。這個陰謀論在集會上也傳得繪聲繪影。

「這份詔書根本是倒行逆施，上頭怎麼就不懂呢。」

士族們還在目中無人地大放厥詞。這句話讓會場上有一半的人感到像是兜頭淋了一盆冷水，變得鴉雀無聲，另一半則「就是說啊，這是在倒行逆施」地叫囂不休。

「果然還是得推翻現在的政府。」「沒錯，憲法也要由我們自己起草。」

「請稍安勿躁。那可是詔書喔。一口咬定政府的詔書是倒行逆施，會不會太武斷了點。」

農民們臉色大變地阻止他們繼續口不擇言。會場附近通常都有巡查巡邏，若發現破壞公共秩序的演說，不僅會馬上勒令停止，可能還會罰款或逮捕異端分子下獄。

士族聞言又開始對他們嗤之以鼻。

「你們這些膽小鬼，怕官差還參加什麼運動。自由黨不需要貪生怕死之人，快滾！」

隨著這種情況一再發生，富太郎愈來愈不耐煩，最近與同伴相對無言的次數也增加了。如果大家都堅持己見，與政府的空轉虛耗有何差別。標榜「自由」的士族不願意接受別人的意見著實令人無奈，農民們不合作的態度也讓人恨得牙癢癢。每次都吵著大同小異的問題，無法盡情議論。

普羅大眾在階級社會活了數百年，確實不是那麼容易就能翻轉階級意識，富太郎不由得嘆了一口哀莫大於心死的氣，抬頭望向掛在倉庫窗口的一輪寒月。

不過，最可恥的莫過於只會批評別人的自己。只會講一堆打高空的廢話，煽動群眾。

第二天早上，富太郎逐一拜訪同伴的家，告訴他們：「我要退黨。」

「我不想再參與政治了。」

同伴中也有人表示「我也要退黨」，最後共有五人前往堀見家，向熙助報告退黨的意願。

熙助的兩側及背後站了一排士族的急先鋒，以一副隨時都要衝上來砍死他們的眼神瞪著他們。

熙助雙手兜在懷裡，又不說話了。同伴低著頭，開始賠不是。要是惹惱村子裡的長輩，日子就不好過了，更別說對方還是年輕人的精神領袖。

熙助的目光移到富太郎身上，長嘆一聲。

「我還以為你能堅持理想。」

這句話有如潰堤的暗號，簇擁著熙助的那群人開始大呼小叫。

「牧野，我看錯你了。」「什麼嘛，原來你也只會出一張嘴。」「真令我失望。你怎麼跟個娘兒們似的。」

恫喝與侮蔑此起彼落，氣氛十分火爆。富太郎才不在乎這群人怎麼想，但他至今仍對熙助敬愛有加。另一方面，他也實在不希望自己的價值再減損下去了。富太郎擠出聲音說：

「我會用學問實現我理想中的自由。」

熙助盯著富太郎看了好一會兒，沉默地微微頷首。意指他已經對富太郎死心了。

回家路上，同伴們無不意志消沉。

「事已至此，再垂頭喪氣也於事無補，打起精神來。」

「岸屋就算被孤立也不痛不癢，我們可就沒這麼幸運了。」其中一人說。

「要不然送瓶酒去給他們吧。那群人喝酒吧。」

「這或許是個好主意。富太郎少爺，可以請岸屋送去嗎？酒錢我們五個人分。」

富太郎邊走邊說：「我才不要。」

「為什麼不要？」

「我又沒做錯。既然可以自由加入政黨，那麼要退黨也是我的自由。如果這樣就要付出代價，還算什麼自由黨。吃屎吧。」

「喂，你太大聲了。」

同伴們要他小聲點，反而令他的怒氣不打一處來。解開圍在脖子上的手絹，用力揮舞。

「與其要我道歉，我寧可大鬧一場。」

揮舞手絹時，富太郎心生一計。

聽同伴說鄰村越知要舉行政論演說時，富太郎點頭如搗蒜。

「很好，採取行動吧。」

五人分頭離開佐川，前往仁淀川。仁淀川蜿蜒曲折，景緻優美，水也很清澈。他們好像要在河邊演講。富太郎彎著腰走在堤防上，腋下夾著由榻榻米那麼大的布捲成細細長長一條，半拖半抱地拽著其中一頭。單膝跪地，躲在高度恰到好處的草叢裡，繼續往前走。偷偷摸摸地從拂在臉上的雜草縫隙往下看，看見遠方的人群。

來了，來了。今天來了好多人啊，大概超過七十個。

講者站在木箱上高談闊論，今天的語氣也充滿戲劇張力，但毫無內容可言。顯然沒有任何進展，富太郎都能猜到他接下來要說什麼。今天似乎也不見巡查的蹤影。令人費解的是，巡查只會出現在平和的集會，真正需要擺平糾紛時，巡查總是拖到最後一刻才姍姍來遲。

富太郎摸到集會場所的斜上方，與河邊還隔著一片平緩的草地，所以大概有六十間的距離。不一會兒，同伴一個、兩個探出頭來，與富太郎站在一起。全都打扮得奇形怪狀。有人把毛巾綁在頭上，有人戴著舊時代的斗笠。最後現身的人手裡拿著比人還高的竹竿，打扮成消防員。

「你到底在想什麼呀？」

「富太郎少爺才是，你這樣好像小偷啊。」

彼此壓低聲線，相互調侃，準備就緒。讓竹竿橫躺在地上，拿起帶來的布。五人做好心理準備，從草葉的縫隙間觀察演講的狀況。靠近三月，堤防還能看見冒出頭的筆頭菜和芹。「富太郎少爺。」有人用手肘頂他，富太郎抬起頭的同時，群眾也開始鼓掌，掌聲中還夾雜著歡呼與鼓噪。集會進入最後高潮，時機差不多成熟了。

「好，上吧。」

富太郎站起來，「呀！」地一聲舉起手中的竹竿。旗幟迎風飄揚。「哇！」地大聲衝向草地，突襲集會的群眾。

「怎麼了？怎麼了？」

會場一片騷動，有些人呆若木雞地仰望旗幟。

富太郎向染坊訂製了用平紋細棉布做的大旗。上面的圖案不用說就是他畫的，描繪魑魅魍魎你爭我奪的醜態，用來諷刺政治家的權力鬥爭，還有自由黨的內訌。你爭我奪的魑魅魍魎背後是剛升上來的旭日，散發出放射狀的光芒。

富太郎跳到木箱上，揮舞大旗，同伴高唱：

「人人生而平等——說出這句話的嘴沒有虛偽，談論這件事的心沒有憾恨，這都是為了別人，為了自由。」

集會的主辦單位齜牙咧嘴地衝上來，富太郎揮舞旗幟，趕走對方。

「喂，快住手。」

「你們到底想幹什麼？」

退黨時的那群人抓住他的衣袖，破口大罵。

「我那麼照顧你們，為什麼要扯我們後腿？」

熙助的臉從遠處映入眼簾。看來他剛趕到會場，眉頭深鎖，一臉不曉得發生什麼事的迷惘。不，不對，他在苦笑。

你這小子，瞧你做了什麼好事。

「隨便你們要怎麼說我。但我們可不是受到莫名其妙的打壓，還能默默承受的人。」

富太郎大鬧一場，扛著旗子在河邊狂奔。

時序進入三月，後面的房間裡鋪著紅毛氈，擺上七層高的雛人偶陳列架[45]。最下面那層是漆成黑色、印有家紋的長木箱及牛車，蝴蝶腳的膳台上碗盤、筷子一應俱全，而且全都只有豆粒般的大小。但是看得出來作工十分精巧，絲毫沒有偷工減料。不過跟祖母每年陳列的物件好像有點不太一樣，富太郎不禁心生疑惑。

祖母帶著猶走進房間。剪下山上尚未盛放的桃枝插入瓶中是每年的例行公事，這總讓富太郎為桃花感到心疼。明明過舊曆節就好了，偏要改成新曆[46]，才會對不上開花的季節。

「真稀奇，沒想到富太郎也會來賞玩雛人偶。莫不是要下三月雪了。」

祖母取笑富太郎，慢慢地坐下。猶把桃花放在毛氈上，端正坐姿。隨即響起剪刀的聲音。

「祖母，這些雛人偶怎麼跟以前的不太一樣？」

祖母微微搖晃染上白霜的髮髻，笑著說：「你又在裝傻了。」

「我哪有裝傻。」

「這是嫁妝的道具。」

---

45 日本三月三日女兒節會擺放女兒節人偶，插上桃花，以祈求家中的女兒平安成長。

46 日本的女兒節本來是農曆的三月三日，明治維新後改成西曆的三月三日。

「原來如此，這麼說來，確實跟平常的家紋不太一樣。」

「這是阿猶的嫁妝，當然跟我們家的不一樣。這是我前幾年差人上京操辦，今年總算可以從倉庫拿出來了，終於啊終於。」

回頭看猶，只見她圓潤豐滿的背影。剪刀的聲音靜止了。

「阿猶的嫁妝為什麼放在我們家？」

「富太郎，你也稍微長點心思吧。上京前我不是告訴過你，也問過你的意見嗎？我問你明年三月底辦婚事好嗎？當時你可是答應了喔。」

「那不就是這個月底了嗎？」

「你這是明知故問嗎？」

「誰的婚事？難不成是我的？」

「除了你還有誰。」

總算搞清楚這是怎麼回事，富太郎目瞪口呆。

耳邊又傳來剪花的聲音。

四 冬之花園

富太郎坐在帳房裡，打了個大大的哈欠。

不要每天往外跑，偶爾也得像個一家之主在店裡坐鎮。

祖母百般叮嚀，還給他做了羽織和服，但是還不到半刻[47]鐘的時間，他就覺得生不如死。如今已不用經商，釀酒事業也租給別人，那裡的夥計偶爾會來向富太郎請教一些事，但富太郎啥也不知道。對於收租及佃農的安排也是一問三不知，最後還是只能請掌櫃和之助處理。

好無聊啊。屁股都要生根了。

打完哈欠，順便點了眼藥，拿起桌上的筆。不知是誰這麼細心，一早就幫他磨好了墨。翻開帳本，先在角落的空白處試筆。比平常用的毛筆軟，所以能隨心所欲地控制筆畫的粗細，富太郎屏住氣息，調整力道，拉出粗細相同的線條。

正所謂「善書者不擇筆」。

富太郎邊運筆邊對自己的畫功感動不已。白粉花、濱薊、珊瑚樹、水蕨和鈴懸草，一筆一畫精細

---

47 一刻約三十分鐘。

得彷彿有自己的主張。村子裡的朋友們都對他的畫功讚不絕口。即使眼前沒有草木，他也能單憑記憶一五一十地忠實重現。但富太郎反而無法理解這有什麼好驚訝，畢竟他已經用這雙手處理、接觸過太多花草樹木了。夾在紙裡做成標本前，他會先仔細觀察每個細節再畫下來，所以根本已經形成肌肉記憶了。

「老爺，我幫您換張紙吧。」

回頭只見和之助就站在身後。露出小狗忍著不打噴嚏的表情窺探他。富太郎這才發現手邊的帳本早已被他畫滿了花草。「哎呀，我不是故意的。」富太郎笑著打馬虎眼，和之助只得苦著一張臉點頭附和：「我明白，我明白。」和之助小猶一歲，所以小富太郎四歲。年紀雖輕，卻是祖母口中極為忠義的掌櫃，換個時代或許能當上小大名[48]的家老[49]。不過以家老來說，他的個性可能過於溫厚了。

和之助正要命學徒拿紙來，富太郎連忙阻止說「不用了」，站起身來。

「我想起有點事要辦，出去一下。」

他已經老老實實地坐到中午，今天應該可以交代了。

「請問您要上哪兒去？回倉庫研究學問嗎？」

「呃，不是。」富太郎退到土間[50]，套上竹皮草鞋。光是思考要去哪裡採集植物就不由得笑逐顏開。首先得回倉庫換衣服，採集植物時要換上長度及膝的和服，繫上白色腰帶。在山上很容易遭到蟲與蛇的攻擊，所以還得穿上工作褲和綁腿。

然後從肩口斜斜地揹上用麻繩做成背帶、用皮革製成口袋的胴亂[51]。以前用一整套大、中、小尺寸齊全的西洋鐵盒子來裝採集到的植物，但實在太吵了，為了不發出聲音，不得不踮起腳尖走路，結果被誤認為偷農作物的小賊。有次沿著土佐的山地走到愛媛，靠近當地人，正想請教他們怎麼稱呼植物時，沒想到當地人竟揮舞鋤頭追著他跑。心想要是被砍死可就得不償失了，富太郎連滾帶爬地逃走。正當他傷透腦筋時，剛好在高知市區看到這種胴亂。店老闆一臉得意地向他說明，這是以前打野戰的武士用來裝火繩槍彈藥的容器，明治維新後，有外國人覺得很稀奇買下來，才開始在日本民間廣為流行。

「老爺。」背後傳來猶的呼喚，回頭看，猶站在隔開店面與住家的暖簾前。

「午飯準備好了，請用。」

說是這麼說，可是當富太郎注視她的雙眼，她脖子以上都漲紅成豬肝色，表情嚴肅。

「我要出門，不吃了。」

富太郎忍不住粗聲粗氣地說。

「這樣啊。」猶的語氣也低落下來，旋即又問：「您要去堀見先生家嗎？」

「克禮那邊嗎？倒是可以去走走。」

「如果您要去的話，請稍等我一下。他送了我們一些自己家裡收到的東西，我準備了回禮。訂購的

48 大名是指日本封建時代的領主。
49 大名的家臣中地位最高者。
50 室內沒有鋪設地板的泥土地。
51 植物採集箱。

點心剛好送到。」

「那個妳送去就行了。」富太郎脫下羽織。「我去高知一趟。」

「您要去高知啊，現在嗎？」

「嗯，我要去買書。」

富太郎頭也不回地跨過門檻，掀開暖簾，走了出去。

原本提起高知只是懶得與猶糾纏，但也因此想到一個好點子。

前些日子，在高知市的師範學校執教鞭的永沼小一郎寫信給他，信上提到丸善書鋪出版了《小石川植物園草木圖說》第二卷，其中一位編輯就是伊藤圭介。

富太郎至今仍經常寫信請教伊藤老人和博物局的小野職愨。除了採集到的植物全景圖，還附上花卉及雄蕊雌蕊、葉片的詳細圖解、莖的剖面圖。再以文字詳加說明，也沒忘記寫上產地、開花的季節等等，然後才是自己要問的問題。

這朵花的俗名、學名是什麼？我有沒有弄錯科名？

不用多久，富太郎就會收到用紅筆加上說明的回信。富太郎經常滿心歡喜地反覆閱讀，激動地拍打膝蓋說：「原來如此。」但有時也會撐著下巴，杵在書桌前苦思良久。

去年發生過一件趣事，富太郎認為是「野牡丹科」的地方被紅字改成「柳葉菜科」，並告訴他俗名是「柳蘭」。但富太郎怎麼也無法接受伊藤老人的見解，再查一遍，殫精竭慮地研究後，回了一封信。

我反覆思索，還是覺得這應該不是「柳葉菜科」的「柳蘭」，而是「野牡丹科」的植物。

過了一陣子收到回信。

我也重新想了一遍，確實是「野牡丹科」的新種。洋名應為 *Osbeckia stellata, Don.*。

於是，伊藤老人將其命名為「草野牡丹」。富太郎抓著信紙，跌跌撞撞地衝下倉庫的梯子，奔向外面的大馬路。

「太棒了，太棒了！」

富太郎手舞足蹈地狂奔，直到喘不過氣來。熙來攘往的村民已經很習慣他的瘋癲行為，見怪不怪地說「原來是岸屋的小老闆啊」、「這孩子還是這麼奇奇怪怪」。富太郎一路衝進村外的梅林才停下腳步。坐在草地上，上氣不接下氣地閱讀附註。

因為忙碌，誤以為是「柳蘭」，真不好意思。我又查了一遍，確實如你所說，是「野牡丹科」的一種特殊植物。在日本應該屬於新種。外國人從未在日本採集到這種草，所以也尚未予以鑑別，但我猜應該是 *Osbeckia stellata, Don.*。如果以後有無法鑑別名稱的野生植物，也可以詢問我的益友，俄國的植物學家——馬克西莫維奇[52]老師。

最後是篤太郎的署名，富太郎猛然抬頭。梅花的新綠枝椏在春日晴空下恣意伸展。他幫伊藤老師工作到這個地步啊。不卑不亢的見解，有錯就坦誠訂正、道歉的態度令人心悅誠服。這才是研究科學的人該有的態度。不愧是伊藤老師的孫子，真有一套。

小野也保持收到幾封信才會回一封的頻率，上次還在信上邀請他：「下次你上京的時候，請務必光臨東京大學理學部。」

這裡有植物學教室。教學陣容幾乎都是重金禮聘的外國人，但也有少數幾位日本人教授。

富太郎想起這件事，轉身回家，把臉探進暖簾裡說：

「幫我告訴祖母，我近期要去東京。」

猶與和之助被他殺得措手不及，呆站著反應不過來，富太郎見狀，咧嘴一笑。

這真是個好點子。

去高知拜訪永沼，一起去逛書店，盡情購書，在旅館暢談到天明，再回到佐川已經是第三天的晚上了。

肚子好餓，家人皆已入睡，屋裡闃靜無聲。鑽進廚房，吃著湯泡飯時，在浴衣外面披上一件鋪棉羽織的祖母走進來，在富太郎面前坐下。

「你回來啦。」

「我回來了。」

祖母喝喝熱水、疊疊抹布，小聲地喊了一聲「富太郎」。

「什麼事？」富太郎吃口飯，又咬下一塊醬菜，口中咯滋作響。

「你也差不多該定下來了吧？」

「我沒有定不下來啊，我一直很踏實地研究學問。」

「你到底要讓人家等到什麼時候？」

富太郎好像知道祖母在說什麼，又好像不知道似的裝傻充愣，再咬一口醬菜。

「都三年了，你還是這種若即若離的態度，阿猶也不知道該怎麼辦才好。」

婚禮隔天，富太郎依舊與婚前無異，還是睡在倉庫裡，只有早晚用膳時出現在主屋的房間。也常常一早就請猶幫他捏飯糰，逕自出門採集植物，直到三更半夜才回家。換句話說，他一個月幾乎沒幾天在家。就算勉強坐在帳房，也頂多只能撐到中午。

「你也稍微考慮一下那孩子的立場，她太可憐了。」

祖母的言下之意大概是指他都不去猶房間的事，大概也暗指他們之間還沒有子嗣的事。祖母擔心猶沒面子。

「我不是故意的。只是做學問的時候，時間一眨眼就過了，回過神來，天已經亮了。」

52　Carl Johann Maximowicz（一八二七－一八九七），俄國植物學家。

聽起來很像砌詞推託，但富太郎並沒有撒謊。猶替祖母執掌家中的大小事，安排得面面俱到。但也因此主屋不再像以前那樣無拘無束、自由自在，導致他怎麼都提不起勁回主屋。他也不是因為討厭猶才刻意疏遠。從小就住在同一個屋簷下。對富太郎而言，猶的存在理所當然，理所當然到不由得忘了她的存在，就像自己的親妹妹。事到如今卻要他們結為夫婦，要他把表妹當成妻子，富太郎光想就覺得心情沉重。

「我吃飽了。」富太郎放下筷子。

「路上小心。」

「什麼？」富太郎抬起下巴問道。「東京。」祖母撐著眼皮窺探他的反應。

「聽說你又要去東京了。」

「哦，對啊。謝謝。」

祖母慢條斯理地站起來，對富太郎說聲「晚安」，走出廚房。祖母的個性十分乾脆，是左鄰右舍都豎起大拇指稱讚的，不只對富太郎，她也從未對下人說教嘮叨。然而這陣子卻經常露出憂心忡忡的表情，或者是像今天這樣苦口婆心地勸說。幫富太郎討了一個身上流著牧野家血脈的媳婦，祖母應該可以放下肩膀上的重擔，不料世事總無法盡如人意。但那並不是猶的錯，當然也不是祖母的錯，應該也不是富太郎的錯。

富太郎告訴自己。比起東京，這些都不重要。從廚房的後門走進後院。一輪菜籽油色的明月高掛在倉庫的屋頂上，看起來碩大無比。

四月，富太郎終於如願上京，這次還帶著佐川的朋友。兩位朋友上京是為參加大學預備門[53]的考試，富太郎決定借住於飯田町的表長屋[54]二樓。

天氣好的時候就拿著地圖到處採集植物，也去了板橋的小豆澤及江戶川沿岸的小岩村。下雨天則留在家裡寫生、製作標本，與故鄉的生活幾無二致。常常回過神來，天已經亮了，稍微休息一下又出門。東京有好幾家連外文書都應有盡有的書店，還有一帶開了一整排園藝行，也經常去上野的博物局找小野。

伊藤老人和篤太郎住在本鄉。有次心血來潮去本鄉真砂町拜訪，老人不在，女傭告訴他篤太郎去英國的劍橋大學留學。富太郎撲了個空，深感無奈。

什麼嘛，枉費我想跟你討論研究成果。如果要去留學，至少也該告訴我吧。居然一聲不響地跑去留學。留學啊，真好。我也想去留學，至少不能再渾渾噩噩地過日子了。

些微的失落反而變成富太郎的動力，富太郎打起精神，為自己加油打氣。

然後是七月某日的今天，富太郎前往神田的一橋。終於要拜訪東京大學的植物學教室了。富太郎穿上特地訂做的龜甲紋白色大島綢和服搭深藍色長褲，看得房東老太太的眼睛都發直了。

「這牧野先生，仔細瞧瞧，長得還真是眉清目秀啊。」

平常總是蓬頭垢面、頂著亂髮四處遊蕩，跟尋常百姓沒兩樣，打扮起來簡直判若兩人。腳底踩

53 第一高等中學的前身，東京大學的預備教育機構。

54 蓋在大馬路邊的長屋。

著全新的竹皮草鞋，用印有家紋的縐綢包袱巾包起草木標本。這是成婚時，祖母送給親朋好友的紀念品，隨他平常用的棉布包袱巾一起放在行李裡，從佐川寄來給他。行李由猶打包，所以大概是猶放進去的。打開素色的薄木箱時，聞到香味的同時，彷彿也能聽見輕聲嘆息。

從飯田町往南走，在九段坂下左轉，過俎橋，再沿著外濠往東南方前進。鋪好的路很寬敞，空地上有幾個穿短外褂的男人正用畚箕運土、堆木材。還沒反應過來，眼前突然出現洋房，鐵欄杆周圍的腹地一直線地種了一整排日本冷杉。就像長官強迫新兵立正站好，感覺非常憋屈。但他已經徹底退出民權運動的行列，想再多也無濟於事。這片土地原本好像是大名的宅邸，不知是否換了土，看不見一絲綠意，只有一望無際的土黃色。剩下幾棵樹冠較大、枝幹很粗的朴樹和松樹孤零零地兀自生長。唯有經過那些樹下時，會吹過一陣清涼的微風。不知走到第幾棵樹蔭下，富太郎停下腳步，從懷裡拿出地圖，確認自己的所在位置。

地圖是博物局的小野隨手畫給他的，最近東京的官廳動不動就搬家、改名，大概是擔心坊間的地圖跟不上更新的進度。

正覺得候客的人力車變多了，比馬路再高一層樓的小山丘上有一片鐵欄杆。戴著斗笠的車夫問他：「小哥，你要去哪裡？我載你去。」富太郎置若罔聞地找到大門，爬上樓梯。廣闊的土地上林立著建築物，但樹木的種類還是很不吸引人。

再往前走一小段路，終於抵達大隈重信府。日西合璧的大宅從濠溝對面映入眼簾，還有一座塔，地圖上寫在前面左轉。順著出現在右手邊的東京外國語學校前進，盡頭似乎就是東京大學。好不容易走到門口，給守衛看小野幫他寫的介紹函，進入校區。

校舍皆為刷上白漆的兩層樓洋房，唯有懸山式的屋頂搭著瓦片。入口也是唐破風的造形，卻有著又稱陽台的西式露台。窗戶也是上下對開的西式窗戶。到處問人，終於找到位於別館的理學部植物學教室。

走在有很多窗戶的走廊上，貌似英語的朗誦聲不斷傳來。真不愧是大學，富太郎不由得肅然起敬，走向出現在轉角處的人影。

「請問矢田部教授在嗎？」

再次出示介紹函，穿著窄袖和服搭長褲的男人喃喃自語說：「你來找矢田部教授啊。」然後露出想起什麼的表情說：「這麼說來，他前幾天好像提過這檔事。」

男人推開門告訴他：「老師正在上課，請在此稍等。」

教授室的正前方有張紅色的長方形桌子，背後是壁腰[55]和長形的窗戶。富太郎坐的椅子周圍也擺滿高度頂到天花板的書櫃，密密麻麻地塞滿了書。還有陳列日文書的書架。

等了一刻鐘左右，矢田部教授總算現身，年約三十過半，是個西裝筆挺的紳士。在富太郎對面的椅子坐下，說起話來神采飛揚，快活地帶了許多動作。

「萬國園藝博覽會要在俄國的聖彼得堡舉行，本校也會參加喔。四月總算寄出三百六十種臘葉，為了這件事，我經常去找博物局的小野商量。在那裡聊到你——Mr. 牧野。」

---

55 牆壁較低的部分。

矢田部良吉的父親是蘭學家、母親的娘家則是沼津藩士，從小就學習英文和數學。長大後跟著擔任駐外大使的父親遠赴美國，在康乃爾大學留學時，聽從教授的建議修習植物學，大概是這樣。之所以說大概，是因為他講話夾雜著流暢的英語。坐在斜對角的松村任三副教授與站在牆邊的教職員不時朗聲大笑，富太郎拚命盯著矢田部的嘴角，在臉上堆出笑容。

他感到十分窩囊。在佐川時，理科當然不用說，和、漢、英學也都遠遠地甩開別人八百條街。雖然也經常召集一起做學問的朋友開讀書會，拿著字典用英語討論，但作夢也沒想到自己會聽不懂這麼道地的英文，嚇得他冷汗都要噴出來了。必須更努力學英文，心裡又增加了一個目標。

「聽小野先生提到土佐有個非常好學、志向遠大的青年時，我覺得好懷念。」

矢田部沒頭沒腦地說，富太郎更困惑了。

「元治元年（一八六四年），我十四歲的時候吧，為了研究學問，從沼津前往江戶。但我的英語是跟土佐人學的喔。我的恩師名叫中濱萬次郎。」

富太郎情不自禁地驅身向前。

「您向中濱老師學過英語啊。」

富太郎在報紙上看過這位奇人的報導。誕生自漁夫之家的萬次郎在足摺岬的海上遭遇強風，發生船難，所幸在伊豆得美國的捕鯨船救助。雖然撿回一條命，但當時日本尚未開國，萬次郎有家歸不得。只好隨捕鯨船前往美國，上岸後幸得船長收養，教他英語及數學、航海術等等。離奇的命運到這裡還沒有結束。萬次郎於幕末歸國，遭幕府扣留、調查了好長一段時間，終於得以返鄉，在土佐藩取得武士身分。因為能說一口流利的英語，對海外的知識也很豐富，不久後，萬次郎就受到幕府的延攬，賦予直參旗本[56]的身分與姓氏。在那之後，不曾看到他的訃文，在高知生活時也沒有再聽到他的消息，所以現在或許還在東京。

「東京大學的前身是開成學校，他曾在開成學校教英文喔。」

矢田部說得眉飛色舞，雙眼閃閃發光。聊了一會留學時代的趣事，突然冒出一句「Excuse me.」，視線落在富太郎膝上的包袱。

「那是你的標本嗎？」

「您看得出來啊。」

富太郎正要開口說明，矢田部搶先一步說：「是小野老師告訴我的。」

「他說以無師自通而言，你真的很了不起，能把土佐的植物做成那麼多標本，除了你不作第二人想，對你讚不絕口呢。」

富太郎在他的催促下解開包袱巾，其他人也圍著富太郎，紛紛伸手拿來看。副教授松村讚歎不已：「這完全是專業級的作品。」還順便取笑一下年輕的職員：「做得比你還好呢。」矢田部也摩挲著濃密的鬍子，一臉佩服的模樣。他的指甲修剪得很乾淨，表面充滿光澤。

跟平常一樣滔滔不絕地說明過一輪後，矢田部趁他換氣的空檔又開口了：

「製作標本很耗費體力，所以也有學生輕視標本，認為這只是研究的材料。但說真的，標本其實是活生生的本草圖鑑。歐洲早在兩百年前就稱標本為乾燥的庭園，但我比較喜歡另一種說法。」

56 直屬於幕府將軍的家臣。

矢田部在臉部前方豎起一根手指。

「Winter Garden，冬之花園。」

富太郎在心裡複誦「Winter Garden」——多麼美好的一句話。富太郎迎著矢田部的視線。

這個人真心喜歡植物，真心熱愛植物學。

太好了，這次上京也遇到貴人了。

「教授，」富太郎從整疊標本底下抽出一張標本。

「這個長得跟雙腎草一模一樣，但不僅比雙腎草大一號，花瓣的顏色及雄蕊的形狀也與雙腎草不同。可以告訴我這是什麼植物嗎？」

雙腎草在春天會開出帶點紅暈的藍色小花，然後結果，度過夏天。因為果實的形狀很像狗的睪丸，就被取了一個如此可笑的名字[57]。前幾天看到的花跟雙腎草的形狀一模一樣，引起富太郎的注意，仔細觀察。發現花瓣的顏色比較藍，雄蕊的顏色和形狀也跟雙腎草不太一樣。雙腎草的雄蕊是白色的，這比較偏群青藍。

「嗯……」有人發出宛如喉腔共鳴的低吟，但不是矢田部，而是副教授松村。

「雄蕊確實不一樣呢。這是在哪裡採到的？」

「永樂町的堤防。」

「說不定是外來種的植物。」

松村年約三十，長了一張瓜子臉，同樣穿著西服。這個人也是武家出身吧，身姿十分端正。

「最近很多喔。與舶來品一起從港口不斷入侵。傳統的本草學者都這麼說，我也認為八九不離十，只是不敢斷定。因為我們連自己國家的植物相都未能完全掌握。牧野老弟是第一次看到，但說不定這種植物從遠古就存在了。懂嗎？」

「懂。」富太郎點頭如搗蒜。

「這麼說來，丸善出了一本《日本植物名彙》。我已經請書店調貨了，但很可能翻了書也查不到。」

松村與矢田部互看一眼，臉上浮現笑意。松村無言起身。日文書架旁的桌子似乎是松村的辦公桌，與矢田部的桌子呈直角。桌上的書堆積如山。不一會兒，松村又回來坐在椅子上。

「是這本嗎？」

松村放在桌上的書正是剛才提到的《日本植物名彙》，封面印有「東京大學教授矢田部良吉調查研究、東京大學副教授松村任三編纂」。

「這是教授們編的書啊。」

居然沒注意到，真是太粗心了。

「別往心裡去。光是土佐年輕人知道我們剛出版的書，就已經很欣慰了。是吧？矢田部教授。」

「對呀，這可是第一本由日本人編纂的日本植物總覽。」

「太感謝了。我也想研究法國的《日本植物目錄》，可是在鄉下根本買不到，找得我好苦。」

「你也知道那本書啊。」

---

57 雙腎草的日本和名「イヌノフグリ」意為狗的陰囊。

《日本植物目錄》是法國的植物學家弗朗謝[58]和薩瓦蒂埃[59]針對日本的植物撰寫的大作，發行於十年前。薩瓦蒂埃是為了在橫須賀製鐵所工作的法國人而赴日的醫生，在日本停留的期間與本草家變成好朋友，將採集到的大量標本寄回祖國。醫生因為要了解藥效，通常對植物很有研究，這點放諸各國皆準。巴黎的博物館員兼植物學的研究者弗朗謝研究他的收藏品，與薩瓦蒂埃共同執筆，出版了這本目錄。令人眼睛一亮之處是他們引用了岩崎灌園的《本草圖譜》及飯沼慾齋的《草木圖說》，也寫出日文的俗名。

換言之，可以從日本的先賢留下的植物圖對照植物的形狀，再從日文俗名推敲那是什麼植物。

「實不相瞞，晚生也正想製作土佐的植物目錄，但願有朝一日能完成。」

富太郎和盤托出潛藏在內心的雄心壯志。那是他這輩子一心一意追求的理想，告訴博物局的小野和田中時，他們都對自己寄予厚望。也因此小野至今仍非常支持他，事無鉅細都願意大力支持。

「伊藤圭介老師教過晚生，植物學是以實物為對象的學問，不能限於紙上談兵，必須走遍山林原野，靠日本人的雙手闡明日本的植物相。」

不料矢田部面無表情，一點反應也沒有。松村等人也眉頭深鎖。

「問題是，舊幕府時代的本草學能闡明日本的植物相嗎？」

矢田部自言自語似的說，蹺起的二郎腿微微抖動。

「世界通用的學名都是用拉丁文寫成。唯有得到學名，日本的植物才能被全世界看見。不學習歐美的植物學，僅是漫無邊際地採集植物，只會愈來愈落後於全世界。」

松村幫忙解釋。富太郎明白學名的重要性，但看不慣他們把嫌棄寫在臉上的態度。富太郎壓抑內心的不以為然，拿起眼前的《日本植物名彙》。仿照外文書裝訂成向左翻頁，文字也以橫式書寫。翻了幾頁，拉丁文的文字底下有用片假名寫的日文俗名，雖然只有部分，有的還加上了漢字。

「裡面提到的植物多達兩千四百零六種。」

真是浩大的工程。不過「名彙」是字典的意思，所以並沒有附上植物圖，也完全沒有提及特徵，僅能對照和洋的名稱。

「日本的植物學接下來才要展現真本事喔。」

矢田部清了清喉嚨。顯然看穿了富太郎的失落。

「為了鑑別本國的植物名稱，必須將標本送給外國的植物學者，請他們調查。而且不會馬上得到回覆，所以標本室裡不知為何的植物標本堆積如山。」

「還有標本室啊？」

「剛才不是說過了嗎？我很重視標本，也為採集標本走遍全國。」

這句話令富太郎如釋重負，因為他覺得松村似乎有點瞧不起採集植物的行為。

「晚點讓人帶你去標本室參觀吧。」

「可以嗎？」

「Sure。」矢田部點點頭，發出磊落的笑聲。

58　Adrien René Franchet（一八三四－一九〇〇），法國植物學家。

59　Paul Amédée Ludovic Savatier（一八三〇－一八九一），法國海軍醫生暨植物學家。

「這裡的書也任你閱讀。東京大學植物學教室很歡迎土佐的好學之士。話雖如此，包括我和松村兄在內，一共有五名教授，本科加選修的學生只有十一人，是個small family。Welcome, Mr. 牧野。」

富太郎興奮地回答：「Thank you, Sir.」握住對方伸出的手。矢田部的手很光滑，有如女子般柔軟。

玻璃窗外已夜幕低垂。

祖母，我可以自由進入東京大學的植物學教室了，您的孫子並沒有埋沒在深山裡。

隔著影影綽綽的枝頭，尚能瞥見一抹夕陽餘暉。

「還是一樣髒亂呢。」

市川延次郎與染谷德五郎異口同聲地抱怨。

「真是的，一點也不像人住的地方。這是動物的巢穴吧。」

不只堆滿書本和標本，窗邊與牆邊都掛著成把成把採集到的植物。榻榻米上鋪著舊報紙，沾滿泥土，每次拉開紙窗，乾燥的細碎葉片及粉塵就會漫天飛舞。「你也稍微打掃一下嘛。」市川苦笑著移動書本，染谷也用手推開報紙，挪出空位坐下。

「房東太太也氣急敗壞地說這裡好像狸貓的巢穴，萬一長蟲該怎麼賠她。大學在青長屋租的房子不也是這樣嗎？很適合你們。」

富太郎裝瘋裝傻地捧腹大笑。

市川與染谷都是植物學教室的學生。去年夏天富太郎獲准進入教室後已過了一年，但他去年返鄉過盂蘭盆節，上個月再次上京，也就是六月中的時候才跟他們變成好朋友。成為好朋友的契機是富太郎幫忙植物學教室搬遷，過程中跟他們熟了起來。

理學部要移到座落在本鄉本富士町的新校舍，將在那裡展開九月的新學期。理學部原本分成化學科、工學科、數學物理學及星學科、地質學採礦學科、生物學科等五大學科，生物學科又分成主修動物學或植物學。學生的在學期間為四年，最後一年才會分主修學科，確實如矢田部教授所說，學生人數少得可憐。不料校舍的興建進度大幅落後，只好先搬到為醫學部附設病房大樓而蓋的建築物裡。富太郎百般無奈地四下張望，用牆壁隔開的房間依序排列，無疑是病房的蓋法。而且植物學教室只分到其中三個房間。

三個房間分別是教授室及講義室、實驗室，沒地方讓學生用顯微鏡觀察植物。因此只能把桌子擺到走廊上研究，不知是誰起的頭，稱這裡為「青長屋」。

用於實驗的植物來自大學附設的小石川植物園。自富太郎第一次上京以來，已經去過無數次了。植物園的前身是幕府御藥園[60]，已經有兩百多年的歷史，面積超過四萬八千坪，還有專任的園丁及木工。每次在那裡看到白髮白髯的身影，富太郎總是不在乎周圍的眼光，嚷嚷著衝上前去。

「老師！」

伊藤老人帶著幾名助手，一如既往地蹲在草地或土地上。有時穿著白色麻料的和服搭配藏青色的裁着袴[61]，頭上綁著毛巾；有時則穿著西服、戴著西帽。每次都向助手介紹他：「這位是牧野老弟，他

60 栽培藥用植物的花園及其關聯設施。
61 指與傳統和服搭配的務工用長褲。

是土佐人。」但總捨不得停下手邊的工作，草草丟下這句話就重新展開挖掘作業。就連一旁的貓咪靠過來，豎起尾巴，顫抖著身體依偎在腳邊也任由牠去。老人大概只聽得見他面前的花草低語。富太郎不敢打擾他，總是快步離開，但有時也會不自覺觀察起老人手邊的花草。

「那是亞米利加芋環[62]吧。」

那是一種紅花短瓣，在日本山地看不到的植物。伊藤老人只簡短地回答：「嗯。」

「我改天再去府上打擾。」

沒有應聲。光是能見到伊藤老人，富太郎已經覺得很幸運了。意氣風發地在園內繞一圈，在門口與市川等人會合，一見面就滔滔不絕地講述伊藤老人的種種，導致他們避富太郎唯恐不及。

為了搬遷教室，三人都拖著推車。雖然雇了挑夫，卻不敢把書及標本交給他們搬運，深怕他們動作太粗魯導致書或標本損傷甚至丟失。所以為數量龐大的書與標本分類，用和紙和油紙包起來，裝進木箱，放上推車就成了學生的任務。富太郎自告奮勇說要幫忙。往本鄉的方向有很多上坡路段，不管用拖的還是用推的都很吃力，汗如雨下。

這天的回家路上也一起上澡堂，洗完澡，市川邀請眾人去他家玩。他好像是千住大橋邊某家酒鋪的公子，聽說富太郎的老家以前也是釀酒廠，興高采烈地拍著膝蓋說：「真巧。」富太郎補上一句：「但我酒量很差。」換來市川笑著揮手：「真沒勁。不會喝酒的人就回家吧。」作勢趕他回去。

市川的母親為他們送上洗乾淨的浴衣，讓他們倚著欄杆納涼，拂過河面的風令人心曠神怡。掛在屋簷下的瓦葦[63]與風鈴也充滿江戶風情。

某天在搬到新家的標本室作業時，得知一件意想不到的事。當時富太郎以滿懷嚮往的口吻提到標本的充實度：

「教授真的好厲害啊。看到他，我才意識到自己真是井底之蛙。一定得快點完成土佐的植物目錄才行。」

「不，這裡的標本幾乎都是松村副教授做的。」

「可是矢田部教授說他最重視製作標本。」

「是這樣沒錯。」染谷跳出來打圓場。

「他很重視標本的製作，上課時也強調這點。但他並不動手。」

喜歡採集植物，為此全國走透透並不是吹牛，只是他對帶回來的植物絲毫不感興趣，將製作標本的作業全部丟給松村副教授。

「教授非常忙碌喔。除了教課以外，還有很多公務，忙到沒空寫論文的教授在所多有。而且悠夕不僅四處演講，也致力於提升音樂教育及女子教育。」

「悠夕」是矢田部的綽號，因為他總是動不動就問學生：「You see, you know?」富太郎不是他的學生，還沒聽他說過這句話。

「還要成立羅馬拼音學會。我聽說他也參與了新體詩運動。」

最近廢除漢字的觀點甚囂塵上，從學者到政府高官都捲入論戰。

62 即西洋樓斗菜，又稱夢幻草。

63 水龍骨科的常綠多年生蕨類。

「其中文以悠夕特別熱衷。」市川儼然官僚似的挑起秀麗的眉毛。

「還要參加鹿鳴館的舞會。聽說他受邀和夫人前往共舞。這麼一來肯定very busy啊。」

「原來如此。我不會跳洋人的舞，但我決定今後無論什麼事都要用羅馬拼音記述。我試過用英文記述，但是用羅馬拼音要來得快多了，而且比較不容易出錯。」

話雖如此，但從小就習慣使用漢字的人，著實無法認同廢除漢字的觀點。要拋棄文字或草木非常容易，但是若有朝一日想撿回來，恐怕曠日費時，甚至可能撿不回來。

「你很崇拜悠夕呢。」

市川與染谷相視一笑。

「那當然，他對我有允許自由進入教室的恩情。」

「少來了，恩情二字太不適合從你這種厚臉皮的人口中講出來了。」

「是是是，你說的對。」富太郎言不由衷地回答，但是在使用大學的標本或文獻做研究時，疑問很快就能得到解答，也能糾正謬誤。偶爾還能把書借出去，富太郎花上幾天，焚膏繼晷地看完後，再抄一遍。幾乎每天都能增加新知識。

市川、染谷放暑假的時候也經常與他會合，一起去採集植物。拒絕幾次後，實在不好意思再拒絕市川家端出的酒，陪著共飲了幾次，每次都爛醉如泥。終究逃不過投身民權運動時深惡痛絕的狂歌放吟，三人想像著鹿鳴館的舞會，手舞足蹈。

「我們三個人來出版植物雜誌吧，靠我們的雙手打造一個可以更自由發表研究成果的空間。」

富太郎邊跳舞邊說，市川舉雙手贊成：「這個主意好！」染谷也興奮地跺腳：「來做來做。」

「有朝一日一定要出版。」

「不能等有朝一日，必須馬上著手進行，天曉得明天會不會被馬車撞死。」

「土佐人比江戶人還心急呢。」

「我比較希望你用不服輸來形容我。」

其實他早就想跟故鄉的朋友一起出版學術雜誌，甚至還請同鄉的文士寫好了序。只可惜同伴中一個、兩個陸續上東京遊學，富太郎也頻繁往返於土佐與東京，距離出版始終差那臨門一腳，如今整疊論文原稿還躺在葛籠[64]裡，不見天日。

「問題在於要怎麼印刷。如果以謄寫的方式，準備一百本要花太多時間了。」

「這還用說嗎？再說回來，根本無法用抄的抄一百本。」

「不，我在故鄉做過這種事喔。研究學問的集會用的冊子就是以抄寫的方式生出來的，大概抄了三十本左右。最後手臂痠得舉不起來。」

市川與染谷聽得目瞪口呆。

「但如果是植物雜誌，我想放上植物的圖片。同樣的圖案畫上一百本，肯定沒時間寫論文。」

「比較聰明的做法還是請畫師描繪，再請人印刷吧。」染谷從富太郎的桌上拿起一張畫到一半的紙。染谷也喜歡畫畫，每次來富太郎的住處都會擅自拿他的畫來看。

「浮世繪師就住在我們家附近，我去問問看。」

---

64 用藤蔓或竹葉編成的盒子。

市川眼睛一亮，拍了一下手。

「還可以請他介紹書肆給我們。書肆會從印刷到出版一手包辦吧。」

「不，我想放上自己畫的植物畫。不懂植物的人來畫一定會出錯。」

他在佐川也教過畫師描繪植物，但愈是善繪的畫師愈容易隨心所欲地亂畫，問題是只要葉子的形狀或果實生長的模樣稍有不同，就會產生謬誤。更令人頭疼的是，往往不管細節畫得再怎麼正確，看起來就是不像那棵樹或那朵花。富太郎也不曉得原因出在哪裡，總之教不來。

「這樣啊。」聽完他的說明，染谷正色地說：「畢竟像你這麼會畫的人少之又少。你向畫師學了幾年？」

「沒有，我都是自己寫生，沒學過畫。硬要說的話，本草書及外文書、博物圖的圖片就是我的老師。我習慣什麼都靠自己摸索。」

「我還以為你向大師學過繪畫呢。」染谷不可置信地說。

「沒有。我小學也只讀到一半就輟學了。因為學校教的都是我已經知道的事，簡直浪費時間。後來莫名其妙成為小學的授業生，還教過書呢。」

染谷與市川一臉瞠目結舌。富太郎才覺得奇怪，這有什麼好驚訝的。

「這傢伙果然不是正常人。」市川笑得前俯後仰。

「兩個國中畢業的選科生與小學都沒畢業的人一起出版植物學的雜誌，不是很痛快嗎？」

見富太郎一臉訥悶，染谷重新盤腿坐好：「你不知道嗎？」

「我們都不是本科生，而是選科的學生喔。」

「我倒是經常聽到選科生這個詞。」

但他從未放在心上。

「我們也因此經常受到差別待遇喔。」

只有預備門畢業的人才能進入本科就讀，但只要國中畢業就能以選科的方式入學，不過只能選修一部分課程，就連大學的圖書室也有閱覽的限制。好像也拿不到學士學位。

「本科、選科的身分不一樣。用現在的說法就是學歷不同。」

「光看學歷無法判斷有沒有學問吧。」

「本質上是這樣沒錯。但是由公費經營的大學還是很嚴格。學生裡也有派系，分成推崇舊幕府士族傳統的人與站在新政府那邊的人。然而不管兩邊怎麼鬥，我們選科生如果不出國留學，在學術界就沒有將來可言。」

富太郎才不相信什麼身分或學歷。現在已經明治十八年（一八八五年）了。不過他又想起就連為了爭取自由民權的運動都有派系鬥爭。為了爭一口氣、為了面子，不斷內耗的內鬥著實令他煩不勝煩。富太郎感覺有一股火熱的衝動自丹田湧上心頭。

「既然如此，自己的路不如由自己開拓，來出雜誌吧！放上我們的論文，讓世人見識我們的本事。」

富太郎說到這裡，屈起一邊膝蓋，扭轉上半身，把手伸向背後捲成一團的墊被。抓住幾張報紙，看了一眼報上的新聞。

「怎麼沒有。我明明今天早上才看到。染谷兄，可以幫我拿一下你膝蓋旁邊那張嗎？」

「你在找什麼？」市川問他。

「現在最流行的石版印刷廠啊。我記得好像看過石版印刷廠的宣傳報導。」

「這個嗎？」染谷把報紙放在三人膝頭的正中央。

「沒錯，就是這個。玄玄堂。」

其餘兩人也探頭來看，唸唸有詞。

「物美價廉，大量印刷，無所不包……嗎？」

「我想去這裡看看。」

「再怎麼物美價廉還是得花錢吧？」染谷露出擔心荷包的表情。他很少提起本所的老家，所以不是很清楚內情，但他的穿著打扮確實遠比市川簡樸，也沒邀他們去家裡玩過。

「如果減少發行數量，由我們分頭謄寫呢？」

「不行，染谷兄，別這麼早放棄。我打算去印刷廠，拜託他們教我石版印刷的技術。」

「請他們教你？」

「對呀。如果是以前的木版印刷，必須由雕版師和印刷師分工合作，而且得修業好幾年才能出師，但石版印刷使用近代最先進的機器。我打算不要薪水，求他們讓我幫忙，再利用空檔請他們教我技術，應該能學到一點門路。」

「所以你想借用他們的機器來印刷嗎？他們才不會輕易答應你呢。」

「我會買印刷機，送到土佐。」

富太郎完全是想到什麼說什麼。

「如此一來，即使回到故鄉也能繼續印刷。就連你們在教室上課時，我也在土佐努力地印刷著。」

「等等，你要買印刷機？」

「對呀。」

「這句話說得真是太豪氣了。」市川露齒一笑，染谷聽得目瞪口呆。

「只要擁有技術和機器，不只這次的雜誌，也能印製土佐的植物目錄。」

不僅如此，有一天我要印製日本的植物目錄。

讓更多人知道自己的研究成果，就能普及知識。啟發周遭的人，喚醒大家對植物的了解，這才是做學問的目的。再說了，大學的圖書室有那麼多外文書，日本人也應該發行自己的印刷品。此時此刻的日本正無所不用其極地從海外進口各種有形無形的東西，問題是，最了解日本植物的應該是日本人才對。他眼前浮現出日本的植物學在不久的將來遠渡重洋，擺在歐美植物學者書架上的模樣。

感覺收攏在背後的羽翼正蠢蠢欲動，彷彿就要發出振翅高飛的聲響。

「總而言之，請市川兄和染谷兄專心寫論文。」

兩人面面相覷。

「是不是先徵求悠夕的首肯比較好？」「嗯，自作主張好像不太好。」

「那就拜託二位。我八月中還得回鄉一趟，所以等新學期再開始吧。到時候有勞二位多幫忙。」

「沒問題。」兩人皆以蓄勢待發的表情應允。

返鄉後，富太郎立刻研擬雜誌的草案，寄到東京。兩人似乎也向矢田部報告過此事，市川回信告訴富太郎，矢田部爽快地答應了。

> 他很高興，直呼「真是個好主意」，還說東京植物學會尚未有官方刊物，希望那本雜誌能成為學會的官方刊物。一切都出乎我的預料，真是太開心了。

到了冬天，富太郎收到染谷寄來的信。信上畫了一艘從港口揚帆啟航的大船，提到松村任三副教授將於十二月赴德留學。

明治十九年（一八八六年）五月，富太郎再度離開佐川，前往東京。

待在佐川時，滿腦子都是東京的事；待在東京時，又忍不住掛念故鄉。東京不僅有日本的最高學府，走在植物學的最尖端，還有志同道合的朋友。佐川則有編纂土佐植物圖譜的目標和一起研究學問的同志、從小一起長大的玩伴。這些都是我的養分。人不能只攝取一種養分，否則會營養不均衡。富太郎下定決心要兼顧兩邊的生活。祖母和猶已經懶得管他了，無論是對她們說「我要上京」還是「我要買印刷機」，她們都能處變不驚，不愧是土佐的女人。

富太郎為了學習石版印刷的技術，一到東京立刻走訪印刷廠。

「我不要薪水。不只這樣，如果你們願意教我，反而是我要付學費才對。總之我想在故鄉土佐做石版印刷。」

怎麼想都覺得這是個妙計。平常雖然對金錢毫無概念，可是東京什麼都貴，連著幾個月的房租及買書的運費並不是筆小數目。每個月都要打好幾次「寄錢給我」的電報回家。待他學成石版印刷回到老家，就能把機器放在寬敞的屋子裡，好整以暇地慢慢印，也不愁沒地方晾乾剛印好的紙。如果用顏料繪製彩色的線條，需要更多時間才會乾，而在東京的住處光是要騰出這樣的空間都很困難。

問題是玄玄堂等有名的工廠根本不理他，有的還賞富太郎閉門羹。當他在小石川植物園百般無奈地提及此事時，畫工渡部邊用圍在脖子上的毛巾擦臉邊說：「我幫你介紹吧。」語氣十分稀鬆平常。渡部是矢田部教授重用的畫工，富太郎讓他看過自己畫的植物，雖然對方沒有任何反應，但如果在植物園巧遇，還是會停下來聊個兩句。不過主要都是富太郎一個人在講話。渡部介紹他去一家位在神田錦町，名叫太田石版店的小工廠。老闆太田也是畫師，說話的方式就跟落語家沒兩樣。

「真是奇特的要求。沒關係，我喜歡。你要好好學喔。」

畫工加技師一共五個人，有的年齡與富太郎相仿，也有年過五十的長輩。

「喂，大家聽我說，有個新人來見習。」

太田推了富太郎一把。富太郎當天就開始幫忙做事。不管是搬運裝滿又黏又臭液體的水桶、洗筆、還是擦拭印刷機把手污垢的雜事，他都默默地完成，同時一面觀察畫工的動作，記在腦子裡。不同於用小刀雕刻木板、在凸面刷上顏料來印製的木版印刷，石版印刷是直接用畫筆在平坦的石頭上作畫。用於作畫的油墨則是以蜜蠟及牛脂、肥皂、松煙等成分混合固定而成，主要是把法國製的墨溶解在水裡來使用。

不用特別叮嚀，他也知道不能隨便出聲，以免害人分心，因此總是在一旁仔細觀察。

「有各種不同厚度的石頭，是要分開來使用嗎？」

表面光滑的白色石頭每塊都很重，立著擺放在地板上。畫工回答：「跟木版印刷的原理一樣。」

「就跟把用過的木板磨平再重新使用一樣，石板也可以撒上金剛砂，用鐵盤研磨。新的石板很厚，隨著一次一次地使用、削平就變薄了。」

「原來如此。」

「是不是很有趣？」

「是的，非常有意思。」

聽他這麼說，畫工靦腆地笑了。富太郎晚上也留下來幫忙，所以沒多久大家就親暱地喊他「小牧」。

「聽說你在研究花草的學問，身體也文文弱弱，還以為你很快就會叫苦連天，沒想到你居然撐了下來。」

休息時間，大家圍成一圈，喝著麥茶聊天。大部分畫工都不是東京人，有人來自加賀或仙台、紀州。說話幾乎沒有口音，但也不同於市川的江戶腔。也有人幕末時拜在浮世繪師門下學藝，明治維新後進洋畫塾學畫，至今仍在工作之餘畫自己的作品。工作是為了養家活口，但又不甘心只有這樣。內心充滿想知道身為畫工，在石版印刷這條路上能走得多遠的野心。

「真了不起。要你做再多事，你也大氣都不喘一口呢。」

因為他曾經滿山遍野亂跑，也曾一次走上十里路，所以腳力很好。沒傷風感冒過，就連「頭好痛」的感覺也不曾有過。唯一害怕的只有霍亂。

「很愛講話、聲若宏鐘這點真是令人傷透腦筋呢。有一次我在作畫的時候，這傢伙突然粗聲粗氣地靠近，害我畫得亂七八糟。」

「我當時心想：『你在畫什麼？』不知不覺就講出來了。」

富太郎「哈哈哈」地拍了拍脖子說。

「聽說你還能在東大自由進出？」

「目前正在放假，所以很久沒去了。」

根據今年三月公布的帝國大學令，東京大學改名為帝國大學，理學部變成理科大學。生物學科再分成動物學科與植物學科。比以前的植物學教室還高一級。

到了七月下旬，工廠答應富太郎傍晚以後再去幫忙。因為要準備刊登在《植物學雜誌》上的論文及插圖，他正在撰寫日本產眼子菜屬的論文。市川採集到一種名叫白鬼筆的菇類，染谷則打算探討花與蝶的關係。還有不少學生想發表文章，就連大久保三郎副教授也答應贊助一篇文章，真令人期待。矢田部教授取得東京植物學會的同意，承諾他們出版《植物學雜誌》。

不料論文一直收不齊，市川和染谷都只說「還在寫」。染谷要陪矢田部教授展開越後採集之旅，此行也計畫採集佐渡的植物，所以顯然八月上旬前都不會回東京；加上學生一共六個人，染谷負責描繪植物兼記錄。市川則返回母親的娘家，當然也沒跟富太郎說一聲。富太郎只好利用工廠休息的空檔獨自攀登道灌山，去信濃及伊香保、武藏秩父等地採集植物。

八月，蟬聲唧唧的黃昏時分，富太郎一走進工廠，太田就給他一枝筆。

「可以嗎？」

「比起說明，不用身體記住的話，是學不會的。」

富太郎幾乎是貼在石頭上作畫。以柔滑細緻的曲線描繪花瓣，伸展枝枒。頭低低的花瓣吐出雄蕊，葉子是竹葉的形狀。為花瓣畫上細緻的線條，再加上葉片，才終於吸進一口氣，再用力地吐出來。畫畫時他總是不自覺屏住呼吸。周圍的人一同鼓噪起來。

「嚇死人了。你居然這麼會畫，根本不是外行人嘛。」

「到底是跟誰學的？」

見富太郎點頭，有人遞來一只水盆和刷子。

「你試試。」

富太郎不客氣地接過來。

「啊，不是那樣，刷子要倒著拿。」大家都圍上來教他，一起等刷上的液體風乾，先用水洗淨表面，再用油洗一遍。不一會兒，圖案消失了。

「小牧，嚇一跳吧。」

有人笑著說，但富太郎早就知道會產生化學反應，便好整以暇地等待。稍後用水擦乾石版，接過稱為滾筒的棍棒，抹上墨水，線就復活了。畫工又教他如何進行微調，終於開始試印。把石版放在印刷機上，把水倒在版面上，再倒入墨水，放紙，蓋上一部分的機器，轉動把手。耳邊傳來零件互相咬合的聲響。

「轉動把手。對，就是這樣。」

版盤慢慢移動，印好的紙呈現在眾人面前。

是笹百合。

更深露重，在太田的邀請下，富太郎與其他畫工走在隊伍的最後面。

初次印刷的興奮尚未退去，肚子也餓了。

「小牧是土佐人，想必很能喝吧？」

「很遺憾，我酒量很差。」

每次提到自己來自土佐，總免不了要來上這麼一番言語的應酬，讓富太郎不勝其擾。如果對方無論如何都要逼他喝酒，他也會喝，只是他真的很討厭回到住所便倒頭大睡的下場。他接受不了因為喝酒導致整晚無法做學問這種事。

一行人走進熱鬧滾滾的地區。馬路兩旁、十字路口都林立著兩層樓的町家，屋簷下掛滿了一整排燈籠。一樓與二樓的格子窗燈火通明，傳來三味線及小調的歌聲。

太田熟門熟路的轉過路口，走進一間種植柳樹的小屋。

「歡迎光臨。哎呀老闆，好久不見了。」

耳邊傳來幫忙把客人的鞋收進鞋櫃的老人殷勤招呼，其他人也魚貫走進小屋。富太郎不知所措地猛搔頭，指尖被墨水染得黑漆漆。

「小牧，你怎麼啦？」

一位畫工回頭，笑著說：「你該不會是第一次來三番町吧？」

「呃……這裡是飯館嗎？」

富太郎左顧右盼，多半是穿著軍服的男人。

「算是吧，是陪軍人喝酒的藝妓屋町。老大只有非常高興的時候才會帶我們來花乃家喔。」

鑽過暖簾，走進店裡，脫下木屐。

顯然是算準酒過三巡的時機，幾位藝妓走進屋裡，在三味線的伴奏下載歌載舞，為大家倒酒。

「喝一杯嘛。」即使遭遇勸酒攻勢，富太郎仍堅持把酒杯倒扣在膳台上。

「不好意思。我完全不會喝酒，喝了就會停止呼吸。」

「少騙人了。」

眾人都笑了，但藝妓也不勉強：「是咱家失禮了。」問他：「那梅酒可以嗎？」

「可以。」

見藝妓的背影消失在紙門後，盤腿坐在上座的太田努了努下巴，指著她消失的方向，瞇著眼睛說：「很有氣質吧？這裡的藝妓很多原本都是御旗本或御家人[65]，知所進退這點很迷人。」

喝下一口藝妓為他倒的梅酒，風味十分清爽。

「這個好好喝。」

藝妓用手掩住嘴角，噗哧一笑。富太郎終於放鬆下來，變回平常的樣子，邊吃菜邊高談闊論。說到要創辦植物學的雜誌時，有人說「那你一定很有研究」。

「那是只有對花非常有研究的人才能畫出來的畫。」

「不只是非常有研究而已。」太田讓藝妓為他斟酒，斜睨了富太郎一眼。

「還得非常喜歡描繪草木才行。小牧你呀，一定要貫徹始終喔。喜歡是一回事，有沒有才能又是另一回事。不是所有人都能對喜歡的東西堅持到底，你可要好好鑽研。」

「你饒了他，也饒了我們吧。」不知是誰打趣地說：「再繼續鑽研下去，他就成怪人了。而他再怪下去，我們可受不了。」

富太郎隨眾人談笑一番後，想去小解，來到走廊上，望向中庭。晚風徐來，幾個小巧的石燈籠點上了蠟燭，燭火迎風搖曳。月光皎潔，就連楓樹及胡枝子的丰姿也看得一清二楚。上完廁所回到走廊上，中庭有個白色的人影。身上穿著白底打上燦爛紅黃煙火的浴衣，在胸口的高度束著看起來很柔軟的紫色帶子。

不經意對上視線，富太郎拱手作揖。對方說：「歡迎光臨。」富太郎回答：「妳好。」隨即聽見清脆的笑聲。雪白衣襬翩然起舞，然後是在踏石[66]脫下木屐的聲響。一個年約十三、四歲的女孩子出現在走廊上。從打扮來看顯然不是藝妓，可是剛才又熱情地與他打招呼。

「『妳好』這句話很可笑嗎？」

富太郎問她，女孩站在富太郎的正前方，不躲不閃地抬頭看著他。瓜子臉，雪白肌膚晶瑩剔透，眼神波瀾不興。

「您看來不像客人。」

「哦？也是啦。我確實不是客人，只是跟來見世面的陪客。說穿了就是跟屁蟲。」

聽他這麼說，女孩又笑了，露出小巧整齊的貝齒。唇色殷紅，大概是塗上了口紅。

---

65 旗本與家人都是江戶時代直屬將軍的家臣，差別在於旗本有資格謁見將軍，家人沒有。

66 設置於玄關等出入口的石頭。進門前要把鞋子脫在這裡。

「很好笑嗎？」

女孩微側臻首，點點頭。富太郎想到一個可能性，問她：

「妳是這裡的女兒嗎？」

女孩又點了一下頭，就這麼低下頭去，把玩著手中的物品。好像是個竹蜻蜓。

「原來如此。是不是那個掉在中庭裡，妳來找。」

女孩這次不假思索地搖頭。

「妳不是來找那個竹蜻蜓嗎？」

「不是。那棵樹下一向有很多，根本不用找。」

女孩遞出竹蜻蜓給富太郎看。

「這個葉子居然長了翅膀。」

富太郎發現她說的其實是翅果，破顏一笑。

「那不是葉子，而是楓樹的果實。這個季節還是綠色，在夜晚的庭園不容易發現呢。到了秋天就會變成紅色的竹蜻蜓，所以還要再等一下。對了，妳叫什麼名字？」

「壽衛。」

「壽衛妹妹。」富太郎把手放在肩膀上，伸了伸懶腰。

「到了秋天，這個會乘風漫天飛舞，那景色真是美極了。到時候要記得看喔。楓樹也會很高興的。」

女孩沒作聲，只是目不轉睛地凝視富太郎。

富太郎順著來時路，從走廊退到紙門後面，再回頭看，少女已經不見人影。

依稀聽見潺潺水聲，富太郎倏地停下腳步。

撥開草叢，靠近一看，果然是條小溪。還能聞到水的味道。富太郎「哦」地瞇起眼，蹲下去。

你在這種地方也能活啊。

眼前是名叫龍鬚藻的水生植物，長著有如鬍鬚般細細長長的葉子。是眼子菜的同類，所以前人都稱其為龍鬚眼子菜。多半生長在沿海的沼澤地，論文中也都寫著沿海的沼澤地是其分布地，沒想到在如此內陸的地方也能看到，富太郎激動不已。

明治二十年（一八八七年）二月，《植物學雜誌》總算出版了創刊號。富太郎發表以〈日本產眼子菜屬〉為題的論文，也介紹了龍鬚藻，將以前採集到龍鬚藻的土州長岡郡五台山村標示為產地。那是個靠近出海口的村莊。

沒想到龍鬚藻也生長在如此內陸的地方，而且離佐川這麼近。對了，這下子可得在產地中再加上這個地名才行。

他不認為自己的論文有瑕疵。因為就連日本產的眼子菜一共有幾種也都還在探索的過程中。植物經常長在人類作夢也想不到的地方。只要有新的發現再補上去，再仔細研究即可。倘若拿起雜誌的人能因此明白植物不同的特徵與分布地，那就更令人欣慰了。

植物的世界無比寬廣。其深奧的程度令富太郎感動不已。

他迫不及待放下胴亂，進行採集。小心翼翼地將指尖探入水面。大概是附近居民徒手挖的小溪，側面及清淺的水底布滿岩石。閃爍著綠色鋒芒的光點在清澈見底的水中一閃而過。

五月是萬物復甦的季節。樹木的葉片及花苞一天天舒展，在輕風的吹拂下，晃盪出柔軟的影子。山林與郊外無不生機勃勃、繽紛多彩。流動的水冷冽清澈。龍鬚藻從藏在土底的莖一截截地探出來，往水中叢生。然後再分枝，細長的葉片在水中有如絲線般地泅泳。到了盛夏，稀稀疏疏地開花，花莖在水面橫陳，充分展現出何謂花影扶疏水清淺。

顧不得和服都打濕了，當場就把龍鬚藻夾進舊報紙，迅速壓緊，再夾入野冊裡。野冊由兩片竹板組合而成，再用繩子固定，用來攜帶採集到的植物，是不會傷到植物的好幫手。直到幾年前，他都用舊報紙包起植物帶回家，做成標本，但如果當場把植物夾進野冊，就能保持在山上採集到的狀態。

富太郎邊動手邊想著應該多下一點工夫來推廣這種採集方法，於是又加了一條「待辦事項」。

讀書可以獲得知識，靠自己的雙腳探索、靠自己的雙眼和手，不只，靠自己全身上下的器官觀察可以讓知識更加深化。如此一來就能有更多發現。即使是葉片形狀的些微差異也不能掉以輕心。唯有仔細觀察，把微不足道的細小發現聚集起來，才能為日本的植物學奠定基礎。富太郎也在《植物學雜誌》強調這個信念，在論文的後面以〈附言〉的形式追述。

不得不說，日本植物的探索還有很多進步的空間。鐵錚錚的事實是，還有很多人不知道哪些植物生長在什麼地方。就連日本有多少會開花結果的顯花植物，至今也沒有人能正確掌握，需要仔細觀察的隱花植物就更不用說了。

時至今日，探索、研究這些植物的種類是當務之急。一些稱為本草家的人正以圖文解說的方式向世人發表他們採集、貯藏的植物。

過去類似《本草啟蒙》及《本草圖譜》、《草木圖說》的書對後進助益良多，直到今天仍為世人所敬重。只要看過，必定會想向作者致上謝意，甚或產生景仰的敬意吧。

然而，今時不同往日，現代人都將自己的成果留於自娛自樂的狀態。此舉與隨文明開化的潮流起舞根本沒有差別，南柯一夢醒來，才發現周圍已經一片死寂，潮流早已退去，消失得無影無蹤。一朝船過水無痕，再想做些什麼也無能為力了。

身為日本人，我們應該揭竿而起，貢獻一己之力。如能指導後進，又能彰顯自己的研究成果，豈非一舉兩得，還能對社會做出貢獻。倘若大家都不藏私，提供給後進參考，讓後進增進所學，有朝一日補足日本植物學不足的部分、修正研究的瑕疵，想必所有人都會額手稱慶，沒有人會因此感到不快吧。

我殷切期盼大家公開自己的研究成果，原因無他，唯此而已。

「寫得很好。與其說是附言，毋寧說是宣言吧。」

給伙伴看文稿時，市川苦笑著說。

「我有點擔心語氣太衝了。」染谷露出擔憂的神情。「會不會有人認為這是在批判誰呢？在矢田部教授的背書下，雜誌成為學會的官方刊物。換句話說，這是東京植物學會編輯部發行的冊子。」

「染谷兄，你太杞人憂天了。雖然有幾處過於熱血的詠嘆調，但只是這種程度的文章，應該不會出什麼大問題。」

市川幫忙打圓場，但臉上的表情與說的話是兩回事。

「這樣啊，那會不會太官腔了？」

富太郎用掌心拍打頸窩。

以前在自由民權運動的集會上演說時也留意到這點，但從小養成的寫作習慣害他無論如何都有些誇大其詞。他想寫得更直率一點，但寫著寫著總寫成這樣。要是自己能寫出適合新時代的新文章就好了，可惜富太郎欠缺這方面的才能。也想過把英文學好一點，或許改用英文寫論文更容易傳達想要表達的意思。

不過，他在〈附言〉寫的都是真心話，沒有半字虛假。

「別擔心。」富太郎看著兩位同伴的臉，抬頭挺胸地說。

「我確實是在批判，但不是針對誰。我很擔心日本的植物學落後於世界的現況。有了這本刊物，我們終於能發表論文及植物圖。如果民間的植物研究者及學者也能慷慨分享研究成果，大方發表，不僅能培養後進，自己的研究也會進步。要是日本人不群起追求學問，不管過再久都追不上西洋的植物學，我只是想呼籲這點。」

沒錯，他只是想揮舞立志的大旗。

染谷還是很擔心。幸好出版後沒有招致任何人的責難或指教，反而獲得極高的評價。只不過，這些好評既不是針對著他的〈附言〉，也不是論文，而是眼子菜的圖。畢竟是親手用石版印刷印自己畫的寫生圖，即使獲得植物學科的從業人員「畫得好精細」的佳評如潮，他也不覺得有什麼了不起。因為他從小就習慣別人誇他畫得好。

二月過半，接獲祖母腦中風病倒的電報。

丟下住處的一切，準備返鄉探視之際，應矢田部教授的邀請，先去他家一趟。

「做得好。尤其是圖，畫得非常好。今後很期待你的表現喔。」

完全是西洋人般毫無保留的讚賞。寬敞的客廳裡有架鋼琴。矢田部對日本的音樂教育也很有熱忱，聽說還曾上書向政府建議設立音樂學校。

「每所小學都應該有一架風琴。鋼琴太貴了，還要調音，但如果換成風琴，就能讓學生自然而然地學會西洋音樂。老唱一些土里土氣的童謠，培養不出足以帶領近代國家的日本人。牧野老弟，你不覺得嗎？」

「我有同感，確實如此。」

富太郎邊喝紅茶，回想在高知市內觸碰琴鍵的感受及音色。忘了是什麼時候，他曾在永沼的邀請下一起學過琴。

矢田部開始哼歌。

「小學的音樂課教的〈蝴蝶〉、〈花鳥〉是德國的民謠，〈螢〉是蘇格蘭民謠，〈菊〉則是愛爾蘭民謠。歐洲有很多美妙的民謠呢。」

不拘小節的矢田部見多識廣，打開話匣子就會高談闊論，連富太郎也插不上嘴。

「要是內人在家，還能請她彈奏一曲。可惜她去裁縫店訂製要穿去舞會的禮服了，真過意不去。」

「別這麼說。」富太郎低頭致意，洗耳恭聽矢田部哼的歌，如果是他也聽過的，就跟著一起唱。他對矢田部為何邀請他來毫無頭緒，而且矢田部還要他自己一個人來，更令富太郎百思不得其解，但目前看來什麼問題也沒有，矢田部大概只是要犒賞他創辦雜誌的辛勞。

兩人一搭一唱好半晌，矢田部抽著雪茄說：「話說回來。」富太郎應了一聲「是」，不以為意地重新坐好。

「前些日子，我去文部省拜會手島館長。他是東京教育博物館的館長。」

手島館長比矢田部大兩歲，是沼津藩士的公子。矢田部的母親也出身自沼津藩，因此他們的關係還不錯——矢田部補充說明。

「然後啊，我向他爭取你的待遇。因為這次的雜誌成了植物學會的官方刊物，有些人認為發表論文的牧野富太郎居然不是學會的一員，也不是本校的學生，簡直豈有此理。」

有人為他打抱不平啊。富太郎又開始蠢蠢欲動，挺起背脊來坐好。

「於是他明確地告訴我了，正在考慮要不要讓你成為植物學科的特別聽講生。大學那邊對你的學歷還是有點意見，但是又被你的好學感動，所以提出這個方案。你要不要透過第一高等中學進入本校？」

他口中的第一高等中學相當於以前的大學預備門。

「您的意思是說，要我透過正規管道成為帝大的學生嗎？」

富太郎不可置信地猛眨眼。這是要他從頭、從基礎學習他早已掌握的知識嗎？只為了得到學歷嗎？做學問的目的是為了得到學歷嗎？

別開玩笑了。這種事，我從小學就不幹了。

「還是要跟我一樣，去歐美的大學留學，在那邊鑽研植物學呢？你認識伊藤篤太郎吧，他也不是本校的學生，目前正在劍橋留學。」

富太郎至今對留學仍有憧憬，但不是為了進入帝大，也不是為了得到學歷。而且要留學也不是現在。現在要是離開日本太久，日本植物學的發展肯定會遠遠落後全世界。

「時間已經不夠用了，我實在不想再繞遠路，把時間浪費在植物以外的事情上了。」

「你的意思是說你不願意參加考試嗎？」

富太郎點頭，腦海中突然掠過一絲不安。

「我不是學生，只是民間的一介書生，該不會因此不讓我在大學走動吧？」

大學有歐美的專業叢書、論文雜誌，而且進貨的速度比坊間的書店快多了，還有一大堆標本。要是禁止他在大學走動就糟了。糟透了。

矢田部聞言撇下眉頭，苦笑著說：

「牧野老弟也會露出這麼膽怯的表情啊，太不像你了。這次完全是為了你的將來著想，才會提出這樣的建議。好，我明白了。這件事就只有你知我知。就算學會有人說三道四，我也會要他們閉嘴。你就跟以前一樣，想來大學的時候隨時歡迎。下一期雜誌也拜託你了。」

富太郎動作生硬地鞠躬，離開矢田部家。

回佐川的列車上，富太郎愁眉不展。有生以來從未如此，他迷惘了。坐在顛簸的火車上，心不在焉地望著窗外，擔憂著祖母的身體狀況，嘴裡哼著〈花鳥〉。回過神來，矢田部的聲音又迴盪在耳邊。看樣子，只因為他不是帝大的人，再努力都得不到公正的評價。現在的我還有哪裡做得不夠好嗎？就算沒有學歷和留學的經驗，但我有時比教授或副教授更了解植物不是嗎？

感覺好像被意料之外的障礙物擋住了去路，富太郎看著倒映在車窗玻璃上的臉。

二十六歲的牧野富太郎回首來時路。頭髮亂七八糟，稻草似的一根根亂翹，眼睛睜得斗大，雙眸炯炯有神。富太郎抓住長滿鬍碴的下巴，對自己點點頭：「就是這樣。」

應該靠自己，而不是靠別人。

沒錯。富太郎勾起嘴角，露出門牙，咧嘴一笑。

富太郎小聲告訴自己——我要出書，讓世人知道我的本事。光是在雜誌上發表不足以留芳百世。想著想著，點子如雨後春筍般不斷地冒出來。乾脆模仿伊藤老人的《日本產物志》，出一本闡明日本植物相的《日本植物志》好了。

好，來出版吧。這次不找其他人，我一個人做。

好主意，就這麼決定了。

就連富太郎也覺得重新振作得好快。春日的天空流過幾縷暗紅色的雲。

回到故鄉後，山色益發翠綠。

今天也去爬橫倉山，一直採集到太陽下山、夜幕低垂才回家。回到佐川後，夜空只有星星，街道遠方卻散發著微光，富太郎心裡一凜，加快腳步。見到岸屋的圍牆時，整排白燈籠映入眼簾。心想「不會吧？」探頭看，只見大門敞開，瀰漫著線香的氣味。

富太郎似有所悟，停下腳步，仰天長嘆，踏進土間。掌櫃和之助坐在帳房裡，一看到富太郎便站起來，喊了聲：「老、老爺。」

「走了嗎？」

「嗯。」和之助低著頭。

「中午過後。我派出所有的學徒，可是都找不到您。真的非常抱歉。」

「我走太遠了。不好意思，這麼忙還讓你費心。」富太郎用野冊撥開隔開店面與住家的暖簾，走進屋裡。

「剛才村子裡來了很多人為大老闆娘助唸，現在只剩下小老闆娘和女傭們。」

和之助跟了上來，語帶保留地接著說。

「跟寺廟討論過了，決定明天守靈、後天出殯。也給大老闆娘的娘家打了電報，娘家人回覆明天一早便會抵達。」

「這樣啊。」

富太郎走進後面的房間，祖母頭朝北邊仰臥著，臉上罩著白布，被褥的胸口放著裝在錦囊裡的護身刀。淨白的木座上擺著香爐，點燃了線香，一縷清煙裊裊上升。旁邊還擺著鈴鐺和裝滿水的茶杯、供在枕邊的飯和糯米糰、以及插在燭台上的蠟燭。素燒的瓶子裡插滿了白花八角。

白花八角是生長在山林中的常綠小喬木，從以前就經常可以在岸屋的後山上看到。以前祖母告訴過他，白花八角也種在墓地，果實具有劇毒，可以防止野狗亂翻土葬的遺骸。因為有劇毒，又叫「佛前草」，後來經過轉寫，從「㊝」變成「樒」[67]。現在則扮演守墓人的角色或放在死者枕邊，人與植物的緣分真是不可思議。

67　㊝及樒都是白花八角的日文名稱。

不對，那不是祖母告訴他，而是從書上看到的。富太郎自詡記憶力不輸大學的助教或年輕的學生，如今腦中卻一片空白。

白花八角互生的葉片鬱鬱蒼蒼，稍微用指甲刮開即能聞到馥郁的香氣。四月開花，所以早已過了花季，沒看到萼片，大概是僕人細心地摘掉了。

猶抬頭看了富太郎一眼，蠕動著唇瓣。似乎是在敘述祖母臨終前的模樣，富太郎聽不真切。她說的每句話都化作輕風過隙，左耳進、右耳出。

富太郎二月十九日回到故鄉，當時臥病在床的祖母已經不是從前的樣子了。

「祖母，富太郎少爺回來了。他來看您了。」

即使猶聲聲呼喚，祖母也只略略動了動眼皮。從那天起，猶夜以繼日地守在祖母房間，連大小便都不假女傭之手。富太郎並未親眼看到這一幕，只是每次去山上或和一起做學問的伙伴聚會回來，和之助都會向他報告。

富太郎只有出門前會在祖母的枕邊坐一下，而且只有短短五分鐘。猶要他多陪陪祖母、跟祖母說說話，他總是敷衍幾句，轉頭就出門。猶看不下去，苦口婆心地勸他，說祖母應該還聽得見。

祖母時時刻刻掛念著您。

這點富太郎比誰都清楚。問題是那又怎樣？猶究竟想表達什麼？莫不是要他哭哭啼啼地守在祖母身邊，陪她一起不分晝夜地照顧祖母嗎？

祖母——牧野浪嫁給富太郎的祖父當繼室，繼女與女婿雙雙纏綿病榻，相繼在她面前嚥下最後一口氣。丈夫也因病亡故。無論是在那之前還是在那之後，祖母死守著岸屋的招牌，不曾讓岸屋的家業減損一分一毫。帶大沒有絲毫血緣關係的孫子，還把孫子送進幾乎全是武士之子的名教義塾。

正因為如此，我才要上山，才要繼續研究學問。唯有這樣才能報答祖母含辛茹苦養大自己的恩情。

「已經誦完枕經[68]了。」

富太郎終於聽見猶的聲音，喃喃道：「這樣啊。」在祖母的被褥前坐下。

身後傳來一記悶響，這才發現胴亂還斜斜地揹在身上。富太郎轉動脖子，舉起手肘，想解開麻繩的背帶，猶默不作聲地幫忙。手裡還拿著野冊，和之助在背後出聲：「交給小的。」接過野冊。

富太郎一身輕裝，重新盤腿坐好。默默地凝視白布。

猶與和之助不曉得什麼時候離開了，富太郎換了根新蠟燭，重新點燃線香。掀開祖母臉上的白布。因為已做好了心理準備，看到祖母的臉便安心了。他之前不敢直視那麼堅強，總是冷靜自持，從未亂過方寸的祖母變了個人的模樣。幸好沒有任何異常。事到如今，他才發現自己有多膽小。

祖母的表情十分安祥。總是深深刻劃在眉間的皺紋鬆開了，嘴角掛著鬥志昂揚、氣質高雅的淺笑，是富太郎從小看到大的表情。

富太郎，沒什麼好悲傷的。你父母留下年幼的你撒手人寰，著實令人遺憾。但我已經七十八歲了，說是壽終正寢也不為過。我的任務已經完成了。

富太郎伸手輕撫祖母的臉頰，有如皮革般光滑。好冷。他溫熱的手與祖母冰冷的臉就像隔開彼岸與此岸的忘川。祖母就要踏上另一段旅途。

68　為死者入殮前在其枕邊唸的經。

我明白，如同草木將生命交棒給下一代就會枯萎。這麼說來，祖母雖是女人，卻像大樹一樣挺拔堅毅。讓我吸取聚集在葉片上的雨露，在樹蔭下乘涼，在枝葉間篩落的陽光下玩耍。這輩子活得如此精彩，無須為祖母的死而感到悲傷，以敬意與充滿孺慕的心情送祖母最後一程即可。

富太郎正襟危坐，雙手合十默禱。

祖母，謝謝您。非常感謝您的照顧。

直到七七四十九日前，每隔七天就要做一次法事。起初連手腳都不曉得要往哪擺的富太郎逐漸習慣了法事，每當僧侶誦完經就立刻往倉庫跑，脫下羽織和服，出門採集植物。

每一次都被猶逮個正著。

「老爺，接下來要招待客人用膳。」

參加法事的親戚和村民每次都不少於五十人，猶來問他要怎麼接待，富太郎又丟下一句「交給妳了」，猶的臉色難看至極，不依不饒地氣鼓了臉。

「他們是來給祖母上香喔。老爺身為喪主，更應該為祖母祈福不是嗎？只有我太失禮了。」

「不是還有和之助嗎？妳只要負責坐陣指揮，他自會幫妳辦得妥妥當當。」

富太郎總是不耐煩地迅速下令，幾乎是甩開猶地奪門而出。

猶說的大抵沒錯，富太郎心知肚明。但她說得愈正確，愈是惹富太郎不耐煩。

我悼念祖母的方法就是不眠不休地研究學問。為什麼她就是不懂呢？

祖母死後，猶比以前更想把富太郎拴在家裡。她或許沒這個意思，但富太郎就是覺得這個家充滿壓迫感。在東京訂製的石版印刷機送來時也是，家僕們都好奇地爭相圍觀，她卻無奈地嘆了一口大氣。

不過只要走出家門，走在山野間，富太郎就能拋開一切，渾然忘我。只要在太陽下與植物相對，原本心煩意亂的情緒就會立刻受到安撫，找回活力。

愉快，太愉快了。開心，太開心了。

走進群山，攀登溪谷的岩壁。遇見羊齒植物的同類松葉蕨，為其寫生，也採集了木天蓼及落霜紅、花瓣神似夜間星空的獐牙菜。除了仁淀川的河畔，秋天也經常去到下名野川一帶，住在村長家，從早到晚四處奔走。

還畫下谷麝香草和裏白空木，採集到極為罕見的果實，仔細觀察，製作標本。當然沒忘記提升臨摹植物畫的功力，先在山上畫下全貌，回家後不睡覺，繼續埋頭描繪細節。

帝大藏書中的馬克西莫維奇的植物畫是他努力的目標，在論文中附上圖片以及詳細的解剖圖。馬克西莫維奇是在俄國的聖彼得堡帝國植物園研究植物的學者，也是東亞植物的權威。富太郎從伊藤圭介老人的孫子——篤太郎口中知道這個人。老人與馬克西莫維奇是老交情了，篤太郎也從十五、六歲的時候就直接寫信問他問題。

日本的植物都是由通貝里、西博爾德、馬克西莫維奇這些外國人賦予學名。

歸根究柢，唯有為植物命名、分類，才能搞清楚那是什麼植物。自開國以來，近代的博物學引進日本，如今已獨立出植物分類學這門學問。如欲鑑別、分類，必須先用精密的顯微鏡觀察採集到的植物，查遍世界各地出版的大量文獻才行。如果到處都查不到，就得自己寫論文，在學術期刊或學術雜誌上發表，才能成為「新種」得到世人的認可。問題是，日本現存的文獻或標本都還不夠，只能把標本寄給馬克西莫維奇，請他鑑別。

要是一直依賴外國人，日本的植物學就會永遠在原地踏步。更麻煩的是每次都要等好久才能得到回答。

矢田部教授也曾為此長吁短嘆，但他和松村副教授雖然都很了解西洋的植物學，對植物的實態卻少有研究。之所以任命東京大學草創初期即已七十五高齡的伊藤圭介老人為客座教授，好像也是因為他對活生生的植物擁有海量的知識。

富太郎想到一件事。

要在萬物叢生的山林中走多久，累積下來的經驗才能培養出這種乍現的靈光呢？

到了七月中旬，富太郎寄了丸葉萬年草的標本給馬克西莫維奇。在倉庫二樓翻字典，寫下一封英文信，託植物學教室幫他寄去聖彼得堡。祖母的初盆[69]結束，山逐漸染上秋色的十月，終於收到由東京轉寄來的回信。信上只用英文寫著「我收到你的標本了」，能得到植物界的泰斗回信令他感激涕零，重讀了好幾遍。現在連植物的圖也依照馬克西莫維奇的方式描繪。光靠文章無法精準傳達植物的樣貌，改用圖說的方式更容易理解，還能讓不懂專業術語的人掌握植物的特徵。他想在《日本植物志》裡加入更豐富的解說圖，因此夜以繼日拚命作畫。同時也著手編纂這片土地的《土佐國羊齒植物圖編》第三卷，打算在今年，最晚明年正月就付梓發行。

圓滾滾，我要向世人公布你的存在了。

走在山裡，滿地的枯葉幾乎要淹沒腳踝，但他的速度一點也沒慢下來。空氣乾燥，但一些地方又帶點濕氣，四周闃靜無聲。裸木的枝頭還殘留著枯黃的藤葉，櫟樹、橡樹、河流、沼澤……一切都像死去似的沉睡著。土壤及寒冰底下卻生意盎然，散發出生命的氣味。

帶著綠意的水的氣味。

與被稱為冬之花園的標本擁有相同的氣味。

69　人死後滿七七四十九天的第一個盂蘭盆節。

五 歸屬

睜開雙眼，窗外已日上三竿。

背脊涼颼颼的，不小心睡著的富太郎用手背揉揉眼睛。他一直畫到三更半夜，就這麼躺在書桌前睡著了。即使穿著棉襖還是覺得寒氣逼人，富太郎打了個噴嚏，下樓，從後門走到井邊，刷牙洗臉。鼻涕流了出來，富太郎側著頭，用手絹擦臉時，房東家的女傭拿著水桶出來。互相打過招呼，富太郎從後門走進廚房，坐在自己的早飯前。火爐上掛著味噌湯的鍋子，富太郎盛了一碗湯，就著小魚乾和醬菜吃起飯來。

屋子裡靜悄悄，房東已經出門工作了吧。富太郎搬來這裡才七天，甚少見到房東的妻女，幾乎沒機會跟他們說上話。

明治二十一年（一八八八年）正月，《土佐國羊齒植物圖編》第三卷於三日順利出版。一月底，富太郎第四次上京，這次搬到三番町。

去年二月接獲祖母病倒的電報，富太郎連家當都來不及收拾就趕回家鄉，遭到中六番町的房東抗議，說梅雨季節冒出了很多蟲。屈指一算，他大概有十個月不在東京，而且也覺得空間太小，因此決定搬到隔壁鎮的這裡。市川拖著家裡的酒鋪拖車幫他搬家，染谷也來幫忙。為了答謝，一行人入夜後前往銀座的牛奶咖啡廳[70]。店裡販賣牛奶及咖啡、長崎蛋糕及豆類米果，富太郎覺得咖啡實在太美味了，連喝五杯，喝到拉肚子，差點走不出廁所。他們也刻薄地拿這件事取笑他。

放下筷子，將碗盤收到廚房角落，上二樓換好衣服，又回到一樓。

「我出門了。」

富太郎朝後院晾衣服的女傭說，女傭反問：「要幫您準備晚餐嗎？」富太郎回答：「不用，我在外面吃。」房租內含伙食費，但富太郎只有前兩天在家裡吃晚飯。少了一個人吃飯，女傭堆起笑，拍打著腰帶，用略帶鄉音的腔調說：「路上小心。」現在對富太郎而言，待在這個家還比較輕鬆。

走到外面，果然不出他所料，外頭艷陽高照，比屋子裡暖和多了。

走過一片蓋著瓦片的泥土圍牆與木板圍牆。番町是旗本或御家人居住的地區，明治維新後，旗本及御家人隨最後一位將軍慶喜公遷至駿府，很多房子人去樓空。因此這裡很多房子專門出租或改建成旅宿。富太郎家的房東原本也是旗本的子孫，全家人當時隨將軍前往駿府，到了明治年間，房東攜家帶眷回到東京，目前在公所上班，把二樓租給富太郎。二樓有四坪和三坪的兩個房間，還附有壁櫥，住起來很舒服。

散步的路上可以看到愈來愈多穿軍服的人，還有不少騎在馬上的軍人。靖國神社的鳥居和大燈籠映入眼簾，等待主人參拜完畢的馬車及人力車在牆邊停成一排。其中不乏帶著幼子的婦女和藝妓，也有綁著髮辮，大概是從橫濱來觀光的清國人。神社內設置庭園，還有噴水池，熙來攘往的觀光客幾乎要溢到馬路上了。

富太郎想知道裡面種了哪些草木，也想鑽過鳥居，隨即想起自己還在服喪，只能過鳥居而不入。

因為實在太冷，富太郎盡量走在曬得到太陽的地方，在神社外圍繞了一圈，走進記憶中的那條路。

不同於那一夜，路上鴉雀無聲，但還是能隱約聽見三味線調弦的聲音。太田石版店的老闆帶他來過這一帶。這麼說來，這裡也是三番町。富太郎邊走邊東張西望。這次上京還沒去工廠拜訪，明天要去大學，所以回程時順道去一趟神田吧。

看見柳樹，因為是大冬天，葉子都掉光了，只剩下光禿禿的裸木，但肯定是柳樹沒錯。那天雖然是深夜，但他絕對不會錯認樹木的長相。門口並未掛出暖簾，但柱子上掛著門牌，門牌上用毛筆寫著屋號。他記得那天去的地方叫花乃家，與這家的屋號完全不同。富太郎轉動脖子，走進後面的巷子一看，聽見說話的聲音。只見有個才十多歲的學徒正專注地不曉得在看什麼。印有「御菓子」、「金平糖」等字眼的暖簾迎風搖曳，看樣子正在挑選商品。

「久等了。這是你要的落雁和薄荷糖，還有芝麻糖。有點重，要小心拿喔。」

屋裡傳來年輕女人的聲音。「你喜歡哪個？」

學徒彎下腰，目不轉睛地盯著店頭的木箱看。

「這個好好看。」

「哪個？魚嗎？還是花？」

「魚。」

---

70 ミルクホール，提供乳製品為主的飲料店。明治維新後，日本政府為改善日本人的體質，鼓吹多喝牛奶，類似的店鋪因而大量出現。

「你等我一下。」

學徒「咦?」地抬起頭,又搖搖頭說:「我沒有錢。」

「就當是跑路費吧。」女人說道,踩著木屐走出來。遞給學徒一個紙袋,再從木箱拿起某樣東西,從懷裡拿出懷紙,包起來,放入學徒手中。學徒歡欣鼓舞地說了聲「多謝」,轉身離去。

「我才要謝謝你呢,幫我問候老闆娘。」

學徒沒有回頭,只應聲「好」,踩著匆忙的腳步前行。目送他的背影走遠,富太郎也往店裡窺探。

「原來如此。」只瞧一眼,富太郎便笑出來。「還以為是糕餅店,原來也賣魚和花啊。」

皆為作工十分精緻的糖果,做成金魚和花,還有召喚幸福的大頭娃娃。明天帶去大學和工廠吧。

「有長崎蛋糕嗎?」

「不好意思,今天賣完了。」走進屋裡的女人抬起頭來,驚呼一聲「哎呀」,端莊地向富太郎行了一禮:「歡迎光臨。」富太郎一時半刻想不起來對方是誰,但總覺得好像在哪裡見過這張白皙的瓜子臉。

「我也要這種點心各五個,還有……」富太郎也看了其他的商品。

「妳剛才喊了一聲『哎呀』對吧?」

女子聞言,瞇起狹長的丹鳳眼,嫣然一笑。

「我是說了。」

「為什麼?」

「因為我覺得我們還會見面,沒想到真的見到了。」

「我們果然見過，我也覺得妳似曾相識。」

富太郎豎起食指，輪流指著彼此的臉。

「我們在哪裡見過？」

「在這個家的中庭裡啊，竹蜻蜓小哥。」

季節在富太郎腦中慢慢倒流。

「妳該不會是當時的小女孩吧？」

富太郎猛眨眼，彷彿被狐狸迷住了。

他想起來了。八月晚風吹過的中庭，有個女孩手裡拿著竹蜻蜓在找東西。話說得很有條理，但看上去顯然還是個少女。如今站在富太郎眼前，抬頭看著他的，無疑是已經出落得亭亭玉立的女人。不，說是女人還太年輕。但也不是少女或小女孩，而是介於兩者之間。

「我是不是問過妳的名字？我記得是壽……」富太郎說到這裡，後面就想不起來了。

「小女子名叫壽衛。」

「對對對，壽衛小姐。話說回來，妳居然還記得我。」

富太郎很感動，壽衛從懷裡掏出一樣東西，是綁著鈴鐺，大小與護身符無異的小布袋。壽衛用細緻的指尖解開布袋，發出悅耳的鈴聲。

「我一直想著再見面的時候要給你看。」

是楓樹的翅果，由綠色與紅色構成。

「妳做成壓花啦？」

壽衛點頭。

「做得真好。」

富太郎不由得看得入迷，移不開視線。但不是看著翅果，而是盯著壽衛不放。不知看了多久，看到壽衛雪白的雙頰染上一抹烈焰般的紅暈。

「啊，失禮。」

富太郎連忙道歉，但也無從推托，不住搔頭的同時，打了個大噴嚏。

「所以才有這麼多糕點啊。」

市川吃吃竊笑，故意朝染谷使了個眼色。

「盡管吃。還有花林糖。」富太郎將紙包推到膝前。

「看來你一天到晚去光顧呢。」

「因為就在附近嘛。沒有別的意思。」

「是嗎？那女孩的母親不在吧？」

市川打開花林糖的包裝，送入口中。「哦，味道還不錯。」整袋遞給染谷。

「聽說要在京都待上一段時間。她原本就是那邊的人，不知是被彥根的家臣看上才來到東京，還是在這裡認識，總之明治維新後在陸軍的營繕部工作，壽衛也住在那裡。後來因為父親落馬去世，才搬到番町。」

壽衛還有兄姊，但不清楚是否為同胞手足。富太郎沒敢追根究柢打聽她的祖宗十八代，以上是從壽衛口中的隻字片語整合、推敲出來的結果。不管怎樣，家業與財產皆由長子繼承，父親死後，母親便帶壽衛離開那個家。

「所以母親才開了花乃家啊。」

染谷望向天花板，說出推論。

「這是石版印刷廠的太田先生告訴我，不是本人說的。說花乃家經營得還不錯，無奈遭人欺騙。土地原本就是租的，不得已只好放棄那家店，請木工整修巷子裡原本給負責將客人的鞋子放入鞋櫃的老頭住的房子，開了那家糕餅店。」

「武家之女淪落市井倒也不是什麼稀奇的事，但女人家獨力打理一家糕餅店還是很值得欽佩呢。」

「可不是嘛。」

富太郎不由得高聲附和，輪流打量染谷和市川。

「即便如此，她還是很開朗，而且總是興高采烈地聽我講植物的種種。」

「是嗎？」「是喔。」兩人又相視而笑。

「笑什麼笑？」富太郎低啐一聲。

「我今天回家路上也繞過去偷看一下吧。那女孩幾歲？」

「十六。」

「好年輕啊。」染谷挑起兩道濃眉。

「可是看起來很成熟，最近我都以為她已經十八、九歲了。」

「女孩子會突然長大嘛。就像我家附近的兒時玩伴突然不跟我講話了，仔細一看，沒想到已經出落得好漂亮，好像從內側煥發出光彩。我還在盤算著要把她弄到手時，她已嫁作人婦。真是太可惜了。」

市川淅瀝呼嚕地喝茶，逕自打開另一包糖果。

壽衛與富太郎這輩子認識的女孩都不一樣，清純可人的同時又有著乾脆俐落、不拖泥帶水的一面，這就是番町女孩的作風嗎？

重逢那天的傍晚，富太郎就發燒了。即使躺在床上呻吟，壽衛的臉龐及聲音仍在他眼前時隱時現，這種情況還是有生以來第一次。下床後的第一件事就是直奔糕餅店。

衝到店門口，富太郎劈頭就告訴壽衛：「我感冒了。」

「我就知道。」壽衛眨了眨眼。「我好擔心啊。因為直覺告訴我你還會再來，卻又遲遲不見你出現。」

壽衛也在等他，這讓富太郎喜上眉梢。兩人一起走進店裡，邊看店邊聊天。他聊了自己的出身和祖母，再到自己從懂事以來就對世間萬物充滿好奇心，特別是植物學，簡直沉迷其中，無法自拔；還說自己身為一介書生，卻立下鑽研植物學的遠大志向，把家業交給掌櫃和表妹，全心全意準備出版日本的《植物志》。

「你好喜歡草木啊。」

壽衛臉上充滿喜悅，彷彿這是全世界最重要的事。

他只說猶是表妹，壽衛聰慧地追問：「是尊夫人吧？」她的語氣極其自然，沒有任何扭捏不安，因此富太郎也老實承認：「是的。」壽衛沒有再多問，只問了猶的名字。富太郎不知她為何想知道猶的名字，但也據實以告。

「她叫阿猶，是很能幹的女人。」

「難怪你如此放心。」

壽衛微微一笑。富太郎已經有家室了，還頻繁地來找她。但她的反應既不是不當一回事，也不是把此事當成花街柳巷司空見慣的風流韻事，就只是雲淡風輕地笑笑。

沒錯，那一刻，富太郎清楚意識到，她對自己的吸引力已到一日不見，如隔三秋的地步了。他思慕她，無論如何都想見到她。

富太郎把花林糖放入口中，伸手探探額頭的溫度，心想大概又發燒了。

「那……」壽衛的母親坐在長方形的火爐前。

「可以生下來嗎？」

壽衛低著頭，動也不動地坐在富太郎身邊。富太郎不假思索地對上壽衛母親的雙眼。

「當然。」

沒有一絲迷惘。

「繁衍子孫是世間萬物的根源。花朵之所以有雄蕊和雌蕊，也是為了將生命交棒給下一代。靈活地借用風和蝴蝶、動物之力以結出果實。植物的生態真是太巧妙了。」

「我說的不是草木，我是在說人類的事。」

語氣煞是傻眼，耳邊又傳來壽衛忍俊不住的笑聲。富太郎似乎因此受到激勵，音調又提高幾度。

「我明白。如果她願意生下來，再也沒有比這更令人高興的事了。」

母親挑起一邊的眉毛，拉開火爐的抽屜，取出菸管，開始填入菸絲。

「牧野先生，您一下子要回土佐，一下子要上京，忙得不可開交。我聽太田先生說了，府上好像是非常有錢的資產家。」

「老爺子說的嗎？什麼時候說的？」

富太郎昨天去工廠幫忙印刷，太田什麼也沒說。這麼說來，離開的時候，太田拍了他的背一把：

「加油喔。」

「有位從花乃家出來的藝妓深受老闆照顧。雖然沒有正式為其贖身，但遲早會給她開一家店。因為我也認識對方，所以請對方幫我打聽了一下。」

富太郎不禁對太田另眼相看，還以為老爺子雖然遊戲人間，看起來不像是會花天酒地的人。這麼說來，會客室牆上掛了許多藝妓的畫，該不會都是太田畫的吧。

壽衛母親唇上抹著與年齡不符的大紅色口紅，以巾幗不讓鬚眉的眼神斜睨了他一眼。富太郎不明白她的用意，沉默不語。「所以呢，您打算怎麼辦？」即使受到不耐煩的逼問，富太郎仍反應不過來。「不會吧？請不要裝傻。」壽衛的母親吐出一個大大的煙圈。

「我是在問您對這孩子有什麼打算？壽衛明知您在土佐已有妻子，還是與您懷上孩子，我在這個業界也待過一段不算短的時間，所以不會說不解風情的話。不過，很多政府高層的老婆原本都是藝妓，所以我也期待過這孩子被哪個軍人之類的看上。沒想到居然是跟您這種莫名其妙的學徒好上了。」

莫名其妙的學徒。這個老太婆知道自己在說什麼嗎？

富太郎想反擊，不料對方先下手為強。

「這孩子的父親啊……可是根正苗紅的武家後代喔，還為陸軍工作過。」

意思是說我配不上妳女兒嗎？富太郎正打算開口，但對方完全不給他插嘴的機會。

「所以啊，這孩子不能這麼無欲無求。現在雖然落魄了，但畢竟是做這一行的。沒錯，總有一天我必定會重振花乃家給大家看。到時候壽衛就是老闆娘了。但這孩子卻說這種賺不了幾個錢的糕餅店比較適合她的性子，還打算瞞著您偷偷生下孩子，所以我要她等一下，先別急，至少要先讓您知道，這才請您過來一趟。」

壽衛的母親還在口沫橫飛，但富太郎的思緒已然飄遠。她想知道自己打算拿壽衛怎麼辦。這點倒也沒錯，如果不給一個交代，壽衛就太可憐了。

母親好不容易講到一個段落，重新啣住菸管的濾嘴，富太郎終於逮住機會，探出身子說：

「我會給她一個家。其實我正在思考，要不要多花一點時間待在東京。雖然買了石版印刷機寄回土佐，但說到出版，還是要在京阪和東京。我下定決心，今年一定要出版《日本植物志》，目前正全力描繪製版的草圖。」

接下來簡直與演說無異，但事已至此，他關不上話匣子了。

回過神來，壽衛的母親露出厭煩的表情，下巴撐在長火爐邊緣的板子上。

「啊，我把話題扯遠了。」

就連富太郎也不曉得自己說了什麼，說到哪裡了。

「沒問題嗎？這傢伙看起來完全不解世事，是個瘋子喔。妳真的要跟著他嗎？」

她問壽衛。壽衛回答「是的」，慢悠悠地把臉轉向富太郎，露出有如從內側煥發出光彩的微笑。

富太郎突然覺得好感激她。

「牧野先生，剛才您說要給她一個家。」母親向富太郎確認。

「我保證。可能需要一點時間，但我找到房子就會租下來給她住。」

「您的意思是待在東京時會跟她一起生活，還是金屋藏嬌，偶爾才去找她呢？」

原來如此，富太郎總算發現這是在進行交涉。

「當然是一起生活。」

「您會告訴土佐的夫人嗎？還是……」

「我近期就回故鄉跟她說清楚。」

「萬一夫人大發雷霆怎麼辦？可能會一哭二鬧三上吊喔。」

「不會的，她是個明理的女人。」

「原來是賢內助啊。」壽衛的母親說。這句話不僅沒有弦外之音，反而露出如釋重負的表情，喊了聲女兒的名字：「好好做。」

「以後逢年過節都要記得噓寒問暖，跟本家打好關係喔。」

壽衛柔順地點頭。

「不用了，壽衛這樣就好了。嫻靜溫柔就是她的優點。」

這不是為了打圓場，而是富太郎的真心話。

「哦，您很識貨嘛。」母親綻開大紅色的唇瓣。

四月二十日過後，富太郎再度返鄉，召集村內的有志之士，教他們彈風琴。

「沒錯沒錯，就是這樣。」

連Do Re Mi的音階都不認識，要學會彈一首歌不知得花上多少年，但富太郎仍卯起來拚命鼓勵他們，炒熱氣氛。

富太郎在東京購買風琴，捐給故鄉的小學，久違地白天走在校舍的走廊上。孩子們的歡聲笑語與粉筆的味道都令人懷念，教他們花壇開的花叫什麼名字時，不知不覺間，學生都圍了過來。雙眼及臉頰亮晶晶的，一舉手、一投足都洋溢著獲得知識的喜悅。看見學生們的反應，富太郎也覺得很高興。內心不禁苦笑，我好像真的很喜歡教別人。

喜歡告訴別人自己知道的事。

從懂事的時候開始，他就享受著這份喜悅，因此身邊總是圍繞著大人小孩。他試著彈了一下，結果只能彈出荒腔走板的琴聲，不知是誰冒出一句「好像牛打哈欠的聲音啊」，引起哄堂大笑。

朋友們設宴邀請他參加，但他拒絕了。

「不好意思，今晚有點事，改天再登門拜訪。」

「你會待到什麼時候？」

「幫祖母做完對年[71]就回東京。」

「好趕吶。那你要去採集的時候再約我，我陪你一起去。」

71 親人往生滿一週年的忌日。

富太郎在東京時，這裡的朋友也會上山採集植物，做成臘葉標本寄給他。朋友已經學會製作標本，所以沒什麼問題。放眼日本，說到土佐一帶的植物，富太郎大概是擁有最多標本的人。

踏上暮色低垂的歸途，將行李放在倉庫二樓，走進屋裡。

與猶對坐，共進晚餐時，兩人皆默默無語。這還是兩人第一次單獨共進晚餐，祖母死後，猶只負責做飯送餐，等富太郎吃飽才獨自進食。至於是在自己的房間還是廚房用膳，富太郎就不得而知了。似乎看準兩人放下筷子的時機，女傭送上粗茶，待退至走廊上的腳步聲走遠，富太郎切入正題：

「不瞞妳說，我有孩子了。」

猶拿起茶杯的手停在半空中，重新把杯子放回膳台上。過了好一會兒才喃喃自語：「這樣啊。」然後以膝行的方式後退幾步，端正跪姿，雙手貼在榻榻米上，行了一個大禮。

「恭喜老爺。」

富太郎只「嗯」了一聲。猶隨即抬起頭來，又回到膳台前，拿起茶杯。

「什麼時候要舉行圍上腹帶的儀式？」

「那是什麼？」

「祈求安產的儀式啊。懷孕到第五個月的時候要選一個戌日[72]為孕婦圍上腹帶。你會彈風琴，卻不知道這麼重要的事嗎？」

賢內助還是老樣子，不忘使出夾槍帶棍的一擊。風琴的價格約四十五圓，還不含運費，所以和之助收到請款單時，眼珠子都快掉下來了。據聚集在小學的那群人透露，現在小學的起薪是月俸五圓。儘管如此，風琴已經比鋼琴便宜多了。詢問進口樂器的公司，鋼琴最便宜也要上千圓。而且還要定期調音，每次的調音費用聽說高達十圓。

想必和之助已經給猶看過請款單了，但猶並未提及，只是氣定神閒地喝茶。

「腹帶由牧野家準備，就當是賀禮。」

「這樣啊，妳願意祝福我們啊。」

雖然他覺得猶絕不可能一哭二鬧三上吊，但壽衛的母親說得繪聲繪影，害他難免還是有點擔心。

「不愧是猶，太可靠了。」

富太郎拍了拍膝蓋，用身體打拍子。「真是可喜可賀。」

「別得意忘形。」

耳邊傳來低沉的嗓音，定睛一看，猶正瞪著自己。沒想到她會像訓斥小孩子似的要自己別吵、別得意忘形，堵得富太郎啞口無言。

「如果生下男孩，那孩子就是岸屋的繼承人了。我只是做我該做的事。總之您確定好日期再告訴我，還有地址及姓名。」

「我還在找房子，之後會再告訴妳。不過，我打算繼續承租現在住的地方，妳寄去那裡就行了。」

就連富太郎也覺得難為情，話說得吞吞吐吐、斷斷續續。

「幾歲？」

「什麼東西幾歲？」

72 戌是十二生肖的狗，每十二天即會有一個戌日，取狗生孩子很輕鬆的好彩頭，視戌日為安產的吉日。

「對方幾歲？」

「哦。」富太郎正色說：「十六。」

「好年輕，比您小一輪。」

「老爺，您可得長命百歲啊。」

「這麼說來，確實是這樣沒錯。沒感覺差了這麼多歲。」

富太郎還來不及問這句話是什麼意思，猶便擊掌叫來女傭。

「我吃飽了。老爺要洗澡，幫他準備洗澡水。」

命令女傭，再轉身面向富太郎，低頭致意。

「和之助請我檢查帳本，我先失陪了。請慢用。」

「嗯，謝啦。」

富太郎情不自禁地向離開房間的猶道謝。

十月，壽衛早產，所幸平安無事生下女兒。

富太郎為女兒取名為園。擁有屬於自己孩子的喜悅遠遠超乎他的想像。即使新生兒長得跟猴子沒兩樣，只會發出微弱的聲音啼哭，他仍覺得是稀世珍寶。

「長得好像祖母。尤其是高挺的鼻梁，簡直一模一樣。」

話說出口，才想起這孩子與祖母根本沒有血緣關係。猶大概又要罵他「別得意忘形」了。但他就是忍不住喜上眉梢。因為自從壽衛懷孕以後，好事一樁接一樁。

首先是馬克西莫維奇。富太郎寄了五百零七件標本給他，並附上為標本編號的筆記本，自己能鑑別的就直接寫上學名，不確定就空著。收到馬克西莫維奇在行間用紅字標示的回答。

我想這應該是新種，還需要花和果實的標本。
標本太新了，這樣無法鑑別。

重複這樣的信件往返，富太郎發現的丸葉萬年草獲確認為新種，學名為「*Sedum makinoi Maxim.*」，使用了牧野的姓[73]。「Maxim」則是指為此學名命名的人是馬克西莫維奇。雖然尚未在學會上發表，但是名字能出現在學名裡仍是至高無上的榮譽。不只全世界的植物學界將知道自己的名字，從今以後，牧野之名將永遠烙印在這棵植物上。

先富太郎一步，矢田部教授同年三月也收到馬克西莫維奇的信。四年前，明治十七年（一八八四年）去戶隱山採集的戶隱草移植到小石川植物園，兩年後開花。這種植物本來應該在初夏的山毛櫸林的溪谷等地開花，會開出紫色的花。從標本來看，葉和花會同時在長長的莖前端長出來，以略微朝向地面的角度開花。

矢田部教授將標本寄給馬克西莫維奇，請他鑑定，馬克西莫維奇回覆：「我認為這應該是小檗科的新屬，打算為其取 *Yatabea japonica Maxim.* 的新屬名，但正式發表前需要更多花的標本，請寄給

73 makino是牧野的日語發音。

我。」

植物學科的副教授及講師、學生無不歡聲雷動。

矢田部教授，恭喜你的名字出現在「*Yatabea japonica Maxim.*」的屬名[74]裡。

富太郎緊接著也交出了漂亮的成績單，矢田部教授主動要求跟他握手，市川和染谷也設宴為他慶祝。

九月，富太郎決定向根岸的御院殿跡承租一間合適的別屋，與壽衛一家三口過著和樂融融的日子。不只腹帶，猶還請京都的和服店寄來多匹羽二重布疋。壽衛挺著大肚子感激不盡，偶爾從三番町來探望女兒的壽衛母親發現那是上好的布料，興沖沖地想用那些布縫製孩子平安出生後第一次參拜產土神的衣裳和為壽衛製作留袖和服。

十一月，《日本植物志圖篇》第一卷第一集終於順利出版。這是富太郎的第一本著作，印成書長一尺的大開本。紙的觸感也很新穎。富太郎捧著那本書，抬頭仰望掛在門框上的匾額。匾額由伊藤圭介老人揮毫，四個橫寫的大字「繇條書屋」蒼勁有力。初次拜訪真砂町的隔年，伊藤老人就寫了這個寄到佐川的家裡。

枝繁葉茂地往天上、地下生長的書房。

又或者是在書本的圍繞下恣意伸展，充滿知性的家。

墨色十分雄渾，難以想像出自於高齡八十的老人之手，使用的紙張寬逾三尺。因此此番上京，富太郎親自小心翼翼地捧在懷裡帶來。想當然耳，家裡也掛著「群芳軒」的匾額。每次看到都能聞到百花齊放、迎風招展的香味。

伊藤老人於明治十九年（一八八六年）去職，從大學的教授職位上引退。畢竟他已經八十四歲了。去年冬天獲頒勳章，今年（明治二十一年）五月榮獲日本第一位理學博士的稱號。篤太郎去年也從英國返鄉，承歡膝下，所以伊藤老人看起來更加精神矍鑠了。

篤太郎在東京府內的中學教書，同時幫老人做研究。身為現役的植物學者，與富太郎一起在帝大植物學教室走動。縝密地推敲、反覆論證文獻的頭腦就連富太郎也經常佩服得五體投地。不只富太郎，市川及染谷也都認為在劍橋留過學的他遲早能成為帝大的講師或副教授，並同意這是理所當然的人事安排。

然而上個月，也就是十月，出了一件大事。無巧不巧跟矢田部教授的戶隱草有關。

原來，早在矢田部教授發現戶隱草的數年前，篤太郎就已經在小石川植物園種植戶隱草。將其製成標本，寄給馬克西莫維奇。經馬克西莫維奇鑑別為「小檗科鬼臼屬的一種」，發表在聖彼得堡的學術期刊。學名取自伊藤篤太郎的「T. Ito」。這是明治十九年（一八八六年）的事。不難想見篤太郎該有多麼驕傲啊。

孰料對此事毫不知情的矢田部教授也將同一種植物做成標本，寄給馬克西莫維奇，馬克西莫維奇提出的見解是「應為小檗科的新屬」，打算在新的屬名裡加入矢田部的名字。篤太郎得知這一連串的動靜後，錯愕不已。

畢竟是人類做出的判斷，誤判也是人之常情。更別說學問是活的，研究每天都在進步，知識不斷

---

74 Yatabe是矢田部的日語發音。

更新。只是對發現者而言，此事攸關自己在學術界的成績。篤太郎應該是被逼急了，為了不讓自己的成果煙消雲散，不得不先下手為強，趕在月底前在英國的植物學雜誌發表了一篇文章。

他提出包含自己名字在內的新屬名，再加入馬克西莫維奇取的學名，組合成一個新的名稱「*Ranzania japonica*（*T. Ito ex Maxim.*）」。「Ranzania」大概是取自小野蘭山之名[75]。

如此一來，矢田部教授的「*Yatabea japonica Maxim.*」因為慢了一步，相當於無效。全球的植物學界有個不成文規定，那就是只承認先發表的學名。

誰是第一人，誰搶了先機。

不只植物學界，科學的領域都遵循優先律，這也關係到學者的排資論輩。不用想也知道，矢田部教授與副教授們大為震怒，對篤太郎做出從此不准進入植物學教室的處分。戶隱草其實是充滿日本風味，楚楚可憐的花。後人提到戶隱草，大概也都會說「這是第一株由日本人取學名的植物」。但是在大學課堂裡，私底下都稱戶隱草為「破門草」[76]。

真是無聊透頂。富太郎很同情只差臨門一腳卻被年輕學者搶得先機的教授，但篤太郎是靠自己的雙手取得成績。只因為面目無光就禁止他進入植物學教室，會不會太小家子氣了？副教授及助教為了研究成果，必須仰賴教授的鼻息，繃緊神經以免得罪教授，這種小心翼翼的態度簡直跟商家的下人沒兩樣嘛。

這樣會迷失最重要的方向。

富太郎捧著《日本植物志圖篇》走到簷廊坐下。

今天天氣很好，壽衛正在院子裡曬棉被。背上揹著嬰兒，嘴裡哼著歌。當然不是西洋音樂，而是坊間流傳的小曲。但壽衛的歌聲非常迷人，極為悅耳動聽。富太郎昨晚也忙到三更半夜，直至天亮才就寢。當時麻雀已經啼叫不休了。

富太郎在冬陽下目不轉睛地盯著封面看。由右至左橫書的書名四周用裝飾線框起來，上方印有「牧野富太郎著」的作者名。再上面還寫了英文書名，封面中央有一朵盛放的八重櫻。不只學者，為了讓民間的植物研究者也願意拿起這本書，特地加上一點外文書的趣味。書裡的畫全部出自富太郎之手，英文也是他寫的。製版時曾多次請教太田的意見，在吳服橋的製版廠印刷，由神保町的敬業社代為販售。只不過，這次的出版費用由富太郎一力承擔。

卷首是生長在土佐的上臈杜鵑草。他去年在故鄉的橫倉山發現，將標本寄給馬克西莫維奇，當時連俗名都還沒有，所以名字也是富太郎取的。上臈是在大奧工作的女子中位階特別高的女官，用來形容優雅、高潔的花朵及葉片。

想當然耳，富太郎貫徹了當初的志向，不只用文章說明，整株植物的全貌、部分、解剖圖也一應俱全，琳琅滿目。

在大學的走廊上巧遇剛從德國留學歸國的松村任三副教授時，得到他對這本書溢於言表的讚美。副教授主修植物解剖學，在德國學的是分類學。承諾富太郎「一定要讓更多人知道這本書。有機會我一定寫書評」，還學洋人那樣高舉雙手。

---

75 **Ranzan** 是蘭山的日語發音。

76 破門乃逐出師門的意思。

今時今日，日本帝國內能寫出本邦植物圖志的人，非牧野富太郎莫屬。副教授當時說的話還縈繞在耳邊，在胸中轟隆作響。

這本書的確可以算是他的心血結晶。但目前只出了第一卷第一集。富太郎下定決心，不只日本的植物學界，一定要讓世界各國的學者都驚訝得說不出話來。

「阿園尿布濕濕了，來換尿布吧。」

成天忙著照顧嬰兒又要操持家務，壽衛肯定也睡眠不足，但聲音依舊充滿朝氣。富太郎從未感受過這樣的溫暖。他也很懷念與祖母共度的時光，以鄉間生活而言，童年的生活十分闊綽。如今家裡連個寬敞的房間都沒有，一家人只能擠在堆滿書的空間。

但這個一家三口的小窩就是我的歸屬。

今天來吃牛肉鍋吧。富太郎站起來。

「喂，我去買肉，還要買什麼嗎？」

隔了好半晌，壽衛回答：「麻煩你了，順便買梨或柿子回來。」

「梨或柿子嗎？我知道了。」

富太郎套上木屐，穿過房東的庭院，推開後門走出去。

看到那句話的時候，富太郎放聲大笑。

阿猶與和之助有不可告人的關係？

怎麼可能。富太郎搔了搔膝蓋內側，重新坐好，視線再次落在村子裡的朋友聯名寫給他的信上。

信上說他們討論、煩惱許久才寫下這封信，因為兩人的曖昧傳言在村裡已經鬧得沸沸揚揚，勸他務必找個機會回去一趟。

富太郎望向庭院，百花盛開。大山櫻的樹梢高高地伸向春日的晴空，開滿了深紅色的花與葉片。純白的富士櫻十分惹人愛。半個月前，他才在故鄉佐山村待到三月中旬，看盡繁花似錦、踩遍青青草地才回東京。他依舊過著往來於東京與土佐的生活，之所以來來去去，是因為去年——明治二十一年（一八八八年）成立了「佐川理學會」。有一次，他去參觀小學的理科課堂時，對授課內容的粗糙、落後大吃一驚，為此感到憂慮。教師沒有像樣的實驗器具，學校也沒有足夠的藏書。

再這樣下去，日本的兒童恐怕永遠無法體會理科的樂趣。

富太郎買齊實驗用的各項器具，從東京及高知購入參考書，召集故鄉的青少年，教他們使用培養皿和燒瓶，也讓他們看顯微鏡。起初大家都戰戰兢兢，但沒多久就體會到全身毛孔張開的瞬間。

老師，這是什麼？

葉子裡面好像有一張網。

為什麼？為什麼會動？

看到提出這些疑問的小臉，富太郎笑瞇了眼。

因為他們有生命啊，讓我們一起思考為什麼吧。

去年十二月還從高知請來攝影師拍攝紀念照。從乳臭未乾的小孩到成人，共四十一人入鏡。舉辦諸如此類的聚會之餘，每天還要外出採集植物，所以幾乎沒機會與猶打照面。

不過，他與寫這封信的人倒是見過好幾次面。富太郎拍攝理學會的紀念照時也出版了《日本植物志圖篇》第一卷第二集，今年一月緊接著出版第三集。如今在故鄉已經有許多研究學問的同伴，所以富太郎習慣在雜誌刊登出自己發表的論文或發行刊物時召集大家聚會。

而且這次的《植物學雜誌》第三卷第二十三期刊登了一篇特別的論文。那是關於新種的小草「大和草」，最早是在土佐採集到這種草，時間約莫是五年前的初冬。富太郎從並未開花、匍匐在地上的莖葉判定這是茜草科的「痲疹草」。然而又過了兩年，土佐寄來的標本中有其開花的狀態。花的形狀極為罕見，三片花瓣向上翹起，長長的雄蕊朝外側突出。而且柄的部分細如絲線，成把下垂。

寄標本給他的人是在仁淀川河畔一個叫名野川的地方擔任小學教師的渡邊莊兵衛，是富太郎相當倚重的左右手。製作標本的手法極為精確，有時會寄來近百件標本。

富太郎想像他站在山地的森林下方，低著頭，任風吹拂的模樣，認為這應該不是「痲疹草」。直覺告訴他，這可能是尚未命名的新種。

而且恐怕是全世界都沒有，日本特有的植物。

每個國家的花都自有一套獨特的開花方式，日本的草本植物多半是羞答答地低頭開花，而非筆直地朝天生長。大概是因為日本的氣候多雨，為了保護自己，不讓雨水沖走花粉，也是為了避免好不容易授粉的果實淋雨腐爛。

富太郎突然受到衝動驅使，帶著標本在帝國大學植物學科的操場上狂奔。說明來龍去脈後，副教授大久保三郎充滿興趣。大久保是前東京府知事的舊幕府家臣——大久保一翁的兒子。出生於安政四年（一八五七年），比富太郎大五歲。與大久保一起研究，得出果然是新種沒錯的結論。

與村子裡的同伴提起這件事時，對方頻頻感嘆。

「大和草啊，真是個好名字。」

「對呀，因為是日本原生的草，所以叫大和草[77]。」

「這是富太郎少爺取的學名嗎？」

「還有另一個世界共通的學名，大和草是俗名。」

正式的名稱是「*Theligonum japonicum Okubo et Makino*」，因為是與大久保副教授的共同研究，所以學名有兩人的名字[78]。

「實在是太了不起了。」

「通常要先寄標本給外國的植物學者，由對方判斷是否為新種，然後再給予世界共通的學名。明明是日本的植物，卻要請外國人命名。但這次是由日本人先發表在日本的學術雜誌上，是很大的進步。」

或許是受到破門草事件的刺激，植物學教室正逐漸拓寬發表的媒體。即使是日本的學術雜誌，也用拉丁文起學名，同時刊登英文和日文的論文，以確保優先順序。

「全世界的學者都在看我們的論文。外國也有人對我們寄予厚望，真是感激不盡。像是俄國的學者啊，現在寄著作或雜誌來日本的時候都是給大學一份、給我一份。」

「富太郎，俄國學者也對你寄予厚望啊？」

所有人都聽得目瞪口呆。

---

77 大和是日本的古稱。

78 Okubo是大久保的日語發音。

「真了不起，已經與世界級的學者平起平坐了。」

富太郎即使受到大力表揚也不畏怯。無論是誰的讚賞，就算是外行人，也能成為他前進的動力。

多讚美我，多給我鼓勵。這樣，我才能走得更遠更久。

一群人喝到三更半夜。富太郎還是喝不了酒，用自己帶來的咖啡機磨豆子、煮咖啡。咖啡機是手搖式的磨豆機，他經常去上野黑門町的可否茶館光顧，與老闆混熟後終於買到這台磨豆機。

或許因為這樣，日後想起這些人的臉，口中總是瀰漫著一股苦澀的滋味。

那一天、那個晚上明明也見了面，他們卻什麼都沒說。

從字裡行間看得出來，猶的出軌傳言在故鄉早已不是祕密，但大家都很有默契地在他面前絕口不提。看來自己讓父老鄉親為他操了許多不必要的心。

同時，他也意識到自己深愛的山間小村仍無法擺脫陳舊的陋習。畢竟世世代代都活在抬頭不見低頭見、連彼此的祖宗十八代都知道得一清二楚的人際關係裡。像是誰幾代前的妹妹嫁去哪裡、誰在哪一次的廟會出過糗、誰家的次男在暴風雨的夜晚勇敢地捍衛家園、誰又是膽小鬼。正因如此，至今仍有耆老津津樂道地把坂本龍馬脫藩時經過家門口，自己給他水喝的事說得彷彿昨天才發生過。另一方面，家有婚喪喜慶時互相協助、調解糾紛也是村民的義務。村民的「耳目」有時也具有牽制的作用。堂堂正正做人，及時懸崖勒馬，才不會在背後遭人指指點點。只要一朝變成茶餘飯後的話題，不管說的人有沒有惡意，都會轉眼間傳得街知巷聞。

岸屋的阿猶夫人真是太可憐了。富太郎少爺幾乎不在家，聽說不僅在東京有了女人，還生了孩子。

對呀，沒想到富太郎少爺還會金屋藏嬌，真是嚇了我一跳。阿猶夫人也真能忍。

不，是掌櫃有一套喔。你沒看他們總是相親相愛地坐在帳房裡。好像也一起去掃墓。這麼說來，還一起逛廟會呢。我婆婆很佩服地說他們就像夫婦一樣和睦。難不成，我是說難不成喔。嗯，好可疑。一定有鬼。竊竊私語，竊竊私語。

謠言就像野火吹不盡、春風吹又生的雜草。

將信紙放回信封裡，富太郎「哼……」地從鼻子裡噴出一口氣。

「怎麼了嗎？」

壽衛用雙手撐著簷廊，望向自己。剛出生五個月的園還不會使力，但只要有人扶著，就能稍微坐定，牙牙學語地抿著小嘴，露出小巧的舌頭。富太郎盤腿而坐，將信封置於一旁，起身走出簷廊，單膝跪地。園朝他伸出手，富太郎握住女兒的指尖，園彷彿用盡吃奶力氣地回握。

「土佐那邊出了什麼事嗎？」

壽衛又問了一次，富太郎回以「沒什麼」，抱起園，讓女兒坐在盤起來的雙腿間。

雙手騰出空來的壽衛拉過竹簍，開始剝豌豆。東京要到四月才是豌豆的產季，所以這應該是早生的品種吧。豌豆這種植物原產於歐洲，開紫花是紅豌豆，開白花是白豌豆。竹簍中是綠油油、圓滾滾的豌豆仁，所以大概是明治以來才普遍進口的栽培品種。豌豆及紫雲英等豆科植物主要種植於水田休耕時，因為這些植物有讓土壤肥沃的作用。蜜蜂及蝴蝶也樂見其成，蜜蜂嗡嗡嗡地從這朵花飛到那朵花，吸取花蜜。蝴蝶則吃到肚子鼓脹，四腳朝天。

窮極無聊的謠言到處流傳，甚至傳到東京來了。

阿猶那麼精明能幹的人，到底在搞什麼啊？

對富太郎而言，猶是永遠也親近不了的老婆。但是和壽衛在東京過著水乳交融的生活後，與猶之間的關係也有了改變。富太郎非常依賴猶，有時甚至覺得與她交手非常有意思，真不可思議。就拿前陣子來說，富太郎一如既往地打電報跟她要錢，她不僅給富太郎和壽衛都做了有內裡的和服，也給園做了兒童浴衣。包裹裡附了一封信。

岸屋是老爺的家業，而妾身的任務則是幫忙操持家計。只不過啊，岸屋縱使有金山銀山，也禁不住老爺一次又一次地需索無度，是故這次請恕妾身無法答應您的要求。

這可不行，絕對不行。富太郎一把抓起毛筆，火速回信。《日本植物志圖篇》是他自費出版的刊物，必須盡快付錢給負責發行的敬業社和製版廠，才能繼續出下一本。他已經想好第五集的內容，也開始著手製作插圖。

大家都等著書出版。只有我能弘揚日本的植物學，這件事捨我其誰。打著岸屋這塊金字招牌，付不出這點小錢成何體統。

猶居然敢斷然拒絕寄錢給他，這是以前從未發生過的狀況。因此富太郎毫不客氣地催促。

儘管如此，猶還是不肯寄錢，只捎來了幾件和服。

不，不可能，猶不可能背叛他。

「壽衛。」富太郎喊來壽衛，把園還給她。

「我有事要回土佐一趟。這次可能要待久一點。」

雪白的瓜子臉上充滿問號，浮現些許櫻色。

「大概秋天才會回來。」

「要去半年啊。」

「我想完成土佐的植物目錄，也想去拜訪高知的報社。」

去年冬天，透過當地朋友的介紹，請高知日報及土陽新聞刊登《日本植物志圖篇》發行及上市的廣告。當然付了廣告費，廣告文案也是自己寫的。富太郎認為宣傳今後要出版的書是一件很重要的事，像以前那樣光靠同好間借來借去、抄來抄去難以推廣知識。

體格與軍備皆輸歐美一大截的日本人若想與世界比肩，只能靠頭腦和學問。

「出書只是其中的一步。」富太郎接著說。

「必須把書交到更多人手上，讓更多人閱讀，才能讓更多人吸收到知識的養分。」

因此富太郎堅持要出書。

「我可不會只滿足於出版日本植物志、土佐的植物目錄。我還要出更多書。不是我自誇，研究日本植物學的人當中，沒有人比我擁有更多標本，更能正確地描繪植物、進行更深入的研究。所以必須由我打頭陣，讓全世界都知道日本。」

話一說出口，感覺矢田部教授及松村副教授、伊藤篤太郎都不是他的對手。語氣不由得愈來愈熱切，開始沒完沒了地自吹自擂。壽衛哄著懷中的園，聽他吹牛。

「小牧。」

壽衛生產後仍喊富太郎「小牧」。

「要寫信給我喔，別忘了我和阿園。」

「那當然。」

富太郎攬過她的肩膀，不小心撞翻竹簍，豆子在簷廊撒了一地。

借道神戶與高知，沿路採集植物，回到佐川已是四月五日。

始終沒能詢問猶關於傳言的事，梅雨季節就這麼過去了。剛回來的時候有些不自在地與帳房內的和之助聊天，偷偷觀察猶在屋子裡的樣子，並沒有任何異狀，要說冷淡疏遠嘛，又對富太郎關懷備至，反而是富太郎坐立難安。一切都和平常一樣。

和之助也很勤奮地做事，絲毫感覺不出他有任何心虛愧疚的態度。沒多久，富太郎就覺得懷疑他們有染的自己愚不可及。真是的，當初就不應該對那種荒謬無稽的謠言認真。要是祖母還在，肯定會一笑置之。

富太郎，再怎麼說，他們也是岸屋的老闆娘和掌櫃喔。阿猶是女校畢業的賢內助，和之助也是規規矩矩地穿上羽織，在帳房一坐就是一整天的男人，而且比阿猶還年輕不是嗎？更何況這兩個都是不知變通的死腦筋，不可能發展成戲曲中那種風花雪月的關係啦。

甚至還能聽見祖母「呵呵」的笑聲，富太郎重新打起精神，專注於採集植物。

走在蟬聲大作的山林，在橫倉山的森林裡又發現了珍貴的蘭花。挖起一棵帶回岸屋的倉庫，植入盆中，仔細觀察，為其寫生。在紙中央放上花序的放大圖，在左下方以實際大小臨摹生長過程的四個階段。分別描繪出左右兩側與背面，再加上精細的解剖圖。這是他從歐洲的書上學來的畫法，富太郎不僅期待這是新種，也想讓馬克西莫維奇見識一下自己繪圖的技巧。因此將圖與標本一同送到東京的植物學教室，請大學轉寄到聖彼得堡，請教馬克西莫維奇的見解。

早晚的天氣開始轉涼，富太郎也深入仁淀川的溪谷。附近的群山在楓紅似錦的秋天格外美麗，從天空到河面都染上了紅色及黃色、金色，美不勝收。也前往名野川，去拜訪寄大和草標本給他的渡邊，見到面時兩人緊緊握住彼此的手。

到了開始結霜的季節，富太郎在猶的服侍下吃早餐。

四隻腳印有岸屋家紋的膳台上擺滿了香菇小芋頭味噌湯和燉蘿蔔，除了醬菜以外，還有佃煮長臂蝦。從祖母交棒到猶手上的廚房沒有任何改變，味道也是他從小吃到大的滋味。在根岸的時候，富太郎偶爾會煮牛肉鍋給壽衛吃，要是猶看到那一幕，大概會驚得目瞪口呆。富太郎今年二十八歲了，幾乎沒踏進過這個家的廚房一步。

「我吃飽了。」

富太郎難得冒出一句「很好吃」，放下筷子。

「粗茶淡飯，不成敬意。」猶遞出茶杯。「老爺，您是不是該回東京了？」

「還早，我還有事要做。」

「壽衛夫人一個人帶著孩子，想必很不安吧。」

這倒是。這麼說來，他好像說秋天就回去。

「她母親也在東京，有事會互相照應。」

「您有寄家用給她嗎？」

「沒有。」

「沒有?那她要怎麼生活。」

「我給過她了。而且她信上也說一切平安,不用操心。」

「您說給過是什麼時候給的?難不成是離開東京的時候?」

「對呀。」富太郎悠哉地喝茶。

「我有沒有聽錯?現在都十一月了。這可不行,我馬上寄錢給她。」

富太郎手裡拿著茶杯,不動聲色地轉著眼珠,只見猶漲紅了臉。根據與她多年相處下來的經驗,她會出現這種臉色十次有十次都是她心情不好的時候。

「壽衛夫人真是命苦。您在理學會還是什麼會的砸了大錢,對妻兒卻不管不顧。我真為她的將來操心。」

猶絮絮叨叨地抱怨個沒完。富太郎返鄉後,直接找和之助要錢被她冷嘲熱諷了一番。她高聲拍打雙手,喚來女傭。

「請和先生過來一下。」

女傭欠身說道:「好的。」轉身告退。

和先生是誰?

不一會兒,腳步聲從紙門外逐漸靠近,和之助出現在門口:「您找我嗎?」

「立刻寄錢去老爺在東京的家。」

「遵命。小的馬上辦。」

猶以膝行的方式靠近和之助，在他耳邊下令。和之助說：「這樣的話，不如請向井先生來，這樣比較快。」

「就這麼辦。啊，還要打電報。先用老爺的名字寄錢去。我來準備米和柿子，再附上一封信。」

兩人一搭一唱，瞬間就張羅好了所有事，和之助向富太郎微微行了一禮，消失在紙門外面。

「啊，對了，和先生。」

猶似乎又想到什麼，一躍而起，走出房間。富太郎若有所思地凝視著雪白的紙門。

和先生……啊。

富太郎將茶杯湊到嘴邊，但茶杯已空空如也。耳邊傳來自己怔忡的嘆息。

差不多該回東京了。

列車駛進新橋火車站那天，已經是十二月了。

六 彷徨

這天，為了採集柳樹的果實，富太郎離開位於根岸的住家，渡過隅田川向南而去。目的地是江戶川沿岸的伊予田村。自從去年，也就是明治二十二年（一八八九年）實施町村制後，伊予田便與另外幾個村子合併成南葛飾郡小岩村。無論是土地還是學校，政府經常說改制就改制。

清爽的微風吹過，他突然想起一件事。事情發生在前幾天傍晚，與延次郎一起離開教室，穿過校園的路上時。理學部植物學教室還沒有專屬的教室，只能借用醫學部蓋來當病房的「青長屋」。

「悠夕最近真是多災多難啊。」

延次郎學洋人那樣撩起瀏海，語氣並不嚴肅。他依然那麼瀟灑儒雅，還寫得一手好字。《植物學雜誌》的題字就是出自延次郎之手。

「出了什麼事？」

延次郎去年從植物學科畢業，為了繼續留在大學研究學問，把家業讓給弟弟，姓氏也從市川改成田中。他致力研究真菌，前年發表關於變形菌的論文，為日本第一人。這種菌十分奇特，兼具動植物兩方的特點，以前也稱為動菌、菌蟲。換言之，不知該歸類為動物學或植物學，因此延次郎發明了「變形菌」這個名稱，並發表論文。

兩人聲響大作地踩著木屐，走在蜿蜒曲折的路上。

「他去年不是被寫進小說裡嗎，氣得將作者告上法院了。」

「去年我從春天就一直待在土佐。言歸正傳，對簿公堂可不是一件小事啊。是很不入流的小說嗎？」

「是報紙的連載小說。你在土佐不是也訂了很多報紙嗎？沒看到嗎？」

「小說根本是荒唐無稽的一派胡言，莫名其妙、亂七八糟，沒一個字是真的，我不喜歡。」

富太郎在十幾歲時看過幾本小說，覺得完全是浪費時間。有時間看那些，還不如去看世界地圖。

「那篇小說有什麼問題嗎？」

「那是以悠夕為原型寫的小說。名字當然換了，但白紙黑字寫出主角是東京高等女學校校長，也提到夫人。」

「後來娶的那位嗎？」

大約兩年半前的秋天，矢田部那位會彈鋼琴的妻子去世了，八月才產下次子，聽說他非常傷心，但是在大學裡還是表現出氣宇軒昂的老樣子。以他的地位及人脈，不可能永遠處於鰥夫狀態，那年還沒過完，就娶了法官的千金當繼室。

「夫人是高等女學校的學生，所以被描寫成擔任校長的理學博士與女學生的醜聞小說。表面上道貌岸然，私底下卻染指自己的學生。」

說到誰是理學博士，又是女校校長，全日本只有矢田部良吉這號人物。

「怎麼可以胡說八道，根本是下三濫的小說嘛。誰寫的？」

富太郎不由得停下腳步，站在彌生門[79]前，大聲抱不平。延次郎四下張望，豎起掌心，要他稍安勿躁。穿過彌生門，離開學校後才告訴他：「是《改進新聞》刊登的。」

「後來報社寫信向他道歉，悠夕才撤銷訴訟。表面上看起來好像沒事了，問題在於那部小說助長了批評女子教育的氣焰。抨擊女人有了學問就會變壞，找不到好對象的聲浪也甚囂塵上，不知是否受到輿論的影響，今年三月，決定廢除女校。」

延次郎避開路上的馬糞往前走。戴著學生帽的學生不時英姿颯爽地從背後超過他們。富太郎和延次郎都穿和服，沒戴帽子。

「廢校那天，悠夕好像是看了官報號外才知道這件事。文部省事前完全沒有通知他，也沒有問過他。你敢相信嗎？自己服務的學校沒有了，校長的官職也沒有了，當事人居然是看報紙才知道。」

矢田部肯定氣壞了，聽說他立刻將辭呈甩在文部省的桌上，辭去兼任的東京盲啞學校校長。延次郎接著說：

「你不覺得他最近無精打采的嗎？」

「不覺得，感覺還是跟以前一樣。」

「他的政治生命走到盡頭了。」

「會嗎？」富太郎搔了搔鼻翼。

「悠夕本是森大臣的左右手，配合森大臣的文政改革，致力於教育的歐化，無奈大臣遭到暗殺。」

---

79 東京大學彌生校區的校門。

富太郎知道森大臣遇刺的事。明治二十二年二月十一日，對近代國家日本來說，是個意義重大的日子。

包括富太郎在內，參與過自由民權運動的土佐人心心念念的大日本帝國憲法終於頒布，還舉行了頒布儀式。文部大臣森有禮為出席典禮，離開官邸時，腹部被短刀刺中，遭遇不測。凶手是仇視歐化主義的國粹主義者，當時民間對政府歐化的反對聲浪有如排山倒海而來。富太郎也不太認同過於激進的歐化主義，但森有禮無疑是為日本的學校教育打下基礎的大功臣。富太郎至今仍記得當年看到掛在教室裡的「博物圖」時，胸中那股激越的感動。

外文書及地圖、顯微鏡、石版印刷、風琴、咖啡……只要有辦法弄到手，他對西洋的東西來者不拒。植物的學名、新種的鑑別至今也仍繼續仰賴馬克西莫維奇。

森大臣腹部深受重傷，隔天就死了。死的時候應該還不到四十五歲。

「又不是舊幕府時代，要是有什麼不滿就去暗殺對方，人才都給你殺光了，日本也完蛋了。」

「就是說啊，悠夕也因此失去強力的後盾。」

「既然如此，往後就專心地研究植物學吧。以前要當校長，又要參加舞會，太忙了。」

不免同情矢田部的遭遇，富太郎換上鼓勵的語氣。

「教授再怎麼說也是東京植物學會的會長，希望他未來能多花點力氣在寫作或演講上。」

「但願如此。你看事情的角度太正向了，真了不起。」

兩人默不作聲地走了一段路，路邊的花草吸引了富太郎的視線。兩隻紋白蝶難捨難分地比翼雙飛，可能是在交配。

「這麼說來，染谷兄在做什麼？這個月又沒交稿了。」

「我不知道，也很少在大學裡看到他。」

或許是矢田部的推薦，染谷德五郎畢業後成了女校的教師。曾經在《植物學雜誌》創刊時論述花與蝶的關係，也發表過花的構造的相關論文。富太郎很期待後續，但自從去年的五月和六月、八月各發表過一篇文章後就停了。

「只要一起做學問的人都能準時交稿，就算我人在土佐，也能確認大家都還好好活著。」

根岸的住家有很多學生、伙伴出入，但是很久沒見到染谷了。

最近有個名叫池野成一郎的學生經常來找他。打從初次見面，就與富太郎一見如故，是個很親和的男人。富太郎在標本室或書庫找資料時，常常回過神來發現他就站在跟前，目光慧黠地說：「你在找這個吧？」此人聰明絕頂，英語就不用說了，連法語都很流利。更重要的是，他對植物的觀察力十分敏銳。因此富太郎在東京的時候經常與他一起去採集植物，他也經常出現在根岸的家裡。

「大概正為了生計而四處奔走吧。我再找時間去他家看看。」

延次郎說道，富太郎不吭聲。他一向來者不拒、去者不追。只要有緣，總有一天會再相見。

嫩綠的柳樹映入眼簾，富太郎衝下堤防。伊予田有用來為農田灌溉的池塘，周圍種滿枝繁葉茂的柳樹。富太郎迫不及待地折下長出果實的柳枝，視線不經意地落在靠近根部的水面上。咦？富太郎抓住柳樹的樹幹，探出身子。

好奇怪呀。

一時還以為是什麼綠色的生物在水面游泳。看起來也像是獸的尾巴。但是再怎麼看都是水草。中間有一條莖，長出許多葉片。

富太郎拾起腳邊的枯枝，繼續往水面踏出一步。水草似乎沒有在水底扎根，輕易地就勾起來了。

你是誰？

富太郎將池水舀進隨身攜帶的小木桶裡，全身的毛孔都打開了。

隔天，富太郎興沖沖地帶去給植物學教室的人看，青長屋為之沸騰。

「好像西洋的刷子啊。」

「好大的毛毛蟲。」

「不對，是狸貓的尾巴。」

眾人七嘴八舌地叫嚷。延次郎抱著胳膊，頻頻讚歎：「這玩意兒可真稀奇。」池野等人也難掩激動，個個漲紅了臉。

「牧野先生，這或許是個大發現喔。」

富太郎回頭，喊了聲「教授」。只見矢田部腋下夾著幾本書，把皮鞋踩得躂躂作響地走進來。眾人齊聲向他問好，幾個人退到旁邊，空出書桌前方的位置。矢田部朝水桶內看了一眼。

「這是什麼？」

「這是牧野兄採集的奇特水草。」延次郎代為說明。矢田部用指尖挑起鏡架，目不轉睛地以肉眼觀察水桶裡的東西，也不抬頭就直接下令：

「去書庫拿達爾文的……過來。」

曾赴美留學的矢田部發音非常標準，也因此富太郎經常聽不懂。池野重複了一遍「……啊」就轉過身，走向書庫。再聽一遍還是聽不懂，只聽出語尾好像是什麼「plant」，與延次郎互看一眼。過了一會兒，池野捧著書回來。矢田部把書放在旁邊的桌上翻頁。

「既然有plant，應該是植物吧。」

延次郎把臉湊過來說。富太郎從咽喉深處發出「嗯」的一聲。

「沒有根啊，那要從哪裡吸收養分呢？」

德國學者已經證實植物吸收陽光，攝取二氧化碳，在葉綠體內生成澱粉。但也可以從土壤中攝取水分及養分，富太郎以前採集到的水生植物都有根。

「只靠陽光就能長這麼大嗎？我有點存疑。」

「各位。」矢田部大聲疾呼，所有人都移步到他旁邊。矢田部用食指指著桌上翻開的書某一頁。

「這可能是一種食蟲植物，貉藻。」

富太郎傾身去看，隔著桌子與矢田部面面相覷。

「那是茅膏菜的一種嗎？」

富太郎問道。茅膏菜是一種葉子會分泌黏液，用以捕捉昆蟲的陸上食蟲植物，其黏液的黏性非常強，拔起來放在地上的話，葉子甚至可以黏住地上的小石頭。

「好像是。在印度發現，後來在歐洲和澳大利亞的部分地區也發現過這種植物。沒想到連我們日本也有。」

矢田部雙手扠腰，喊了聲「牧野老弟」，對上富太郎的視線。

「接下來會做驗證，如果這真的是食蟲植物，可就是大發現了。世界級的大發現喔。」

矢田部如演說般張開雙手。其他人爭先恐後地拍打富太郎的背和肩膀，與他抱成一團。

今天也下雨了。校舍內相當悶熱。

將手巾綁在脖子上，揮汗如雨地觀察窗邊的水槽。歐洲的植物學家尚未確認囊泡貉藻會不會開花。好像是因為雖然會長出淺綠色花苞，但左等右等都等不到開花。富太郎跑了好幾次伊予田，又採集到好幾株，打定主意無論如何都要養到開花，再把花畫下來，對外發表。水草通常都在夏天開花，所以接下來才是關鍵。

我的繪畫功力還不錯，真是謝天謝地。

富太郎仗著畫功出色，為自己加油打氣。他收到馬克西莫維奇的回信說去年寄的蘭花證實是新種，對方還對富太郎繪圖之精細讚不絕口。

大家都在教室裡看到食蟲植物的樣子了。葉片呈袋狀，像蚌殼那樣可以自由地開合。當水中的小蟲游進袋狀的葉片，葉片立刻收緊。大概是為了消化昆蟲，攝取養分。所以不需要根部，也沒有根部。

「快看，快看，貉藻那傢伙把蟲吃掉了。」

滿是笑意的歡呼聲四起。

自從發現這種植物後，富太郎就一直在想要取什麼名字。貉是指狸貓或穴熊之類的野獸，因為長得很像牠們的尾巴。

「牧野同學，教授找你。」

助教朝他努了努下巴，富太郎離開窗邊，走向教授的辦公室。敲門，推開。

「您找我嗎？」

矢田部捻著濃密的鬍子，瞥了他一眼，起身離開辦公桌，坐在椅子上，用手示意富太郎也坐。富太郎依言行禮坐下。

「Mr. Makino（牧野先生），你自由進入植物學教室到現在幾年了？」

「我記得是從聖彼得堡舉行萬國園藝博覽會那年開始。初次見到教授時，教授提到過這件事，所以我一直記得。」

「一八八四年啊。」矢田部打斷他，說出西元年。

「已經六年了。這六年來，我往返東京與土佐之間，順利出版了《植物學雜誌》。對了，我打算在十一月發行的第四卷第四十五號正式發表關於貉藻的發現。當然也打算刊登在接下來要出版的《日本植物志圖篇》上。」

「說到那本《日本植物志》……」矢田部又打斷他的話，「不瞞你說，植物學教室也打算發行日本的植物志，正與出版社洽談中，對方也很感興趣。」

「那真是恭喜教授了。」

「我從以前就有此計畫，也確實做了準備。只可惜公務繁忙，一直無法付諸實行。如今總算能具體實踐。」

「晚生也很樂意幫忙。」

「不用，這本書將由帝國大學理學部植物學教室出版。所以今後不方便再讓你借閱標本或書籍了。」

富太郎還以為聽錯了，臉頰僵硬。矢田部點了一根雪茄。

「這句話是什麼意思？」

「在西方有這樣的行規，一項研究完成之前，不能讓其他人看到。」

「我又不會盜取教授的研究。教授應該很清楚我不是那種人。」

「我想專心把研究做好。你既不是本校學生，也不是教職員，讓校外的閒雜人等隨意在教室走動可能會破壞今後研究的隱蔽性。」

富太郎不明白他到底想表達什麼。隔著矢田部吐出的煙圈可以看到教授辦公桌背後的窗戶被雨淋濕，匯集成幾條水痕。

「您的意思是不准我再去植物學教室嗎？」

「以前我應該勸過你成為本校的學生。」

「這我當然記得。教授當時還說就算我只是一介書生，也能自由進入帝大。」

「問題是你出書了，而且是以牧野富太郎的名字出版。那是你在研究時大量參考了大學的書籍及標本的成果吧？」

矢田部壓低聲線，不留情面地說。

「你還不懂嗎？再怎麼厚顏無恥也該有個限度。從以前到現在，我們對你的活動已經提供太多協助。當然這也是看在博物局及伊藤老師的份上。因此即使你不客氣地翻閱教室的文獻，我也都睜一隻眼、閉一隻眼，夠了吧？往後請你靠自己的力量，獨立作業。」

矢田部毫不掩飾內心的不耐煩，拿著雪茄站起來。

「我說完了，你可以走了。」

富太郎只能萬般無奈地依言起身，退出教授辦公室。

事情嚴重了。

富太郎不知所措地靠著牆壁，抱頭苦思。雨聲變大了。

被告知禁止進入教室後，富太郎將貉藻移到小木桶，帶回家。除此之外，教室裡還有大量在土佐採集的標本及自己的著作，必須用推車才運得回去，他卻沒找任何人幫忙。

「發生了什麼事？」

壽衛大吃一驚。

「沒什麼。」富太郎苦笑著說。從那天起，他每天坐在簷廊觀察貉藻。光是壽衛問他「今天不用去大學嗎？」都能令他怒火中燒，粗聲粗氣地說：「不去。」園被他嚇哭了，壽衛看了富太郎一眼，站起來，走到後面去哄園。沒多久，廚房傳來切菜的聲音。

別管我。我什麼都不知道了。

到底該怎麼做，才能解除植物學教室對我的禁令呢？

即使到了吃飯時間，富太郎也食不下嚥。壽衛不敢多嘴，默默地餵園吃飯，時不時窺探富太郎的臉色。這也令富太郎心煩，只想避開她的視線。

門口傳來客人上門的聲音，壽衛停止餵飯，出去迎接客人。

「田中先生和池野先生來了。」

兩人站在壽衛背後。「嗨」，延次郎舉起手，池野遞給壽衛一包伴手禮。富太郎一聲不吭地抬頭看著兩人。

「家裡有點亂，請進。」壽衛手忙腳亂地收拾餐具，請他們進屋。

「瞧你這慘遭流放的菅公[80]臉。」

延次郎刻意以怪腔怪調的語氣調侃他，在富太郎的對面坐下。池野坐在他旁邊。

「我可笑不出來。」

「大家都很傷腦筋喔。都說牧野不在，做起事來實在太不方便了。」

延次郎打趣道，隨即垂下八字眉，換上嚴肅的表情。

「看樣子受到不小的打擊呢，第一次見你露出這種表情。」

聽到同情的話語，富太郎愈發垂頭喪氣。

「其實有不少人去找教授談這件事。」

富太郎猛然抬頭。

「那我能回去了嗎？」

「不行。你知道的，沒有人敢違背教授。誰也無法說服教授收回成命，請你理解。」

延次郎把手放在盤著的腿上，略微低頭道歉。這也難怪，教授的權威太大。富太郎搖搖頭，甩掉天真的念頭。

「說補償也不太對，總之池野兄跑去跟農林學校交涉，對方答應讓你用顯微鏡觀察貉藻。」

他望向池野，池野點頭回答：

「東京農林學校被帝大合併吸收後，九月起將正式改制為帝國大學農科大學，教室還是在駒場。」

「那真是太好了。我的顯微鏡已經老舊，派不上用場。雖然可以買新的，但如果要達到帝大的精確度，勢必得向德國訂購最新的機型才行。就算立刻向橫濱的貿易公司下單，也要等上半年才拿得到。等我備齊了與大學同等級的器材及工具、書籍，絕對來不及在期刊上發表論文。」

說到這裡，富太郎心裡突然冒出不祥的預感。

「該不會也禁止我向期刊投稿吧？」

「這倒沒有，這部分已經得到教授的首肯了。」池野回答：「別擔心，牧野兄。」延次郎也出言附和。富太郎察覺到恐怕是這兩人說服了教授，清了清喉嚨。

壽衛送上麥茶與糕點，是大福。富太郎立刻抓起一個送入口中，還沒嚥下去，馬上又抓起第二個。好久沒覺得肚子餓了。

「真是的，我作夢也沒想到會受到這種對待。教授就這麼見不得我出書嗎？我只是想研究植物學而已，所以才發行雜誌，書也都是自費出版。這難道不是在對日本植物學的進步做出貢獻嗎？」

延次郎喝了口麥茶，微微抬起頭。

80 被日本人尊稱為學問之神的菅原道真，晚年遭誣陷被流放至九州太宰府，抑鬱而終，傳說中他化為怨靈，逼得醍醐天皇不得不興建天滿宮來祭祀。

「悠夕只剩下植物學了。他大概想藉由交出世界級的研究成果向政府證明自己的存在價值。對於在武家出生、長大的人，面子比什麼都重要。」

「不僅如此，我猜他對破門草事件還耿耿於懷。伊藤先生也不是帝大畢業生。」

「這麼說來，教授也很倒楣呢。」延次郎輕聲嘆息。

「伊藤先生也有錯，那麼做等於是將矢田部教授一軍。」

「你的意思是說，只要老實告訴教授『晚生已經賦予那種植物學名了』，矢田部教授就會退出嗎？我可不這麼認為，唯有哭鬧的小孩與教授不可違抗呢。如果要告訴教授，就得做好將功勞拱手讓給教授的心理準備。」

「說到底，要怪就怪馬克西莫維奇教授沒能及時判定伊藤先生的戶隱草。」

富太郎覺得有股怒氣就要在肚子裡爆發。

「池野兄，你這麼說就不對了。鑑別非常困難。必須比對不計其數的標本與紀錄，需要花費大量時間與精神。否則日本何必假外國人之手，自己國內的植物不是應該靠自己記錄、整理標本嗎？若想快點擺脫對外國人的依賴，就必須建立鑑別的能力。正因如此，我才出版那些書和雜誌。」

園又開始嚶嚶啜泣。或許是不想打擾他們談話，壽衛把園抱出去哄。

「日本的植物學慢慢地在改變呢。」延次郎咬下一口大福說。

「以前大家自由地做研究，一旦涉及發表，就成了競爭。」

「延次郎，你這句話不妥。」富太郎目光炯炯：「自由應該是每個人追求且引以為傲的東西。」激憤再度湧上心頭，富太郎用拳頭揉了揉額頭。

如果他再不生點氣，就要悲從中來了。

在池野的奔走下，富太郎九月開始去農科大學林學系，總算勉強趕上貉藻的發表。因為無法引用植物學教室的文獻，十一月號的《植物學雜誌》只能簡單地說明貉藻的俗名。就算想自挑腰包購買英國的植物學雜誌，等送到手上也太花時間，這讓他倍感焦躁，覺得自己要輸了。

不行，還是放不下。

當銀杏由綠轉黃的十一月二日午後，富太郎鼓起勇氣，前去拜訪矢田部教授的住家。從池野口中得知，今天大學沒課，他應該在家裡專心寫作。被帶到以前曾經備受款待的客廳，等了一會兒，看到穿著結城紬羽織和服的矢田部現身，不由得鬆了一口氣。不僅沒有給他吃閉門羹，沒多久女傭還送上茶水。但矢田部的表情很僵硬，問他「有什麼事？」的口吻也很凝重。富太郎立即說明來意。

「不准我去教室，我真的非常困擾。可以像以前一樣，讓我閱覽標本和書籍嗎？」

「也就是說，你承認你一直在參考教室裡的東西嘍？」

「我從來沒有否認過這點。我很清楚植物學教室惠我良多，所以我也盡心盡力地幫忙。」

「但你只在有需要的時候才來。教職員及學生都得在固定時間來學校蒐集論文資料或幫忙準備講義，也會陪我去採集植物。聽好了，教室並不是為了你的研究才投入龐大經費網羅那些標本及書籍。說到底是為了植物學教室，換句話說，是為了矢田部教室。」

難不成……富太郎愣住了。他是指自己對教授還不夠鞠躬盡瘁嗎？

「現在必須團結一心，將《植物學雜誌》的學術性拉高到世界級水準才行。」

在收錄富太郎那篇發現貉藻的文章的《植物學雜誌》第四卷第四十四號開頭，矢田部發表了一篇以英文撰寫的論文。標題翻譯過來是〈敬告西方植物家諸君〉，內容則類似宣言：

身為東京植物學會的會長，我想告訴海外的學者，由於我們過去的努力，帝國大學也收藏了若干標本及文獻。現在可能還不齊全，但我們打算不再仰賴歐美的學者，開始在本誌刊登日本的植物。

「我能理解教授的豪情壯志。但現今日本植物學者的數量還遠遠不夠。即使加上畢業生、業餘玩家，具備正確知識的恐怕也不到一百人。人都這麼少了，還打壓、封殺其中一人，這無疑是日本植物學的損失。」

「你太瞧得起自己了。」

矢田部沒好氣地打斷他。但富太郎仍沒移開視線。

「副教授以下必須團結一心，盡全力成就教授的業績。這是為了提升日本植物學不可或缺的排兵布陣。但是身為學者，互相成全，提攜部下，讓部下出人頭地不也是上司的職責嗎？」

「你是在教訓我嗎？自以為是也請先照照鏡子。不過你本來就欠缺對長輩的敬意與感恩的心。」

茶杯貫在茶托上，發出尖銳的噪音。矢田部一掌拍向茶几。

「我一向充滿敬意與感恩的心。」

富太郎不甘示弱地搥打自己的胸口。

「既然如此，就用行動證明啊。把大學裡的東西拿來出你的書，自己的東西卻不拿出來，太沒義氣了。我命令你把土佐的標本全部上繳給大學，這是最後通牒。」

富太郎總算想起，在預定於該月十日發行的雜誌上，矢田部將會呼籲全國的民間學者。送印前由池野謄寫，富太郎已經看過了。

希望各位能積極地將各地的植物寄給帝大，助植物學教室網羅全國植物標本一臂之力，對大學的授課及研究皆有益處。

同時還附上製作臘葉標本的注意事項。富太郎對他的意圖沒有意見，毋寧說他也持相同態度。

「如果你能照我說的做，我可以考慮解除你進入教室的禁令。」

矢田部最後問了他一聲「You see?」富太郎下意識點頭。

「《日本植物圖解》據傳將由丸善書店接手出版。」

「您也要出圖解嗎？」

「植物要附圖片才能正確地討論吧。」

矢田部沒好氣地撂下這句話。

富太郎悶著頭走在回家路上。平常都走走停停看樹木或花草，今天卻不屑一顧，整張臉熱得要命。教授要讓丸善書店出版《日本植物圖解》。

這個事實在腦海中迴旋，振翅聲震耳欲聾。

這麼一來，我的《日本植物志圖篇》會怎麼樣？相同類型的作品經由丸善發行，不一會兒就能鋪貨到全國。光是想像就毛骨悚然。不，他隨即打消怯懦的念頭，因為沒有人能畫得出像他筆下那麼精細的植物圖。等等，畫工渡部的功力也不差。沒關係，無所謂。一整套標本根本無關痛癢。反正他習慣每種植物都做好幾個標本。只要矢田部敢開口，就連整座山富太郎也可以給他搬進教室裡。

即使破口大罵，也澆不熄內心的怒火。他一直以為植物學是自己的天命，不眠不休地研究，如今這條路卻從腳底開始龜裂坍塌。

有生以來第一次感到失望。

回過神來，他已經站在神田川河畔。秋草在沿岸的堤防上迎風搖曳，遠方則是洋蔥形的偌大屋頂與高塔。那是在駿河台蓋了許多年的俄國東正教教堂。去年才拆掉鷹架，正面朝南，因此這裡看到的應該是建築物背面。即便如此，層層疊疊的屋頂及窗戶的裝飾仍充滿匠心意趣，白牆也美不勝收。

馬克西莫維奇的名字浮現腦海，比以前更深刻地感受到他的真情與誠意。明明是遠在天邊的學者，卻能坦蕩蕩地肯定富太郎的研究，讚美他的繪畫功力。不管提出什麼問題，他都仔細且懇切地回答，有時還會用羅馬拼音寫下他以前來日本學會的「你好」或「再見」。

乾脆去幫馬克西莫維奇做研究好了，說不定還能殺出一條活路。與其屈服在教授的權威之下，不如帶著所有標本前往大海的彼岸。

教堂高出鬱鬱蒼蒼的森林與萬家燈火一截，靜靜染上冬日的夕陽餘暉。

隔天，富太郎走在通往洋蔥形屋頂與高塔的坡道上。

穿過樹林與民宅，眼前的風景一口氣開闊起來。圍牆無邊無際地延伸，充滿了奇妙的意趣。只有一根根細細黑黑的鐵棒勾勒出纖細的線條，並未遮蓋腹地。看著充滿開闊感的腹地往前走，彷彿正一步步走向異國。

沒多久就走到門口，左右兩邊各有兩根純白的門柱，大門洞開。富太郎重新夾緊腋下的包袱走進去。大教堂的鷹架雖已拆除，穿著短外褂的工人仍忙得不可開交。木槌及鋸子的聲音、西洋塗料的氣味乘風而來，目前正在建造教室內部。

看到幾位穿著黑色長袍的男人形色匆匆地走來走去，富太郎叫住其中一人。

「我想見住持，請問他在嗎？」

蓄著漆黑鬍鬚的男人長相無疑是日本人。

「你是指尼古拉主教嗎？」

住持只是富太郎隨口說出的稱呼，看來正確的職稱是主教才對。幸好對方並未流露出責怪的語氣，富太郎也坦然地點頭。

尼古拉主教在東京素負盛名。富太郎在報上看過他的事蹟，他在明治維新前幕末至函館的俄國領事館走馬上任，到日本各地傳教，是東正教最有影響力的人，如今已經能在駿河台建設如此富麗堂皇的教堂了。然而比起敬畏，更多的是親近。帝國大學植物學教室多年來都十分倚重人在聖彼得堡的馬克西莫維奇，富太郎也得到諸多指教，因此從不覺得俄國離自己有多遠。

「你們有約嗎？」

「沒有。我是第一次來找他。有件事無論如何都想拜託他。我還帶了履歷表來。」

大鬍子教士看了富太郎的包袱一眼，說：「可能要請你稍等，可以嗎？」

「沒問題。如果主教願意見我，要我等到明天也無所謂。」

富太郎急切地說。

「請問尊姓大名、有什麼事？」

「我是研究植物學的牧野富太郎。出生在土佐，因為個人因素想去俄國。從以前就單方面受到聖彼得堡的馬克西莫維奇教授諸多關照。此番前來是想請問主教能不能幫我介紹工作。」

富太郎一口氣說完。原本想直接拜託馬克西莫維奇，還寫了封英文信。可是打好草稿，正式謄寫時，又覺得這樣委實不妥，思前想後還是擱筆。因為雙方的關係一直是透過帝國大學建立的，萬一馬克西莫維奇向矢田部教授詢問此事，必定又會引起教授的震怒。想也知道這次一定會斬斷自己所有的活路。

既然如此，還不如孤注一擲，請東正教的尼古拉主教幫忙。所以昨晚寫履歷表寫到三更半夜，今天一早就出門。

去年又舉家搬遷至麴町三番町。因為書和標本實在太多了，租了一間原本是武家宅邸的老房子。

「請跟我來。」

男人的表情始終波瀾不興，靜靜地用下巴示意，走在前面，為富太郎帶路。

富太郎被帶到教堂對面的木造洋房裡位於樓梯旁的房間。三坪大的木板隔間裡有一排木頭小板凳沿著牆邊排列，已經有七、八個人坐在那裡了，令富太郎有些錯愕。緊閉雙眼的年輕人、穿著老舊羽織和服的老人和貌似長屋老闆娘的女人，形形色色。富太郎在角落坐下。有人邊用火爐暖手邊閒話家常，從咳嗽的空檔傳來的隻字片語聽下來，在這裡等待與主教會面的人不是想信教就是想進神學校讀書。

一個、兩個輪番被唱名、離開房間的同時，不斷有人走進房間，排在富太郎後面。其中還有貌似女學生的年輕姑娘或帶著孩子的女人。

冷不防，腦海中浮現出壽衛雪白的胸膛，富太郎閉上雙眼，抹去心中的遐想。

他完全沒跟壽衛提起被植物學教室列為拒絕往來戶，只能在農科大學的教室一隅謹小慎微地繼續研究的事，因為說了也沒用。今天也吃過早飯就早早出門。田中延次郎與池野成一郎等同伴都憂心忡忡地上門造訪，壽衛或許隱約察覺到富太郎出了一點狀況。至於她聽到什麼、知道多少，富太郎不得而知。

路上小心。阿園，跟爸爸說路上小心。

壽衛抱著女兒，送到門外，輪流打量女兒和丈夫的臉，目送他離開。富太郎平常出門前都會撫摸園的臉或手腳，有時還會磨蹭女兒的臉。女兒實在太可愛了，總能令富太郎笑開懷。但今天硬是收回就要伸出去的手，重新抱緊懷中的包袱，轉身離去。以前武士要出征的那天早上原來是這種心情啊……儘管不符合自己的風格，富太郎心中仍有些感傷，加快腳步，遠離家門。

用力抱緊膝上的包袱時，再次聽見開門的聲音。

「牧野先生。」

富太郎站起來，走向門口。上樓，走進小房間，房裡沒有半個人，卻殘留著人的熱氣，看來還要再等一會兒。房間裡從牆壁到天花板的裝潢都很簡素，卻不顯得煞風景。漆成淺藍色與白色的牆壁看起來清爽而靜謐。長方形的木桌顯然已經用了很多年，四個角都磨圓了，擺了幾張有靠背的木頭椅子，讓人聯想到小學的教職員辦公室。

富太郎並未坐下，而是站在窗邊。隔著玻璃窗可以看見教堂的高塔，吊掛著大小不一的鐘。看樣子應該是鐘樓。

要是去留學，我也必須皈依東正教吧。或許要請對方幫我介紹工作時，對方就會要求我先成為信徒。

沒關係，這些都無所謂。富太郎抬起頭來。

只要能為被迫關上學問之門的我再開一扇窗，要我信什麼教都可以。

耳邊傳來聲響，回頭看，日本教士畢恭畢敬地開門。隨即是皮鞋的腳步聲，有個高到必須抬頭仰望的外國人走進來。來人的肩膀很寬，體格十分魁梧，穿著袖子與下襬都很寬的黑色長袍。棕色長髮紮在腦後，臉頰到下顎蓄著同為棕色的鬍鬚。年約五十開外，胸前掛著碩大的十字架項鍊。

此人就是大名鼎鼎的尼古拉主教嗎？

富太郎被對方的氣勢鎮住了，連招呼都打不好，只能徒具形式地低頭行禮。

「請坐。」

富太郎在日本僧侶的勸座下誠惶誠恐地坐上椅子。主教再次確認來意，富太郎詳細說明已經說過一遍的內容。

「晚生無論如何放棄不了研究植物學的志向，可以請您幫我向馬克西莫維奇教授美言幾句，讓晚生去留學嗎？晚生也曾將自己發現的植物標本送去給他鑑定，獲得他的青睞。他對晚生的植物畫讚不絕口。」

去年，把明治二十二年在土佐橫倉山發現的蘭花標本附上植物圖寄去後，收到馬克西莫維奇「畫得就跟真的植物一樣，好精細」的回信。唇瓣[81]的顏色與薄度讓人聯想到蟋蟀的翅膀，富太郎為其取名為「蟋蟀蘭[82]」。

富太郎邊說邊將包袱放在桌上，解開包袱巾，拿出過去發行的《植物學雜誌》及《日本植物志圖篇》的第一卷第一集到第六集。再從他帶來的植物圖中抽出一張，放在尼古拉面前。

「就是這個，這叫蟋蟀蘭。」

是他打算刊登在即將出版的《日本植物志圖篇》第一卷第七集的草圖。

尼古拉伸出手，拿起那張紙，目不轉睛地盯著看。陽光從窗外照射進來，在長長的睫毛上篩落金色的光芒。

「這是生長在土佐深山遍地腐葉中的蘭花，非常珍貴。高度只有一寸半左右，在無人知曉的情況下悄悄綻放。」

尼古拉依舊默不作聲。富太郎有點坐不住，望了旁邊的日本教士一眼。對方也不知在想什麼，從頭到尾都不幫他翻譯。

81 蘭科的植物身上常見的變形花瓣，通常比一般花瓣更大，顏色往往也更鮮艷。

82 本地常用名稱為「絲柱蘭」。

只見尼古拉慢條斯理地轉過頭來，藍色的眼眸直勾勾地盯著富太郎，臉上掛著笑容。

「好美啊。」

老天爺！他會講日語。

「別擔心，我聽得懂你在說什麼。畢竟我來日本前前後後已經快三十年了。話說回來，土佐人真健談啊。保羅．澤邊[83]年輕時也很能言善道。」

尼古拉笑著問一旁的僧侶：「是吧？雅各。」兩人相視而笑。頂著雅各這個洋名的日本教士與富太郎對望。

「澤邊先生是第一位出任司祭的日本人。」

「那位澤邊先生也是土佐人嗎？」

「正是。與尼古拉主教初次見面時，原本是雷打不動的尊王攘夷志士。印象中應該是坂本龍馬的堂弟還是他兒子，因為有一番曲折，在東北流浪，最後落腳於北海道的函館。當時函館已經開港，建立俄帝國的領事館，尼古拉也來到日本。澤邊先生認定這個洋和尚不懷好意，不是試圖透過異教毒害神州日本，就是想打探日本的底細好發動侵略戰爭，抱著同歸於盡的決心闖進主教住處。」

富太郎洗耳恭聽，但雅各並未接著說下去，眼角餘光帶著「我太多嘴了」的自責，噤口不言。富太郎原本繃緊的神經不知不覺已然鬆懈，不再挺直脊梁。

尼古拉露出懷念的眼神，看著富太郎。

「你是牧野先生嗎？」

「是的。」富太郎點頭。

「我也認識一位像你這樣對草木十分熟悉，潛心研究草木的人喔。他原本是東北的百姓，受雇於馬克西莫維奇教授，幫忙砍柴或燒洗澡水，後來開始幫忙採集植物，名叫丹尼爾．裘諾斯基。」

好像在哪裡聽過這個名字，富太郎在腦海中翻箱倒櫃。裘諾斯基。對了，在植物學教室聽過好幾次這個名字。

「馬克西莫維奇教授的信上也經常提到這個名字。我還以為是俄國學生的名字，原來是日本人，還是東北的百姓。」

「他叫丹尼爾．須川長之助。在我們心中就跟保羅．澤邊一樣，是非常值得尊敬的人。」雅各代為回答。

「長之助就是裘諾斯基啊。」

「因為開港初期禁止外國人在離港口十里外的地方旅行。馬克西莫維奇教授曾帶長之助先生去臥牛山，傳授他採集植物的要領，教他該怎麼觀察、觀察哪些地方。聽聞他的工作表現超乎馬克西莫維奇教授的預期，從此馬克西莫維奇教授就稱他為裘諾斯基，對他信賴有加。馬克西莫維奇教授於文久元年（一八六一年）搭乘聖路易號前往橫濱，隔年從長崎登陸，在九州各地採集了相當大量的植物。長之助先生整趟旅途中一直擔任他的助手。」

原來如此。這就是馬克西莫維奇之所以成為日本植物泰斗的始末啊。

83　原名山本琢磨，長大後成為箱館神明宮的宮司澤邊悌之助的贅婿，改姓澤邊。是日本正教會的第一位日本教徒，也是第一位日本神父，受洗的聖名為保羅。祖父的胞弟是坂本龍馬的父親。

「教授於元治元年（一八六四年）回國，後來仍繼續委託長之助先生採集植物，長之助先生遵照他的要求，做成壓花寄去給他。如今仍硬朗地住在岩手喔。明年三月，大教堂將舉行落成典禮，屆時他可能會相隔多年再來東京一趟。」

膝蓋上的手指微微發抖。

馬克西莫維奇教授從未忘記以前的助手，一有機會就告訴後進這件事嗎？我無從揣測教授的心情。也不曾想過原來有這麼個日本人在支持馬克西莫維奇教授。沒關係，這次換我當教授的弟子。故鄉與草木，這麼多的緣分肯定能開墾出一條康莊大道。目光如豆、小肚雞腸的日本教授根本無法望其項背。

「這是我的履歷表，請您過目，懇請務必幫我引薦。」

富太郎雙手握拳，放在膝上，深深一鞠躬。過了好一會兒，耳邊傳來雅各的聲音：「我有個問題。」

「請說，什麼都可以問，不要客氣。履歷表上也寫了，我沒有世俗所謂的學歷。」

「不是這個。我要問的問題更實際一點。請問你有出國的費用嗎？」

富太郎這才反應過來，自己連船票要多少錢都沒做功課就來了，一下子答不上來。不難想像一定是天文數字，就算請猶從佐川寄錢來，她也不見得會馬上寄來。猶比以前更難溝通，富太郎這陣子連印刷費用及購買書本的錢都付不出來，時不時就得向當鋪或錢莊借錢。

起初都靠壽衛打點。她總是動不動就拿和服去典當，好應付日常生活所需。從十二、三歲就被母親教育「這對江戶人是司空見慣的事」，一點也不在意。原來還有這麼方便的制度啊……後來連富太郎也開始依賴當鋪，可是經常到了該還錢的日期仍籌不出錢，導致抵押品歸當鋪所有，只有利息愈滾愈多，錢莊的小廝還曾經上門催款。只好再找另一家借錢，把借來的錢拿去付利息。如今已經算不清負債的總額了，壽衛好像也沒在記帳的樣子。房租一拖再拖，幾經交涉總算付了一點，然後連夜潛逃似的搬家。

算了，船到橋頭自然直。不就是錢嗎？再也沒有比為錢煩惱更愚蠢的事了。

富太郎眨眨眼，依次望向尼古拉與雅各。

「晚生會準備好出國的費用。」

「待在俄國的生活費呢？」

富太郎再次窮於回答。對了，還有生活費。有一瞬間想著要不要撒謊，最後還是決定據實以告。

「生活費還沒有著落。」

不知道為什麼，直覺告訴他，要是對這兩人說謊，日後一定會後悔。

「我想去到那邊再想辦法。除了幫忙採集植物以外，也可以在教授當顧問的植物園幫忙，這樣不行嗎？」

「行不行要馬克西莫維奇教授說了算，我只是照你說的寫推薦函。」

尼古拉回答。

「也就是說，您願意幫我介紹嗎？」

「願意啊。能送好學的人去俄國留學，何樂而不為。」

「麻煩您了。」

富太郎全身發熱。

尼古拉的視線又落在履歷表上，旋即抬頭問他：

「牧野先生，你有親屬嗎？」

「親屬？」

「你是單身，還是有妻小？」

這麼說來，他沒寫到家人。履歷表只寫了他過去從事哪些研究、發表過哪些論文、出版過什麼書。光是這樣就足以填滿一整張英國製的信紙了。

「我有個妻子在土佐。」

話說得避重就輕。尼古拉還以為他是在開玩笑，微微笑彎了眉眼。

「子女呢？」

猶沒有小孩。

「我沒有子女。」

「你要帶妻子去俄國嗎？」

「不。光我一個人的生活費就成問題了，而且內人也不是能離開土佐的女人。」

富太郎說到這裡，接著說：

「以前我上京追求學問的時候，她都守在家裡支持我。」

「這樣啊，那我再問一個不禮貌的問題。如果日後還有什麼不清楚的地方，要上哪裡詢問才好？」

富太郎正要開口，心裡暗叫一聲不妙，現在住的地方會碰到壽衛，趕緊把話吞回去。情急之下，講了以前的地址。至今仍不時有信寄到那裡去，所以有時要送些甜點給女傭，感謝對方的關照。

「那戶人家姓小島。晚生經常出去採集植物不在家，不過只要留言給女傭，晚生自會趕來。」

「我明白了。那麼，後面還有人在等，今天就到此為止吧。主教，可以嗎？」

尼古拉點點頭，慢條斯理地起身。富太郎也站起來，伸出手。

大大的手掌握住自己的手。

「願神保佑你。」

「多謝主教。萬事拜託。」

有如一場夢。不管是有幸見到尼古拉，還是尼古拉爽快地答應幫他引薦，都好像在作夢。

踏出大門，富太郎忍不住手舞足蹈起來。

只要能在馬克西莫維奇教授的手下學習正統的植物學，我願意去天涯海角，日本才不是我的舞台。我的舞台是全世界。海南土佐的男人就要在全世界的舞台上研究植物學了。

冬日的陽光下，壽衛與園目送富太郎出門的身影從眼前掠過。富太郎用力地將其壓抑在胸口。告訴自己，我沒有說謊。但凡問他的妻兒，猶是唯一的答案。

沒錯。壽衛也不是斤斤計較的女人。要是我能去俄國留學，她一定會為我高興吧。

原本就少得可憐的歉疚不一會兒就煙消雲散，富太郎朝神田鬧區邁開大步。

我可是世界級的牧野。牧野富太夫斯基。

去買本俄語字典吧。富太郎起心動念。

明治二十四年（一八九一年）過完節分[84]，再不久就要迎來女兒節的時候。

富太郎每天精力充沛地出門採集植物、在家寫稿，一心等待馬克西莫維奇的回信。這件事還沒告訴任何人，雖然想知會壽衛一聲，但話到嘴邊總是說不出口。

他還是老樣子，肩上斜揹著胴亂，雙手拎著採集植物的工具和包袱，站在簷廊。壽衛圍著圍裙，正在井邊汲水，大概是在洗衣服。園在她腳邊嬉戲，扯著春草玩。低著頭，額頭光潔，頭髮切齊至頸項，彷彿頂著一輪光圈。以四歲女娃來說，圓的鼻子很挺，眼睛圓滾滾。感覺愈來愈像自己，富太郎不由得笑逐顏開。

「阿園啊，我出門了。」

園聞言立刻站起來，搖搖晃晃地走向簷廊。

「爸爸，大學。」

「哦，妳也知道大學啊。爸爸要去大學嘍。」

只不過去的並非從前的帝國大學理科大學，而是位於駒場的帝國大學農科大學。如果天公作美，還想將採集草木的足跡延伸至伊予田及荻窪、千葉的市川，要是下雨，就去神田買跟俄國有關的書。回程坐人力車。幸好人力車的車資很便宜，行李太多時不坐也不行。

「妳要乖乖的喔。乖乖的話，我就買禮物回來給妳。今天想要什麼？」

也不知是否聽懂了他的意思，園笑著仰望富太郎。

「路上小心。」壽衛站在園背後，朝富太郎欠身。「小牧，今天早點回來喔。」

壽衛露出與孩童無異的純真笑臉，甩掉手上的水氣。水滴在空中飛舞，閃閃發光。她很少要自己早點回家。富太郎沉默著等她說下去，壽衛用手指著嘴角：「我有話跟你說。」

「我昨晚都在家，妳怎麼不說。」

「因為……很難啟齒嘛。」

壽衛微側臻首，眼波滴溜溜地流轉。我老婆好可愛。這是富太郎的真心話。我居然要拋下這麼可愛的老婆和女兒遠走他鄉，富太郎不由得撇開視線。

不對，我沒有要拋下她們。等異鄉的生活有了眉目，我一定會接她們去團聚。

「那個，小牧。我們標會的錢拿不回來了。」

「錢？妳說什麼錢來著？」

「標會的錢。鄰居太太找我標會，我想起我娘以前有急用時也是靠標會籌錢，所以每個月一點一點地存了一些錢，沒想到會頭連夜跑掉了，那些錢可能都拿不回來了。」

「發生這麼嚴重的事，妳還笑得出來？還不快點去報警。」

「左鄰右舍好像已經去報警了。警察說會頭打從一開始就存心欺騙我們，錢大概拿不回來。」

「妳放了多少錢？」

「一圓左右。」

一大清早，而且是出門前聽到這種事，富太郎不由得低啐了一聲。

「如果只虧了這點錢就算了。以後別再聽信花言巧語。光是妳想靠利息掙錢這個念頭本身就不該

84　原指季節的分界，亦即立春、立夏、立秋、立冬的前一天，現在多指立春的前一天，通常是二月三日前後。

有。」

「還有，那個……阿猶夫人還沒寄錢來嗎？這個月也積欠了好多帳款。」

「我知道了。」

富太郎急著想脫身，連忙把腳塞進整齊擺放在踏石上的木屐。

「如果今天還沒收到，就用妳的名字打電報催她。阿猶對妳最心軟了。」

背後傳來壽衛提不起勁、模稜兩可的應聲，富太郎逕自穿過庭院，從後門走出去，沿著山茶花的圍籬前進時，貌似女傭的人迎面而來。

「牧野先生，我正好要找你。」

富太郎認出對方是誰，立刻加快腳步，迎上前去。是以前租屋處的女傭。只見她從懷裡取出西式信封。

「這是要給你的信。有個長得很像書生的年輕人要我交給牧野先生。」

胸中傳來細微的振翅聲。肯定是尼古拉的使者。

「什麼時候來的？」

「昨天中午過後，可惜我當時沒機會出門，今天早上總算得空了。」

「讓妳費心了。」

富太郎從懷裡掏出錢包，往女傭手裡塞了幾個錢。女傭微微欠身：「貪財了，真不好意思。」轉身回頭，順著來時路往回走。

富太郎手裡拿著信封，下意識左顧右盼。

這一帶是三番町的外圍，十分閑靜，只有一排隱居老人的老房子和大商家的別邸圍牆。這時間就連賣豆腐的小販也都去市場做生意了，頂多只會遇到挑肥的百姓。明明誰也不會看見，富太郎仍加快腳步，走向種著蔬菜的田地。小河潺潺流過，田地對面是一片梅林。坐在田埂的草地上，將信封置於膝頭。寄件人果然是雅各。才瞄了一眼，心就開始狂跳。

馬克西莫維奇教授蒙主寵召。

又看了一遍第一行的字。第一句就寫到他們接獲夫人的通知，馬克西莫維奇二月中去世，死因好像是嚴重的感冒導致高燒不退。

外子非常期待牧野先生赴俄留學，說非常歡迎你來，真是太遺憾了。夫人信上這麼說。

富太郎緊緊地握住信紙，一頭趴在田埂上。

願意肯定我、讚美我、接納我的教授不在了。

從今以後，我該何去何從？

富太郎將臉埋在草叢裡，放聲咆哮，卻沒有發出聲音來。

七 讀書吧！我兒

時序剛邁入四月，富太郎前往位於小石川的植物園。

小石川御藥園過去是幕府的藥園，明治元年（一八六八年）成為東京府轄地，後來經歷過數次管轄及更名，自五年前起成為帝國大學理科大學植物園。

五年前也就是明治十九年（一八八六年），富太郎還能在東京大學進進出出，同時努力學習石版印刷的技術。年方二十五歲的富太郎，全身充滿凌雲之志，經常不眠不休地讀書、作畫，第二天天一亮又頂著朝陽滿山遍野跑來跑去。每天都有新發現，每天都充滿激情。

富太郎走在園內，時而攀折李樹及彼岸櫻的花枝，時而屈膝跪在草叢裡採集小堇或葵堇。

「牧野先生，在採集植物呢。」

回頭看，眼前冒出一顆刺蝟頭。池野這陣子總穿著西服，嘴邊也蓄起鬍子，看起來十分俊美。

正如延次郎所說，周圍的人都看好池野很快就能從現在的講師身分一躍成為副教授。富太郎剛出版了《日本植物志圖篇》第一卷第七集，與他相約園內，就是為了把書交給他。植物園腹地廣大，但池野顯然對富太郎會對哪一區的植物感興趣瞭若指掌。

兩人並肩同行。

「又到了繁花盛放的季節。」

池野爽朗地抬起下顎。吉野櫻及鶯神樂、藪山查子、更紗蓮華都開花了。

「牧野先生，你聽說了嗎？矢田部教授去職了。」

富太郎停下腳步。

「出了什麼事？以他的年紀談退休還太早吧。」

「不是被免職喔。正確地說是停職，但名字還掛在大學裡。話雖如此，其實也跟免職差不多了。這次也跟女學校廢校的時候一樣，人在家中坐，突然有一天信從天上來，命令他卸下帝國大學理科大學教授一職。看樣子他在與菊池教授的權力鬥爭中敗下陣來的傳言並非空穴來風。」

「菊池教授是那位貴族院議員嗎？」

「是的。菊池大麓理學博士。這大概是爭奪校長寶座的前哨戰，不過，悠夕確實因為鹿鳴館和報紙上的連載小說引起太多爭議，加上森大臣遇害後失去靠山，反矢田部派見機不可失，立刻採取行動。真可悲啊，悠夕在校內也太沒人望了。」

「這樣啊。」

「你看起來並不開心呢。真不像你。敵人自取滅亡，不是應該大呼快哉嗎？」

池野語帶調侃地撇下眉毛，壓低聲線說：「你最近無精打采的，是否有什麼難解的心事？」

「要說心事的話，確實有。」富太郎回答。

「我快被債務壓垮了。」

他原本想打哈哈，池野卻一臉笑不出來的樣子。眼前是難以逃避的現實，富太郎只能發出氣若遊絲的嘆息。

他還沒從馬克西莫維奇教授的死訊和俄國留學夢碎的打擊中恢復過來。不用說，植物學教室也收到教授的訃聞，聽說還引起了不小的騷動。結果自始至終都沒機會告訴延次郎和池野想去俄國的事。兩人聊得有一搭沒一搭，池野該回大學了。富太郎把《日本植物志圖篇》交給他。傳遞之間散發出油墨的氣味。「我會好好拜讀。」池野珍而重之地輕撫封面。富太郎每次都想贈送他，但池野每次來家裡都會默默留下紙袋，紙袋裡裝著相當於十本書的錢。這是他們多年來的默契。富太郎也不曾特意向他道謝。

「這次還附上英文喔。」

「我知道。因為英文是我負責校對的。」

富太郎總算微微一笑，在植物園門外與池野道別。

獨自走在春季的天空下。步履蹣跚，無精打采。

就算矢田部教授失勢，也不表示我能回去。

明明繁花似錦，富太郎卻無計可施。

富太郎在五月出版了《日本植物志圖篇》第一卷第八集，在書中首次介紹「野路菊」。野路菊是生長在臨海山腳下或懸崖上的花，以前曾經在土佐採集到這種花。中心有隆起的黃色筒狀花，伸展出細長的白色花瓣，具有旺盛的繁殖力，枝繁葉茂，可以長到人類腰部的高度。

六月五日又出版了第九集，第十集也排定於次月中出版，文稿及圖畫都已交付排版。

每個月定期發行，需要極其強烈的意志力。

果然不是普通人辦得到的事。

延次郎與池野無不瞠目結舌。

只有研究學問的時候是自由的，可以忘記看不見未來的不安與焦灼。

今晚也一直埋首案前。周圍是堆積如山的書本，屁股下的榻榻米都要傾斜了。明明是梅雨季節，晚風卻有如要洗滌萬物般清爽，瀰漫著濃濃的綠意。感覺背後有人，回頭看，壽衛坐在門檻邊。膝旁擺著托盤，大概是送茶來給他。

「我不知道會忙到幾點，妳先睡吧。」

富太郎重新面向書桌，盤腿坐好，但壽衛並未回到隔壁房間。

「小牧，我今天去了產婆那邊。」

回頭看，壽衛頭低低的，躁動不安地交叉雙手的指尖。

「產婆？妳有了嗎？」

「好像是。好像是三月懷上的。」

「怎麼不早說。」

富太郎站起來，將手擱在壽衛的肩膀上。「這樣啊。這樣啊。」

「可以生下來嗎？」壽衛低著頭。

「那當然。」

「可是家計不是很緊迫嗎？」

「別說這種沒出息的話。」富太郎彎下腰，單膝跪在榻榻米上，抓住壽衛的雙手，大聲地說：「振作一點。我牧野富太郎就算家計再怎麼窘迫，也不會養不起妻兒。一個孩子跟兩個孩子的花費根本差不到哪裡去。都一樣。」

真不可思議，鼓勵妻子的同時也鼓勵了自己。

「小牧，謝謝你。」壽衛依舊眉眼低垂地呢喃。

「既然如此，順便再問一件事，我可以去京都嗎？」

「去京都？做什麼？」

語聲未落，壽衛倏地抬頭。只靠桌上的檯燈看不清她的表情。壽衛屈膝前進：「不瞞你說……」語氣突然變得急切。

「我娘花了很長的時間打點，拜託彥根的兄長一件事。」

內心閃過一絲不祥的預感。富太郎實在很不會應付壽衛的母親，所以這幾年幾乎沒打過照面。一副江戶人的派頭不說，講話就跟老太婆的裹腳布一樣，又臭又長，而且完全不管對方的反應。不知壽衛是否察覺到這點，只有趁富太郎不在的時候才請母親來家裡，或者自行前往母親住的長屋。糕餅店已經收起來了，聽說她目前在餐館工作。

「那件事總算有眉目了，花乃家也因此有機會重新開張，正在興頭上時，不知怎地居然患了腳氣病。」

「她還沒放棄花乃家啊。」

也是第一次聽說岳母患了腳氣病。

「那是我娘畢生的心願。但她現在這樣實在無法去京都，之前就問我能不能替她跑一趟。但你這陣子一直悶悶不樂，我身體也不太舒服，所以便顧不上這件事。今天打定主意去找產婆，發現果然懷上了。回程順道向我娘報告，她高興得不得了，拜託我能不能趁家有喜事，替她去一趟京都。」

壽衛平常沉默寡言，但最近經常像潰堤似的說個沒完。她母親說起話來行雲流水、口沫橫飛，但壽衛就顯得支支吾吾，而且講了半天還講不到重點。

「彥根的兄長是妳同父異母的哥哥吧？」

「是的。我娘在京都當藝妓時，與父親大人發展成那種關係。當時父親大人已經有家室了，所以是我的異母兄長沒錯。」

「令尊是彥根的藩士嗎？」

印象中好像是姓小澤的人家。

「嗯。我只有一張我娘年輕時的照片，真的很漂亮喔。」

「漂不漂亮不重要，重點在於妳娘跟令兄交涉什麼？」富太郎問道。

壽衛回答：「當然是錢啊。」

明治維新後，壽衛的母親隨父親來東京，聽說正室死後隨即娶她過門。壽衛的父親在新政府的陸軍營繕部敘職，手頭非常闊綽，可惜壽衛還未滿十歲時，父親就落馬而死。一家決定返回彥根，唯獨壽衛的母親不願搬到人不生、地不熟的鄉下，決定留在東京。她當藝妓撫養壽衛長大，在赤坂首屈一指，芳名遠播，與政治、財經界的大佬都傳出過緋聞。或許是因此有了後盾，沒多久就在三番町開了花乃家。

以上皆為母親本人所說，所以不曉得哪些是真的、哪些是假的。

根據壽衛後來說的話前後梳理下來，她母親決定留在東京時，要了一筆分手費和撫養壽衛的費用。但是對方的生活也不好過，無法一次付清，因此雙方協議每年由歷代祖先在彥根留下的田地收成撥出幾成換算成現金寄給她。舊幕府時代，米就是武家的俸祿，所以大概是比照辦理。

然而，除非親自前往當地確認收成，否則對方大可以「今年收成不好」為由，任意減少約定的金額。事實上，對方已經很久沒有依約寄錢給她了。

「花乃家生意好的時候，我娘也懶得催促對方給錢，總說金額不大，就放著不管了。」

看來是事到如今才突然捨不得那筆錢。

「有借據嗎？」

「我娘現在還留著喔。可是就算寫信催款，對方也置之不理。請教以前來過花乃家的律師客人，律師建議她，既然如此，不能太貪心，最好放棄十年前的欠款，要求對方一次付清近十年的錢，從此一刀兩斷。我娘依照律師的建議，寫信給對方。說已經找了懂法律的人商量，信上寫的都是律師的建議。這次總算收到對方的回信，要她去拿錢。」

看在對方眼中，既然壽衛的母親抬出法律，肯定覺得受到威脅吧。

「既然如此，請那位律師幫忙跑一趟不就好了？」

「我娘說，要是有那個錢也不用操心了。還抱怨這陣子腳好痛，幾乎都沒去餐館工作。」

「所以要妳替她去彥根討錢嗎？」

「對方要她別去彥根的老家，到了京都，對方自會上門拜訪。」

完全被對方看扁了，富太郎氣得七竅生煙，但壽衛似乎沒意識到這點。話說回來，她母親也真令人不敢恭維，居然要大腹便便的女兒跑去那麼遠的地方。

「要坐火車長途跋涉喔，萬一傷到腹中胎兒怎麼辦？」

「那麼辛苦嗎？」

「一路上搖搖晃晃，坐得背和屁股都痛了。」

「可是我懷阿園的時候也經常搬運沉甸甸的醬菜石，搬家時不也搬了這些書和標本嗎？」

「阿園怎麼辦？」

「我想帶她去。」

「這可不行。」

「那請我娘幫忙帶。」

「也不妥。與其交給妳娘，我寧願找保母來帶。」

寄放在她母親身邊幾天，園肯定會染上一身風塵味回來。

「那就拜託你了，不好意思。」

事已至此，不好再阻止壽衛了。

六月中旬過後，壽衛從新橋火車站上車。富太郎抱著園為她送行。怎麼會變成這樣？要是馬克西莫維奇教授沒死，就是壽衛送自己出國了，沒想到今天卻是自己目送妻子遠行。

「我走了，阿園就交給你了。小牧，保重身體。」

汽笛聲響起，壽衛從車窗探出身子朝他揮手。園由始至終都哭哭啼啼地喊著「媽媽」，真傷腦筋。

梅雨季過去，迎來七夕，壽衛仍遲遲未歸。

她明明說只需要幾天，當然富太郎也是這樣想的。不料一直沒見著彥根的兄長。寫信通知他住處，對方既不回信，也沒去找她，發的電報都石沉大海。

周圍沒有熟人，壽衛的母親以前在京都當藝妓時十分寵愛的藝妓見習生如今已嫁為人婦，取名阿君。母親交代壽衛，如果真的走投無路可以去找她。壽衛再見不到兄長就付不出旅館錢了，只好暫時住在那女人家裡。壽衛寫信向他訴苦，說阿君對她的態度十分惡劣，得知壽衛身無分文後，立刻擺出「快點給我滾出去」的嘴臉。

兄長始終避不見面，壽衛在阿君家沒有容身之地，但若無功而返，只是白白浪費車費和住宿費。因此卡在京都，進退兩難。而且從信上可以看出，壽衛帶在身上的錢並不是母親給的，而是典當和服籌來的。

家計原本就全權交給壽衛操持，所以富太郎也因為付不出錢給印刷廠和書店，打電報向猶求救。這陣子房租又開始遲交，還得付錢給照顧女兒的丫頭，連錢包裡的零頭也無聲無息地消失殆盡。無可奈何下，只得捧著書本前往二手書店，揮淚告別：「我一定會把你們買回來。」賣書換錢，勉強支付火燒眉毛的欠款。固然難以啟齒，壽衛也不得不寫信求他「可以寄點錢來給我嗎？」富太郎連英文字典都變賣了。決定賣掉的前一天晚上，他戀戀不捨地翻遍每一頁、看著每一個字。殊不知在賣書的店裡又看上別的書。全新的字典及植物學的二手書令富太郎連連驚呼，承諾月底會付款後，把那些書帶回家。回到家，又收到壽衛從京都寫來的信。

我打算幫別人洗衣服或做衣服賺點小錢。只不過，如果是陌生人的家，幫忙洗衣服也沒什麼，但是在阿君家實在不好意思這麼做，所以真的非常不好意思，寄點錢給我好嗎？

雖然早就知道壽衛不擅長讀書寫字，沒想到光是要提出這點要求就洋洋灑灑地寫上幾十行，也再三問起園及富太郎的身體。那天富太郎難得吃壞肚子，沒辦法出門，因此忍不住在回信的最後寫下「我病倒了」，結果換來她一再道歉自己沒能陪在他身邊照顧他。

請千萬保重身體，專心養病。阿園就拜託你了。我很好，請勿掛心。

掛念園的心情令人萬般不捨，更何況事情會變成這樣都要怪她的母親和兄長，富太郎氣憤難平，看完信後，嘆了口氣，感覺好疲憊。

末尾還屬名「壽衛」。忘了是哪一年過年，富太郎從母親的名字「久壽」取一個字為她命名。也看過壽衛拿著毛筆，努力練字的模樣，可是作夢也沒想到會以這種方式看到她寫自己的名字，內心一陣酸楚。經常可以聽到丈夫出門賺錢不回家，但這次完全顛倒過來了。而且壽衛的肚子想必愈來愈大。幸好她天生開朗，雖然對收留自己的阿君諸多抱怨，但也一起去看祇園祭。然後還在信的最後寫下——

至小牧

明明只是不值一提的小錯字，身為丈夫卻覺得既窩囊又可笑，感覺很奇妙。

七月下旬，富太郎把園交給照顧她的丫頭阿貴，去駿河的富士山採集植物。回到家已經是八月一日。

「老師，又有人寄信來了。」

阿貴送上麥茶，視線瞥向桌上。不只照顧園，久而久之連打掃和洗衣、燒飯都交給她，阿貴也盡心盡力地一手包辦。富太郎幾乎想留她下來當女傭了。換好衣服，洗過澡，將園抱在膝頭上吃飯。每次出遠門回來，家裡總會收到一堆信件，阿貴送上餐點，富太郎要她順便幫忙拆信。

「老師，我放在這裡喔。」

阿貴似乎以為富太郎是偉大的學者，明明已經糾正過好幾次了，她還是堅持稱富太郎「老師」。

富太郎邊吃飯邊看信，用左手打開《植物學雜誌》的五卷五十三號。〈雜錄〉裡刊登了〈矢田部新著植物書〉的報導。往下看，矢田部列舉三本自己長年計畫的著作物，各自附上說明。

《日本植物圖解》以英文和日文解說國產植物，並附上精美的插圖，預料將成為重量級的著作，第一冊第一號將由丸善商社出版，現正印刷中。

真的要出版啦。富太郎咬碎長時間醃漬的醬菜，吞下肚子。

這部《日本植物圖解》無疑與富太郎出版的《日本植物志圖篇》屬於相同類型。最早聽矢田部提起時，他眼前一黑。要是同類型的書由丸善發行，富太郎自費出版的書肯定會立刻被掃到書架的角落。但此時此刻他卻覺得很痛快，很高興丸善並沒有拋棄被趕出大學的作者。而且富太郎的《日本植物志圖篇》已經順利於四月出版第一卷第七集，接下來五月、六月、七月還會每個月再出一本。

無論如何，我都不會輸。不管是內容還是圖畫，我的《日本植物志圖篇》都不會輸。

「阿貴，再來一碗。」

富太郎遞出飯碗。阿貴笑著說：「不要緊嗎？不會又吃壞肚子吧。」

「不會，我突然覺得肚子好餓。飯很好吃。」

口中噴出飯粒。富太郎連吃了好幾碗飯，也添了幾碟小菜，吃到只剩下醃了很久的茄子和小黃瓜，還是沒有吃飽。

「對了，明天來煮好久沒吃的牛肉鍋吧。也叫上田中和池野。好不好呀，阿園。」

園爬出他盤腿而坐的懷裡，像玩花牌似的把信封攤在榻榻米上，還含在嘴裡，弄濕信封，富太郎也不罵她。園今年四歲了，正是最可愛的年紀，她抬頭看富太郎，喊了一聲：「爸爸。」

「怎麼啦？阿園。爸爸在這裡喔。」

「媽媽，京都。」

園的眉頭擠出皺摺，天真無邪地看著富太郎。她應該還不知道京都是什麼意思，但顯然把母親不在家與京都畫上等號。富太郎想告訴她母親很快就會回來，卻又把滾到嘴邊的話吞回去。如果因為對方是幼兒就隨口欺哄，反而很殘酷。在園的衣袖底下看見熟悉的文字，富太郎拉出那個信封。信封上果然是壽衛的字，園的屁股底下和膝蓋旁邊還有好幾個同款的信封。順著郵戳的順序往下看，信的內容還是很難懂，富太郎邊看邊抓頭髮，看著看著，喉嚨發出怪聲。

胸部腫痛，眼睛不好，一時腫得好大，請醫生來看。醫生開藥只收現金，我只好變賣衣服，可是也一天天付不出來了。

「搞什麼鬼。」

纏成一團亂麻的腦海中響起壽衛的聲音。

兄長那邊還是沒有任何音訊，我實在快撐不住了。真的很抱歉，如果你籌到錢，請寄來給我。前天甚至已經咳出血來。我每天都在等你的回信。

「壽衛。」

富太郎大吼大叫地站起來。信末寫的日期是「七月二十三日早晨」。

「大事不好了。阿貴，今天幾號？」

「八月一日。」阿貴一臉茫然地抬頭看他。富太郎「啊……」地猛跺腳。都已經過了快十天。壽衛肯定走投無路了，丈夫是她在世界上唯一的依靠，富太郎當時卻遠在富士山山頂，聽著藍尾鴝婉轉的叫聲，跟平常一樣，渾然忘我地採了一堆杜鵑和高嶺薔薇、苔桃。

壽衛，我這就去接妳。千萬別死啊。

「我要搭明天早上第一班火車去京都。」

握著信紙的手在發抖。

小牧，請寄錢給我。

救救我。

八月的京都暑氣逼人，而且極為悶熱。蟬聲震天，搭乘人力車找到收留壽衛的那戶人家時，富太郎已經滿身大汗了。鑽進巷子，盡頭是早已不做生意的民宅，門窗還鑲嵌著過去饒富風情的欄杆，如今只殘留著下過雨的痕跡，看起來髒兮兮的。牽牛花及絲瓜的盆栽都枯死了，破敗至極。

躺在那個家裡委曲求全養著病的壽衛比屋外的景象更慘不忍睹。挺著大肚子，側臥在連陽光都照不進來的小房間裡，有如可憐兮兮的幼蟲。

「小牧。」

見到富太郎，壽衛顫抖著蒼白的臉，費盡九牛二虎之力地抬頭。一抬起頭來，細長的丹鳳眼便已盈滿淚水。

「對不起，原諒我。」

寒酸的被褥散發出令人作嘔的酸臭味，浴衣的胸口還殘留著星星點點的褐色血跡。

「我都明白，不用道歉。我們回東京吧。」

伸手想扶起壽衛時，感覺背後有人。

「你總算來了。真是的，給我們添了好多麻煩。」

富太郎轉過頭，一個女人幽幽地站在紙門邊。臉上脂粉未施，年輕時想必風華絕代，但臉頰有片蛾形胎記，細細的鼻梁看起來也有些刻薄。

「壽衛都吐血了。我家那口子擔心會不會是肺病，最近都藉口跑出去鬼混，整天不見人影，家裡每天死氣沉沉。她那個哥哥一直說要來，但一次也沒來過，打電報也不回。再拖下去也不是辦法，我勸她先回東京一趟，或是快點請你來接她，但這孩子意外地頑固，我說什麼都聽不進去。」

富太郎心想這位應該就是阿君，默默地向她低頭致意，伸手扯下掛在衣架上的薄衫，披在壽衛肩上，親手幫她把前襟扣好。

「我讓車子在外面等。站得起來嗎？」

壽衛點點頭，撐起身子。可是腳好像使不上力，搖搖晃晃地踩了空。富太郎無奈地轉過身，彎下腰揹起壽衛。

「行李怎麼辦？」

「可以請妳寄來東京嗎？」富太郎用手撐住壽衛的身體。

「寄去東京？說得倒輕鬆。我不僅白白供她一日三餐，還讓她洗澡，最後她連看醫生都哭哭啼啼地說沒有錢買藥，也是我替她付的。說自己有嚴重的眼疾，連針線活都做不了，這也要看醫生。真是的，我到底招誰惹誰啊。」

君說到這裡，倏地閉上嘴。富太郎揹著壽衛狠狠地瞪了她一眼。富太郎縮回繞到背後的右手，探進自己懷裡，取出事先準備好的紙包，單手遞到君面前。

「請笑納。」

裡頭有三十圓，大約是一個半月的住宿費。不知道夠不夠，但那已是富太郎離家前翻箱倒櫃所能湊到的極限。對方接過紙包，嘴裡仍絮絮叨叨地抱怨，不過富太郎已經不打算再聽，只想馬上帶壽衛離開這個家，走到外面的木板房間，站在土間，套上竹皮草鞋，抓起壽衛的木屐。

「承蒙關照。我想這輩子都不會再麻煩妳了，請放心。」

富太郎大聲地丟下這句話，讓壽衛坐上人力車，自己在後面跟著跑。

壽衛在火車上也癱軟著，幾乎全程緊閉雙眼。偶爾睜開眼睛時仍在道歉：「小牧，對不起。」

「別說了。」富太郎安慰她：「哭哭啼啼的對肚子裡的孩子不好。」

富太郎一直握著壽衛的手，直到抵達東京。

一回到三番町的家，立刻差負責照顧園的阿貴去請醫生來。壽衛抱過園，又細聲細氣地哭起來。

醫生為她把脈，開口第一句話就是：「太虛弱了。」

「尊夫人非常虛弱。」

「聽說還吐血了。」

富太郎向醫生報告，醫生掀開壽衛的衣襟，用聽診器聽診。

「會咳嗽嗎？聲音乾乾、沙沙的那種咳嗽。」

富太郎聽過那種聲音。父母都年紀輕輕就死於肺病。當時富太郎還小，所以祖母絕口不提父母患的是肺病，但富太郎曾經溜到母親臥病在床的別屋窗下偷聽。並非因為思念母親。他與母親共度的時光短到還不至於產生思念的情緒。

少爺，不可以靠近別屋喔。

祖母的嚴格禁止反而挑起他的好奇心。母親好像從傭人口中知道他會來，把窗戶推開一條縫，透過鏡子端詳富太郎。事隔多年，富太郎才從資深的女傭口中聽說此事。

「我沒聽過她咳嗽。壽衛，妳在京都有咳嗽嗎？」

「沒有。」壽衛搖頭。

「那可能是食道或胃出血。」醫生做出診斷。

「總之夫人的身體十分虛弱。加上身懷六甲，謹慎起見，最好讓夫人住院。我可以幫你寫介紹函給醫院，需要嗎？」

富太郎還來不及回答，壽衛就小聲地冒出一句「不用」。

「我不想去醫院。求求你了，小牧，讓我留在家裡。拜託你。」

壽衛對富太郎投以懇求的眼神。園坐在富太郎盤腿的懷中，扭動身子朝壽衛伸出雙手，喊著「媽媽」，壽衛握住她的指尖，怎麼也不肯放手。

「醫生，肚子裡的孩子有沒有流產的危險？」

「產科不是我的專業，不過目前看來似乎還好。」

「既然如此，那就在家裡照顧吧。」

富太郎告知自己的決定，醫生便不再勉強。

租來的老房子到處堆滿植物標本和用來製作標本的舊報紙，紙門破破爛爛，陳舊的榻榻米上散落著枯葉及樹枝。後面房間裡的藏書堆積如山，數量恐怕比這位醫生的還多。實在看不出來這家人靠什麼過活，但手頭很緊倒是一目瞭然。因此沒錢付住院費，寧願在家休養。感覺醫生已經看穿了這一點。

「暫時讓她吃點稀飯，觀察一下狀況。可以的話，請加熱牛奶給她喝。畢竟本來就營養不良。節儉是美德，但也要有個限度喔。眼疾是因為日本的濕氣和不衛生所致。大概是手沒洗乾淨就揉眼睛，讓黴菌跑進去了。請盡量保持清潔，被子和枕頭要徹底晾乾。」

醫生的視線果然落在榻榻米的枯葉上。看來自己不在家時，阿貴一次也沒打掃過。

「胃的部分還好嗎？」

「摸起來沒有腫塊，大概只是糜爛。我開點藥，晚點再過來拿。不過，看得出來有些鬱結於心。請暫時放寬心，不要想太多，好好休息。這點非常重要。」

醫生一臉「老婆會這麼辛苦都是老公害的」，反覆叮嚀富太郎。真要說起來，明明是老婆的母親和兄長，還有京都那個無情的女人害的，但沒必要向醫生解釋這麼多。他送走醫生，直接去找人力仲介，雇了一個能做家事和照顧病人的幫傭。阿貴繼續留著，得有人照顧園才行，而且壽衛不在的時候，他也教過阿貴幫忙製作標本，阿貴比他想像中更加能幹。他能支付的薪水不多，總之先讓她們在家裡住下。他不想再為家裡的事心煩了。

更何況《日本植物志圖篇》第一卷第十一集已經決定於十月九日出版，他得不分晝夜地進行校對。

簷廊孤零零地擺著一只酒桶。

是用來為庭院澆水，還是為了大掃除擦窗戶用的呢。漆成紅色的酒桶上有白墨畫的圓圈，圓圈裡寫著「岸」的屋號。富太郎從小就看著那個以酒桶來說過於優雅的器具長大。

庭院的櫻花葉染上朱紅色，桂花樹則是鮮艷的黃色。在秋風的吹拂下，落英繽紛，在土壤上沙沙作響地嬉戲。洗手缽旁邊的南天竹今年也結出看起來沉甸甸的深紅色果實。

「您在聽嗎？」

像是被猶的聲音吸引，富太郎轉過頭來。他盤腿坐在壁龕前，猶與和之助並肩坐在對面。富太郎與他們的膝頭之間隔著上頭描繪著秋草圖蒔繪的硯台。旁邊有七疊紙，全都是厚度高達三、四寸左右的借據。

富太郎抱著胳膊，「嗯」了一聲。

「『嗯』是什麼意思呢？」

猶緊迫盯人地問他。

「不是啦，我只是沒想到借了這麼多錢。」

「怪我嗎？」

「沒有啦，是我讓妳張羅的，我心裡有數。」

「您倒是氣定神閒呢。」

「阿猶，別一直連珠砲地問問題嘛，冷靜點。」

富太郎刻意夾雜著東京腔說道。沒想到講得還不錯，富太郎滿意地笑了，猶的臉頰始終繃得死緊。隔了幾秒鐘，猶目光炯炯地開口：「老爺。」

「什麼事？妳的表情好嚇人。」

「如同您每次催我寄錢，我回覆的那樣，岸屋的積蓄已經被您揮霍光了。但如果接到十萬火急的電報，我還是無法置之不理，到處向親戚朋友拜託，想辦法籌錢給您，久而久之就成了這座由借據堆成的山。」

請務必回家一趟，當面談清楚，否則恕妾身無法再寄半毛錢給您。

九月底，富太郎收到猶寄來的信，信上用比以往更強硬的語氣催他回家。

「我心裡有數。這不就回來了嗎？」

「太遲了。寄給您的信全部石沉大海，反而又接到您『寄錢給我』的電報。不僅如此，各地的旅館及東京的書店、印刷廠的請款單也如雪片般飛來。每次郵差站在門口，我的心臟都快要跳出來了。」

「做學問需要錢。」

富太郎抬出了無新意的藉口。

「要是捨不得花錢，就無法做學問了。也必須親自走訪日本各地，採集植物，才能寫出論文。這麼一來自然免不了車票錢和旅館錢、平常買書的錢，就像釀酒不也需要米和麴、水嗎？」

「問題是酒釀出來可以賣錢。」

「我研究的可是日本的植物學喔。要是想馬上換成金錢，就做不成學問了。」

富太郎大聲強調，猶並未因此卻步。

「事到如今，我也無意要您放棄學問。我的意思是說，再這樣揮霍無度下去，縱有金山銀山也會坐吃山空。我說的有錯嗎？」

富太郎無言以對，和之助自知僭越地開口：

「草木也是因為有種子和根才能生長，要是把種子和根都吃掉了，自然開不出花來。老闆娘說的就是這個意思。」

富太郎不以為然地撇下嘴角。

「不需要你來打比方。我再怎麼說也是研究科學的人，這點小事我心裡有數。」

這兩個人到底想怎樣啦，好像在對小孩子說教。

和之助立刻低眉斂眼地賠罪：「是小的僭越了。」但猶絲毫不為所動。

「我自認還算了解老爺的理想。正因為如此，無論親戚再怎麼罵我、教訓我，我都盡可能滿足老爺的要求。但就算這樣，還是趕不上老爺揮霍的速度，借錢來給您也不是一次兩次了。每次還沒還掉舊的借款，又欠了新的錢，為錢奔走的同時，我也覺得非常對不起把岸屋交給我的祖先和祖母，才會不只一次求您花錢要有所節制。我寫了那麼多信，每封信都一五一十地告訴您家計窘迫，但您始終不放在心上，大手大腳地揮霍。最近連壽衛都五圓、十圓地問我要錢。不過既然生病了，我總不能見死不救，只好繼續挖東牆補西牆。」

說到最後幾乎是在抱怨了，這點以猶而言非常罕見。看樣子她真的氣得不輕，甚至還用手指按著太陽穴。富太郎也吐出一口長長的大氣。

「壽衛真的病了，病得很重。」

「後來有好一點嗎？」

猶拉回視線，富太郎點點頭。

「已經完全康復了，不用擔心。肚子裡的孩子也很好，預產期是收起正月的門松[85]時。」

壽衛畢竟年輕，過了盂蘭盆節後臉色便紅潤許多，九月就能下床了。富太郎還買了牛肉給她吃。

只可惜壽衛聞到味道就反胃吃不下，所以大半都祭了富太郎的五臟廟，但壽衛仍一臉滿足地笑著看他大快朵頤。

光是能這樣一家團聚、一起吃飯，感覺就好像在作夢。

妳說得太誇張了。

可是我當時真的覺得快不行了，會一命嗚呼。

我會一直陪著妳的。

壽衛與富太郎絮絮低語的同時，園自顧自地吃了兩、三片牛肉。嘴邊和臉頰都沾上了油，每次母親幫她擦臉，她都眉開眼笑地露出小巧的貝齒。

伯勞鳥在高空鳴叫。

「那就好，不過，如果生下來的是男孩，就是牧野家的繼承人了。你們真的不考慮回佐川嗎？」

「回來的話，妳怎麼辦？」

一問之下，猶的撲克臉立刻變成豬肝色。

「我自有打算，我早就做好心理準備了。」

和之助坐在猶的左側，膝蓋旁邊放著一把老舊的大算盤，分毫不差地與榻榻米的紋路呈直角。這兩個人真是一板一眼。坐在古老寬敞的家裡，宛如兩個舊幕府時代的亡靈。正經八百的態度令富太郎倍感壓力。

「妳也要保重身體喔。」

富太郎轉移話題，猶幽幽地抬起頭。

「真難得，您居然會關心我，莫非是天要下紅雨了？」

沒錯。我從未擔心過這個妻子，不曾把她放在心上。「怎麼這麼說？」富太郎笑著打哈哈。

「妳還記得藤岡的伯父嗎？先父的哥哥。」

「記得。每年歲末年終，我都會向藤岡的伯父問候。」

「他去東京玩的時候順道來找我，結果吃壞肚子，在我家躺了好幾天。」

「那豈不是又給壽衛添麻煩了。」

「就是說啊，好不容易過回平靜的生活，又要照顧病人。」

只不過，富太郎回高知的旅費也是向那位病人借的，此處暫且按下不表。

「總而言之，我不會離開東京，勸妳死了這條心。」

富太郎又瞧了那疊借據一眼，收回下巴。

「瘦死的駱駝比馬大，總會有辦法吧。」

「沒有辦法，你死心吧。」

猶又恢復夾槍帶棍的語氣。

「死心？」富太郎重複她的話。

「我的意思是說，包括這棟岸屋的房子、收租的田地，必須全部變賣，才能償還你的負債，已經到走投無路的地步了。」

85　日本人過年時會在家門口擺上松樹做裝飾，有的地方一月七日、有的地方則在一月十五日過後便會收起來。

「那就賣掉啊。」

「能賣到多少錢還必須與對方討價還價，說不定變賣所有家產也不足以還清債務，所以現在還說不準。」

岸屋的命運終於走到山窮水盡的地步了嗎？

「這樣啊。」

「如果老爺願意回來，我也願意向所有親戚低頭懇求，只求保住這棟房子。既然老爺沒有這個打算，那就請老爺做好心理準備。」

富太郎拿起茶杯，潤潤喉。突然好想喝咖啡，待會兒回倉庫沖一杯來喝吧。望向庭院，天空的藍色變得模糊不清。這個季節的天色黑得特別快。

今天能回高知嗎？

「變賣家產需要老爺的印鑑，找到買家前，請暫時待在這裡。不過家裡已經沒有女傭了，可能沒有以前那麼舒適。」

「不用麻煩，我在高知訂了旅館。」

從神戶抵達高知港時，富太郎直接在市區的旅館投宿。與認識多年的永沼小一郎他們在一起比回家自在多了，還能去熟悉的書店。這麼說來，昨天也買了很多書，要書店向岸屋請款。他還是老樣子，看到中意的和書和漢書、《和英字林——依字母分類》還有英美的文學書就向店員瘋狂下訂，令與他同行的永沼看得目瞪口呆。

牧野老弟去過的書店，簡直就跟蝗蟲過境沒兩樣。

「怎麼會沒有女傭了？又不是藪入[86]的季節。」

「這個家已經沒有能力雇傭人了。」

這麼說來，茶也是猶親自端來。富太郎盯著茶杯，那是在野兔圖案上塗抹金漆的伊萬里瓷器。

「岸屋也是嗎？」

「如您所見，只剩和先生了。由他一肩扛起好幾人份的工作。」

這太詭異了。富太郎看著和之助。

「和之助，你沒有娶妻嗎？」

「沒有。小人沒這個命。」

和之助誠惶誠恐地更加手足無措。定睛一看，他長得眉清目秀，看來很適合穿西服。

「可能要麻煩你到最後一刻，萬事拜託了。我今晚在倉庫過夜，明天回旅館。決定好買家再打電報給我，我馬上趕回來。」

「您住在哪裡？」

「延命軒。」

感覺猶的視線倏地挑動了一下。富太郎默默示意她把話說完，但她什麼也沒說。

「晚飯我在附近解決，不用準備我的份。」

留在佐川的朋友們都有了家室，有人繼承家業成為醫生，有人繼承了家裡的鞋店，還有人當上老

86 以前，日本的傭人會在正月與盂蘭盆節的十六日前後放假，回家省親。

師。隨便去哪個人家，都會受到盛情款待。聽他提起東京的見聞，無不雙眼放光地聽得津津有味。

「我明白了。」

兩人把雙手置於膝前，齊聲說道。

岸屋將在自己這一代走入歷史。

即使在倉庫裡磨咖啡豆，也無法體會這件事的真實感。

富太郎舉起指揮棒，鋼琴響起前奏。

他用左手制止三十人的合唱團：「還沒還沒。」配合琴聲，揮舞指揮棒：「預備，起。」

春神來了怎知道　梅花黃鶯報到[87]

很好，就照這樣唱下去。富太郎環顧合唱團的成員。頭髮已然花白的永沼、透過永沼認識的律師光森德治也抬頭挺胸地齊聲高唱。

富太郎今天借了高知市的高野寺講堂，舉行「音樂大會」。平常是給檀家[88]聚會時使用的建築物，因此鋪著榻榻米。今天只留下聽眾席的部分，其餘空間的榻榻米都移開，搬進光森家的鋼琴。開演半個小時前就已經坐滿一屋子人，敞開的窗外也擠滿了黑壓壓的人頭。西洋音樂在高知還很稀奇，能親耳聽到就更稀奇了。以前在酒席上傳唱的多半是民謠，因此到訪的人與其說是聽眾，不如說是百聞不如一見的觀眾。

歡迎春神試身手 來把世界改造

合唱團是男女混聲，下至十五歲的學生，上至年過六旬的老嫗。報社的年輕記者帶來攝影師，用鏡頭捕捉他們的樣子。這位新聞記者正是舉辦這次音樂大會的幕後功臣。富太郎待在高知時經常呼朋引伴到下榻的旅館集合，他想報告《日本植物志圖篇》的進度和日本植物學的未來，對方想知道東京的種種，因此幾乎每天晚上都有人去找他。其中也不乏記者，更何況他會在報紙上刊登《日本植物志圖篇》的廣告，與報社也有多年交情。某夜，忘了原本在聊什麼，總之記者提起一件很有趣的事。

「師範學校開始教西洋音樂了。雖然是女生的分校。」

「西洋音樂嗎？是件好事啊。」

岸屋的變賣始終沒有進展，時間匆匆來到明治二十五年（一八九二年），過完年，櫻花開了又謝。二月一日，壽衛在東京分娩，又產下一女。富太郎接獲報告，回信為女兒取名為香代。富太郎還沒見過女兒，但聽說園已經會打招呼了。

「牧野先生，您也精通西洋音樂嗎？」

「有位帝大的教授，他多才多藝，對西洋音樂有很深的造詣，聽說還參與日本音樂會的籌備，家中

87 原文的曲子〈霞か雲か〉源自德國民謠〈Alle Vögel sind schon da〉，該旋律填上中文歌詞就是熟悉的兒歌〈春神來了〉。〈春神來了〉作詞人為沈秉廉。

88 固定向某個寺廟布施的俗家信眾。

也有鋼琴。」

不經意地提起悠夕，也就是矢田部教授的事。教授邀請他去家裡時，經常哼唱〈蝴蝶〉及〈花鳥〉、〈螢〉、〈菊〉的旋律。與日本歌謠大異其趣的旋律立刻迷倒了富太郎，也曾與他一同哼唱。

從池野的信上得知，矢田部儘管已是賦閒之身，依舊時常去大學露面，也熱衷寫作，今年三月透過丸善出版了《日本植物圖解》第一冊第二號，並接受文部省的委託，撰寫《日本植物編》等著作，還雇用專業的畫工。富太郎是唯一一個能自己作畫的學者。

圖片與文字各自為政，能寫出什麼好東西呢？富太郎拭目以待。

當時的絕望還留在體內，變成黝黑的硬塊。對方拋棄自己的態度，就跟趕走一條小狗般無情。每次想起矢田部那天的表情、冷淡的聲音，那個硬塊就沉甸甸地壓在肚子裡。平常假裝忘記，拚命壓下憤怒與怨恨，以此鞭策自己：「我才不會輸。」雖說一向崇尚西洋文化，可是提到音樂，還是得歸功於矢田部。一碼歸一碼，就連富太郎也覺得不可思議，自己竟能分得如此清楚。提到音樂，他只會想起矢田部善待自己時，那段甜美的回憶，以及他們對西洋音樂無邊無際的憧憬。

多虧記者的牽線去學校參觀，聽說負責指導的女教師是音樂教授，但不聽不知道，一聽嚇一跳。

「從打拍子的方法就錯了，那種教法會讓錯誤的西洋音樂在土佐傳開。」

富太郎向校長說明事情的嚴重性，但校長連教法對不對都無法判斷，根本聽不進富太郎的諫言。既然如此，只好由我親自出馬了。

富太郎立刻請記者召募有志之士，起初召集了大約二十個人，其中一人表示光森家有鋼琴，開始在光森家舉行讀書會。富太郎向東京訂購樂譜，還買了美國製的風琴。是可以隨身攜帶的迷你鋼琴，所以能在旅館練習，也能帶去光森家。

合唱團的成員起初連歌都唱不好，讓人直想摀耳朵。眾人都想唱好，對唱歌也不是毫無概念，可惜一旦開口，個個荒腔走板，聽起來就像義太夫[89]或常磐津[90]的調調。

「不要含在嘴裡，大大方方地從丹田發出聲音來。Do、Re、Mi。」

以男人的聲音而言，富太郎的聲音高亢宏亮，極富延展性。富太郎親自示範，教他們發聲。

山頂雪白／鳥雀不啼／清早起床／讀書吧！我兒

帶領眾人一起唱，突然心潮澎湃。

讀書吧！我兒／讀書之餘／也要愛惜花鳥喔

這首〈花鳥〉的原曲是由德國人海因里希．沃納譜曲，作詞者已不可考，但旋律十分優美，總覺得歌詞說的好像就是自己。

---

89 江戶時代由竹本義太夫創始的淨瑠璃分支，淨瑠璃是日本的傳統說唱藝術。

90 常磐津則是由常磐津文字太夫創始的淨瑠璃分支，曲風近似義太夫。

讀書之餘／也要愛惜花鳥喔／鳥鳴花開／得意須盡歡

得意須盡歡／天寬地闊／萬物從此生

教園唱這首歌吧。為父親自彈迷你鋼琴為妳伴奏。富太郎在腦海中勾勒出這樣的畫面，繼續指導合唱團。

就這樣來到了夏天，連秋天都在高知度過。岸屋的變賣遲遲找不到買家，但富太郎可沒閒著，趁著練習西洋音樂的空檔，不是去山上，就是去河邊、海邊，有時甚至把採集植物的足跡延伸到安藝（現高知縣安芸市）。延命軒的房間不一會兒就連壁龕都堆滿標本，不愧是高知數一數二的旅館，從掌櫃到女傭都稱他「老師」，對他照顧得無微不至。

五月，接獲植物學教室「請採集高知的植物，做成標本寄過來」的委託，富太郎立刻製作標本，寄去東京。沒多久就收到松村任三教授的信。

快上京，我讓你回大學。

富太郎懷疑自己眼花看錯，但確實是他印象中的筆跡，最後還有松村的簽名，看來並非惡作劇，心想矢田部在植物學教室的影響力果然大不如前。

又可以去教室了嗎？可以回植物學教室了嗎？

倘若能進教室，就能閱覽珍貴的書籍。還能掌握英國及法國、俄國學會的動向，閱讀論文。

聽說當上帝為你關上一扇門，自然會再為你打開一扇窗，沒想到是真的。

富太郎感恩戴德地將信紙高舉到頭上膜拜，一整個小時只是呆呆地坐著，什麼事也做不了，更睡不著，高興得心臟怦怦跳，整夜翻來覆去。

然而到了第二天早上，提筆要回信時才想起這次不能再丟下老家上京。腦海浮現出猶氣到漲成豬肝色的臉，告訴自己「這次真的不能再任性」，打消立刻上課的念頭。

等我處理好家裡的事便上京，請再稍等我一下。

富太郎寫了簡短的回信給松村教授。

原以為已經恩斷義絕，不料對方主動遞出橄欖枝，富太郎的積鬱一掃而空。之後他收到池野的回信，上頭寫著「等你回來」。池野去年九月就任農科大學副教授，今天大概也站在駒場的講台上。

「你很適合當老師欸。」

忘了是什麼時候，練習完去永沼家吃飯時，永沼對他說過這句話。永沼雖已滿頭白髮，性格還跟從前一樣豁達。他至今仍在高知師範學校教博物學，同時兼任高知縣醫院的藥局長。或許是在土佐生活久了，酒量也變好了，不一會兒就喝完一升瓶的酒。

「我是不知道啦，但我喜歡教人是真的。」

富太郎用夫人泡的紅茶陪他喝酒。

「總有一天，帝大的學生也會變成你的學生吧。」

「不可能，以我的學歷當不上教授。但是無所謂，我只要能繼續研究植物學就好了。」

這是富太郎當時的回答，但如今揮舞著指揮棒，又有了不同的想法。

我喜歡分享自己知道的事物，樂在其中。

唱完五首歌後，講堂裡靜得連一根針掉地上的聲音都聽得見。

像這種時候，「拍手」是西洋的禮儀。這是在書上看過的，還是也是矢田部教他的呢？下次再告訴大家好了。富太郎轉身，面向聽眾，行了一禮，所有人都張開嘴巴，一臉呆滯地看著他。但也有人臉上泛著紅暈，滿臉笑意。這個發現令富太郎鬆了一口氣。

合唱團的成員大概一輩子也忘不了這群聽眾的表情吧。

背後傳來掌聲，富太郎回頭看，站在合唱團最後一列的永沼和光森正熱烈地鼓掌。

猶打電報到延命軒，富太郎接獲通知，趕回佐川。好不容易終於把家產處理好了。

走進與一年前相同的和室，壁龕的畫軸已經收起來，香爐和花瓶也消失了。

「幸好沒有留下負債。還有些後續要處理，所以我還會在這裡待一陣子，但既然已經找到買家，我遲早會搬出去。」

「這樣啊。」富太郎仰望天花板。這景色是早已看慣的，富太郎從未留意過細節，格子天花板是由紋理細緻的木頭構成，想必出自於手藝非常好的木工之手。檜木柱子打磨得光可鑑人，紙門上的圖案是祖父請京都的裱褙師來裱褙，外圍塗上黑漆，是以秀逸的筆觸描繪菊花的水墨畫。

岸屋的酒叫「菊乃露」，牧野家過去為藩主釀過酒，被賦予姓氏、准許佩刀。雇了一群掌櫃、小廝、學徒、釀酒工人，家裡熱鬧滾滾，總是瀰漫著米和酒的氣味。屋裡還有女傭和奶娘，當然還有祖母浪。

祖母，岸屋倒閉了，被我這個第六代的繼承人搞垮了。

富太郎移開視線，依序打量猶與和之助。

「承蒙二位照顧了。」

富太郎向他們道謝，兩人只是默默地低下頭。

「我會再給老爺十石米的錢，這是最後一筆了，還請見諒。」

十石米的錢是多少，富太郎沒有概念。大概是一百圓左右吧。

「無所謂。這個家的交接由妳全權處理。」

「好的。我本來就打算處理到最後。」

富太郎與猶四目相交。年輕時的猶有一張圓臉，如今卻十分憔悴。她今年多大了？猶小自己三歲，所以應該是二十八歲。

「我渴了，可以給我一杯茶嗎？」

猶有些困惑地眨眨眼，起身說道：「好的。」待她的腳步聲走遠，富太郎朝和之助招手，和之助膝行到他跟前。

「再過來一點。」

兩人的膝蓋幾乎頂到一起。

「時間不多，我直接說重點：我想跟阿猶離婚。」

和之助挑起兩道濃眉。

「我應該早點跟她離婚的。我沒盡過任何做丈夫的義務，只是一味地給她添麻煩。」

和之助悄悄地垂下眼瞼，沉默了好半晌，握緊膝蓋上的拳頭。

「我知道她很聰明，也很能幹。但夫婦間講求的還是契合度。就像不能把梅花接在松樹上。阿猶真的很可憐。當初如果不是嫁給我，或許就能過上幸福快樂的日子。或許也能變得開朗一點。」

和之助略顯遲疑地喃喃低語：

「老闆娘其實是個心地善良、性格耿直的人。我們下人都很明白這點。」

「和之助，你要不要跟她在一起？」

富太郎下定決心切入正題。

去年十一月，在這間和室見到兩人時就有這個想法。不，其實更早以前就有了。從兩人開始傳出流言蜚語的時候起，雖然覺得怎麼可能，卻又覺得怎麼不可能。沒錯。只是那時他還捨不得放掉猶。明知猶與和之助在一起肯定比跟自己在一起幸福一百萬倍，卻又安於由猶守著岸屋的事實。

不，或許他是真心捨不得猶。就算是自己不屑一顧的糟糠妻，想到即將變成別人的女人，還是無法冷靜地面對這個事實。也就是所謂的不甘心放手。

「我知道這個要求很自私，但你願意考慮嗎？我這輩子從沒為阿猶做過什麼，至少想為她的將來打算。」

「請老爺別開小的玩笑。小的配不上夫人。我們的身分差太多了。」

果不其然，和之助猛搖頭。嘴唇顫抖。

「都已經是明治時代了，哪有什麼身不身分的問題。你好好考慮，也可以跟阿猶討論。如果是我跟她說，她一定會以為我要把她推給你。不是那樣的。我打從心底認為你們可以成為一對美滿的夫婦，才想把她託付給你。」

「您是認真的嗎？」

和之助豎起耳朵觀察紙門另一邊的動靜，猶還沒端茶過來。

富太郎點點頭。

「如果你也有這個意思，阿猶就拜託你了。如果阿猶也願意，她的娘家還有牧野的親戚那邊由我去說。這種事如果偷偷摸摸，反而會後患無窮。不如一口氣說清楚、講明白。」

即便如此，還是會有人說閒話吧。

但這兩個人一定能苦樂與共，攜手同行。畢竟他們過去也是這樣支撐著岸屋。

和之助的喉結慢條斯理地上下蠕動了一下，深深地低下頭：「不勝惶恐。」

彷彿算準了時間，紙門微微開啟。

「可以進來嗎？」

「進來吧。」

猶走進和室。置於膝前的茶杯是便宜的瀨戶燒，父祖輩那一代傳下來的器皿大概皆已由舊貨店收購。他在船上也聽人說過，外國人最近很愛買這些東西。

拿起杯子，喝下一口，果然已經涼了。

「好喝。阿猶泡的茶真的好好喝啊。」

猶不知為何眼眶泛紅，閃爍著水光。

明治二十六年（一八九三年）的新年也在延命軒度過。

雖然回信告訴松村教授，等家裡的事告一段落就會上京，但大學還在放寒假。富太郎決定在高知再待一段時間，與音樂會的成員歡慶新年，每天興高采烈地出門採集植物。昨天也製作標本到三更半夜，早上醒來已經過了十一點。洗個澡，回到房間，早午餐已經放在桌上了。

望向中庭，窗外飄著濛濛細雨，青木的葉子被雨打得不住點頭。

「雨下成這樣，今天怕是出不了門。」

今天留在房裡完成植物畫吧。富太郎將手巾晾在簷廊，在飯桌前坐下。

「老師，信件放在書桌上好嗎？」

女傭朝他亮了亮手中的信封。

「給我吧。」富太郎伸手去接。

「飯後請給我咖啡。」

「好的。」女傭把信交給他，靜靜地退出房間。不知是老闆調教得好，還是已經習慣客人長期逗留，態度始終簡潔有力，這點令富太郎心存感激。畢竟自己也是一打開話匣子就停不下來的人，好幾次一不留神就跟旅館的掌櫃或女傭聊上一整天。

約莫有十來封信，富太郎邊吃邊看。其中還有從德國寄來的信。寄件人是在植物學教室結成莫逆的三好學，他前年八月去了德國。

我這輩子大概沒機會留學了。

想到這裡，一月的冷雨感覺更加刺骨。拉過暖手的火爐，拆開其他信件。最後剩下那封信上是早已看慣的筆跡。是壽衛的來信，每次看到她歪七扭八的字，心情就覺得好沉重。

行文還是支支吾吾地辭不達意，而且整封信的內容幾乎都在催他寄錢。不是不明白她是萬不得已才寫信給他，但字裡行間的癡纏勁兒仍令他內心隱隱冒火。富太郎剛回土佐沒多久，壽衛就從鄰居口中聽見他的閒話，還曾經在信上寫：「原來你喜歡泥水匠的女兒，聽說對方長得很漂亮，搞了半天是我自作多情。」

壽衛待在京都的時候，富太郎曾經和花街柳巷的女子廝混過幾次，麻煩就麻煩在有人在背後嚼舌根說什麼「對方是泥水匠的女兒」、「長得很漂亮」之類的。既然老婆不在家，身心健全的男人涉足一下風月場所有什麼不對，不是都說食色性也嗎？壽衛無法聽聽就算了也真是丟人現眼。如此綿裡藏針地諷刺他，擺明是要脅之以情。

這陣子還開始抱怨幫傭和阿貴不聽她的話。抱怨幫傭欺負她年輕，交代的事都不做，而且明明「嘴裡潰爛」還用自己的嘴咬碎了柿乾餵園吃。先把食物嚼爛再吐出來餵給小孩吃是老一輩的做法，結果害園得了口腔炎，而且一直不見好轉。

從四、五月就開始積欠醫藥費，如今已累積到八十錢，其他債主也催得很凶，壽衛大吐苦水「跟那些人好說歹說都說不通」，一再抱怨「鄰居好囉嗦」。她跟帶孩子的阿貴似乎也處不好，不知是哪個鄰居在她耳邊嚼舌根，說富太郎趁她不在家的時候跟阿貴搞七捻三。不過阿貴對壽衛的態度也好不到哪裡去，氣得壽衛在信上寫道：「不快點辭退她們，與她們撇清關係的話，會破壞你的清譽。」最後還絮絮叨叨地補上一句：

請快點回來，讓阿園和三番町的女人再次展露笑顏。

三番町的女人指的是壽衛。簡單一句話，就是家裡沒錢、管不動傭人、懷疑丈夫有其他女人都令她痛苦萬分，希望他能早點回去。富太郎怎麼都提不起勁回信給她。明明在他眼前的時候是那麼惹人憐愛的老婆，寫的信怎麼這麼討人厭啊。事實上，他之所以一直拖著不回東京，就是因為這個緣故。旅館安靜舒適，沒有人會鬧脾氣，也沒有人會發牢騷，隨時都有美味的飯菜和乾淨的被褥，非常適合做學問。

去年十二月想方設法地寄了二十圓給她，心想今天的信應該是為此事道謝，喝完味噌湯，鼓起勇氣打開信紙。

全家人都平安無事，請勿掛念。

那真是太好了。富太郎將一顆梅子送入口中。壽衛先為這麼晚才回信為收到錢的事道謝而致歉，然後才寫到園生病了。「生病？」富太郎瞪大雙眼。

阿園生病了。去年開始感冒，自除夕夜逐漸惡化，至今尚未痊癒。粒米未進、瘦骨嶙峋，昨夜也發燒了，一直喊著要爸爸，實在太可憐了，我真的好擔心。香代的身體也起了疹子，夜夜啼哭，阿園也跟著哭，令我束手無策。你若辦完事情，請務必快點回東京。我的眼疾也還沒治好，家裡一屋子病人，真是傷腦筋。阿猶夫人又寄了衣服給源六，也寫信給我和阿園，真是感激不盡。現在孩子們都病著，請替我向她道謝。請你有空也寫信給我，望你早歸。

富太郎咬碎梅子的果核。「嗯……」地抓了抓頭髮。

那傢伙還在啊。

源六是猶父親那邊的姻親，年紀很輕，在富太郎返鄉時上京，聽說終日無所事事，每天吃喝玩樂。壽衛不以為然地在信上抱怨「真是不知人間疾苦的少爺」。比起這傢伙，富太郎更關心孩子們的病，回頭看第一封信。過去一直覺得壽衛沒什麼學識，可能是她誇大其詞，所以都不當回事。富太郎小時候也體弱多病，哪個小孩沒得過口腔炎或感冒啊。肯定是為了騙富太郎早點回家才拿孩子當藉口。但這次感覺情況不太妙。倘若園什麼也不吃，瘦弱又發燒的話，事情可能變嚴重。想到這裡，富太郎突然有些緊張，回頭看信上的日期，是一月十日。今天十七日，他已經離家一年以上了。

壽衛大概快撐不下去了。富太郎拿起茶杯，站起來，走向帳房對掌櫃說：

「事出突然，不好意思，我明天就要離開。」

「好的。」

掌櫃以不急不徐的表情頷首，問他：「需要幫您收拾行李嗎？」

「太好了，請你之後寄到東京給我。」富太郎拜託掌櫃，又問：「還趕得上今天的船嗎？」

「今天應該也是下午三點出航，我幫您確認一下吧。如果是這種雨勢，應該會準時啟程。」

富太郎回房，把重要的書盡量塞進皮包裡。剩下的行李拜託掌櫃代為處理，慌不擇路地離開延命軒。前往港口的一路上都莫名忐忑，擔心園和香代的病，心情沉重。付清住宿費後，錢包裡只剩下二十圓左右。購買風琴和樂譜，招待一群人吃吃喝喝，還在高知首屈一指的旅館住了那麼長一段時間，總共花掉八十圓。感覺身體有如風中飄搖的燭火。

船到橋頭自然直。

富太郎想說服自己，但岸屋和猶都不在了。

站在飄著細雨的港口時，身體已經站不直了。

一月二十日，在谷中天王寺找了塊墓地，下午三點舉行葬禮，回到家已經是晚上了。壽衛哭到站不起來，但富太郎既不伸手扶她，也不對上她的視線。無論壽衛再怎麼賠不是，富太郎都不肯跟她說一句話。沒通知池野等友人，來弔唁的賓客幾乎都是從來沒講過話的鄰居太太，還以為她們會說些安慰的話，結果只是來喝茶，又開始碎嘴地討論起八卦。

第二天，富太郎辭退幫傭和阿貴。

「怎麼這樣？這麼做等於是怪我們害死阿園吧。」

阿貴不服氣地據理力爭，富太郎不予理會。

「這個家已經沒有閒錢雇用妳們了。」

付清最後的薪水，兩人直接把不滿寫在臉上，整理好行李，連聲招呼都不打就走了。壽衛也懶得跟她們廢話，逕自在客廳餵香代喝奶。沒多久，香代平靜地睡去，於是壽衛把她放進搖籃裡，用長火爐上的鐵壺泡茶。她把富太郎的茶杯放在火爐邊緣的板子上，用指尖攏起後頸散落的髮絲。

「辭退那兩個人，家裡清淨許多，終於可以回到一家人水乳交融的生活了。」

說時遲那時快，富太郎站起身。

一巴掌甩在壽衛白皙的臉上，暴跳如雷地大吼：

「什麼叫清淨許多？妳把阿園害死了，還好意思說水乳交融。」

壽衛用手摀住臉頰，一臉茫然地看著富太郎，不敢眨眼，唯有眼眶裡的淚水順著臉龐滑落。

「對不起，我不該多嘴。」

「妳根本沒本事管好傭人，難怪會被對方看扁。蠢蛋，居然被左鄰右舍的碎嘴牽著鼻子走，結果害死了孩子。」

憤怒與悲傷源源不絕地湧上心頭，令他失去了控制。那首歌在腦中響起。

讀書吧！我兒／讀書之餘／也要愛惜花鳥喔

阿園，妳一直在等為父回來吧。對不起，真的很對不起。

富太郎攬過壽衛的肩膀，抱緊她，彼此依偎著哭泣。

八　帝國大學

還沒做完園的尾七，一家人就搬到同屬麴町區的上六番町，邁入二月，富太郎造訪位於本鄉的植物學教室。

大概是從池野那裡得知的消息，大久保副教授前來表達弔唁之意。之前準備搬家時，池野來訪，富太郎就一五一十對他說了。

「這樣啊，請節哀順變。小園好可愛呀，真令人遺憾。」

他也安慰壽衛「別太傷心」，朝牌位雙手合十默禱，第二天又來致上奠儀。

富太郎被帶到教授室，等了一會兒，松村教授走進來。他還是老樣子，黑髮整齊地梳向腦後，鬍子也刮得很乾淨。穿了一身黑西服，打著深灰色的領結。

「令嫒的事我很遺憾。」

松村繃緊穠纖合度的臉頰。富太郎起身向他低頭致意：「讓您費心了。」

「你在信上提到處理好家裡的事就上京，也就是說，你賣掉故鄉的家啦。」

「是的。晚生會繼續研究土佐植物，但已經沒有老家了，往後將以東京為據點。」

「關於你那件懸著沒解決的事……」松村雙手交疊，放在桌上。

「我想請你當我的助手，不知你意下如何？」

「助手嗎？」

富太郎幾乎是蹦蹦跳跳地坐到眼前的椅子上。

「沒錯，月薪十五圓。人事命令將於新學年度的九月公布，在那之前想麻煩你處理教室的雜務及採集植物，如何？當然，這部分我會另外付你薪水。」

原來信上寫的「讓你回大學」是指回大學當職員啊。簡直是求之不得的待遇。他本來打算一面在石版印刷廠工作，一面研究學問。無論如何都必須靠自己賺錢，養活壽衛與香代。

搬到上六番町後，他才告訴壽衛收掉岸屋、與猶離婚的事。壽衛露出震驚的表情。

這樣啊，你和阿猶夫人……這樣啊。

壽衛眼中泛淚，富太郎又告訴她有朝一日要讓所有親戚都認同猶與和之助在一起的事，到時候打算當他們的媒人。壽衛聽完，遲疑了好半晌，才吸了吸鼻涕說：「那我就放心了。」

富太郎重新面向松村，行了一禮：

「教授，以後請多多指教。」

「拜託你了，大家都很佩服你的本事。」

松村微微挑動三角形的山形眉。

二月、六月與七月，他受大學委託採集植物、整理標本。四月至五月則奉命去土佐出差，同樣是採集植物。這趟去了讚岐、伊予，直到六月下旬都待在土佐。順道去高知市那天，在延命軒與永沼等人吃飯。差旅費有限，不得不選擇比較便宜的旅館。延命軒是教授等級才能投宿的高級旅館。

這次出差，壽衛不再寫些有的沒的的信來煩他。大概是因為每次接到委託都能領個十五圓、三十圓不等的津貼，足以讓她應付債主及當鋪。

不過，富太郎總覺得不只是這個原因。不知不覺間，壽衛的表情及態度變得冷靜從容。褪下過去只曉得依賴丈夫的幼稚，開始長出枝葉，有時候還會流露出令人驚艷的絕美神情。

反倒是富太郎獨自在旅館製作標本時突然覺得孤單，主動寫信給壽衛。明知提到園只會徒增傷感，還是忍不住寫下懷念園的文字。

九月十一日，富太郎收到正式的人事命令。

上頭白紙黑字地寫著任命牧野富太郎為帝國大學理科大學植物學科助手。

有人在推他的脛骨，富太郎撐起眼皮。

「老闆，到了。老闆——」

纏著綁腿、圍著頭巾的車夫抬頭看他。

「小石川植物園到了。」

「已經到啦？」

富太郎坐直身子，揉揉惺忪的睡眼。將放在膝蓋上的包袱夾在腋下，下車付了車資。

「真虧你能在顛簸的車上睡得這麼熟。」

看來叫醒他費了一番工夫，車夫一臉難以置信地掉轉車頭。熟悉的警衛道了聲「早安」朝他走來。

「不可以在人力車上睡著喔，萬一掉下去被馬車輾過可就慘了。」

「正好相反，我就是因為可以睡覺才坐人力車。」

這陣子，他每天都埋首案前，直至天明。

「真是秋高氣爽啊。」富太郎面向藍得望不見一片雲的晴天笑著說。他已經完全清醒過來了。

「池野兄來了嗎？」

富太郎與農科大學的池野成一郎約在園內見面。「早就來了」，警衛用下巴指著平緩的上坡回答。

「平瀨先生雙手提了好幾個鐵桶，大概是來採銀杏吧。」

「平瀨先生也來啦？」

警衛應了聲「是的」，兩條手臂繞到腰後面。

心想池野與平瀨真是奇妙的組合，富太郎朝園內的北方走。

幾次與學生們擦身而過，園丁認出富太郎的身影，朝他點頭致意。有人向他打招呼：「牧野老師。」也有人只喊他「牧野先生」。富太郎對尊稱並不在意，助手的位階從以前就定位模糊。不過今年，亦即明治二十六年（一八九三年）公布帝國大學官制，明定助手為「判任官」，也就是所謂的下級官吏。規定「在教官的指揮下，擔任與學術技藝有關的職務」。除了富太郎以外，還有幾名助手，警衛口中的平瀨作五郎就是畫工出身的技術人員，此番升格為助手。從事研究與教育的大學需要各式各樣的人才，有的學生畢業後留在大學研究室無償協助，也有不少像富太郎或平瀨這種非大學畢業生的人。

穿過樹林中的小徑，高聳入雲的樹梢映入眼簾，夏天鮮活的綠葉如今在秋陽的輝映下開始染成金黃色。

好風雅啊。

全世界大概有五萬種會長出黃葉的樹木，銀杏是其中美得特別出眾的樹種。這座植物園的大銀杏樹高度超過六十五尺，樹幹粗到要三個人環抱才能抱住，樹齡粗估約兩百年。這裡還是幕府的御藥園時，據說當時擔任御藥園奉行的岡田利左衛門在家裡種了這棵銀杏樹，就在小石川養生所旁邊。明治維新後，御藥園遭廢除，政府下了通知，這一帶的樹木「歸期限內砍伐之人所有」。新政府大概不想保留任何幕府的遺物吧。因此御藥園周圍的樹木都遭到砍伐，當成木材或柴薪運出去，只留下這棵大銀杏樹。

可能是因為樹幹實在太粗，想鋸也鋸不動，無法在期限內砍掉，才得以逃過一劫。

這都是資深的園丁說的，如今難以判斷真偽。但樹幹表面確實留有鋸齒的痕跡。看到與其說悲慘、不如說是壯烈的刀痕，似乎也有人會聯想到在此瓦解的德川幕府。不知是什麼定律，受到歷史及自然的摧殘，失去一切的古老土地多半會留下一棵老樹或大樹。可能是松樹或日本冷杉、櫻樹，再不然就是銀杏樹。大概是土地的魂魄吧。

話雖如此，他們也太吵了。

「平瀨兄，好痛啊。你可以稍微看一下底下再丟嗎？」

「不可以，誰叫你不專心。」

倚著大銀杏樹的樹幹架著高高的梯子，上方的果實有如冰雹般落下。是銀杏，有著櫻桃般的長柄，枝頭結著三到六顆不等的銀杏。果皮要等到晚秋才會變成黃色，自然掉落，所以現在還是淺綠色。

西服外面罩著白袍的池野勤快地撿起銀杏，放入桶中，樹上的平瀨繼續大肆抖落果實。看起來好好玩啊。

富太郎將包袱扔在草地上，脫下羽織，折起和服的褲管。

「我也來幫忙。」

聽見他的聲音，池野伸直腰桿說：「早啊。」頭上傳來「麻煩你了」的聲音，往上看，平瀨也撩起下襬，底下穿著長褲。「小事一樁，包在我身上。」富太郎在草地上爬來爬去，不一會兒就裝滿四個桶子。

「牧野兄，你的身手不輸猴子呢。」

「這點小事不算什麼。我的工作就是蹲下來採集，走沒兩步又蹲下來採集。」

平瀨從梯子移到樹幹上，手腳並用地滑下來。

「這裡還有一隻猴子。」

富太郎調侃他，與池野相視大笑，平瀨不以為忤地搔頭。他的毛髮很濃密，臉頰到下巴都是青色的鬍碴。大富太郎六歲，等於大池野十歲，但雙眼就像孩子似的閃閃發光。

三人各自提著桶子，走在植物園裡。

這座植物園從貞享年間[91]就有了，已有兩百年以上的歷史。人稱犬公方的德川綱吉就任第五代將軍後，幕府將他之前居住的白山御殿重新整理為御藥園，是植物園的前身。江戶南北各有一座御藥園，幕府將已有五十年歷史的麻布南藥園，移到白山御殿內。

到了第八代將軍吉宗時，在藥園內開設養生所，如今大銀杏樹附近還留有當時的水井。後來有位名叫青木昆陽的百姓被拔擢為相當於町奉行的大岡越前守，嘗試在這裡種地瓜。享保年間[92]京阪以西發生了大饑荒，這裡的地瓜成為解救饑荒的作物。

幕府瓦解後，藥草園歸東京府的大醫院管轄，負責管轄的單位在那之後物換星移，明治十年（一八七七年），東京大學成立，改由大學管轄。唯當時似乎發生了管轄權的爭議，一方主張「原本是藥草園，所以應該附屬於醫學部」，另一方堅持「不，應該屬於研究植物的理學部」，僵持不下的結果，曾經有一段時期的定位是附屬於法、理、文三學部的植物園。當時植物園的主管就是矢田部良吉教授。經過一番曲折，根據明治十九年（一八八六年）頒布的帝國大學令，由理科大學管理，改名為「帝國大學理科大學植物園」。五年前又改規則，向一般入園者徵收入園費。

富太郎每次來到這裡，都會想起白髮白鬍的伊藤圭介。他已經不在大學任教，專注於研究這裡栽培的植物並為其分類。他從明治維新前就接觸西方的學問，但仍是個不折不扣的本草學家。與園丁們一起栽培草木，進行研究調查，是非常親近草木的人。富太郎抬頭仰望梧桐葉，任思緒馳騁，盯著小鳥啄食楊梅果實的樣子看，怎麼也看不膩，輕輕地把手伸向腳邊的鼠麴草。

前幾年去老翁家拜訪時，篤太郎對其健康情況不佳憂心不已，幸好今年春天恢復得不錯，還能發表演講。如今已逾九十高齡，白髮白鬍愈來愈白、愈來愈長，篤太郎正忙於編輯，準備推出《錦窠翁

91 西元一六八四至一六八八年。
92 西元一七一六至一七三六年。

九十賀壽博物會誌》。

跟在池野與平瀨身後，順著有如懸崖般陡峭的斜坡往下走，有一座曲線優美的池塘。儘管缺乏照料，但畢竟是充滿傳統味道的庭園，呈現遠州風味的造景。

兩人在集會所前的廣場放下桶子。

集會所就像名主屋敷，外圍有長長一圈的圍牆，每個房間都面向庭院，光線充足。明治十五年（一八八二年）配合東京植物學會創立，在這裡舉行聚會。伊藤老人及當時的植物園主管矢田部教授等有志之士皆為創立學會盡心盡力。只不過，矢田部教授幾乎沒來過植物園，只從這裡採集上課需要的植物。實際上，富太郎幾乎不曾在植物園裡見到矢田部教授及松村教授的身影。矢田部教授等人身為學者的歷程與伊藤老人截然不同。他們是直接在歐美學習植物學或分類學，載譽歸國的學者，沒學過日本的本草學。尤其是松村教授，直指本草學因循守舊，甚至讓人覺得他瞧不起本草學。

不過，富太郎離開大學這三年，植物學教室變了很多。松村教授最近也開始利用集會所做研究實驗或上課。先不管他是怎麼想的，但本鄉本富士町的教室確實太小了。學生及助手的人數增加了，卻還屈居在醫學部一隅，大一新生依舊像從前一樣，只能在走廊上做實驗。

集會所有幾個和室被改造成木造房間，擺放著書架及課桌。平瀨將桶子放在桌上，取出兩組砧板和小鐵槌。

「平瀨先生，這個交給我和牧野兄就好了，可以麻煩你切片嗎？」

「沒問題，那就有勞二位了。」

平瀨轉身從大束口袋拿出小布包。富太郎立刻聯想到那應該是剃刀。他大概是要取出銀杏的種子，切成薄片，做成顯微鏡標本。

「沒錯。」果不其然，池野笑著說。

「我剝去外皮交給你，麻煩你剝殼。採生產線作業。」

「了解。」

池野將剝去外皮的堅硬種子尖端朝上，放在砧板上。富太郎左手固定種子，用鐵槌敲打接縫處，敲開種子，露出包著薄皮的果仁，放進平瀨腳邊的桶子裡。

「這股臭味怎麼也聞不習慣呢。」

池野喃喃自語。

「因為時期尚早，味道還不強烈。成熟以後會更臭，連猴子或老鼠都不吃。不過我都不曉得池野兄在研究銀杏，今天第一次聽到。」

富太郎抬起頭來，只見平瀨正小心翼翼地切開果仁中央。

「不是我，是平瀨兄喔。」

「你的動作好熟練啊。」

富太郎不由得深感佩服。

「因為我的鬍子很茂密嘛，已經很習慣用剃刀了。」

平瀨正經八百地回答。他的態度十分瀟灑，難怪池野會跟他變成好朋友。

池野是天才，能輕鬆看懂好幾國語言的書籍，不知為什麼，他說與富太郎「臭味相投」。平瀨有幾分工匠氣質，富太郎還能隨心所欲地進入植物學教室時，看過時任畫工的他專心描繪植物圖的模樣。植物圖是寫論文、採集植物、教學生時不可或缺的道具。拍照不是不行，但顯影需要時間，而且所費不貲。富太郎認為這也無妨，曾加入攝影的手法，但照片會把其他景物一起拍進去。繪畫不僅可以只畫出草木的特徵，也可以連花及莖、根、果實的剖面圖都畫在一張紙上，很有效率。

「平瀨兄的畫也是自己摸索出來的嗎？」

雖然同為助手，但對方比自己年長，富太郎有點不知道該怎麼跟對方說話。而且這陣子染上壽衛說話的習慣，開始夾雜東京腔，經常險些咬到舌頭。

「不是，我學過油畫，上京前就讀於故鄉的藩校喔。後來在岐阜當過一陣子老師，主管認識矢田部教授，推薦我來當畫工，我就來了。我是個平凡人，不像你可以無師自通。」

感覺對方是在稱讚自己。富太郎覺得很得意，揮槌子的動作也變得輕快了。

「你老家在哪？」

「福井。」

池野補充：「他是福井藩士的公子。」

「我就像編制外的學生，身分很尷尬，像這樣跟你聊天還是頭一遭。」富太郎說道。

平瀨繼續製作標本，淺淺一笑。

「我對你可是久仰大名。你總是風風火火地在教室裡跑來跑去，口若懸河講個不停，才一轉眼，又從圖書室搬出書籍或雜誌，『啊，不是這個，也不是那個』地大聲嚷嚷，一面抄寫。」

「牧野兄是很有名的人物嘛。」池野含笑調侃。

「我很有名嗎？」

「對呀。土佐人真的很健談，即使自言自語也很大聲。」

富太郎仰天大笑。平瀨繼續製作顯微鏡標本。為了不打擾他，富太郎問池野：「他在做銀杏哪方面的研究？」

池野稍微把臉湊過來，壓低聲線說：

「是受到歐洲植物學者的論文啟發喔。已知每年十月，成熟掉落的銀杏含有胚芽。原本以為是未受精的種子，但是過了三個月再度調查，確定是胚芽。於是提出可能是掉落後才受精，在冬天發育成胚芽的假說。平瀨兄與周圍的人聊到『那國內的銀杏樹呢？』時，助手藤井兄和我們大學的石川教授勸他：『既然如此，你要不要自己研究？』」

「因為銀杏樹與日本關係匪淺嘛。」平瀨說。即使在作業中，他的言行舉止也十分沉穩大方。

「歐洲之所以遍植銀杏樹，是因為荷蘭東印度公司的醫生肯普弗[93]在元祿時代[94]從日本帶去。那時的幕府將軍正好就是這個植物園的主人綱吉公，肯普弗來謁見過綱吉公。」

肯普弗從日本帶回去的樹苗後來留在維也納的植物園。歐洲人很喜歡銀杏樹，認為那是種珍奇的植物，不過當時大家歌頌的都是美不勝收的葉色，幾乎不知道果實的存在。樹木分成雄性與雌性個體，銀杏樹也分成雄株與雌株。這是後世學者的發現，肯普弗帶回銀杏樹時尚未有這般認知。

凝望著手中的綠色果實，知識在腦海中翻騰。

93 Engelbert Kämpfer（一六五一－一七一六），德國醫生、博物學家。

94 西元一六八八至一七〇四年。

「不是都說會開花結果的裸子植物或被子植物就跟我們人類一樣有精蟲嗎？」

「正是。因為出現得比苔蘚類及蕨類晚，所以在繁衍子孫的構造上產生獨特的進化。當花粉沾在雌蕊的頭上，花粉管就會伸長，將雄細胞傳遞到卵，這就是它們的受精方式。對全世界的植物學者來說都是常識。」

可能是風停了，惡臭撲鼻而來。

「然而大約五十年前，德國的霍夫邁斯特研究銀杏樹的生殖器官，提出不同於裸子植物，花粉或許有進化前的精蟲的可能性。」

富太郎研究的是植物分類學，因此對於胚胎學可以說是門外漢。但他也知道霍夫邁斯特是闡明「植物世代交替」的學者，提出植物胚胎學的重要概念。

「也就是說，平瀨兄研究的論文是為了證明霍夫邁斯特所提出的假說嗎？」

「正是。研究已有長足的進展喔。俄國有一位名叫別利亞耶夫的學者已經證明西洋櫟的受精原理，德國的史特拉斯伯格也在調查銀杏樹及蘇鐵的受精機制。雖然還無法確認精蟲的存在，但已經勾勒出當銀杏樹的花粉抵達雌樹，會在那裡發育的理論，只差實證而已。」

每年四到五月，銀杏的雌樹和雄樹會分別開出雌花和雄花。富太郎在腦海中描繪以上的景象。

「為了證明雄花的花粉中有精蟲，就必須搞清楚什麼時候受精，對吧？」

「正是。因此平瀨兄每天都爬到銀杏樹上採集銀杏。若果實中可以看到胚珠，表示已經受精；若還沒有胚珠則尚未受精。根據他的調查，已經能建立起東京的銀杏樹受精最旺盛的時期是九月中旬的假說。」

「原來如此。所以才這麼熱衷於切開銀杏的胚囊啊。你也跟他一起研究嗎？」

「我是有點興趣，但不像平瀨兄那麼會爬樹。」池野笑著說，推了推眼鏡。「對了，不好意思要你幫忙。如果你還有別的事，可以去忙了。」

「你在說什麼呀，不是你向我借標本，我才拿來給你嗎？」

池野顯然完全忘記他們約在這裡的原因了。富太郎遞出一直放在桌上的包袱。「這是你要的標本。」

「啊，對耶，是有這麼回事，我忘了。」

平瀨將顯微鏡標本收到箱子裡，取笑池野：「你這樣不行喔，池野副教授。」

兩人在秋陽下專注地做研究。為臭氣逼人的顯微鏡標本標上日期，回到大學想必會用顯微鏡一張一張地觀察吧。既然受精時期還在假說階段，這項作業就得不分晝夜地持續進行。而且這裡頭有精蟲的機率就像在沙灘上找出一錢銅板那樣困難，說不定研究到最後只是一場徒勞。

但他們仍不屈不撓地挑戰世界的常識，就像孩子熱衷於玩耍，充滿了熱情與朝氣。

富太郎望向庭院，心裡想著……

在他離開東京的期間，兩人朝著目標前進的身影已經走了好長一段距離。

鎮上的人吹響了喇叭。

去年，明治二十八年（一八九五年），日本打敗清國，逼得清國割讓台灣。

直到前幾年，就連三番町的小吃店也經常用月琴彈奏清樂，但隨著戰爭在前年爆發，不能再彈奏敵國的音樂，取而代之的是陸軍樂隊會用吹奏樂演奏軍歌，後來在參觀過陸軍演奏的庶民間也大為流行。軍歌很吵，並不是富太郎喜歡的旋律，但能就近聽見西洋音樂也不錯，富太郎用力擺動手腳走在小石川區的上富坂町。

結束岸屋的家業，定居東京就要滿三年了，起初在大學附近的本鄉區搬來搬去，月底沒錢付房租已是司空見慣的事。以前只要壽衛使出哀兵政策，房東就會一邊嘟囔著「真拿妳沒辦法啊」一邊寬限幾天。但最近東京變得非常不近人情，動不動就把人趕出去，只好把所有家當搬到兩輪大板車上走人。現在住的地方已經是第四個家了。

學校裡也出了點狀況，去年赴德留學的三好學回國，就任植物生理學教授。教授室及教室都不夠，比以前更常在植物園上課、做實驗。「植物學科遲早會搬進植物園」的傳言似乎不是空穴來風，富太郎心想既然如此，乾脆就近在小石川找房子。

他找到一棟外觀氣派的房子，有冠木門和木板圍牆，登門拜訪的池野半是錯愕半是佩服地說：「這簡直是校長住的房子。」房租其實並非助手的薪水所能負擔，但書本與標本已經多到兩個房間裝不下，還需要一間書房，因此必須找大一點的房子。每天在客廳風乾採集的草木，用報紙夾起來，也請壽衛幫忙。不管教什麼，她都很認真聽，拚命學，這陣子還努力學習聽說讀寫，練習用漢字寫名字。

從馬路鑽進巷子裡，再轉個彎就能回到家。但富太郎卻在此放慢腳步，把手放在圍牆上，只露出腦袋，簡直就跟小偷沒兩樣。

「我瞧瞧，今天是……」

如果有債主上門，壽衛就會在探出圍牆的黑松樹枝綁上手絹，這麼做已經成為兩人的默契。拜她的暗號所賜，富太郎屢屢逃過一劫。今天什麼也沒有，連風也沒有一絲，只有對面人家的杉樹上蟬聲唧唧。

「看來沒問題。」

富太郎竊笑著轉身，大手一揮，走進家門。這個季節實在太熱了，裡裡外外的紙門全部敞開，因此可以聽見嬰兒的哭聲。是四月底出生的長男。

「我回來了。」

富太郎大聲說道，踏入玄關，次女香代立刻迎上前來喊「爸爸」。香代今年五歲。失去長女園的那年秋天，壽衛又生了一個女兒，可惜出娘胎當天就死了。生下長男時，希望他能長命百歲，因此取名為延世。延世如今正生龍活虎地喝奶，絲毫不輸給酷暑。

「你回來啦。」壽衛也迎出來。香代人小鬼大地模仿母親的樣子，跪坐在小短腿上，向父親行禮。富太郎將包袱交給壽衛，香代伸長手也想拿。

「香代，不可以喔，這是爸爸很重要的工作。」壽衛阻止香代，穿過客廳，走進書房。香代搖搖晃晃地跟在後面。

「大學。」

「對，是大學的工作喔。」

在壽衛的服侍下脫下夏季的羽織和服，換上浴衣。

「這孩子已經能理解我的工作啦。」

富太郎把土佐腔換成東京腔。「想得美」，壽衛撇著八字眉說。

「她還不曉得大學是什麼地方，只是模仿大人說話。但每天都能說出新的詞，愈來愈會講話了。」

園死的時候才六歲，大概也是這個年紀，當時他為了處理家產留在土佐，對園的成長一無所悉。

他移步到客廳坐下，延世還在哭，但壽衛不為所動，走進廚房，端來麥茶，盤子裡還有兩個大福。

「還沒吃完啊？」

大福是池野帶來的伴手禮。「我想應該還能吃。」壽衛把盤子舉到鼻子前聞一聞，放在富太郎跟前：「請用。」富太郎迫不及待拿起一個大福放進嘴裡，皮已經變硬了，但內餡依舊美味。不等完全吞下去又拿起另一個大福送入口中。與香代對上視線，只見她半張著嘴巴，一臉怨恨地瞅著自己。

「哎呀，不好，我全部吃光了。」

香代趴在母親的膝蓋上鬧脾氣。壽衛輕拍香代的背哄著：「別傷心，池野叔叔還會再送來。」起身抱起延世，解開胸前的浴衣，露出雪白的乳房，餵延世喝奶。香代還在鬧彆扭，喊著「大福」，忍不住哭起來。「香代」，富太郎朝她招手，站起來，雙手在嘴邊圍成喇叭狀，「噗噗噗」地模仿喇叭聲，高喊著「前進」往前走。

「來，跟在爸爸後面，前進，前進。」

香代雖然感到莫名其妙，卻倏地跳起來，跟在父親背後，走到面向庭院的簷廊，歪歪斜斜地走在客廳堆積如山的報紙之間。

「前進，前進。」

香代滿臉通紅，模仿這輩子應該還沒聽過的喇叭聲，滿屋子亂跑。富太郎笑了，香代也笑得花枝亂顫。富太郎突然想起一件事。

「我又要出差了。」

壽衛聞言，抱著延世，抬頭看他。

「這次要去哪裡？」

「台灣。」

「台灣？是那個變成日本領土的台灣嗎？」

「正是。有人請我去調查植物。還沒收到正式的命令，但十月就要啟程。」

日本在台北設置總督府，開始進行統治，但治安還不太好。尤其是山地裡有原住民的部落，松村教授警告他會有危險。但如果是「命令」，危不危險都得去，更何況還是未曾踏足的熱帶。

當然沒問題，請務必派牧野前往台灣。

富太郎自告奮勇。雖然是日本的領土，但也是第一次出國。

我才不會輸。

腦海浮現平瀨與池野的身影。平瀨持續用顯微鏡觀察去年秋天製作的標本，今年一月終於發現類似小蟲、長有鞭毛的東西。四月二十五日在東京植物學會的例行會議上提出顯微鏡標本，在所有會員面前以「銀杏樹的受胎及胚胎發育的研究綱要」為題發表演說。

平瀨的研究已經受到大學內部的矚目，學會卻沒有太大的反應。

那是寄生蟲的屍體吧。

不管是不是，如果不能出示活體就無法認定。

所幸平瀨並未因此意志消沉，池野也一樣。池野多次前往有很多自生蘇鐵的鹿兒島，製作成標本，帶回研究室觀察。蘇鐵的構造與銀杏樹相同，他似乎打算證明有沒有精蟲的假說。

富太郎想為他們加油的心情絕無虛假。與此同時，內心卻莫名地不太平靜，不知道為什麼。今天早上，他作了一個夢。

平瀨垂頭喪氣地杵在顯微鏡前，滿臉鬍碴。銀杏樹沒有精蟲，俄國的馬克西莫維奇教授證明了這一點。富太郎與池野一起安慰平瀨。安慰歸安慰，內心卻鬆了一口氣。

只是作夢。馬克西莫維奇教授已經死了。更重要的是，我不也發現過許多新種嗎？像是貉藻，這可是植物學歷史上的重大發現。我可是世界級的牧野。

我比誰都走得更前面。

這是我的自負，我充滿信心。富太郎躺在床上，拚命安慰自己。當時天色已露出魚肚白，天花板的木紋隱約可見。可是卻好像看著幽暗的井底，心情十分黯淡。

「孩子的爸。」

壽衛喚他，富太郎停下腳步，香代抱著他的腿。

「旅費怎麼辦？」

似乎已經問了他幾次，壽衛將茶杯與盤子收進托盤裡，延世在榻榻米上睡著了。

「大學好像會補貼我一百圓。」

「這麼多！」壽衛瞠目結舌。

「因為調查預計要花上一個月，一百圓可能還不夠呢。人家說為了保險起見最好帶把手槍，所以還得買槍。」

壽衛盯著富太郎看了好一會兒，收起下巴：「我明白了。」顯然已經意會到丈夫「妳去幫我打點吧」的言下之意。

九月九日，平瀨終於成功了。

據說是用顯微鏡觀察生的銀杏薄片時，有個東西在視線範圍內穿過。平瀨把眼睛緊緊貼著目鏡觀察，看見有隻長著鞭毛的球狀小蟲，後面拖著尖銳的尾巴。他也讓池野看了。

「會不會是寄生蟲？」

平瀨十分慎重。但池野卻說「不是」，語氣變得極為興奮。

「你發現了非常不得了的東西。」

數日後，富太郎聽池野說，後來兩人再沒說話，只是緊緊握住彼此的手。

九月二十六日在學會的例會上發表，將論文投稿至預定於十月二十日發行的《植物學雜誌》。論文標題是〈關於銀杏的精蟲〉，富太郎在還沒排版之前就拜讀過了。

可以發現精蟲衝出花粉管的一端，以飛快的速度自轉著游進貯存於胚珠內的汁液裡。

結合史特拉斯伯格的研究，雄樹的雄花沒有精蟲。春天，雄花的花粉被風吹送，附著在雌樹的雌花上，亦即所謂的入贅，但這時贅婿還是男嬰。雌樹寶貝地撫養男嬰，也養大卵這個女兒。到了秋天，在由花粉生長而形成的透明袋子裡把體積微小的白色物體培養成精蟲，長出細毛，活潑好動。當袋子周圍也充滿液體時，精蟲就會游出袋子，游向與自己有婚約的卵。雌樹將春天沾在雌花上的花粉培養成精蟲，到了秋天再讓精蟲與卵結合。這就是銀杏樹繁衍子孫的原理。

這是全世界第一次在裸子植物中發現精蟲。

也闡明了東京的銀杏樹在四月底到五月初受粉、九月到十月受精。更令人驚訝的是，池野好像也在蘇鐵的固定標本中發現精蟲，形狀與銀杏樹幾無二致，可惜尚未在活生生的狀態下得到確認。

時序進入十月，富太郎正式接獲去台灣出差的命令，十三日從橫濱啟程。上船前購置了手槍與五十發子彈，購買彈藥需要經過警察的許可，因此必須先向小石川警察署申請。十五日離開神戶，二十日踏上名為基隆的土地，從那裡搭火車前往台北。

同行的還有在小石川植物園工作的內山富次郎。他們以前就認識，當富太郎自嘲他們是上門獻藝的藝人「我們是富太郎富次郎劇團」時，內山也會順著他的話說：「大哥，露一手來瞧瞧吧。」兩人在火車上沒完沒了地暢談植物話題。

以台北的落腳處為據點，兩人四處奔走，雇用當地人帶路。為他們帶路的年輕人姓黃，能講一點英文，顴骨很高，眼睛小到就像臉上有兩道細微的傷痕，表情幾乎沒有變化。披頭散髮，並未紮成髮辮。

放眼所見的植物全都綠意盎然、嬌艷欲滴，連住宿的地方也充滿花香。另一方面，貌似用來做菜的油及獸肉的臭味很強烈，走在泥濘的路上，肉的腐臭味及屎尿的臭味也很刺鼻。治安沒有想像中差，市區經常可以看到日本軍人及歐美商人，顏色鮮艷、裝飾華美的人力車也在路上跑來跑去。車夫都是台灣人，半裸著上身。日本也能看到這種光景，因此並不稀奇。只不過，有些印堂發黑的人會蹲在路邊，還有很多狗或貓、老鼠的屍體，沒有人處理。

負責帶路的黃看也不看市容一眼，只對富太郎他們說了聲「go」就往前走。

總督府的官員交代過，目前瘟疫正在蔓延，要他們小心提防，好像是日本沒發生過的瘟疫，問黃，他也說不清楚。就算要提防也不知該從何提防起。

「話說回來，天氣真熱啊。不愧是熱帶，明明都十月底了，還儼然盛夏。」

內山仰天長嘆。他們雇用人力車上山，請人力車在原地待命，在黃的帶領下走了一整天，圍在脖子上的手巾早已被汗水浸濕。抱著採集到的植物下山回旅館，如此周而復始的過程中，從根部挖掘出土的植物開始散發出悶熱的臭味。

「內山兄，糟了，植物要爛掉了。」

富太郎衝進隔壁房間通知內山，內山拉出西式旅行袋。

「稍安勿躁，我記得書上好像有寫要怎麼處理。」

拿起堆在桌上的書籍及雜誌，在床上翻閱。

「找到了，就是這個。」

內山指著英國雜誌，富太郎看了一眼，似乎是植物獵人過去在熱帶採集植物的紀錄。如果是英文，就算不查字典，也大致看得懂。

「在木箱內側貼上鐵皮，用報紙將採集到的植物夾起來，塞進箱子裡。淋上酒精，密封後寄回祖國……」

書上寫這種方法能保護植物。兩人互看一眼，立刻下樓，衝進市區。這天沒有雇用黃，所以兩人走訪以洋人為主顧的商店，問了好幾家，終於找到一只大木箱。

「請在內側鋪滿鐵皮，不能有空隙喔。」

內山用英語說明，台灣人老闆板著臉，不置一詞。富太郎在紙上寫下漢字，畫給他看，老闆總算答應了。在紙上寫下「我明白了」，兩人不由得鬆了一口氣。

「內山兄，我們有漢字，用筆談準沒錯。」

老闆臉上也浮現出稱得上表情的反應，用手拍了拍胸脯，意指「包在我身上」。

他們從日本帶了酒精來，但又買了一些。回到旅館時，太陽已經下山了。

「聽說西博爾德和通貝里、馬克西莫維奇教授等人都受不了日本的悶熱，我現在完全能體會他們的辛苦了。」

兩人分食了去市場買的炸麵包，填飽肚子。兩個大男人，感覺實在無比淒涼，但日本曾經只是單方面地被採集植物，如今學者已經能像這樣出國調查了。雖然不喜歡戰爭，但正是因為在戰場上取勝、國力強盛，才能如此。

人民與國家都要堅強。

腦海中奏響軍歌。

十一月過了大半，二十六日在黃的帶路下，前往台北城近郊的埤角[95]採集植物。

黃說台北城是清國統治時興建的城郭，十多年前才完成。樣式比照清國有名的萬里長城，面積超過一百四十一町，相當於四十二萬三千五百坪，幅員遼闊。離開城郭沒多遠，人力車便駛入鬱鬱蒼蒼的森林，在濃密的樹蔭底下走了一會兒，前方豁然開朗。讓人力車停在高低起伏的原野上，開始採集。背著胴亂和野冊，帶著挖掘工具和寫生用的畫冊及鉛筆，展開突擊。蹲在一棵雜草前寫生、挖掘，再往前走，又蹲下來，像隻蚱蜢似的跳來跳去。

除了要在植物分類上搞清楚日本與台灣的相似及相異之處，如果能確認是否有藥用或食用、觀賞用等其他功效，還能成為國家的資源。過去的植物獵人大抵都是以這種心態來日本採集植物。不過對富太郎而言，能遇見異國的植物就足以令他高興得猛嚥口水了。

你是誰的同類？是桑的同類嗎？還是葵的同類？

陰影落在手邊，抬頭看，黃正探頭看他的畫冊。

「黃兄，你也喜歡植物嗎？」

富太郎用英語問他，只見他聳聳肩、搖搖頭。

「我喜歡的是畫，老師的畫非常傳神。」

「畫啊，原來如此，你喜歡畫啊。那你要不要也畫畫看？」

富太郎撕下一張畫紙，遞給他，也借他畫板和鉛筆。

「這樣拿。不對，別握得那麼緊，輕輕地握住。如果要畫這株草，請先仔細觀察莖的形狀及葉子的長法。你看，這些都是草，但是長得完全不一樣吧？就像我跟你長得不一樣，草木也有各自的長相。」

不知是感到一頭霧水，還是不知所措，黃只是一個勁兒地抽動鼻翼，坐在草地上，將畫板置於膝

95 相當於現在的新北市新莊區。

蓋上。

「總之一開始先熟悉繪圖再說。我有很多紙和鉛筆，你只管放心地畫。」

內山瞥了他們一眼，什麼也沒說，繼續前進。富太郎則從他背後往側邊走去，蹲下又站起。沒多久便看到草原的盡頭，前方似乎是一片斜坡。每走一步，風中的氣味就濃一點。

低頭看，富太郎忍不住吶喊：

「內山兄、Mr. 黃。」

「什麼事？」內山悠哉地回答，走到他身邊，黃則是跑過來。兩人看到眼前的景象，無不瞪大雙眼，口中驚呼連連。富太郎也默默往斜坡的方向走了幾步。

是一大片百合。長得很高，喇叭狀的花也很大，剛好是盛開的季節。就像在森林裡遇到鹿或狸那樣，富太郎悄悄地靠近，不敢驚擾對方。莖也很粗，幾乎有大拇指的指甲那麼寬。唯獨葉片呈現細長的劍形，形狀明顯與日本的百合不同。再來是花。有如頸項般優美的流線形外側是鮮艷的紫紅色。

成群純白與紫紅色的花在綠意中迎風招展。

富太郎陶醉在花香裡，直覺告訴他，這是台灣特有的百合。

他們採集了十二大箱植物後，將箱子密封寄回日本。

早已過了預定回國的日子，最後決定在十二月中旬動身。前一天，走在台北城中，在清國人開的雜貨店購買花簪。細緻的銀簪做成梅枝的形狀，前端用石頭的薄片裝飾著白色的花瓣與粉紅色的花瓣。這是要送給壽衛的禮物。然後在以洋人為主顧的店裡買下音樂盒的桌上型時鐘給香代。內山似乎也買了一大堆伴手禮，行李好大一箱。聽見敲門聲，黃站在門口。

「哎呀，你來啦。」

即使用英語說「請進」，他依舊面無表情地杵在門口不動。

「承蒙你照顧了，要保重喔。」

與他握手時，內山也從隔壁房間探出臉來，與黃道別。但黃遲遲不離去，一會兒抓抓臉頰，一會兒清清喉嚨，突然遞出一樣東西。

「你們也要保重。」

黃丟下這句話，逃也似的下樓。手中是一張折起來的紙，觸感摸起來應該是富太郎撕下來給他的畫紙。「那是什麼？」內山好奇地探頭過來看。攤開紙，富太郎愣住了。

畫中人穿著捲起下襬的和服，身上斜背著胴亂，腳下踩著草鞋，繫著綁腿，脖子圍著手巾。右手拿著畫冊，左邊腋下夾著幾十朵百合。濃眉大眼，黑髮也很茂盛，正露出牙齒，咧嘴大笑。

愉快、愉快。大豐收。

「這是我嗎？」

「所謂的破顏微笑呢。」

內山唸唸有詞：「話說回來，這畫得太好了，簡直跟照片沒兩樣。」

一點也沒錯，富太郎也拍拍脖子。這幅畫的線條太細緻了。

「顯然是老師教得好。換成我，肯定沒辦法教出這種徒弟來。」

富太郎轉身衝向窗口，探出身子，望向旅館前的馬路。在熙來攘往的人群中尋找那顆沒紮髮辮的腦袋，只可惜遍尋不著。騎馬的軍人排成一列，欲進馬路，人們為了讓路，自動往左右兩邊分開。一陣塵土飛揚後，人潮又擠滿了整條路。有個男人從旅館對面的店裡走出來，不經意地抬頭望向這邊。

「Mr. 黃，Thank you.」

富太郎大喊，所有人一起望向窗口。黃一臉困窘地猛搖頭，消失在人群裡。

明治三十年（一八九七）六月，帝國大學在京都設立了分校，以前的帝國大學改名為「東京帝國大學」。小石川植物園也改名為「東京帝國大學理科大學附屬植物園」，植物學科終於一償夙願，將教室移到植物園內。

並未新蓋建築物，而是重新改建原本預定拆除的本鄉藥學教室。木造平房的洋房一共有兩棟，西南邊那棟的中央是玄關。玄關前的空間筆直地豎立著四根漆成白色的柱子，只有這部分的屋頂設計成寺廟的唐破風。以走廊連接兩棟建築物，松村教授的辦公室與植物分類學研究室、臘葉室、實驗室都在外面有玄關那棟，裡面那棟則是三好教授的辦公室及植物生理學研究室、講義室、培養室、播種室等等。

不過，一年級做實驗的地方還是在走廊上，助手也沒有自己的房間。因為教授會隨時命令助手製作標本、準備講義、去圖書室查資料。

搬進植物園後還得忙著整理。幾個助手正為圖書室的書本分類上架時，有人提起平瀨的名字。

「你們聽說了嗎？聽說平瀨兄從大學辭職了。」

「聽說了，好像是真的。」

富太郎從書架的空隙探出臉來，大聲問道：

「辭職了？為什麼？」

似乎被他的音量嚇一跳，兩人收了收下巴。

「詳情我也不清楚。」

「辭職以後要做什麼？」

富太郎雙手抱著沉甸甸的原文書，繞過書架，走到兩人面前。

「啊，可能是去農科大學當副教授。」

不等他們回答，富太郎想起這個可能性。

平瀨去年的大發現被寄到德國的期刊《植物學中央雜誌》，據說十月就通過了，但直到年底都沒有刊登出來。根據他從台灣回來後聽到的小道消息，歐美的學者似乎對他的研究存疑。

日本才剛開國不久，大學的歷史也才二十一年。儘管急起直追地從西洋引進各種學問，但歐美的學者著實難以相信日本能發現就連歐洲學者也沒發現的精蟲。

直到今年，那本雜誌用很小的篇幅刊登了日本的研究。先刊登出池野發現蘇鐵精蟲的報導，下期才是平瀨發現銀杏樹精蟲的報導。因為有位名叫韋伯的美國學者在分類上與蘇鐵相近的美洲蘇鐵中找到精蟲的存在，歐洲的學會不得不承認池野與平瀨的發現。

「副教授？你想得太美了。聽說是某所中學的教師。」

「怎麼可能！」

富太郎怒髮衝冠。

「為什麼？完成了世界級大發現的學者為什麼要結束研究生涯？」

兩人只是搖頭，背過身去繼續工作。沒辦法，富太郎也回到工作崗位，內心依然忿忿不平。把整疊原文書放在箱子上，衝到走廊。穿過玄關前的空間，左顧右盼，卻不知道該上哪兒去。這時剛好有學生經過，他問學生：「有沒有看到平瀨兄？」

「平瀨先生嗎？我剛才在井邊看到他。」

富太郎立刻飛奔而去。那棵大銀杏樹就長在離水井不遠的地方。富太郎朝北狂奔，木屐卡在土裡，差點摔了一跤。心想非得買雙皮鞋不可了，繼續往前跑。終於看到平瀨的背影，池野也在。成串的汗水沿著太陽穴滑落，上氣不接下氣。

「牧野兄，瞧你臉色大變，怎麼啦？」

池野說得雲淡風清，富太郎的氣更是不打一處來。

「什麼怎麼啦，平瀨兄，聽說你要從大學辭職，是真的嗎？」

平瀨今天也一臉鬍碴，抓了抓泛青的下巴，點頭承認。

「為什麼？你不是正在寫論文嗎？」

聽說他正在寫論文，準備向大學期刊投稿。平瀨用法語、池野用德語撰寫。精通法語的池野好像幫了平瀨不少忙。

「我在寫啊，這跟我離開這裡並不衝突。」

平瀨仰望銀杏樹的樹梢。

綠意帶著獨特的青色。看過台灣的植物，富太郎愈來愈覺得這應該是國外來的樹木。如果是日本土生土長的樹木，葉片應該是泛黃的綠色，不是這種青色系。這也是黃葉看起來像金色的原因吧。

平瀨也抬頭看，掌心貼著粗壯的樹幹，輕輕敲打。然後轉過身體，對池野與富太郎微微頷首，說了聲「後會有期」，轉身離去。

「等一下。話還沒說完。」

富太郎想追上去，池野抓住他的手臂。

「沒用的，他已經決定了。」

「池野兄，你為何不阻止他？」

池野不發一語，坐在銀杏樹的樹根上。屈起一條腿的膝蓋，伸直另一條腿。

「我啊……」內心湧起千頭萬緒，富太郎發自肺腑地說：

「我很嫉妒你們喔，肚子裡長滿嫉妒的小蟲，都快把我逼瘋了。我曾經有過非常惡劣的念頭，懷疑根本沒有什麼精蟲。不，是希望你們不要成功，不要發現什麼精蟲。」

池野目瞪口呆地看著富太郎。

「如何，很驚訝吧？我也很驚訝，沒想到自己居然是這種氣量狹小的人。」

「當然驚訝啊，因為誰也不會告訴別人這種真心話吧。」

「不，聽我說。」富太郎在池野的正前方盤腿坐下。脫掉木屐，鞋底互敲，卡卡作響地抖落泥土。

「我也是掙扎矛盾了好久，好不容易才承認這點。所以我不能任由平瀨兄就這樣停止研究，否則我馬上就會追過他了。」

「你是怎麼轉念的？」

「我也不知道。或許沒有什麼特別的原因，只是埋頭於研究時，不知不覺就想通了。」

去台灣出差或許讓他開了眼界，富太郎說著說著意識到這點。要是繼續待在日本，每次聽到平瀨的研究有所進展，大概都會如坐針氈，內心痛苦不堪。

「你該不會長這麼大才知道嫉妒為何物吧？」

「真的是有生以來頭一回。起初我不知道這就是嫉妒，只覺得胸中有一坨黑色的淤泥。意識到這坨淤泥時，每次腦海中都會浮現平瀨兄解剖銀杏的身影。我這才發現，哦……這就是嫉妒啊，原來嫉妒是這麼痛苦的感覺啊。」

「你幾歲了？」

這與年紀有什麼關係，富太郎又敲響了木屐，回答：「三十六。」

「你真是個神奇的傢伙啊。幾乎所有人十幾二十歲的時候都有過嫉妒的經驗，強烈地嫉妒比自己優秀的人，不，肯定從更小的時候就嫉妒自己的兄弟姊妹。不是擔心父母對自己的疼愛少了幾分，就是計較老師比較偏心哪個同學。」

「是嗎？」富太郎猛眨眼。

「我父母很早就死了，我是獨生子，沒有兄弟姊妹。祖母非常疼愛我，村子裡的人也都喊著『富太郎少爺、富太郎少爺』，對我非常好。不管是學問或任何事，我一直都是第一名喔，從未嘗過敗績。這是我第一次被打敗。」

「原來如此。」池野微微一笑。

「言歸正傳，平瀨兄為何要辭職？」

「我不能說。」

「你打算瞞著我嗎？」

「其實我也沒聽他提過原因，但這肯定是他考慮再三才得出的結論。不過，就算離開大學也能寫論文，我也答應會全力支持他。」

富太郎長嘆一聲。他們走得那麼近，池野不可能不知道平瀨在想什麼。但他大概打算把這個祕密帶進墳墓吧。

「周圍的人都說是我指導平瀨兄做研究。但是牧野兄，事實正好相反。我是受到平瀨兄的刺激，才能發現蘇鐵的精蟲。他在大學工作了九年半，但真正花在研究上的時間只有四年又兩個月，是個非常厲害的人喔。」

只花了四年兩個月的研究時間，就完成世界級的大發現，離開的時候卻只是揮一揮衣袖，不帶走一片雲彩。

「他出生於福井藩士之家對吧？」

「對。」

富太郎好像懂了。不找任何藉口，也不討價還價，根本是武士的作風嘛。明明都已經明治時代了。

隔年的五月十二日，三女呱呱墜地。

富太郎為女兒取名為鶴代。雖說多子多孫多福氣，無奈房租又付不出來了，不得不再次搬家。物價飛漲，唯獨大學的薪水不漲，想買的書卻愈來愈多。八月搬到同為小石川區內的林町。這次也是寬敞的老房子，但需要押金。壽衛向已經混得很熟的錢莊借錢來付押金。

生活依舊過得苦哈哈，壽衛的衣服不僅破舊，還有明顯的補丁，已經七歲的香代和三歲的延世也瘦骨嶙峋到令人深感同情的地步。壽衛縮衣節食地省下錢來補足他去台灣的旅費，如今為了支付欠款的利息，不得不三天兩頭去當鋪調頭寸。夏天典當火爐和被子，冬天再去贖回來過冬，陷入惡性循環。

真想讓老婆穿件像樣點的衣服，也想讓孩子偶爾能盡情地享用大福。我也想喝咖啡。啊，好久沒吃牛肉鍋了。

肉的油脂烤得滋滋作響，蔥和味噌散發迷人的香味。

但現實擺在眼前，只要一天不加薪，他就一點辦法也沒有。他決定找敬業社商量再出一本書。

「不是那種艱深晦澀的專業書籍，我要出門外漢也能親近植物的圖說。沒有人不知道親朋好友叫什麼名字吧，植物也一樣。只要知道哪裡的誰誰是誰誰誰的親朋好友，什麼時候會開出什麼樣的花、結出什麼樣的果實，就能以截然不同的角度觀察眼前的植物，也想與他人分享。《新撰日本植物圖說》就是這樣的書，當然書裡的植物畫將由我一手包辦。」

富太郎用壽衛教他的東京腔雄辯滔滔，說服不怎麼感興趣的敬業社，以明年出版為目標，取得對方的首肯。富太郎夜以繼日地畫圖，並在文稿中寫下詳細的解說。

在大學的研究室，松村教授指派他參與《大日本植物志》的編輯工作。

感覺終於柳暗花明又一村，守得雲開見月明了。富太郎直挺挺地站在教授室的大辦公桌前。

「遵命，晚生一定會製作出讓世人大吃一驚的作品。」

闡明日本的植物相本來就是他畢生的心願，甚至不惜自費出版《日本植物志圖篇》。可惜資金不到位，只出到第一卷的第十一集就中斷了。另一頭，矢田部教授透過丸善出版相同類型的書。據松村透露，矢田部教授去職期間依然接受文部省的委託，已經完成網羅國產植物的《日本植物編》草稿。

「聽說矢田部先生已經交稿給文部省，文部省也確實收到他的草稿，支付了稿費。他在明治二十四年去職，預定於二十七年復職，也就是說，他有三年時間可以擺脫教授的工作，專心寫作喔。」

原來可以這樣看事情啊。富太郎看著松村的三角眉心想。

教授日理萬機，不可能只專心做研究，還必須參加大學內的會議、與文部省交涉、管理學會、檢查論文。當然還得閱讀大量歐美的植物學雜誌，隨時掌握最新的研究成果及趨勢。為了與以前留學的大學保持密切的關係，還必須頻繁寫信與對方交流。因此壓縮到備課時間，只好由副教授或助教揣摩教授的心思，準備授課內容。

然而當去職期間屆滿，矢田部卻正式離開大學，轉去高等師範學校任教。

「聽說後來他就失去了為植物學寫作的熱情。文部省問我《日本植物編》接下來該怎麼辦？結果決定由我們這邊重新製作，改名為《大日本植物志》出版。」

「矢田部教授為什麼不寫了？」

田中延次郎至今仍與矢田部交好，考慮到過去的恩怨，他從不在富太郎面前提起矢田部。延次郎去年前往德國的慕尼黑大學留學，今年開始以菌類學者的身分就任理科大學的講師。

「矢田部先生是前教授了。」

松村間不容髮地糾正他，稍微把椅子往後拉，蹺起二郎腿。

「他已經正式離開大學，所以無法再使用植物學教室的文獻及標本。你很清楚那有多不方便吧？」

原來如此。富太郎望向桌上堆積如山的冊子。被大學放逐的那段日子，寫作時也曾經咬牙切齒過無數次。現在回想起來，對於做學問的人來說，無法立刻查資料解答心中疑惑，就跟缺手斷腳一樣。因此明知會壓迫到家計，富太郎還是無法不買書。原本就是對買書不計成本的性子，這個症頭最近更嚴重了。手邊如果沒有齊全的資料就靜不下心來，希望手邊隨時都有最新的資料。一想到這份工作又要買書了，腦中便浮現壽衛的臉。但是對工作的熱情隨即湧上心頭，他又把壽衛的臉用力拋到腦後。

船到橋頭自然直。只要《新撰日本植物圖說》順利出版，一定能賣得嚇嚇叫。這麼一來，家計也能鬆一口氣。

「教授，晚生自當竭盡全力撰寫、編輯《大日本植物志》。」

「有勞你了。」

富太郎再度鞠躬，轉身走向門口。「牧野老弟。」松村又叫住他。富太郎回頭。

「你是不是把大學的書帶回家，而且都沒還？有人投訴喔。希望你好好編《大日本植物志》，但其他人也有各自的研究，也要寫論文。大學不是為了你才備齊那些資料，你也要稍微考慮其他人。」

富太郎知道自己有錯，只是沒想到松村會說得這麼嚴厲，而且彷彿不容辯解似的逕自轉向辦公桌，開始用鋼筆寫字。

隔年，明治三十二年（一八九九年）的暑假。

富太郎脫光上衣坐在書桌前。在書本的包圍下，冬天十分暖和，但夏天可就熱死了。一手搖著破破爛爛的蒲扇，一手翻字典，抽出堆放在隔壁房間的標本，仔細閱讀上面的細節。即便如此，還是無法解釋他不明白的地方。遂套上和服，將蒲扇插在腰帶後面。

知會正在晾衣服的壽衛。壽衛腳邊擺了臉盆，正在幫孩子洗澡。爬滿圍籬的藍色牽牛花清純可人。夏山茶是白色的，百日紅也是白色的，芙蓉則有紅有白。富太郎無暇打理，乾脆任其恣意生長，反而將院子妝點得熱鬧非凡，與孩子們的歡聲笑語相映成趣。

「我出去一下。」

「路上小心。」

壽衛沒問他「要去哪裡」，也不問他「幾點回來」。富太郎告訴助手這件事，家有妻小的助手們都大吃一驚。一般人妻因為要準備三餐，好像都會問丈夫什麼時候回家。這麼說來，富太郎想起猶也是不會多問的女人，只是如果有什麼不滿的地方，就會冷臉以對。

猶與和之助處理完家產後，離開佐川，搬到靜岡。至今仍與壽衛魚雁往返，孩子們偶爾穿得有模有樣時，通常都是收到猶寄來的衣服。

他快步走在艷陽高照的路上，從後門進入植物園。與正在修剪花木的園丁們打招呼，穿過園內，從玄關進去，轉過走廊的轉角，走向圖書室時，背後有人叫他。回頭看，是一起去台灣的內山。

「呦，好久不見了。」

孰料內山一臉陰鬱地走近。

「怎麼了？」

「會這麼問，就表示你還不知道吧？」

內山攤開報紙，是《時事新報》。標題頓時映入眼簾。富太郎看完報導，不禁搖頭：「真不敢相信。」

是矢田部去世的消息。報上寫著矢田部去鎌倉海岸下水游泳時不幸溺斃。享年四十九，遺下六男二女，么兒今年二月才剛出世。

「我是在矢田部教授的引薦下才能在大學走動。」

「這種人多了，辭職的平瀨先生也是矢田部先生的人馬。」

富太郎聞言，頻頻眨眼。事到如今才恍然大悟矢田部失勢或許是平瀨離開大學的原因之一。

「大家都受到悠夕的關照呢。」

富太郎喃喃自語。蟬開始在校舍外圍的樹上鳴唱。

明治三十四年（一九〇一年）一月，伊藤圭介老人仙逝，享耆壽九十九歲。死後沒多久就獲頒東京帝國大學名譽教授的稱號，並授與正四位、勳三等、男爵的爵位。

靠日本人的雙手，闡明日本的植物相。

未成年就立下遠大的鴻鵠之志，偉大的本草學家，明治時代的偉人。

這麼說來，初次上京請求會面時，富太郎兩手空空就去了。後來去向他報告要返鄉時才初次帶了伴手禮。是裝在袋子裡的金平糖。富太郎想起老人拿起一顆紅色的金平糖，在陽光下端詳的眼神。

在谷中舉行神道教的告別式。一輩子都在祖父身邊支持祖父的篤太郎在告別式上依舊氣宇軒昂。

九 草之家

男人粗野而低啞的嗓音響徹雲霄。

「又不是小孩子跑腿，就算妳要我寬限幾日，我也不能就這樣空手而回。」

天氣已經夠熱了，火氣還這麼大，真是難為他了。

過了好一會兒，才聽見壽衛細如蚊蚋的聲音。聽不清楚她說了什麼。孩子們不知是不敢出聲，還是三個大的早就跑出去玩了。富太郎將視線拉回桌上的書本。眼前是在二手書店買的《古事記傳》。全書共四十四卷，是本居宣長[96]耗費三十五年的歲月才完成的曠世巨作。富太郎以仰望憧憬的心情翻動古老的書頁。

「太太，受別人恩惠、跟別人借東西都要如實奉還吧？欠錢不還，連竹林的麻雀都看不下去喔。真是的，要是每個人都像妳這樣，這個世界就完蛋了。借錢時好話說盡地求爺爺、告奶奶，該還錢的時候卻百般推托，不是罵我們沒良心，就是視我們為殺父仇人，對我們恨之入骨。再說了，妳們家老爺不是大學老師嗎？那麼了不起的人怎麼能做這麼不體面的事呢？」

96 本居宣長（一七三〇－一八〇一）江戶時代的國學家、文學家、語言學家。

富太郎記不清這個高利貸業者上門討過幾次債了。向太多人借了太多錢，多到實在無法一一記住。男人軟硬兼施地發牢騷、說著恐嚇的字句。耳邊傳來壽衛的回應：「這份工作還真辛苦啊。」完全是狀況外的回答，但壽衛似乎真的打從心底同情對方。「就是呀。」男人高聲附和。

「大家都很怕我們，認為討債的人很可怕，但我幹這行也有我的志氣喔，對這份工作也是。我娘從小就告訴我，做什麼都可以，就是不能做對不起老天爺的事。咦？妳說什麼？哦，我們是孤兒寡母，我從沒見過我爹。哦，府上的老師也是啊，從小父母就不在啦？是喔，那肯定很不容易吧。這樣還能靠著苦讀當上大學的老師啊，真是看不出來。我還以為他是有錢人家的公子，做學問只是鬧著玩的，後來家道中落才變成這樣。」

雖然毫無苦讀的記憶，但後半句的猜測倒是雖不中亦不遠矣。

大手大腳地揮霍無度已經養成習慣了，不管印刷機還是風琴，只要是富太郎認為有必要的東西，不管經濟狀況允不允許，總是閉著眼睛亂買，消費從不考慮後果。直到明治二十六年（一八九三年），他才成為每個月能向大學請領十五圓薪水的受薪階級，儘管助手的收入這麼低，他仍拍拍壽衛的肩膀：「靠這些撐過去吧。」無奈這十年來，薪水一毛錢都沒增加，不知不覺又得開始去借高利貸。有一天，壽衛告訴他，債務已經高達兩千圓了。

饒是富太郎也走投無路，好幾次都想著是否要連夜潛逃。天可憐見，不知從哪裡聽到他的絕境，法科的土方寧教授對他伸出援手。他與土方教授有同鄉之誼，從以前就會主動贈送自費出版的《日本植物志圖篇》給教授。教授讓新任的大學校長濱尾看了他的書，向對方爭取：「此人可以做出這樣的學問，能否提高他的薪俸？」富太郎能參與撰寫、編輯大學出版的《大日本植物志》好像也是拜濱尾校長所賜。松村教授對此隻字未提，因此富太郎無法確定，校長似乎是以「既然要讓他負責額外的工作，應該要給予加薪」為理由。不僅如此，土方教授還替他向同鄉的宮內大臣田中光顯、同樣出身土佐，相當於三菱本家的岩崎家斡旋。幸得岩崎家幫他處理掉兩千圓的債務，暫時擺脫山窮水盡的地步。這一切發生在七年前，也就是明治二十九年（一八九六年）。

正所謂失之東隅、收之桑榆，人不親土親。

然而還等不到加薪，書和孩子又增加了，家計再度打回原形。富太郎瞥了眼堆在書房角落的布包，心想由敬業社出版的《新撰日本植物圖說》可能是唯一起死回生的方法。

富太郎正在構思《新撰日本植物圖說》的序文時，某天晚上突然在客廳高聲發表演說。

「著作日本的植物志是我終生職志。身為一介書生，為了實現這個遠大的理想，不惜自費出版《日本植物志圖篇》，但因資金短缺，不得不停止出版。之後幸得東京帝國大學理科大學雇用為助手，大學也重新展開編纂《大日本植物志》的大業，命我全力協助。拜其所賜，多年夙願終於有機會實現，我簡直求之不得。《大日本植物志》必能將日本的學術精華向全世界發揚光大。為了完成這項大業，我自當焚膏繼晷，粉身碎骨、肝腦塗地也在所不惜。」

他環顧一圈客廳，鼻腔都發熱了。只見壽衛與孩子畢恭畢敬地並肩而坐，仰望富太郎。

「我出生於土佐的山間，幼失怙恃，憑著一腔熱血踏上研究草木之路，為此散盡家財。」

說到這裡，忍不住笑出聲來。

「如今，我家冬天沒有暖氣，妻子經常抱怨衣衫單薄、巧婦難為無米之炊。見到此等慘狀，試問世上有哪個一家之主能不為此灰心喪志？但我為了出版集結日本土生土長的草木圖說之大成的《新撰日本植物圖說》，也為了編纂《大日本植物志》，懷抱著不為凡塵俗事所擾的超然志向。撰寫這些植物志是我畢生職志，也是至高無上的喜悅，除此之外別無他想。」

富太郎為自己的高談闊論感動莫名，舉起右手。

「我不求富貴，也不在乎聲名。」

壽衛把剛出生的鶴代抱在懷裡拍哄，白皙的臉頰染上一抹潮紅，崇拜的目光就像在看演戲的大明星。明明家裡要吃的沒吃的、要穿的沒穿的，她仍想盡辦法籌錢，一往無前地支持丈夫的學術事業。孩子們大概聽不懂他在說什麼，次女香代傻愣愣地張著嘴，長男延世百無聊賴地躺在榻榻米上蹬腳。《新撰日本植物圖說》出版的那年秋天，年僅四歲的延世不幸病故，隔年（明治三十三年）壽衛產下次男春世。兩年後（明治三十五年），三男百世誕生，加上今年已經十二歲的香代，家裡一共有四個嗷嗷待哺的孩子。

等等，為什麼總是這樣呢？

花在買書的錢確實不太正常。有時買一次書的錢就相當於整個月的薪俸，收到請款單才發覺事態嚴重。但為了成就畢生的研究大業，書扮演著不可或缺的角色，無法先跟錢包商量才決定要不要買。

像現在這樣沉浸於閱讀《古事記傳》或《萬葉集》，也是為了了解日本草木的性質。畫家為了符合萬葉時代的主題，不以為意地在書裡畫了月見草等植物，但月見草是後來才傳入日本的物種，萬葉時代根本還不存在。之所以會產生這種謬誤，也是因為網羅、解說日本植物的書系尚未建立。

儘管如此，要完成《大日本植物志》還是需要非比尋常的歲月與努力，因此在完成之前，希望家家戶戶都能有一本《新撰日本植物圖說》。如此一來，日本人對植物的知識大概也能往正確的方向提升，而且只要書賣得好，也能解救牧野家的家計，讓壽衛他們過上好日子，不熟悉的算盤打得咔咔作響。無奈圖說完全賣不出去，期望落空，債主又開始隔三差五地登門催款。富太郎向來丟給壽衛去面對，自己繼續躲在書房裡工作。

「我娘嗎？還活得好好的喔。雖然睡著的時間比醒來的時間長。誰照顧她？我不工作就沒飯吃了，所以當然是交給我老婆啊。不不不，別這麼說，區區小事不值得太太佩服，不過她確實很能幹喔。我老婆是越中女人，沒太太這麼漂亮，但是很勤快。問題我娘是正經八百的江戶人，非常嫌棄鄉下人。瞧不起我那口子就算了，還百般挑剔，但我老婆從未向我抱怨過一字半句，只是默默地躲在廚房哭泣。」

這個討債的也太饒舌了，害他《古事記傳》一個字也讀不進去，瞥向走廊，壽衛繼續在絕妙的時間點附和，男人說得更起勁了。

「我打算視而不見喔。因為如果我站在老婆那邊，我娘只會更頑固。對吧，太太也覺得這是明智之舉吧。可是啊，太太，該說是因果報應嗎？我娘前世肯定做了很多善事，不然這輩子明明把媳婦往死裡虐待，媳婦還是任勞任怨地照顧她吃藥，甚至還親自為她把屎把尿。」

聽到這裡，壽衛又表示佩服。她恐怕是真的很感動。

「雖然這樣誇自己老婆有點不好意思，可是當我看到老婆默默地洗我娘的尿布時，真的覺得她很了不起。換作我，肯定會以牙還牙地藉機報復，像是故意給婆婆吃乾掉的麻糬或任由她拉了滿褲子屎尿不管。反正對方已經不能動了。」

壽衛略顯尷尬地呵呵笑了兩聲，對方又自顧自地說下去。廢話好多啊，跟牛的口水似的。冷不防，富太郎想起松村教授提醒自己的話。

富太郎心心念念的《大日本植物志》第一卷第一集於明治三十三年（一九〇〇年）二月問世，由東京帝國大學理科大學植物學教室編纂、東京帝國大學出版。這無疑是為孤注一擲的大業踏出第一步，標題的漢字複寫自相傳由聖德太子親手寫的經文文字。

話說回來，你寫的解說實在太咬文嚼字了。像牛的口水，沒完沒了，又臭又長。

但就算這麼說，如果文句過於精簡，因此導致誤解的話，對研究學問只會有百害而無一利不是嗎？實際上，松村教授的論文就經常出現謬誤，每次指出錯誤，教授都會橫眉豎眼地瞪回來。

明明是好心提醒，有必要這麼生氣嗎？真是莫名其妙。

總之去年（明治三十五年）終於發行了《大日本植物志》的第一卷第二集，往後也只能盡心竭力了。富太郎在榻榻米上重新坐好。

以詳細解說浩瀚無垠的草木為經、精細的插圖為緯，編纂巨著。窮盡一生也不知能否成功的大業。如此浩大的工程，捨我牧野其誰？

「太太也真不容易啊。我已經說累了，而且時間也到了，該去下一家。今天先行告退，下次就沒這麼好說話了，請做好心理準備喔。但身體也要保重，要是為了籌錢而搞壞身體就太划不來了。話說回來，妳有照三餐吃飯嗎？好像有點太瘦了。那就好，我改天再來，謝謝妳的茶。」

木屐聲漸行漸遠，但壽衛並沒有來書房報告。她從不會沾沾自喜地向富太郎邀功，說自己擊退前來討債的人，而是打定主意不讓富太郎操心，盡可能不打擾富太郎做研究。明明年輕遠行時動不動就藉故打電報回來，悲痛萬分地說「請寄錢給我」，如今在操持家計這方面已經不用跟他商量了，當然也曾經不只一次一籌莫展地任由家當被查封。有一次，他正在寫論文，執行官突然闖進來，雷厲風行地貼了滿屋子封條。富太郎也不為所動，自顧自地繼續寫論文。

廚房傳來水聲，大概在洗碗吧。不一會兒，壽衛就會笑容滿面地送上麥茶，或是切好放在水井裡冰鎮的西瓜，叫他去簷廊吃。

西瓜是從舊幕府時代開始耕種的作物，《農業全書》裡有應為品種的名稱與「肉紅味美」的記述。奧州津輕盛產白皮黃肉的品種、勢州盛產黃肉種、木津則有稱為「木津西瓜」的黃皮紅肉種。目前正針對美國進口的品種進行改良，因此日本自古以來就有的品種可能遲早會消失也未可知。

一定得記錄下來才行，富太郎環顧堆積如山的書。

最近日本正大舉往歐美輸出植物，在明治三十三年的巴黎萬國博覽會，日本的植物與美術工藝品一起宣傳，甚至在當地打造日式庭園。富太郎應舊識田中芳男貴族院議員之邀，評選要展示的竹子。

雖然很難以想像，若有朝一日能以更低廉的價格進口歐美植物，說不定家家戶戶的庭院都會種植西洋的樹木、綻放西洋的花花草草。一旦與日本的植物雜交，山林的景色也會搖身一變。只能趁現在了。如同這些書記錄了過去的智慧，也必須把現在的智慧記錄下來，流傳給後世。

近幾年來，他以迅雷不及掩耳的速度發表研究成果。自明治三十四年起，開始用英文在《植物學雜誌》連載〈日本植物考察〉的論文，同年二月出版《日本禾本莎草植物圖》、五月出版《日本羊齒植物圖譜》。不只論述，植物圖解也是其嘔心瀝血之作。《新撰日本植物圖說》裡刊登了大量的羊齒植物，而且全都製作精美，像是明治三十四年出版的續集中描繪的二條線蕨就獲得池野成一郎「真是傑作」的讚賞。《大日本植物志》第一卷第一集的日本山櫻、東白銀草、去年出版的第二集，哨吶草也畫得很精細，廣受好評。

他直到現在仍用只有三根鼠毛的極細蒔繪筆和面相筆[97]作畫，這兩種筆都需要訂製。日本的顏料會褪色，所以使用英國的溫莎牛頓顏料。

「爸爸。」

紙門開了，香代站在門口。左鄰右舍都說她圓滾滾的大眼睛完全得自父親的真傳。今年七月初剛從小石川區的白山御殿搬到指谷。壽衛和孩子皆已習慣搬家，很快就與鄰居打成一片。

「媽媽說西瓜冰好了，如果爸爸忙到一個段落，請來簷廊享用。」

西瓜是池野的饋贈。他經常送來饅頭和水果，所以每當孩子們吵著要甜食，壽衛就會哄他們：「池野叔叔改天就送來了，再等一下。」簡直是民間故事裡的斗笠地藏[98]。富太郎自憐自傷地認為要是孩子能出生在池野這種有身分地位的教授家裡，就不用挨餓受凍了，所以故意惡形惡狀地說：「偶爾也送點牛肉來嘛。」與池野相視微笑。

「好啊，來比賽誰的籽吐得遠。」

香代手舞足蹈，蹦蹦跳跳地跑開了。富太郎正要跟上，不經意回頭看向書房。

仰望掛在門楣上的匾額「繇條書屋」。繇是草木繁盛、條是樹木生長的意思，取自《書經》一節。是他至今仍敬愛不已的伊藤圭介老人揮毫的贈禮，前前後後已經過了二十年以上，每次搬家時，富太郎必會親自捧著這塊匾額與「群芳軒」的匾額。如同字面上的意思，雜亂的房間靜靜瀰漫著濃烈的草香。書本堆積如山，連落腳的地方都沒有，一路蔓延到走廊上。書來自於紙，紙來自植物，植物來自山野。植物的生命力蒼勁剛強，即使變成紙，也不改其本色。

靜靜地彰顯自己的存在。

富太郎少爺。

誰？堆積如山的和書封面蠢蠢欲動。有個淺咖啡色的小東西乖巧地從漉成紙的纖維間探出頭來。是芽。抬頭挺胸地伸出葉片。不一會兒變成淺淺的綠色，往左右伸出更多枝枒。已經長出花苞了。彷彿受到誘惑，周圍的山林也開始發芽。有如赤子般張開雙葉，悠然舒展。嫩綠的新芽長成濃密的枝葉，樹幹逐漸茁壯。藤蔓順著柱子往上生長，遮蔽了天花板，時而不安分地撩撥樹枝。

聽得見聲音。不知是葉片低吟，還是清風流轉。難以計數的繁花一起盛開，露珠從樹梢滴落，打濕底下的草，跌碎在苔蘚上。沒多久，樹葉凋零，開花結果，傳播種子。花粉與孢子四散飛舞，反射著陽光，將生命之火傳遞給下一棒。

富太郎少爺，你是富太郎少爺吧？

「沒錯。你是誰？」

我也不知道。不過我認得你喔，你老了。

「那當然，我都四十二歲了，還生了一窩孩子。」

這我知道喔，你們總是嬉鬧成一團。

富太郎四下張望，笑逐顏開。

97 筆毫修長的畫筆，能畫出連續綿延的線條，多用於描繪五官、花鳥等細節，故稱面相筆。

98 日本的童話故事中，有對貧窮但心地善良的老夫婦為路邊的地藏菩薩石像戴上斗笠，後來地藏為了報恩，送老夫婦很多東西。

「再等一下喔，我會把你們都找出來。」

枝葉在頭上形成綠蔭，隔著葉隙間的陽光可以看見天空的顏色。

「爸爸。」

孩子們的呼喚拉回他的注意力。富太郎眨眨眼，走向簷廊。

七月二十六日離開東京，前往北海道的利尻島，展開採集之旅。

幾年前，有位名叫川上瀧彌的農學士在《植物學雜誌》發表他在島上待了幾十天採集到的成果，令富太郎動了「如果有機會，也想去利尻山採集」的念頭，而這個機會沒多久就來了。根據山岳雜誌主動送上門來的消息，在北海道有塊地的加藤泰秋子爵正找人一起去採集植物。採集、栽培高山植物好像已經變成上流階級間流行的嗜好。說到採集植物，除了牧野富太郎外不作第二人想，因此子爵立刻找上他，承諾旅費由雜誌社出，富太郎只需負責撰寫遊記即可。

於是他隻身從東京啟程，先抵達青森，二十九日登陸室蘭。第二天與加藤子爵會合，八月抵達札幌，一行四人從小樽搭乘渡輪前往利尻島。海面風平浪靜，但天空烏雲密布，看不見他們要去的山。

一行人七嘴八舌，還在海上就對山頭評頭論足，船員不禁苦笑。所幸沒多久就放晴了，高聳的山峰映入眼簾，令人大受震撼，全身的毛孔都打開了。所有人皆嘆為觀止地凝視翠綠的遠山，即使沒有信仰，也不能否認北方眾神的存在。

「是這一帶嗎？」「不，應該不是。」

八月八日的上午登陸。在名叫鴛泊的港口下船，投宿於港口的旅館。街道比想像中熱鬧，旅館也很高級，應有盡有。當天沒有其他事做，虛度時光又太可惜，因此傍晚四點左右便在附近採集植物，前往鴛泊以西的本泊海岸，爬上丘陵往下看，放眼望去只有貌似漁夫的家星羅棋布，以及濤聲震天。話說回來，這座島的結構還真有趣。海岸邊除了岩壁與沙灘，還有雜木叢生的樹林和草原。森林則在離海岸還有一段距離的內陸，長滿了蓊鬱的蝦夷松與椴松。

富太郎立刻邀請一行人在丘陵上採集植物，有幸遇見非常珍貴的菊蒿，也採集到秋麒麟草和長萼瞿麥、北見薊、舞鶴草、白吾亦紅。反覆蹲下來再前進，如此周而復始，曾幾何時已經站在丘陵的懸崖邊。往下看，腳下就是大海。一群長著白色葉子的花草在岩壁中段迎風搖曳。也有受到海浪拍打的植物。從葉子的形狀來看，應該是艾草，但就像霜一樣白，是白蓬。

回到旅館，與大家一起吃完晚飯，回房專心整理採集到的植物，時不時聽見其他人在討論登山的方法。

「我問過掌櫃，他說去利尻山參拜的人幾乎都是當天來回，路況本就不佳，山上也沒有供人過夜的小屋。」

「而且明天可能很不巧會下雨。」

「不顧天氣硬要登山反而危險，明天用來準備比較好吧。」

第二天聽從大家的意見，進行前置作業，十日總算要登山了，一行四人破曉時分從旅館出發。要帶便當和水、用來裝採集物的容器、做標本的紙等等，物品實在太多，因此每人額外雇了兩名搬運工。

聽說有長了很多水苔的池塘，所以刻意繞道前往，不走通往山上的主要幹道。一步一腳印地從市郊出發，不多時就進入一片高原，草很高、路很窄。走著走著，雜木及根曲竹、都笹愈來愈茂盛，長得比人還高，完全擋住去路。撥開草叢往前走，好不容易終於看到池塘了。

無名的池塘。夏日晴空的蔚藍溶解在水面，美得令人屏息。

一行人看得入迷，隨即清醒過來，盡情採集水苔。周圍是一片長滿蝦夷松與椴松的森林，富太郎也採集林床的植物，繼續前進，手腳並用地爬上斜坡，先是一望無際的竹林，然後是雜樹林，再來又是蝦夷松與椴松森林。樹木長得很茂密，完全看不到路，坡度愈來愈陡峭。加藤子爵快六十了，一路靠隨從攙扶，富太郎也不只一次差點滑倒。氣喘如牛，好不容易爬上較為平緩的路段。森林的面貌為之一變，然後又是竹林。撥開草叢，繼續往前走，總算進入山谷，也有水源。

「在這裡吃便當吧。」

富太郎提議，所有人都鬆了一口氣。時間將近正午，但還看不見山頂。大家默默吃飯。飯後順著山谷的水脈往上爬，想也知道沒有路，山谷的兩岸都是雜木和竹林。逐漸走到山谷盡頭，水源也變細了。搬運工人問他：「再來呢？」

「接下來要繼續順著水源走有點困難，走回山路吧。」

一行人沒有選擇地走進山裡，坡度愈來愈陡峭，竹子也生長得愈來愈密集，劃破大家的手和臉，終於來到長著蝦夷岳樺和偃松的地方。樹不高，可以跨過去，但有時還是會遇到長得比較高的樹，只好彎下腰來鑽過去。

他才想說路況有點不同，眼前就出現一條比較像樣的路。

「這才是原本的山路。」

搬運工人告訴大家，但大家已經累得無法回話了。

「就是不走山路才這麼難走。」

子爵上氣不接下氣地擠出這句話。

「即便如此，我們還是想採集水苔。」

大家都笑了，唯獨富太郎沒有反應。因為他的注意力被周圍的植物吸走了。有一大群岩躑躅，還有許多雪白花瓣帶著淡黃色的石楠花。採集完這些花，一行人繼續前進。

「事不宜遲，馬上去山頂採集的話，今天就能回駕泊了。」

有人提議。大家都在路上隨心所欲地採集，有人走得很前面，也有人落後，富太郎就是最落後的那個，因為他太專心採集，根本忘了前後左右。

「牧野老弟。」

子爵一行人折返。

「我們已經登頂了，現在要下山，你們呢？」

「這樣啊。如果再往上走，回程時太陽已經下山了，也沒有準備露營的工具。」眾人面面相覷。

抬頭看，日已西傾，風勢也變強了。但是他腦中根本沒有原地折返的選項。

「我要繼續上山。」

聽富太郎這麼說，名叫木下友三郎的男人附和：「如果牧野先生要上山的話，我願意同行。」木下好像是研究山草的專家。

「沒問題嗎？雖說是八月，但氣候與本土截然不同，入夜很冷喔。」

沒有攜帶多餘的食物及禦寒用的衣物。但富太郎與木下仍決定帶著兩名搬運工繼續登山，隨下山組先行下山的搬運工隨後再帶著需要的東西追上來。

「那麼請務必小心。」

「子爵也是。」

一行人在日落時分別過，四人繼續登山。靠燈籠的燭光照亮前路，抵達鎖定的目的地後，與木下兵分兩路，先找水源。再往下走一點就有水源，水邊還有間用木板搭建的簡陋小屋，似乎曾經有人住在山裡，但現在只剩下小屋的殘骸。寒氣愈來愈逼人，侵蝕著只著夏裝的肌膚。富太郎命令搬運工人：「去撿些可以燒的東西回來。」

木下抱緊胳膊，環住胸前，牙齒開始打顫：「這也太冷了。」富太郎要搬運工砍下蝦夷岳樺和偃松、深山榛的木頭，長度剛好皆為三、四尺左右，用細繩綁起來，束成筒狀，升起篝火，盤腿坐在火堆前，再把用木頭做成的衣服密密實實地套在身上。

「好詭異的打扮啊。」富太郎笑著說，將樹枝投進火堆。

「瞧你高興的。這只是妨礙行動而已，根本沒有防風的作用嘛。」木下苦笑。

「我最喜歡這種莫名其妙、亂七八糟的東西了。該怎麼說呢，令我血液沸騰。」

「你是小孩子嗎？」木下放聲大笑，探頭望向山下。「話說回來，也太久了。」

搬運工人九點或十點就應該從鎮上回來了，可是當懷錶指向十點、十一點仍不見人影。下山組留下的食物根本不夠四個人分食，肚子好餓。只能漫無目的地焚燒樹枝取暖，最後所有人都盯著火苗，靜默無語。

夜涼如水，連鳥也不啼，只能聽見樹枝燃燒的爆破聲。抬起頭來，夜空如洗，星光堆滿天。富太郎凝視滿天星斗。

生長在這片土地上的松樹和樺樹、草都吸收這些星光的精華。富太郎也吸了一口氣，挺起胸膛，慢慢地吐氣，感覺自己在夏季尾聲變成一棵樹。

第二天早上，搬運工人總算上山來給他們張羅早飯。說他們返回旅館後立刻出發，但入夜的山上實在太黑了，無法再前進，只好中途紮營。那天也走了很多地方，太陽下山前，木下走過來說：「牧野先生，你想好要怎麼下山了嗎？太晚的話，下山的路很難走喔。聽說就是因為寸步難行，子爵回到旅館已經過了十二點。」

似乎是聽搬運工說的，但富太郎不認輸。

「我要繼續採集，畢竟我們還沒有抵達山頂。」

「我可以陪你去山頂，但是難道你今晚也打算露宿嗎？未免太有勇無謀了，請務必三思而後行。」

「不管，我還不想下山。」

結果只剩富太郎帶著兩名搬運工，那兩名搬運工都露出抽到下下籤的表情。往山頂的方向前進，路上都是砂礫，幾乎看不到半棵樹，只有滿山遍野罌粟科的雛罌粟，薄如和紙的潔白花瓣可愛極了。大一點的直徑約有五寸。

好不容易抵達山頂，山頂有座木造小廟。搬運工說裡頭供奉著不動明王。忘了在哪裡看到，這裡從鎌倉時代就常有僧侶造訪，還在小廟周圍採集到豆科的花草和長得很像花蕨的植物。富太郎認為這些植物大概是島上原本就有的，但細節得等回旅館才能確認。也採集到應與櫻草或龍膽同類的花草。

走在前面的木下不知在喊什麼。

「咦，這不是宗谷嗎？」

走到他身邊一看，東北方果然是宗谷灣。海上風起雲湧，為南方染上雪白，宛如女神的羽衣。還能隱約看到天鹽國[99]的群山。往西可以清楚看到禮文島。視野十分遼闊，只有雲悠悠地流過。應為樺太的方向則朦朧一片，分不清是山還是雲。

富太郎看得出神，感覺連眼底都澄澈透明了起來。

「那我們先下山了。千萬小心。」

別過木下一行人，帶領搬運工繼續悶著頭往前採集植物。當夕陽西沉，利尻山的影子倒映在東邊的海面上，影影綽綽。與在富士山的雲海看到的影富士[100]一模一樣。富太郎雙手扠腰，看著看著，突然覺得好開心，開心得不得了，回過神來，已經在咧嘴大笑了。回頭看，兩名搬運工都一頭霧水地皺著眉頭。但富太郎的疲憊早已一掃而空，踩著輕快的腳步繼續採集。

沒多久，前方出現第二座山峰。但天色已經逐漸暗下來，太陽就快下山了。富太郎決定見好就收，返回昨夜的營地。今晚有東西吃，也有禦寒的衣服。太好了。搬運工一躺下就開始打呼，富太郎整理這兩天採集到的植物，夾入紙中。昨晚明明冷到睡不著，如今卻一絲睡意也沒有。

懷錶指著凌晨三點，富太郎叫醒搬運工。

「出發了。」

月亮還高高地掛在半空中。往前走，前方是聳立在月光下的利尻山頂。

漆黑的夜色中，只有月和山兀自呼吸。

三點半過後，東方的天空慢慢地染上紅暈，一個小時後，太陽露臉了。天氣比昨天晴朗，禮文島的輪廓更加鮮明，看上去就像神明不小心掉落在海上的草鞋。路上吃完早飯，再次爬上山頂，前往第二座山峰。那裡沒什麼石頭，雜草叢生，滿地都是一叢一叢的黃花石楠花。因為長在高山上，個頭不高，大約一尺左右。採集完植物，富太郎活力充沛地大喊：「很好，接下來要挑戰第三座山峰。」

「老師。」兩位搬運工異口同聲地說：「萬萬不可。那座山從半山腰開始就是懸崖峭壁，根本沒地方落腳，萬一摔下去可不是鬧著玩的。」

「別擔心，我不會摔下去。」

「絕對不行，會出人命。」

「有這麼嚴重嗎？」

「那座山就是這麼危險。」

「我可不想死。我還得將這些植物做成標本，仔細研究，搞清楚他們叫什麼名字才行。」

沒錯，我還不想死。我有壯志未酬，也不能丟下壽衛和孩子們

冷不防，腦海中突然閃過一個念頭，壽衛或許會如釋重負也說不定。不不不，富太郎搖頭，決定返回第一座山峰。先把採集到的植物放回營地，又出去採集。走進側面的斜坡，發現那裡長了許多嵐草，本州中部地方以北的高山地帶經常可以看到這種植物。這種草的學名有馬克西莫維奇教授的名字[101]。

99 北海道的舊國名。轄區包含現在的留萌振興局和宗谷、上川綜合振興局的一部分。

100 倒映在湖泊等水面上的富士山形貌。

101 嵐草的學名是 *Boykinia lycoctonifolia (Maxim.) Engl.*。

再下面是尚未融化的殘雪，形成寬約十間左右的帶狀，長長地往下方延伸。發現雪的兩側閃爍著金黃色的光芒，富太郎小跑步衝了下去。

「金梅草開了。」

他曾在滋賀的伊吹山上採集到這種植物，但這裡有一大片。富太郎跪在地上，湊近看，金黃色的萼片至少有十片以上。

「等等，這或許也是本地特有的品種。」

採集完畢，繼續下山。櫻草也盛開了。個頭比在本州看到的櫻草再小一點，紫紅色的花瓣與翠綠的莖葉在銀光閃閃的殘雪周圍迎風搖曳。當富太郎還在到處亂跑，反覆蹲下去挖掘時，天色變了。

「老師，快快快。」

走在前面的搬運工揮舞毛巾直喊著，似乎在催他「動作快」。周圍愈來愈陰暗，冷風拂過額頭及臉頰。下雨了。富太郎急忙回到營地，太陽已然下山，收拾好東西要下山時，已經快七點了。

雨愈下愈大，富太郎拿著燈籠打頭陣。搬運工揹著沉重的行囊，快不起來，富太郎經常走沒幾步就得停下來等他們。夜色愈來愈黑，大到嚇人的鳥不時拍著翅膀飛來。富太郎敲打枯枝想趕走牠們，但鳥飛翔的高度又沒有低到可以打到。

大概只是想嚇唬他們。又或者想知道來者何人。

好不容易進入竹林，快回到平地了，為此鬆一口氣的同時，腳底絆了一下，連滾帶爬地回到溪流經過的山谷時，已經半夜十一點了。

「繼續前進嗎？還是……」

「且慢，老師。這座山谷有很多大石頭，如果從這裡下去，必須減速慢行。萬一跌倒，可不像在竹林裡跌倒那樣，可以毫髮無傷。」

聽起來會比在竹林裡跌倒還慘。富太郎接受萬一受傷可能會出人命的說法，決定在山谷露營。屁股下的石頭又濕又冷，全身發抖。而且雨下得好大，一行人都沒戴斗笠，只能用剩下的報紙擋雨，抖到牙齒都咬不緊了，一直發出難為情的碰撞聲。

回到旅館時，從頭到腳沒有一處是乾的，就連自己都無法分辨身體與衣服的界線。

「牧野老弟，你怎麼淋成落湯雞了？」

加藤子爵和木下都看傻了眼。

「沒什麼，剛從水裡撈出來罷了。」

富太郎原本打算笑著回答，但雨水壓得眼睛都睜不開了。

拍一張看顯微鏡的樣子，再拍一張製作標本的樣子。

「話說回來，這還真壯觀啊。」

記者目瞪口呆地在助手室裡東張西望。忘了是幾年前，終於分配了這個房間。原本是給有給職的三位助手共同使用的房間，曾幾何時被富太郎一個人占領了。

成為助手十六年，以前的助手同事都當上教授或副教授了，現在的同事全是遠比他年輕的人。富太郎今年四十九歲，但他的內心仍和年輕時一樣。「對了。」富太郎站起來，拉平上衣的下襬，用手指調整一下領結。這裡跟家裡一樣，都是「繇條書屋」。桌子後面還有一張桌子，桌上堆滿厚重的外文書，上頭是成疊的草稿，還有字典，堆得比人還高。標本都快從整牆的櫃子裡滿出來了，不僅如此，尚未整理的植物就堆在桌腳的地上。窗邊掛了一排正在風乾的植物，攝影師似乎很喜歡這個角度的構圖，又弓著背拍照。富太郎靈機一動，興沖沖地移動到窗邊。

「也在這裡拍一張吧。」富太郎主動擺姿勢。

「好主意，來吧。」記者也起勁地說：「牧野老師的姿勢很挺拔，怎麼拍都好看。」

富太郎被吹捧得飄飄然，右手放在字典上，微微張開雙腿，站穩馬步。

這是他最拿手的姿勢，三十多歲的時候也在這裡拍過照片，打造出年輕氣盛、眉清目秀的植物學家形象。把那張照片帶回家給壽衛看時，壽衛高興極了，次女香代不敢相信地說：「好不像爸爸啊。」因為他在家裡的德性就跟乞丐沒兩樣。穿著髒兮兮的衣服，繫著破破爛爛的腰帶，盤腿坐在書桌前專心寫作，寫著寫著，就連胸前的衣襟敞開，露出底下的長褲也不在意。

只有去大學或參加講習會等需要見人的時候才會穿西服，今天的三件式西裝也是在銀座量身訂製。真要揮霍時從不管阮囊羞不羞澀是他的老毛病。倒也不是講究穿著，而是從小就習慣穿上祖母向京都訂製的衣服，自然而然選了最高級的英國布料，襯衫和領結也都是上等貨。壽衛小心翼翼地將這套西裝當寶貝供著，要求富太郎一回家就馬上脫下來，換上舊浴衣。

「好，可以了。老師，最後可以再請教您幾個問題嗎？」

看了桌上的時鐘一眼，已經超過預定的採訪時間三十分鐘了。松村教授找他，他想快點結束，但記者好像意猶未盡。

「那就再十分鐘吧。」

繞到桌子後面，坐在椅子上，記者搬來自己剛才坐的椅子坐下。

「關於剛才提到的植物講習會，我想再請教幾個問題。」

他願意報導講習會自然再好不過，簡直是求之不得。

「明治三十九年開始頻繁召開，到今年夏天已經整整四年了。大學的暑假很長，所以利用那段時間來開會。去地方舉行講習會時，發現有很多同好，令人大吃一驚，很多業餘研究者真的很優秀。在採集植物的過程中，透過與當地人的交流，我也學到很多東西。」

而且旅費與謝禮皆由主辦方支出。

「您去過哪些地方？」

「太多了，全國各地喔。如果福岡要我去，我就從東京出發，先在近江下船。」

「那還離得很遠呢[102]。」

「因為伊吹山在近江嘛。先在山下的村落舉辦講習會，再上山採集，七天後去大阪，再從大阪到備前。當地的師範學校也邀請我去演講，我就去演講，然後跨越美作的邊境，進入伯耆。攀登大山，從津山搭乘火車，這才終於抵達福岡。還曾經在秋月向當地耆老打聽植物名稱的筑後方言呢，那裡有個名叫小石原的地方，非常適合採集植物，長了很多在地的朴樹喔。」

「在地的朴樹很特別嗎？」

「很特別啊。朴樹是種植在神社的神木，也被當做道路上的里程碑。原本應為野生的樹種，自古以

102 近江是日本古代的令制國之一，約當於現在的滋賀縣。

來被當成建材使用，因此很少有機會看到原生的朴樹。可一旦去到鄉下地方，就能遇見意想不到的植物呢。」

「九州的回程呢？」

「從岡山搭船到讚岐，再回到岡山，順道前往彥根，然後再回東京。基本上都是走這條路線。」

「順便再問一下，出門採集大概要花上幾天呢？」

「那次幾乎是一整個月，隔年也在九州舉辦講習會，八月二十日進入當地，九月七日回到東京。」

「您記得好清楚啊。」

「因為我的五男三天後出生了。」富太郎微微頷首。取名為益世的五男去年死於百日咳。死的時候才三歲。今年二月，五女富美代也夭折了。死因是卡他性肺炎[103]，死時還不滿一歲。

「您有幾個小孩？」

「原本有七個，如今只剩六個，不過內人肚子裡現在又多了一個。預產期在七月，所以夏天又變回七個。大家都說我們家食指浩繁。」

富太郎哈哈大笑，但記者並未陪笑。

「有一年夏天，您經由鹿兒島也去了長崎、熊本，對吧？」

記者翻閱手中的小筆記本說。

「那是明治四十年的事了，是剛才提到，我成為帝室博物館約聘人員那年。」

「原來如此。」記者點頭附和。

大概是攀登利尻山的兩年後，日俄戰爭的勝利令全日本為之沸騰，人們視擊沉波羅的海艦隊的東鄉平八郎司令官為英雄，稱其為軍神。坊間還販賣東鄉帽子及東鄉牙刷等物，猶也寄了日俄戰爭的花牌來給孩子玩。

另一方面，生活終於落到山窮水盡的地步，富太郎寫信向美國的卡內基財團申請研究補助金。聽說竹子以前在巴黎萬國博覽會上大受好評，歐美人認為竹子很有風情、極富東方情調，因此以竹子為研究對象。但卡內基財團並未批准他的補助金。

從九州回來沒多久，東京帝室博物館的久保田鼎館長邀請他去家中作客。

有人推舉你當博物館天產課的約聘人員，你意下如何？

看來又是濱尾校長的好意，不忍見富太郎被家計壓得喘不過氣來。田中芳男議員也為富太郎的能力打包票說：「牧野老弟很能幹喔。」

九月底，前往濱尾校長府上致謝，去區公所辦理益世的出生證明，再到大學的事務室道謝，也去博物館拜碼頭。十月七日收到正式的人事命令，富太郎成為東京帝室博物館天產課的約聘人員。薪水有三十圓。總算讓他放下心中大石。

「聽說您擔任博物館的約聘人員之餘，去年也發現了新種的植物，還去了一趟屋久島。」

他指的應該是明治四十二年七月發表於《植物學雜誌》的奴草。奴草是寄生在栲樹根部的植物，沒有葉綠素。地上莖很短，長了幾片對生的白色薄葉，因為巴著香菇和茗荷大腿的奇特形態很像跪服在大名行列身後的奴僕，故取名為奴草。之所以能發現這種新種，要感謝土佐的朋友寄來採集的標

103 出現流鼻水、輕微咳嗽及發燒等類似上呼吸道感染的感冒症狀，也是百日咳的一個病期，好發於幼兒身上，併發肺炎可能致死。

本，也虧得自己不分天南地北地走遍全日本，才能感動各地的同好寄標本給他。

凡是研究植物的學者，都應該走出校園。有些景色與植物非得上山下海才能看到，如果一直窩在研究室裡，不管看再多歐美的學會期刊或專業書籍，也無法靠紙上談兵的植物學培養出獨當一面的日本植物學家。

富太郎至今仍銘記伊藤圭介老人生前的教誨，堅持採集之旅。

「屋久島比我想像中遠得多。」

光是回想起來，那股森林深處的濕氣就在體內甦醒。

土佐也有很多樹，但屋久島上九成都是森林，潮濕到素有「一個月有三十五天都在下雨」的誇張說法。富太郎在屋久島遇見那棵杉樹，目測樹幹的圓周超過五十尺，大概要十個人伸長手臂才能環抱。高度也有七、八丈。樹幹有很多凸起的老樹瘤，看不見樹梢。明明酷熱難當地在森林裡走了六個小時，那一刻卻感到冷汗涔涔。

那棵樹就只是泰然自若地站在那裡。長滿苔蘚的森林裡充滿幾乎令人窒息的青草香。耳邊傳來滴答的水聲，還以為下雨了，抬頭看天空，一滴雨也沒下。但臉頰和額頭都濕答答、冷冰冰的。

感覺明明人在森林裡，卻有如置身海底。而且是遠古的深海。彷彿就要這麼隨波逐流地漂遠去，化為一粒藻屑，永恆漂流。身體感覺輕飄飄，彷彿那是靈魂至高無上的幸福。

即使回到旅館，靈魂也沒跟著回來，連日記都寫不了。後來他才聽說，要是膽敢砍伐屋久島的樹，靈魂會被抓走。富太郎確實感覺有如靈魂出竅。那棵杉樹是他有生以來對植物最感到敬畏的一次，而且完全沒辦法解釋這種感覺。沒錯，他這才發現，有個領域就算窮盡科學之力也無法解釋。人視其為神之領域，對其感到恐懼、崇敬、受到庇護。或許科學的存在正是為了探索這個人類無法涉足的領域。

就連包圍著樹幹的霧氣都帶著綠意。

記者的聲音令他回過神來。富太郎清清喉嚨，請他再問一次。

「您每年都發表數量驚人的論文，還要出書，肯定很辛苦吧？」

「很辛苦啊。」富太郎意氣風發地說。

「明治三十九年出版《大日本植物志》第一卷第三集，也出版了與三好學教授合著的《日本高山植物圖譜》。明治四十年參與飯沼慾齋原著的《草木圖說》一輯草部的增訂，發行《增訂草木圖說》，也為《實用學校園》和《野外植物之研究》、《普通植物圖譜》、《有趣的植物》等書進行校對。」

「您也校對嗎？」

「沒錯。由東京博物學研究會負責編輯，請我幫忙。」

有個名叫村越三千男的前中學教師登門拜訪，好像是後來在指谷租的房子。

我是植物學與繪畫的教師，深刻地感受到我國關於動植物的教材還處於充滿缺漏、水準極低的狀態。所以我想靠自己的雙手出版能夠以淺顯易懂的方式傳授正確植物知識的圖鑑。

他說找了許多出版社，可是沒有一家肯理他，只好自己跳出來出版。為此成立東京博物學研究會，在木挽町設置石版印刷工廠，請師範學校時代的好朋友撰寫圖鑑的說明文，自己則負責採集植物，在工廠二樓製作圖畫，想請富太郎幫忙校對。

牧野老師，請助我一臂之力。

富太郎二話不說答應下來。小自己十幾歲的村越擁有富太郎非常欣賞的特質，那就是奮不顧身的熱情。

隔年（明治四十一年）也幫忙校對研究會編纂的《植物圖鑑》。

富太郎推了推鼻梁上的眼鏡，直視記者的雙眼。

「未來是圖鑑的時代。」

「圖鑑是指圖說、圖譜吧？」

「是的。為了讓外行人或中學生都能判斷生長在山野的花草叫什麼名字、是什麼品種，圖片及說明文字都很充實的書。身為植物學者，我的專業是分類學。讓全世界知道日本所有植物的屬性，依照國際規則加以分類，為他們命名是我的使命。我多次提及的《大日本植物志》就是這種圖鑑。這可是日本植物學的基礎、準則喔。但中學生無法輕易買下那麼大部頭的書。這時就需要寫給庶民看的圖鑑了。可以說是有助於觀察植物、深入了解、獲得系統化知識的基本工具書。」

說到這裡，富太郎解開環抱在胸前的手。

如果有能帶著上山的袖珍書，肯定會更方便吧。

小型圖鑑，可以隨身攜帶的圖鑑。

說著說著，被自己的話激勵，又開始作起夢來。記者不斷用鉛筆在筆記本裡記下他說的話。富太郎心滿意足地望向時鐘，驀然起身：「不好，已經四點多了。」

記者也趕緊站起來說：「不好意思。」原本只打算給對方十分鐘，結果說了三十分鐘以上的人是富太郎自己。

「我也想跟你再多聊一點，可是教授找我，受雇於人就是這麼身不由己。」

「別這麼說，我已經得到很多可以寫成報導的資料了。今後也請您繼續發光發熱。」

「麻煩你寫好一點喔。」

兩人握手道別。

走進教授室時，松村已經外出了。

只有一個年輕人在旁邊的辦公桌整理文件。是從學生升上來的無給職助手，聽說父親是製藥公司的重要幹部，身上的西服雖然不太起眼，仍看得出是上好的料子。

「教授生氣了嗎？」

富太郎問道，對方頭也不抬回答：「氣死了。」

「明天肯定會被罵得狗血淋頭。」

富太郎笑著打馬虎眼。對方翻開外文書，正在抄寫。富太郎自討沒趣，打算離去時，被對方叫住：「牧野先生。」回頭看，年輕人站起來。個子很高，充滿壓迫感。

「有什麼事嗎？如果要找我借錢，我可幫不了你。不過，你們家很有錢吧？如果要討論學問，我非常樂意奉陪。」

「都不是，我是要給你忠告。」

「忠告？」富太郎轉過身，正面迎向對方。

「如果不搞清楚自己的身分，遲早會吃到苦頭喔。」

「自己的身分？什麼意思？」

「請恕我僭越，我的意思是說，請你不要太出風頭。因為你再怎麼說也只是植物學科的助手，是國家雇用的官吏。」

「我是啊，而且是下級官吏。這有什麼問題嗎？」

「給松村教授點面子如何？從未見你在著作或論文感謝過教授一句，在校外譁眾取寵倒是挺熱心的。」

「譁眾取寵？」

「你不是到處演講及採集以賺零用錢嗎？今天也是，教授有事找你，你卻只顧著接受記者採訪，完全不當一回事。你以為自己是誰啊？請不要破壞大學的秩序。」

富太郎重複著「大學的秩序」這句話，突然覺得很荒謬。

「教授、副教授、講師、助手、學生……你完全不管這種上下的階層，隨心所欲地發表論文。」

松村從未「教授」過富太郎，自己只是在植物學教室研究學問的過程中，從一介書生晉升為助手。他們並無師徒關係。

「如果是這點，我已經被提醒過了。『你經常出現在那本雜誌上，能不能稍微克制一點……』之類的，到底在說什麼呀？」

「不，不僅如此，你還肆無忌憚地對教授及副教授的論文雞蛋裡挑骨頭。」

「這句話可不能聽聽就算了。」富太郎向前跨出一步，看著助手。

「聽清楚了，明知有錯誤，如果不經修正就發表，學生寫論文的時候會拿來參考，導致錯誤積重難返，你知道這有多可怕嗎？就算只是微小的錯誤，要是繼續擴散，遲早會變得無法挽回。所以有錯就得馬上訂正，這才是做學問的良心。你最好牢記在心裡。」

富太郎的手指頭幾乎要戳向年輕人的胸口。

「不說別的，單說你貶低我譁眾取寵這件事，就是因為你不懂與民間交流對分類學有多大的貢獻，才會淪為紙上談兵的植物學者。受歡迎並不是我的錯。如果你不服氣，就給我帶上野冊和挖掘植物的工具去野外採集，然後寫篇像樣的論文出來。」

對方氣得臉都綠了，眼皮底下就像有蟲子在爬似的微微顫抖。

明明是你主動找我麻煩，擺出那種表情是想表達什麼？

「你也是為了生活吧，別以為我不知道。」年輕人不屑地說，嘴角噙著諷刺的笑意。「區區助手卻住在那種有冠木門的大宅裡，不接點外快也不行呢。聽說府上食指浩繁。」

「我租那麼大的房子也是逼不得已，畢竟光是植物標本和書就占了三、四個房間。」

「因為你很少帶標本來大學嘛，總是自己收著。」

「你的意思是我假公濟私？」

「可不是嗎？」

「在日本植物學面前，還分大學和我牧野嗎？我回家也在工作，不分晝夜地工作。手邊沒有標本便無法思考，所以才放在家裡。你沒資格對我說三道四。」

富太郎用力拍桌，轉身走出教授室。

聲響大作地在走廊上前進，內心氣憤不已。居然被大學剛畢業的毛頭小子警告，這幾年真是白混了。回到助手室，粗魯地甩上門，窗邊的乾燥花嚇得驚跳了一下。

即使坐在椅子上，腦中仍浮現出松村教授的臉，感覺就像啞巴吃黃蓮，有苦說不出。這陣子教授對他百般刁難，經常叫他過去，將他批評得一無是處。今天十之八九也是要訓話吧。

你那個《大日本植物志》的解說文啊，實在寫得不太好。做為大學的出版品，得更謹慎才行。事關大學的威信。

松村曾這樣教訓過他。剛才那個小子說他沒搞清楚身分，但自己可是有常識的人，不可能突然撲上去咬人。當時他告訴教授，自己比誰都在乎大學的威信，所以苦心孤詣地求證，務求做到百分之百正確，經常光是一句話就耗掉一整晚的時間，翻遍幾十本書確認。

「如果哪裡有錯，請直接告訴我。」

「文章太冗長了。我不是一直告訴你，寫論文最重要的就是簡潔嗎？」

每次都這樣。教授在乎的從來不是內容，而是文章的寫法。

「請問是哪一段文章呢？我知道了，以後就不會再犯。」

「全部。」松村用指尖彈了彈攤開在桌上的《大日本植物志》的跨頁，內心想必非常煩躁，三角眉都拱起來了。

「全部？」

「你總是得意忘形地寫太多，就不能克制一點嗎？」

又是克制，動不動就要他克制、克制。

怎麼會這樣呢？富太郎雙手撐在桌上，抱頭苦思。

矢田部教授也好，松村教授也好，為什麼總視我為眼中釘、肉中刺呢？他們起初明明都對我很好。松村當副教授時明明對我讚不絕口，看到我自費發行的《日本植物志圖篇》第一卷第一集時，還在專業期刊寫下這樣的溢美之詞。

今時今日，日本帝國內能寫出本邦植物圖志的人，非牧野富太郎莫屬。

當時他剛從德國留學歸來，專攻植物解剖學，尚未接觸到分類學。

如今卻全盤否定富太郎所做的一切。

早在幾年前，富太郎就從同伴們口中聽到年輕助手剛才說的「譁眾取寵」。

你要做什麼事情以前，最好先考慮松村教授的感受。聽說他已經向校長指名道姓地抱怨你工作能力雖然很強，可惜太愛出風頭，還要校長開除你。

他只當是無稽之談，根本沒放在心上。而且理科大學校長同時也是動物學教授箕作佳吉博士，是過去任命富太郎為助手的菊池大麓總長之弟，每次有事去本鄉校區的校長室，他總是和藹可親地鼓勵富太郎。

如果有任何困難，隨時都可以來找我商量。

事到如今他才反應過來，校長大概沒理會松村教授的要求，幫他打發過去了。但如今改朝換代，箕作博士因病正在療養。松村教授便不再隱藏對富太郎的敵意，富太郎感覺得出來，自己被打入冷宮了。自他入職以來已經過了十六年，大學的薪俸連一毛錢都沒增加。博物館的津貼根本杯水車薪，日子之所以過得如此清苦，之所以要妻子一直忍耐，無非是因為他有遠大的志向。

然而，身邊每個人只會扯他後腿，要他「顧全教授的面子」、「別太出風頭」。就是因為有這種陋習，日本的植物學才一直原地踏步。

雙手插進髮絲裡，把頭髮亂抓一通，「啊……」、「啊……」地低聲吶喊。

「長官、前輩算什麼，為這些人際關係操碎了心，對學問到底有什麼幫助？」

這個世界怎會如此狹隘，愈是努力研究反而受到愈多敵視。

窗外已然夜幕低垂，棲息在植物園裡的鳥兒啼叫不休。

隔天，富太郎再度前往松村教授的辦公室。

「昨天真的非常抱歉。」

富太郎畢恭畢敬地低頭道歉，抬起頭來，教授始終迴避他的眼神。昨天那個助手依舊坐在邊桌前寫字，狐假虎威地在臉上堆滿瞧不起人的笑意。

「您找我有事嗎？」

「牧野老弟。」

「是。」富太郎正襟危坐。是昨天報社來採訪惹他不高興，還是又要挑論文的毛病。

「你被開除了，請你做到三月底就好。這些年來辛苦你了。」

這樣啊，原來是這麼回事啊。富太郎瞥了松村一眼，松村臉色莫名蒼白。

你也會露出那種表情啊，不就是斷了一個貧窮學者的生路嗎？何必表現得像是兩敗俱傷似的。

「感謝您多年來的照顧。」

聲音聽起來好遙遠。富太郎再次鞠躬，退到走廊上。

四月中旬，校長找他去談話，問他願不願意以約聘的方式接受「植物調查」的工作。既然《大日本植物志》尚未完成，光靠紙上談兵的學問要鑑別新種的植物也有困難。如果沒有實際踏查野山、熟悉植物的人，研究會停滯不前。

簡直是矢田部教授禁止他進入植物學教室的歷史重演。即使教授對他表現出疏遠的態度，還是有人會幫他說話：「教室裡少了牧野很不方便。」與大學的高層交涉，所以牧野又被找回去了。這種呼之即來、揮之即去的態度令他恨得牙癢癢，但也不好不給校長面子。而且沒有教室那些數量龐大的文獻資料，身為植物分類學者也難以順利研究。再者生活上也的確有難處，富太郎只好忍氣吞聲，接受委託。

某天家裡收到一大箱包裹，是住在和歌山田邊的生物學者宇井縫藏寄來的。

牧野家的先祖出身自和歌山。根據以前祖母給他看的族譜，祖先在文祿或慶長時代從紀州的貴志莊前往土佐。當時姓鈴木，岸屋這個屋號則是取自當時的所在地貴志[104]。因此紀州人的來信讓他沒來由地感到親切。

拆開包裹，裡頭是大量的標本。但寄標本給他的人並非宇井縫藏，而是住在田邊的南方熊楠[105]。

104　貴志與岸的日語讀音相同，皆為kishi。

富太郎一頭霧水地看宇井隨包裹附上的信，得知熊楠小富太郎五歲，自幼即為《本草綱目》與《大和本草》的忠實讀者，長大後進入東京大學預備門，明治十九年（一八八六年）離開日本，隻身赴美，在美國看了康拉德．葛斯納的傳記，熊楠下定決心「我要成為日本的葛斯納」。葛斯納是瑞士的博物學家，也是研究隱花植物的學者。富太郎知道葛斯納還精通物理學，是學識淵博、多才多藝的人物。

這個人想成為日本的葛斯納啊，志向真遠大。

富太郎莞爾一笑，繼續往下看。熊楠說他明治二十二年看了從日本訂購，由富太郎參與製作的《植物學雜誌》與《日本植物志圖篇》，對他十分景仰。

哦，富太郎愈發愉悅，為自己喝采：「了不起！果然是世界級的牧野。」

後來，熊楠真的發現新種的綠藻[106]，發表在科學期刊《自然》上。隨後在古巴也發現新種的地衣，遠赴英國參觀大英博物館的館藏，接觸到世界各地的民俗學、博物學，眼界大開，明治二十六年向《自然》投稿論文〈東洋的星座〉，受到相當大的迴響。

富太郎已經笑不出來了，心跳得好快，連呼吸都變得急速。

這傢伙也太厲害了，而且還是民間學者。

熊楠歸國後，常在和歌山的那智、勝浦採集植物，舉家搬至田邊，至今仍過著日日採集的生活。此番將標本寄給富太郎是想委託他鑑別。拆開熊楠寫的信，洋洋灑灑地填滿了六張西式格線信紙。

「天吶，這也太驚人了。」

富太郎看得目瞪口呆。信紙上密密麻麻地寫滿了螞蟻般的小字。松村老是嫌富太郎「文章就像牛的口水」，但這已經超越口水的境界了。

有如顯微鏡底下蠢動的細菌。

明治四十四年（一九一一年），千葉縣立國藝專門學校邀請富太郎擔任約聘講師。帝室博物館天產課的約聘合約已經續了好幾年，再加上帝大，一共三張聘書。富太郎以一介約聘人員的身分於十二月底出版《普通植物檢索表》。此書與三好學教授共同編纂，著作權歸文部省所有。富太郎以前就希望有朝一日能出版袖珍書大小的圖鑑，這次總算如願以償，做成西洋手帳的尺寸。文部省之所以願意跳出來幫忙，是奠基於兩年前去世的箕作佳吉博士生前擔任尋常小學理科書的編纂委員長時，提出過以下的建言：

實情是，在小學理科課堂上教授植物時，連教師也不清楚植物的名稱。即使帶孩子們做校外觀察，也無法正確地指導。因此需要編纂簡易的植物檢索表，且做成便於攜帶的規格。

文部省接受他的建言，委託三好學教授與富太郎共同編纂。

從在東京近郊就能輕易看到的草本植物中挑選約六百種，以東京近郊的開花時期為標準，依月別

105 南方熊楠（一八六七－一九四一），日本博物學者，在生物學、民俗學等領域亦有建樹。

106 根據南方熊楠發表於《自然》（1903）的文章，此處指的應是Pithophora oedogonia var. vaucherioides。然而此種類並非南方發表之新種。

編纂。從二月到十一月以月份做區隔，依序介紹植物。舉例來說，如果三月帶學生出去校外觀察，可以從花的形狀及大小、葉及根莖的特徵加以判斷，告訴學生那是節分草。小堇及葵菫、蠶豆、五葉黃連也都出現在三月的欄位。

本來應該再加上圖解，若有圖解可供參照，不僅更一目瞭然，也能降低灌輸學生錯誤知識的風險性。可惜沒有製作圖解的預算，時間也不夠，只好止步於用文章解說。為了盡可能簡便好用，還在卷末附上依五十音排序的索引與專業術語的解說；也針對部分植物附上素描，因為書裡有很多像是葉緣的「鋸齒」等光靠文章描寫鋸子狀的凹凸不平很難想像的術語。

同年十二月底，東京帝國大學編纂的《大日本植物志》出版第一卷第四集。即使改由大學編纂，主要還是出自富太郎之手。這是當然，畢竟《大日本植物志》可是牧野富太郎賭上人生的事業。

明治四十五年，富太郎收到東京帝國大學理科大學講師的聘書。真不可思議，截至目前為止的發展都跟上次大同小異。上次是以約聘人員的身分「擔任助手」，這次則對他拋出「擔任講師」的誘餌。不能只為了賭氣讓妻小挨餓受凍，富太郎張開嘴巴，咬住了誘餌。

七月三十日，天皇駕崩，邁入大正元年（一九一二年）。

九月十三日風光大葬，文部省也舉行了奉悼儀式，富太郎亦在出席之列。城裡好不容易解除自肅禁令，迎來冬天，所幸這天天氣還不錯，淺草公園一帶人山人海。

鐵鍋開始發出醬油遇熱變得甜甜鹹鹹的味道，富太郎立刻伸手夾起一片牛肉。街上剛開始出現牛肉火鍋店的時候是切成小丁的肉與味噌口味，這陣子多了許多用砂糖與醬油為肉片調味的店，也有店直接取名為壽喜燒。原來如此，肉片的表面積比切丁大，更容易入味，富太郎恍然大悟，吃得津津有味，還喝了幾杯洋酒。是名為紅玉波特酒的國產葡萄酒。除了壽屋這個公司名稱以外，其他皆以英文表示，設計得十分新潮。

「牧野兄，你什麼時候學會喝酒了？我記得你酒量很差。」

池野成一郎將豆腐移到自己的盤子裡。

「因為紅玉清甜，很容易入口。如你所知，我們家一貧如洗，窮得連飯都吃不上，根本沒機會喝葡萄酒。但今天是為你們慶祝嘛，來，平瀨兄也別光吃蔥啊。」

富太郎把牛肉夾到平瀨作五郎的碗裡，為他斟了一杯紅玉波特酒。滿是鬍碴的下巴多了幾根白毛，似乎清瘦了點，形同落魄武士的樣貌還是跟以前差不多。因為是假日，池野穿著休閒的西服，但不愧是理學博士，充滿了紳士風格。至於富太郎，則是穿著襤褸的和服，加上單薄的鋪棉羽織，頭髮亂得就跟掃把沒兩樣。

聽說平瀨從昨天星期六就因要事上京，住在池野家，所以是富太郎邀請他們「務必一聚」。問題是提出邀請的人居然遲到了一小時以上。他還是老樣子，寫作到三更半夜，破曉時分才趴在標本與書本間沉沉睡去，醒來已是約好的時間。風風火火地衝出位於小石川的家，跳上人力車，請對方以最快的速度趕至淺草。

「呃……」富太郎重新把手放在盤腿的膝上，朝兩人微微低頭致意。「雖然晚了點，但還是恭喜二位。」

半年前的五月十二日，兩人獲頒帝國學士院恩賜賞。帝國學士院恩賜賞號稱日本學術界的最高榮譽，肯定了平瀨「發現銀杏樹精蟲」、池野「發現蘇鐵精蟲」的成就。

兩人回禮，平瀨抬起頭來，眼角擠出幾絲皺紋。

「儘管年號從明治變成大正也沒有忘記我。這真令我既惶恐又感動，內心充滿謝意。」

將酒杯拿到嘴邊，靜靜地，感慨萬千地喝光杯子裡的酒。

「你還在中學教書嗎？我以前也在故鄉的小學當過臨時教師，兒童真是有趣的生物。當時我用鐵盒子當採集工具，每走一步就會發出咔嚓咔嚓的聲響，他們還偷偷給我取了個綽號叫紡織娘。真服了他們，兒童的創意真是天馬行空。」

那是明治十年（一八七七年）的事了，當時富太郎才十六歲。

「中學生也一樣喔，教學過程中經常有意想不到的新發現。」

「學生們肯定都很想知道你怎麼發現銀杏樹的精蟲吧。」

平瀨聞言，突然變得面無表情，正色地說：

「我沒告訴他們這件事。」低沉的聲調十分嚴肅。

「那真是太可惜了。」富太郎不解地側著頭。「你不是一直從那麼臭的果實中取出種子，用剃刀將果仁切成薄片嗎？學生肯定很想知道這個過程吧，像是你第一次在顯微鏡裡看到活生生的精蟲，學生一定會聽得心潮澎湃。」

「如果是你，想必能說得慷慨激昂吧。」

池野語帶調侃地說，將話題轉到富太郎身上。「聽說全國的植物愛好家都很喜歡聽你演講。」

「你可以當說書人呢。」平瀨挑起一邊的眉毛，一臉「這真是個好主意」的激動反應。

此人平常甚為嚴謹，但偶爾會出現這種有點荒唐的可笑舉動。

「有道理，下次我再被大學開除就去當說書人吧。其實，我已在全國各地發表過好幾次關於植物的演講了。去年還成立東京植物同好會，就任會長。」

富太郎今年一月接獲東京帝國大學理科大學講師的任命，重回大學。

把筷子伸進煮得咕嘟咕嘟沸騰的鍋子裡，氤氳的熱氣讓眼鏡都起霧了。

「池野兄，你怎麼光吃豆腐。你這麼愛吃豆腐嗎？」

「我也愛吃牛肉，但比不上你搶食的速度。」

池野笑彎了八字眉。

「那可真過意不去，我可是有家教的人。」富太郎笑著叫來女服務生，加點牛肉。以月薪才三十圓的大學講師而言，這頓花了他不少錢，但今天聚會的目的無他，是為了幫兩人慶祝。

「你的精力真的好旺盛啊。晚上不睡覺，拚命寫作，白天忙著採集、演講，還得去大學教課吧？」

「我不用教課，也不用帶學生實習，但如果學生問我，我自然是知無不言、言無不盡。」

雖然大學有很多狗屁倒灶的煩心事，但與學生相處的時間很愉快。站在他們面前，富太郎總想把自己的知識、經驗傾囊相授。學生們也很喜歡他。富太郎有時候還會在房間泡咖啡，與他們討論植物的種種，一直講到夕陽餘暉染紅窗櫺。那一瞬間，年輕人的雙眸總是閃著獨特的清澈光芒。彷彿還能聞到嫩綠的青草香。

「不僅如此，你還生了一窩小孩。現在有幾個了？我經常去府上打擾，但是從好幾年前就已經放棄數數了。」

「現在有七個。」

聽到這個數字，平瀨不可置信地瞪大雙眼。

「牧野兄固然厲害，尊夫人也很了不起呢。」

「對呀。」富太郎老實不客氣地回答。其實有八個，但今年二月出生的六男富世已經又回到來時處了。死因是罹患嬰兒腳氣病和穿孔性中耳炎，在這個人世間的時間還不滿三個月。

「我老婆是很了不起的女人喔，生完的第三天就下床去債主家談判了；而且還不是附近，是得花上一天路程的遠方。不過也只是向債主低頭懇求，請他們先不要查封家當，沒能讓債務一筆勾銷。」

「你總共欠了多少錢？」池野接過女服務生送來的牛肉。富太郎握緊筷子，迫不及待地將牛肉放進鐵鍋回答：「我也不知道，可能已經有兩萬圓左右了。」

「真是被你打敗了。薪水只有三十圓的人居然背著兩萬圓的債務，這合理嗎？居然還笑得出來。」

他說的沒錯，但就算怨天尤人也不可能讓債務減少。富太郎今年五十一歲，膝下有七名子女，最大的香代已經二十一歲了。幾年前就開始有人上門說媒，但因為父親一窮二白，遲遲無法更進一步，壽衛似乎為此感到非常著急。富太郎好不容易重回大學，壽衛正想「那香代的親事……」就碰上天皇龍體欠安、駕崩，帝都一時半刻都得為天皇服喪。

然而過沒多久，街道上便開滿以「大正」為屋號的店，庶民間流行裹黑紗。看到前往舉行葬禮的青山練兵場的葬列後，開始有人競相模仿。連已經是小學生的春世和百世、勝世也都在上衣的袖子綁黑布，嚇得富太郎連忙問壽衛這是怎麼回事，壽衛苦笑著回答：「那是糖果店做來專門賣給小孩的。他們實在太想要了，為此還自告奮勇地幫忙做家事，我拗不過他們。」小孩本來就很愛模仿大人，更別提黑紗看起來確實給人英姿颯爽的印象。

「我的事就別提了，今天是為二位慶祝。話說回來，現在才想起來似的頒發學士院恩賜賞，日本的反應還是這麼慢。」

這項讓歐美學界皆為之驚歎的世界級大發現已經是十五年前的事了，日本才正式承認他們的成績。

「別說傻話了。這個獎項去年才剛成立，我們是第二屆的得獎者。」

「這我當然知道啊。就是因為知道，我才這麼說。日本人太崇拜歐美的學者了，我承認自己也有這方面的傾向，但我國也太容易遺忘先賢的豐功偉業。因此我正在復刻舊幕府時代的本草學家——飯沼慾齋大師的《草木圖說》。」

說到這裡，富太郎才想起來，他原本準備將《增訂草木圖說》的一輯與二輯送給平瀨，結果忘得一乾二淨，只記得把蛙嘴錢包塞進兜裡便衝出家門。

「日本人對日本人的評價太低，對於同胞的功績態度太冷淡。」

理學博士池野此番得獎可以說是實至名歸，但沒有學士學位的平瀨還能獲獎則是異例中的異例。實際上，聽說起初並不打算頒獎給平瀨，是池野知道後，向主辦單位據理力爭：「如果不頒給平瀨，那我也拒絕領獎。」

富太郎輪流打量他們的表情，池野和平瀨都沒有任何表示。既然如此，就由晚生替二位抱不平吧。富太郎又倒了一杯紅玉波特酒，一口飲下。

「我也想向上頭建言，我也想站起來拍桌子說，就算免了我講師的工作、全家人流落街頭，我一個人也能繼續研究。問題是我就不能參考大學的書了。真是的，這是我唯一的弱點，就連百折不撓的我也只能屈服。」

富太郎說得口沫橫飛。他與松村教授的關係依舊劍拔弩張，就算在走廊上不期而遇，對方也只是冷冷地瞥他一眼，眼神就像看到丟到再遠的地方都會自己跑回來的狗。

「學問之前不是應該眾生平等嗎？可是沒有學位的我在大學連學者都不是，真是氣人。一旦卸下學者光環，再也沒有比學者更莫名其妙的人了。平時一臉道貌岸然，背地裡充滿嫉妒，表面上說著冠冕堂皇的場面話，內心其實比針孔還狹窄。池野兄，我不是在說你，你是非常了不起的博士。但是請恕我直言，因為我不肯向大學上繳植物標本，就說我假公濟私。但對方還不是一樣，只會用下巴使喚部下，要我們幫他查這個、查那個，不准弄錯、交出證據、交出標本。到底是學者還是小偷啊。」

池野「嗯、嗯」地點頭附和，吃著燒焦的豆腐，平瀨默默地喝著紅玉波特酒。

兩人均為高風亮節的代表性人物。是近代日本的紳士與落魄武士。即使這個滿身債務、滿腦子凡塵俗事的凡人藉酒裝瘋地大發牢騷，也絕不會隨口附和。也因此富太郎才敢對他們說真心話。

「為什麼要這樣作賤我？為什麼？我何時才有出頭之日？」

富太郎氣急敗壞地拍桌子大罵，這才發現內心的傷口有多深。被所有人排擠、比擤鼻涕的紙還不如的人生實在太痛苦了。更苦的是即便如此，他仍得依附大學才能生存。

富太郎又拍了桌子一掌，拍得盤子乒乓作響，筷子掉在盤腿而坐的褲管上。

「我在民間倒是很輕鬆。」平瀨吃著蒟蒻絲說：「我打算重新開始研究。」

「真的嗎？你要研究什麼？」富太郎拾起筷子，好奇追問。

「松葉蕨的胚胎發育順序。」池野替平瀨回答。

「紀州有個破天荒的男人，名叫南方熊楠。居然會十八國語言。你還記得嗎？就是那個因為神社合祀問題，發起大規模反對運動，向眾議院的議員提出質疑的人。民俗學者柳田國男對南方的想法深有共鳴，參加運動，印出與南方的書信往來，分發各地。」

「我也收到了。」

柳田國男與如今已不在人世的矢田部是親戚。矢田部死後，與他妻子的么妹結婚，入贅柳田家。

「平瀨兄將與南方共同研究。」

真的假的？富太郎重新盤好雙腿。

「我也知道南方喔。他曾經拜託我鑑別一種叫作紀之國菅的植物。據我調查還沒有學名。本以為可以當成新種發表，不料松村教授已經先採集了。」

因此這種植物的學名有松村的名字，沒有Minakata的名字[107]。

「不過，」富太郎接著說：「這個人還真是不可思議啊。能在《自然》發表論文的人何必特地透過介紹委託我鑑別呢？明明可以大大方方地寄來給我。」

寄來標本後，兩人通過幾次信，南方的文章依舊無懈可擊，論述總有說是天馬行空也不為過的展開，宛如漣漪般無邊無盡地延伸。而且還在字裡行間穿插紀之國菅和冷杉蘭、夜叉柄杓的圖。

「他好像是個怪人。聽說曾經赤身露體地走在倫敦的大街上，現在也過著下半身一絲不掛的生活，有很多離經叛道的行為。」池野說道，平瀨並未否定，將蒟蒻絲丟進鍋子裡，過了好一會兒才開口：

107 紀之國菅的學名為 *Carex matsumurae*。Matsumura是松村的日語拼音，Minakata則是南方的日語拼音。

「我請南方先生在他的住處種植松葉蕨，進行實證。我每年都從京都去田邊，請南方先生把報告寄給我，再把標本帶回京都解剖，用顯微鏡觀察。我們已經養成這樣的默契。因為是胚胎發育順序的研究調查，無論如何都需要時間。大概要花上十年……甚至十年以上的時間吧。」

「也就是說，非常燒錢。」池野說道，平瀨露出狡黠的眼神。

「幸好有恩賜賞的獎金，可以充當資金。」

「原來如此。這用途真是再好不過，平瀨兄和南方老弟一定又會創造出名留青史的大發現。」

把筷子伸向鍋內，已經沒有牛肉了。

為什麼？明明與他們見面是如此愉快的事，為什麼最後卻陷入沮喪的情緒，為什麼？

睜開一隻眼睛，發現池野正盯著自己看。

「你沒事吧？」

眨了眨眼，動作牽動鏡架，眼前是熟悉的天花板；再動了動鼻子，聞到一股難以形容的惡臭。

「啊，我睡著啦。不好意思。」

感覺有點反胃。他很愛吃壽喜燒，但始終無法適應大快朵頤後沉澱在室內的腥味。自己也覺得太放縱了，伸伸懶腰，打了個哈欠。其他客人都走了，女服務生收拾善後，一臉無奈地看著他們。

「咦，平瀨兄呢？」

「回去了，要趕回京都的火車。」

「這樣啊，那還真是不好意思。」富太郎站起來，與池野一同來到走廊上。上完廁所後，站在玄關，「這麼說來……」這才想起似的叫來帳房的掌櫃。

「我要結帳。」

「不用，剛才已經付過了。」

富太郎抬頭看池野，池野已經走到玄關外。「讓你破費了。」富太郎說道，將蛙嘴錢包收回懷中。

「這次邀宴明明是為你們慶祝，而且我還想送《增訂草木圖說》給平瀨兄，卻忘了帶來。我不只是說書人，還兼營詐欺呢。」

「知道就好。」

池野笑著往前走，十二層樓的高塔巍峨高聳於繁華的淺草街道對面。

凌雲閣又稱為十二階，是座八角形高塔。十樓以下皆以紅磚瓦打造，十一樓與十二樓為木造，整座建築物共有一百七十六扇窗。每當夕陽西下便會點亮所有電燈，燈光照亮四面八方，最後落在公園的池塘裡，將水面輝映成另一片夜空。

可惜現在才下午三點，冬天的空氣純淨得彷彿能發出「叮——」的一聲。醉意好不容易消退了一點。「對了！」池野倏地停下腳步，靠著朴樹的樹幹，在樹蔭下打開皮包，拿出一本薄薄的小冊子。

「這個給你。」

封面描繪著桔梗，設計得很新潮。書名以高雅的毛筆字橫寫著「三越」二字。看來是三越和服店發行的小冊子。

「不用了，這跟我沒關係。要是能賒帳的話，我倒是偶爾想帶妻子去逛逛。」

「千萬不要，別再增加債務了。我給你是因為這裡頭有森博士的小說。」

「森博士？那個森博士嗎？」

「正是那位來過植物園的森先生，他寫了一篇名叫〈田樂豆腐〉的小說。」

「你到底有多喜歡豆腐啊？」

「小說裡沒有出現豆腐。」池野氣沖沖地噘著嘴。

那是哪一年的初夏呢？

富太郎遠遠看見大學植物園的涼亭裡有一位正在看書的紳士。紳士穿著應為大島綢的白色和服搭配褐色腰帶，短髮，沒戴帽子。因為距離太遠，看不見對方的長相，但面向書本的側臉十分俊朗，用油蠟固定住往上翹的鬍子也很有威嚴，一看就知道是軍人。

當時富太郎穿著白袍，正在搬運裝有樹苗的木箱，耳邊傳來小女孩的呼喚：「爸爸。」聲音來自池塘前的草地。有個穿著明亮夏季和服的女孩，身高與小學生差不多，頭上綁著洋娃娃般的緞帶，兩隻眼睛睜得大大地奔向涼亭，有如彈跳的皮球。

年輕的婦人與更小的女娃坐在草地上，對女孩說：「茉莉，不要跑，會跌倒喔。」旁邊有輛西式嬰兒車，看樣子是一家人來這裡散步。

後來才知道涼亭裡的讀書人是陸軍軍醫總監森林太郎。他當然知道森總監是以鷗外為號的文豪，可惜他沒有看小說的習慣，只是從園丁的口中得知，總監對植物有很深的造詣，不僅帶家人來散步，為了確認花草的名稱，也會來植物園。

池野成一郎給他的《三越》裡刊登的小說〈田樂豆腐〉，就是從夫人詢問主角要不要去植物園開始寫起。光是看到開頭那幾行，富太郎的腦海中就浮現出那一家人的身影。

聽見女兒的呼喚，總監慢條斯理地抬起頭來，態度極為悠閒。即使閱讀受到打擾，也沒皺一下眉頭，反而抱起女兒，將女兒放在膝上，動作無比輕柔，彷彿女兒是天底下最珍貴的寶物。世上多得是人父，可是像他笑得那麼溫柔的人，富太郎還是頭一次看到。他指著池塘對面的假山，不知在女兒耳邊說了什麼。大概是告訴她那棵樹的名稱吧，還是鳥、雲或風的顏色呢？

那景象簡直像一場白晝之夢，像一抹仲夏日的幻影。無論是夫人和孩子們的身影，還是反射著初夏的艷陽，迎風搖曳的草皮。

即使當時就知道那個人是森先生，富太郎大概也不敢靠近吧。他其實有件事要向森先生道謝，那就是明治四十年（一九〇七年）出版的《增訂草木圖說》一輯草部。

本作奠基於飯沼慾齋的《草木圖說》，儘管那本書已是舊幕府時代的作品，仍深具近代圖譜的實用性，但凡接觸江戶本草學的人，沒有人不是在這本圖譜的指導下研究學問。因此明治八年（一八七五年）田中芳男與小野職愨複刻了解說的部分，出版《新版草木圖說》。富太郎為那本圖說加上增訂與解說，是為《增訂草木圖說》。配合當時的時代改版，是活在當下的學者責無旁貸的使命。

然而對於大花美人蕉這種植物的說明卻有些地方看不懂。飯沼大師在書中註明這種植物的學名為「*Canna patens Rosc.*」，於舊幕府時代引進日本，稱為「美人蕉」，後面接著這句話。

一般都稱這種植物為美人蕉，這個名稱可能是舌人以訛傳訛。

富太郎怎麼也弄不明白「舌人」是什麼意思，因此在「補」的欄位補充說明目前還不確定這種植物的原產地，以及本文中的舌人可能是古人或世人的意思。大師的意思或許是「美人蕉」的名稱是以前的人或並非本草家的人以訛傳訛的結果。

但有人糾正他「舌人是指翻譯」，那個人就是森先生，透過大學傳話給他。一連串的謎團自此一口氣解開。慾齋大師的意思是說，美人蕉的名稱是「為荷蘭人翻譯的人誤傳」。這種情況在日本人之間也會發生，富太郎不管去哪裡，都會拜會當地耆老，請教他們植物的名稱，口音太濃烈的地方光用聽的很容易產生歧異。

久違地想起那天的感動。拜先生所賜，得以在明治四十一年一輯再版時刪掉「補」的那個部分。四年後的十一月，《增訂草木圖說》三輯和四輯的草稿幾乎已經完成，等過完年，正月就可以出版了。

富太郎攤開書桌上的稿紙，在卷末寫下一句話：

日本的植物名稱有好幾種自古代沿用至今的漢字，其中亦夾雜著假名。科名也好不到哪裡去，長久以來都處於漢字假名混用的時代，但現代的學名都是拉丁文。筆者認為從今以後，植物名稱應該以假名記述，因此全書的人名都加上注釋，例如大師筆下的「林氏」是指林奈，「西勃氏」是指西博爾德等等。

最後再為關於舌人的記述有錯道歉，對指出他的錯誤並加以糾正的「鷗外森老師」致上由衷的感謝之意。

學海無涯。若以淺薄的推測在旁門左道上前進，可能不小心就走到懸崖邊。很感謝有人願意指導自己該往哪個方向前進。

擱筆，時間又是深夜。再次拿起《三越》，翻到〈田樂豆腐〉那一頁。池野說的沒錯，從頭到尾沒出現豆腐。不過，插在植物園的植物名牌是刺在竹籤上的長方形，看起來確實很像田樂豆腐[108]。

忘了是什麼時候聽園丁說過，從小說的字裡行間能看出先生對植物的造詣非同凡響，還會親手打理自家的庭園。感覺主角木村或許就是先生本人，富太郎又回頭看小說的開頭。夫人站在廚房問主角：「你在做什麼？」主角這麼回答：

我在吞青蛙。

這句話似乎是引用自埃米爾．左拉[109]。意指身為作者，每天都會在報紙上看到很多批評自己的話。必須硬生生地吞下怨氣，就像吞下活生生的青蛙。

這句話令富太郎心有戚戚焉，池野彷彿早已料到富太郎今天會說那些話。先生也吞過青蛙嗎？

我今天把所有吞進去的青蛙都吐出來了，心胸真是狹窄。

---

108 田樂是指把食材串在竹籤上的做法，除了豆腐以外，也可以是芋頭、茄子、蒟蒻等食材。

109 **Émile Zola**（一八四〇－一九〇二），法國作家。

富太郎獨自竊笑，翻到下一頁。小說裡似乎也有真實。

唱完祝福的歌曲〈高砂〉後，有人吟詩，也有人跳起滑稽的舞蹈，炒熱氣氛。

「我也來獻唱一首西洋的歌助興吧。」

富太郎正要解開羽織的綁帶，旁邊傳來異口同聲的「不行」，不只壽衛，連猶也大皺其眉。

「求求你了，今天就安分一點吧。」

三女鶴代也補了一箭，和之助不由得哈哈大笑。

「真讓帝大的老師臉上無光呢。」

今天是次女香代的婚禮。新郎名叫細川正也，是個實業家，明治十一年（一八七八年）出生，今年三十六歲，富太郎擔心歲數與香代差太多，向壽衛叨唸了幾句，遭壽衛一笑置之。

我不也小你一輪嗎？而且我生阿園時才十六歲。香代都二十二了，不快點嫁出去的話，條件只會一年比一年更差。

富太郎無言以對，內心其實捨不得香代出嫁，希望她永遠留在父母身邊。但壽衛堅持「再不嫁人就要人老珠黃了」，再加上富太郎不曉得什麼時候又會被大學開除，不如趁現在還有頭銜，為香代找個好人家——壽衛心裡似乎打著這種通曉世故的盤算。

新郎出身石川縣，為他跳舞慶賀的弟弟聽說很能幹，手下有澡堂及煤炭商、煉焦油業，正也與弟弟共同經營，據說生意十分興隆，壽衛大概也是看上對方的經濟很穩定。

不只親戚，對方還請了很多生意夥伴出席婚禮。反觀富太郎卻提不起勁邀請大學的講師同事或助手。總不好向低薪的人收禮金，而且就算請上司大駕光臨，想也知道教授會怎麼回答。最後還得落人口舌：「他請了誰誰誰，沒請誰誰誰。」乾脆全都不要邀請，以絕後患。

問題是，親戚少得可憐。牧野家就算了，自從發生過京都那件事，壽衛與娘家早已不相往來，於是壽衛寫信問猶夫妻能否出席。變賣佐川的家產後，已經過了二十年，猶仍惦記著壽衛和孩子們，始終與壽衛保持著互通音信的關係。與和之助結婚後，先在靜岡住了一陣子，現已搬到東京。為了籌備婚事，壽衛好像也問過她的意見。就像變魔術似的準備了衣箱及棉被、和服及鞋子給女兒當嫁妝。

我的女兒是世上最美的新娘。富太郎凝望坐在壁龕前的香代。從出生起就一直過著苦日子，從小到大不知搬了幾次家。但無論搬到什麼地方，都能受到左鄰右舍的疼愛，也很會照顧弟弟妹妹。明明是在父親的標本與書籍圍繞下長大，為何能出落得如此美艷動人呢？

彷彿春天盛放的嬌艷花朵，富太郎悄悄地吸了吸鼻子。

「新娘的父親，要不要來一杯？」

穿著黑色留袖和服的中年婦女跪坐在膳台前為他斟酒。富太郎猶豫著要不要告訴對方自己不會喝酒，但還是喝了一杯。

「話說回來，府上還真是多子多孫多福氣啊。」

二十二歲的香代下面分別是十六歲的鶴代、十四歲的春世、十二歲的百世、十歲的勝世、九歲的巳代和四歲的老么玉代。

「不，這還算少了，有段時間曾經多達八人。」

一旁的壽衛殷勤地朝對方低頭懇求：「小女不才，請務必多多關照。」顯然是在暗示對方到此為止，但女人卻沒有要離開的意思。

「府上的親戚很少呢。」女人不客氣地四下打量，目光停留在猶身上。

「這位是？」

總不能說是前妻，富太郎正不知所措時。

「我是牧野的表妹。」

猶本人泰然自若地回答。這麼說來倒也是。

「我也是男方的表妹呢。」女人開始喋喋不休，還講到故鄉的祖先，但始終東拉西扯地說不到重點。孩子們看到大餐乖巧不少，但沒多久就感到無聊，四歲的玉代開始躁動起來。

「哎呀。」猶轉動脖子。

「好像有人在叫您，是您的夫君嗎？」

女人回頭看，疑惑地起身。「不知道怎麼了。不好意思，我先失陪。」

「請便。」

和之助忍住笑意。壽衛用眼神向猶致謝，猶略顯得意地說了聲：「小事一樁。」

十　債台高築

從好幾年前開始，學生們就在家裡進進出出，自顧自地翻閱富太郎的書籍，幫忙製作標本。其中也有看都沒看過的臉，法科及文科的學生則在院子裡陪孩子玩。壽衛一視同仁地做飯給他們吃。有時是滷沙丁魚，有時是燉芋頭，照壽衛的說法是多三張嘴或四張嘴吃飯「根本沒差」。與他們同桌吃飯時，富太郎也都在聊植物。

其中一人名叫額賀次郎，來自長崎平戶，祖先是水戶藩士，本人則在帝大就讀法科。屢次上門後，似乎對三女鶴代情有獨鍾。時光飛逝，鶴代十九歲了。富太郎問她：「妳要嫁人嗎？」當事人也不置可否。不知是不想嫁還是害羞，父親完全看不出來。但壽衛對次郎非常滿意。

一看就知道是個既聰明又優秀的年輕人。

富太郎在大學裡稍微打聽了一下，好像真的是非常優秀的青年，預估還沒畢業就能考上律師執照，前途無量。今年大正五年（一九一六年），鶴代出嫁。

姊姊香代結婚隔年就生了長男，今年正月再產下一對龍鳳胎，如今已有三個孩子。壽衛經常藉著照顧孫子的機會往細川家跑，也時常讓額賀次郎幫她辦點事。兩位女婿也很合得來，經常隨妻子回娘家，同桌用膳，杯觥交錯。也很疼愛妻子的弟弟妹妹，準備飯菜的壽衛總是一臉幸福洋溢的笑容。女兒們能過上與當鋪或債主無緣的生活，大概比什麼都令她放心。再也不用擔心付不出房租被房東趕出去流落街頭。

至少要讓女兒們過上好日子。

債主的催逼愈來愈不留情面，終於連書籍和標本都逃不過被債權人帶走的命運。逼得富太郎不能一直在書房裡避不見面，只得出來擋在正從隔壁房間運出成疊標本的人面前。

「書本能賣錢我知道，為什麼連標本都要拿走？」

在他的逼問下，貌似執行官的兩個男人微微抬起眼皮回答：

「這也可以賣錢喔。」

「我知道了，今天是愚人節吧？」富太郎改採裝瘋賣傻的攻勢，但對方好像不知道愚人節是什麼，作勢拍了拍灰塵。

「府上除了多到幾乎要壓垮地基的書籍與標本外，根本沒有任何值錢的物品吧。」

臉上掛著嘲諷的笑容。

「標本可以說是我的生命。而且看在非研究者眼中，這些東西根本一文不值吧。既然如此就還給我。」

富太郎瞪了對方一眼，其中一人往前跨出一步，面向富太郎。

「對日本人來說是這樣沒錯，但國外的研究者或收藏家願意出錢買下喔。」

富太郎被堵得說不出話來。自舊幕府時代起，就有很多外國人對日本的植物感興趣，前來採集、調查。要是能得到標本，研究肯定能更進一步。但怎麼也沒料到自己的標本居然成了買賣的對象。富太郎站在門外，眼睜睜地看著自己的標本被麻繩捆成束，堆成一座小山，放在好幾輛推車上被帶走。標本的粉塵在初夏的風中飛舞，遠處傳來荒腔走板的喇叭聲。兩年前的大正三年（一九一四年），大戰在歐洲爆發，日本也參與其中，至今仍未消停。

當時序進入九月，四男勝世拉稀便拉得形銷骨立。明明才十三歲，卻一天比一天消瘦、衰弱，最後死於痢疾。這是第幾次為孩子撿骨了？就算撿一百次也無法習慣，頂多只能不再手忙腳亂。但是撿起細得可憐的白骨時，他仍不免想像著，若將其埋在土裡是否會長出嫩綠的新芽？富太郎認真作著不切實際的夢。

壽衛的聲聲歉意比什麼都令他心酸。每一次，她都哭著向他賠不是，說自己害死了孩子。

「妳不要跟我道歉啦。要不是我們家這麼窮，就能讓孩子吃點有營養的東西了。這麼一來，或許就不會死於痢疾了。」

醫生說可能是傳染性的痢疾，因此無法在家裡養病。勝世最喜歡跟兄弟姊妹一起玩了，總是笑嘻嘻地拉著妹妹的手。哥哥和妹妹也都在等勝世出院回家，但最後只等來一罈骨灰。孩子們還無法理解發生了什麼事，勝世等於是突然從他們眼前消失。

富太郎摩挲壽衛的背，用力眨眼，心想這次一定要振作起來才行。

「我們家現在還有多少債務？」

壽衛並未抬頭，感覺正以沉默向他抗議何必偏偏選在這個時候提起錢的事。

為什麼不肯早點跟我一起想辦法呢？唯有錢的事不該與女婿們商量吧？要是他們以為親家要向他們借錢，香代和鶴代該如何自處？

「老實告訴我，我欠了多少錢？」

壽衛縮著身體回答：「已經算不清楚了。」為了還錢又去借錢，只要能借到錢，哪怕是高利貸也去借，壽衛這麼多年都是這麼周轉過來的。富太郎也一樣，只要能度過眼前的難關，根本顧不上借錢的對象是誰。每次買太多書被催著付帳，哪怕對方是朋友，也不管三七二十一地忝著臉借錢。

「大概將近三萬圓吧。」

金額太大，反而覺得很不真實。每當有人問起，他總是笑著轉移話題：「大概兩、三萬吧。」這其實是因為他也不清楚到底欠了多少錢，所以亂說一通。負債金額高達薪俸的一千倍，富太郎不由得呻吟。四月剛創辦《植物研究雜誌》。全國各地都有愛好植物的收藏家、民間的學者，還有教師。換言之，這是一本以這些門外漢為對象，傳播植物與植物學新知的雜誌，主要由富太郎執筆，他也身兼編輯、發行人。但如果付不出紙錢、印刷費、寄送費，創刊號就會是最後一本了。

走進書房，望向堆積如山的標本。即使債主搶走一批，剩下的標本仍足足塞滿兩個房間。每次採集回來，就連覺也不睡地做成標本。趁著記憶鮮明先畫下來，再以水洗淨根部，用報紙夾起來。倘若旅途太遙遠，則在旅館打包好寄回家。壽衛和孩子們收到後，會幫他換報紙，而且是每天換。因為如果不每天換，植物殘留水分就會變色，還會發霉。梅雨季節則在家裡撐起晾衣服的竿子，連同報紙掛滿幾十件標本，底下用火盆燃燒木炭，加速乾燥。要是這樣還發霉的話，就得用筆尖沾酒精，仔細地洗掉黴菌。不分春夏秋冬，製作標本皆為全家總動員，所以富太郎一件也捨不得失去。正因為能用標本仔細地對照細節，才能鑑別採集到什麼植物。

可是再這樣下去真的不行，可能會「全家跟植物同歸於盡」。只能變賣標本了。如果有人要買，只好賣掉了。

富太郎在腦海中構思英文的廣告文案。

十月底，富太郎前往上野公園。聽說第十屆文部省美術展覽會將在竹台陳列館舉行，富太郎前去參觀。可惜內容並不怎麼吸引人，公園裡櫻樹的紅葉也很蕭索。

回到位於本鄉區西片町的家，壽衛在玄關迎接他：「有客人。」家裡有客人並不稀奇，但如果是學生，壽衛不會特地跑出來告訴他。土間有雙陌生的皮鞋。

「說是新聞記者。」

富太郎「嗯」地應聲，脫下外套，交給壽衛。換好衣服，走進後面的房間，這裡也有堆積如山的標本和書籍。壽衛送上用來烘手的火爐，因為擔心火爐太大引起火災，所以其實並沒有比外面暖多少。貌似記者的男人怡然自得地站在堆積如山的標本前，專心地看著手中的標本。

「讓你久等了，我是牧野。」

富太郎出聲，看上去不到三十歲的男人抬頭。

「您好，因為您不在，我直接進來了。」

男人態度沉穩，沒有記者特有的匆忙，舉起手中的標本對富太郎說：「我自己拿來看了。」

「哦，那是鬼紫珠。明治二十五年在土佐的五台山採集到的植物。」富太郎說明：「別名叫高知紫珠，七月到八月之間會開出淺紫色的花。之所以學名裡有Veludo，是因為葉片有密密麻麻的天鵝絨珠狀細毛[110]。」

「是老師取的名字嗎？」

「對呀。」富太郎笑著回答。

「我在拉丁文的學名裡加入故鄉高知的地名，當然還有我牧野之名[111]。」

記者一臉佩服地猛點頭，珍而重之地放回標本。

「還沒自我介紹。」記者遞出名片，上頭寫著東京《朝日新聞》記者，渡邊忠吾。富太郎也給他名片，壽衛送上茶水。富太郎請對方坐在火爐前，自己在對面坐下。

「今天想請教您關於這些植物標本的事，聽說要賣到國外去了。」

「你從哪裡聽到的？」富太郎抱著胳膊，似笑非笑地回答。算了，無所謂。富太郎嘆口氣。他早就料到，在這個家裡進進出出的學生遲早會走漏風聲。畢竟大學裡似乎已經開始流傳「牧野終於窮到要變賣標本」的傳言。

一旦有所覺悟，就不再感到羞恥了。這也是為了研究學問，為了日本植物學。

「我原本就對金錢毫無概念，欠了一屁股債。這次真的走到山窮水盡的地步，就連看得比性命還重要的標本也不得不忍痛放手。因為這些都是我走遍日本各地採集、製作的標本，也有很多珍貴的收藏品。賣到國外，大概能賺個兩、三萬圓。」

他決定近期就去橫濱的貿易公司洽談。

「您花了幾年製作呢？」

「從小就開始了。不過真正開始製作、保存具有學術價值的標本是從我開始在大學的植物學教室走動後，大概是二十三、四歲吧。」

「您今年五十五歲，所以是長達三十多年的研究成果呢。」

記者似乎有備而來。每次接受記者採訪時，最佩服的就是他們做功課的能力。真不曉得他們從哪裡查到這些資訊，還能從採訪對象口中套出話來，加以印證。

「一共有幾件標本？」

「我沒數過，但我這次打算賣掉十萬件。」

「這數字也太驚人了。」

記者的眼珠子都快掉下來了。

「也就是說，將有十萬件貴重的標本流落至海外嗎？」

「我也不想，但日本應該沒有人願意一口氣買下幾萬件植物標本吧。」

「大學呢？」

大學應該想要，但不太可能付他兩、三萬圓，說不定還要他無償提供。富太郎只是搖頭，沒說出這句話。

「要是有人贊同我的志向，願意蓋座標本館來存放就好了，可惜日本大概沒有這種收藏家，只是我在癡人說夢。」

「採集植物到這個地步，想必花了非常多心血吧？」

110 鬼紫珠本種名稱為「ビロードムラサキ」，這句話解釋ビロード的由來，語源Veludo，葡萄牙語的天鵝絨之意。

111 鬼紫珠的學名為Callicarpa kochiana Makino，kochi是高知的日語發音。

「我從不以為苦。」

富太郎喝了口茶，實話實說。截至目前，富太郎向學界、世界發表的新種植物至少有四百種以上。像是發現了過去一直認為日本沒有的貉藻，菊花的原生種野路菊、大和草、奴草也都是世界級的大發現。

「論文也有上千頁。」

渡邊記者用鉛筆在攤開於膝蓋上的筆記本飛快地做記錄。富太郎從書房搬來《大日本植物志》、《新撰日本植物圖說》和《增訂草木圖說》給他看，還送給他一本《植物研究雜誌》創刊號。富太郎以演講的氣勢發表一番高見後，記者問：「可以拍張照嗎？」示意採訪到此結束。「可以啊。」富太郎首肯，站在鏡頭前，拍了好幾張照片。渡邊將相機收回皮包說：「實不相瞞，我是農科大學的畢業生，至今仍深受池野教授的照顧。」

也有農學士出身的新聞記者啊。富太郎感到佩服的同時，想到一件事。

「該不會是池野兄告訴你我的窘況吧？」

渡邊不置可否地低頭告別。

十一月收到渡邊來信，信上寫著「報導將於十二月上旬見報」。但富太郎買來報紙，遍尋不著相關報導。十二月又被房東掃地出門，舉家遷至白山御殿町。

利用寒假西行，去拜會從以前就一直邀請他去玩的京都植物收藏家。請二手書店收購了幾本書，總算湊足車資。無法再像過去那樣下榻高級旅館，只能請朋友收留。也去了大阪一趟。佐川的兒時玩伴堀見克禮成了醫學家，目前住在大阪市的江戶堀，已經是府立大阪醫科大學教授，教授診斷學，晚上在家開業看診內科，來求診的人非常多。

克禮之父久庵也是醫生，長相極為俊美，因此吸引很多女性患者上門求診。也是富太郎十七歲時，告訴他《菩多尼訶經》這本書的人。

那是他第一次聽到菩多尼訶這個單字。

起源自拉丁文，意指「植物學」，同時也是「種子」的意思。

兩個年過五十的男人促膝長談，回想佐川的山河，讓富太郎暫時忘了眼下的困境。

「少爺都沒變呢，還是一樣醉心於植物。」

「你也沒變啊。」富太郎說道，無比懷念地看著他與名醫父親肖似的身影。

隔天早上，富太郎都還沒向他道謝「每次都麻煩你收留」，克禮就給他一個信封，裡頭有十圓。

回程在橫濱下車，出席植物愛好會在當地中學舉行的聚會。一看到他，就有好幾個人擁上前來大喊：「牧野老師。」

「怎麼啦？怎麼這麼慌亂？」

富太郎繃緊神經，該不會有人在採集時受傷了。「您看過了嗎？」一名幹部拿報紙給他看。「沒有，我這陣子都在京都和大阪。」富太郎邊說邊看報紙，一看嚇一跳。是上次那篇報導。

斗大的標題寫著「懷才不遇的學者牧野　變賣十萬件植物標本」，小標是「賭上生命蒐集的珍品不得不變賣的學者心事」。只有上半身的照片形容枯槁、面有菜色。內容十分詳盡，除了寫出富太郎的薪資，甚至還提到以前承蒙岩崎家幫忙清償債務的事。這下慘了。富太郎拍拍後頸。

又得意忘形，說太多了。

「舉世聞名的偉大學者原來過得這麼苦啊。」圍著他的人無不群情激憤。

「話說回來，帝大也太無情了。讓建立這麼多豐功偉業的牧野老師做那麼多事，卻只給一點薪水，還不給學位。老師不只投入全部的家產，還背上巨額負債，帝大都不聞不問嗎？」

激動得活像話劇裡同仇敵愾的朋黨。報導中著重強調富太郎的懷才不遇，還寫到「大家都說牧野氏具有博士以上的實力，卻連學位都沒有，只好到處借錢，欠了一屁股債，生活過得極為困苦，令人不勝唏噓」。

富太郎很感謝對方為他出頭的俠義心腸，但是在回東京的車上心情異常沉重。大學裡想必亂成一團，這次肯定要回家吃自己了。

回到家已是深夜，壽衛捧著報紙在等他。「老公」，一看到他，嘴角微微顫抖，淚眼汪汪。看到她的表情，富太郎才恍然明白那篇報導有多值得感恩。

負債有如雪球般滾成現在這麼大，壽衛也覺得難辭其咎。報導中對牧野家的同情撫慰了壽衛的心，支撐她不至於崩潰。

「船到橋頭自然直。壽衛，一定會有辦法的。」

富太郎在玄關攬過壽衛的肩，凝視小小的燈泡。

隔天十八日，收到渡邊的來信。信上寫著受東京《朝日新聞》的報導影響，大阪《朝日新聞》也刊登出這篇報導。十九日早上，富太郎親自前往位於京橋區元數寄屋町的東京朝日新聞本社致謝。西式的會客室十分時髦，不知將暖氣藏在哪裡，室內溫暖得不像是冬天，待客的咖啡也很美味。

「牧野老師，我們想用言論支持你。不能讓國寶流落到國外。大阪《朝日》也想以『月薪三十五圓的世界級學者，牧野氏將出售十萬件植物標本』為題，讓全國人民知道小氣的有錢人與貧窮的學者是日本最具代表性的兩大痛腳。」

正與上級談話時，渡邊回來了。

「我剛接到大阪打來的電話。救星出現了，而且有兩個喔。」

渡邊迫不及待地叫嚷，活像兜售號外的報販。「真有效率。」上級站起來。富太郎輪流打量他們，好不容易才反應過來，從椅子上跳起來。

「支援者出現了嗎？」

「正是。聽說對方看了大阪《朝日》的報導，立刻致電給報社。一位是大名鼎鼎的久原財閥房之助。你或許聽過礦山王這個名號，也是創辦日立製作所的實業家。另一位是……」渡邊望向手邊的紙條。

「京都帝大法科的學生。怎麼？居然是學生。」

上級把手擱在腰部，問渡邊：「該不會是惡作劇吧？」

「此人好像親自前往大阪《朝日》，報社也確認過他的身分。他的養父是很有錢的資產家，養父去世後，由他當家作主，繼承養父的資產。青年名叫池長孟，他想買下那些標本，再將標本送給牧野老師。」

真的假的？富太郎不敢置信。

日本也有不小氣的有錢人。

十二月二十一日深夜，富太郎跳上夜行火車。

白天，嫁出去的香代與鶴代各自與自己的丈夫趕回來，說是看了新聞報導。富太郎向他們解釋的過程中又興奮起來，感覺再也坐不住了。

「不管了，我要去神戶。壽衛，幫我準備。」

「好的，馬上來。」壽衛立刻進到後面的房間。富太郎把手繞到腰帶後面，解開腰帶，露出上半身，在客廳裡走來走去，片刻都靜不下來。

「爸。」女婿細川正也和額賀次郎全都一臉呆滯地抬頭看著他。

「都要年底了，您還去神戶嗎？」「就是說啊，等過完年，比較不忙了，再去找對方比較好吧。」

兩人說著無關痛癢的話，富太郎脫下和服。

「救世主出現了，怎麼可以不打鐵趁熱。再說了，我才不管什麼盂蘭盆節、什麼年底、什麼過年呢。」

富太郎拉起快掉下去的長褲，滴溜溜地轉動眼珠子。付不出房租或賒欠帳款早已是家常便飯，就算與連夜潛逃無異地搬家，富太郎依舊不改其到處旅行、拿著採集工具滿山遍野跑來跑去的日常。壽衛也習慣了，直接打電報到他下榻的旅館告知新家地址。還曾經忘記已經搬家，不小心回到原本的住處，見家裡人去樓空，大驚失色地衝進派出所說：「我家遭小偷了。」

「我爸是個沒定性的人。」香代與鶴代向自己的丈夫解釋。

「去新年參拜的時候，一路都在觀察神社的樹，抓住正忙著賺錢的宮司[112]，口若懸河地說著這棵樹就快枯了、今年大概不會開花等不吉利的預言，對方聽得臉都綠了。還以為他終於要跟我們一起走，一轉頭人又不見了。」

香代皺著眉頭抱怨，鶴代也苦笑著附和：「就是說啊。」

「後來我們發現神社角落圍起交頭接耳的人牆，還以為不是賣蛤蟆油的商人，就是耍猴戲的人，探頭一看，居然是父親。正在高談闊論梅花自古以來就是百花之首，這株蠟梅則會更早開花。不不不，別以為有個梅字就是梅花了，這株蠟梅跟梅花沒有半點關係喔[113]。怎麼樣，這位先生，就連植物的名字也很有趣吧？」

壽衛手裡拿著皮包，回到客廳，朝女兒們使了個眼色：「別再說了。」似乎擔心女婿們對富太郎留下不好的印象，但富太郎志得意滿地認為世界上再也沒有比自己更認真的學者了。從壽衛手裡接過西式長褲，一腳踩進去，再穿上襯衫，打領結時想到一個主意。

「壽衛，妳也一起來。」

「我也去嗎？」正在折衣服的壽衛倏地抬頭。猛眨眼，一臉「你在開什麼玩笑」的錯愕，女兒也在一旁起哄：「對呀，媽媽也去嘛。」

「那就走吧，一起走。快點準備。」富太郎催促壽衛。

「可是，我不在家的話，誰來照顧春世他們？」

「我們可以照顧自己。」春世童言童語地回答。背靠柱子，席地而坐，手裡拿著雜誌。

112　日本神社裡地位最高的職階。

113　蠟梅又稱臘梅，雖然也在冬天開花，但蠟梅不是梅花，而是蠟梅科的落葉灌木，梅花則是薔薇科的植物。

「今年大概不用搬家，光是這樣就沒什麼大問題了。」

兒子春世今年十七，底下的百世十五歲。女兒巳代十二歲，最小的玉代七歲。

「弟弟妹妹都長大了，況且還有我們呢。」香代繼續幫腔。

「對呀。」鶴代也幫忙勸說：「您也擔心爸爸被騙吧？所以媽媽最好同行，幫忙鑑定對方是人是鬼。」

他才不覺得壽衛會擔心這種問題。富太郎邊穿上衣，掃視所有人一眼。

「騙我有什麼好處？再說，池長同學是京都帝大的學生喔，是神戶富豪的兒子喔。在這個世態炎涼的時代，為了拯救一介植物學者，親自趕往大阪的朝日新聞社。」

「真的有這麼好的人嗎？」

壽衛撐著窄小的下巴，側著頭嘀咕。女人這種生物，真的好愛操心啊。

「《朝日新聞》已經確認過對方的身分了，不用擔心。」

「去嘛，去嘛。」女兒們繼續遊說母親，開始幫忙打包行李。

「媽媽也該去向那位奇特的學生問好，而且錢的事交給爸爸處理太危險了。」

「對呀。」兩個女兒開始竊竊私語地慫恿母親。

「拿了那麼多錢，爸爸可能一轉頭就跑去書店，又買一堆書，或是訂製上好的西裝，甚至不顧一切地購買留聲機或印刷機也說不定。您最好拜託對方，可以的話盡量不要給現金。」

原來女兒們是這麼看待自己的。富太郎抓了抓頭髮，坐在火爐前，與女婿們對上雙眼。雙方不約而同地撇開視線，肩膀微微顫抖，顯然是在強忍笑意。

深夜十一點，在兩位女婿的目送下從東京車站啟程。

富太郎坐窗邊，壽衛坐在靠走道的位置。對面是兩位貌似商人的男子，抱著行李，閉目養神。壽衛在膝蓋上攤開報紙，開始剝橘子。富太郎接過一瓣，送入口中，咬著咬著，自顧自地笑起來。

「孩子的爸，你在笑什麼？」壽衛小聲問道。

「沒什麼，只是沒想到妳真的會拋下孩子出遠門。」

「明明是你要我同行的不是嗎？不過，好像在作夢啊，居然能與你一起搭夜車。」

「很像私奔吧？」

「你又在開玩笑了，待會見到對方可要嚴肅點喔。」壽衛低著頭，一個勁兒地撕去白色的橘絲。她似乎還半信半疑，又露出拚命想要相信的樣子。

這次一定能改善生活。

對面的乘客還沒睡著，不時撐開眼皮，對他們投以怪罪的眼神。富太郎降低音量，附在身旁的壽衛耳邊說：

「我不是經常告訴妳，一定會有辦法嗎？」

「但每次都沒有辦法，不是嗎？每次都摔得鼻青臉腫。不過，這個社會還沒有拋棄你呢，肯定是這樣沒錯。」

「沒錯沒錯。」富太郎將兩瓣橘子一起放進嘴裡。

「要待到什麼時候呢？」

「不確定。總之先去大阪的朝日新聞社，聽對方怎麼說。」

「我可以去一趟京都嗎？」

「去京都做什麼？」

「要買伴手禮給細川和額賀啊。京都有很合適的店，但願還沒有倒閉。」

壽衛看著倒映在幽暗車窗上的臉，伸手撫順髮髻。明明對京都應該只有不愉快的回憶，語氣卻相當雀躍。沒多久就頻頻點頭，打起瞌睡來。

富太郎睡不著，滿腦子胡思亂想，池長孟是個什麼樣的青年？見到他該說些什麼才好？愈想愈清醒。他已經坐習慣硬梆梆的三等座，但屁股也差不多要開始疼痛了。富太郎換了個姿勢，鬆開蹺著的二郎腿，抱著胳膊，自言自語：「等等。」

家財萬貫的青年願意花大錢買下他的標本，還打算送給他。也就是說，可以平白收到相當於標本價值的白花花銀子，卻不用付出任何代價嗎？

天底下真的有這麼好的事嗎？

坐在搖晃的火車上，耳邊傳來陣陣汽笛聲。

大阪、兵庫、再回到東京，感覺不停地在移動。

造訪大阪的朝日新聞社詢問詳情後，十二月二十四日與壽衛一同前往神戶市門口町的池長家拜會。朝日新聞社還派了一位年過四十，名叫長谷川萬次郎的記者同行。此人筆名如是閑，負責撰寫名為「天聲人語」的專欄。

池長家的宅邸是一棟雅緻的日式房屋，周圍是一片樹林，幽暗的玄關散發出長年焚燒香爐的味道。上了年紀的女傭引領他們在走廊上前進，長方形的建築物讓他想起故鄉的老家，腳下的地板微微發出吱吱嘎嘎的聲響令人很懷念。走進西式會客廳，有如溫室般開了好幾扇窗戶。松樹和木斛、櫟樹在窗外形成深邃的綠意，冬陽在枝葉間閃爍生輝。

不一會兒，穿著羽織和服的池長孟現身，自我介紹時展現出謙遜的風度，但眉眼與身材意外地俐落強壯，是名威風凜凜的大和男子。有位老人站在孟身後，是這個家的掌櫃。昨天去朝日新聞社拜訪時，長谷川也打電話叫上這位老人，因此他們並非初見面。

孟的養母——池長的遺孀也出來跟他們打招呼，有一雙狹長的丹鳳眼和圓潤的臉頰。這麼說來，祖母的房間也有這種京都人偶。漆黑的髮髻還充滿光澤，淺紫色的和服十分淡雅，繫著鵝黃色的腰帶。

「我是孟的母親。這孩子請各位多多關照了。」

池長夫人以溫和柔潤的音調向他們問好。似乎沒打算在場，打完招呼便先行告退。經過窗前時，肩頭搖曳生輝。壽衛顯然被震住了，盯著對方雪白的頸項。

聊了些生活瑣事後，長谷川切入正題。「我的心意沒有改變。」孟撐開手肘，雙手在膝蓋上握拳。

「我想買下植物標本，再送給牧野老師。」

「送給牧野老師的意思是說，牧野老師不用把植物標本交給你嗎？」

長谷川替他問道。富太郎最難判斷的就是該怎麼處置那些標本，只見孟毫不猶豫地點點頭。

「珍貴的標本流落海外是國家的損失，是日本身為文明國家的恥辱。我只是想阻止這種事發生，希望牧野老師能繼續研究。是這個念頭讓我提出這次的要求，並不是想得到那些標本。」

這麼一來，等於是直接用錢資助富太郎。以前也受過三菱財閥岩崎家的照顧，但當時是承蒙故鄉士紳的介紹，再加上彼此都是土佐人，人不親土親的加持。這位青年素昧平生，只是看了新聞報導，對自己深表同情。不能一直依賴別人，富太郎昨天就打定主意要婉謝這塊天上掉下來的餡餅。

「非常感謝你的好意，但我決定暫時把標本放在你那裡。」

孟挑了挑濃眉，流露出不解的神情。

「把標本交給我這種植物學的外行人，我也不知道要拿來做什麼。」

「牧野老師，池長同學說的沒錯，而且要寄送十萬件標本也是很浩大的工程。」

長谷川不贊成富太郎的決定，昨天也試圖說服他改變心意。

「可是既然買下標本，標本就屬於池長同學，交給他才是做人的道理。」

「這件事我們再從長計議吧。」長谷川從懷裡掏出記事本。

「接二連三提出這麼現實的問題真不好意思，當務之急是想知道池長同學要怎麼證明你的誠意，請問你有什麼想法？」

長谷川開門見山地提出富太郎和壽衛最難以啟齒的問題。當初也是以代言人的氣勢主動請纓：「我也一起去吧。」東京《朝日》刊登第一篇報導時，富太郎為了向渡邊忠吾記者致謝，拜訪朝日新聞社，與社會部的山本松之助部長交換過名片。長谷川好像是那位部長的胞弟。

「恕我僭越。」站在孟背後的掌櫃屈身向前。「聽說牧野老師的債務高達兩、三萬圓，請問實際金額是多少錢？」

孟與長谷川也看過來。

「呃……多到我一下子答不上來。」富太郎居然說得有幾分得意。

「春天才出版名為《植物研究雜誌》的雜誌，但是確實如報紙上寫的那樣，我實在沒有錢，資金都是向認識的人千拜託、萬拜託借來的。」

從創刊號一路出到第三號，又卡住了。原因依舊是籌措不到費用，就連印刷廠老闆都面有慍色地說：「你不能再這樣下去了。」

老師從鉛字到墨水都有自己的喜好，會一一指定。我很清楚老師非常講究，但每次打樣，老師都用紅筆訂正得密密麻麻地寄回來，等於每次都要從頭來過，所要花費的時間、精神比其他案子多出好幾倍不說，還屢屢要求打折，付款也要我們三催四請，這跟吸血有什麼兩樣？請恕我們無法再奉陪下去。

就是因為這麼講究，精美的印刷才大受好評，只可惜賣雜誌的錢、讀者繳的會費依舊入不敷出，光靠那麼一點錢根本不夠給全家人買米買鹽，家人永遠處於飢腸轆轆的狀態。

「明明沒有人拜託，窮學者還拚命做一些讓自己愈來愈貧窮的事。」

情不自禁冒出土佐腔。孟和長谷川臉上都露出親切的笑意，唯有掌櫃連眉毛都不動一下。

「真的非常抱歉，您沒有回答我的問題。請您坦白告知究竟有多少債務。」

掌櫃冷靜地拉回話題。看來是由這位掌櫃負責說出池長家難以啟齒的話。

「之所以這麼問，是因為很多人被問到有多少債務時，往往會因為不好意思或礙於面子而報得比實際金額低。可是債務通常是由大大小小的欠款累積而成。倘若還剩下東一處、西一處的少額欠款，遲早會滾成天文數字。站在我們的立場也想一次處理掉所有債務，如果後來又有人拿著借據來要錢，我們將不知該如何是好。夫人，債主應該不只一位吧？」

突然被問到，壽衛嚇得抖了一下。「您所言甚是。」重新握緊膝上的大束口袋，低下頭去。「有很多位債主。」

「我想也是。所以我完全能體諒您的心情，請您坦承告知總共有多少欠款。這不像我們去神社或寺廟拜拜，捐一萬圓香油錢，請神明或佛祖保佑就結束，少爺真的懷著一顆赤誠之心，想幫助牧野老師擺脫眼前的困境，讓老師能全心全意投入研究，因此必須一次清償所有債務。對不對？少爺。」

「對。」孟頷首。

「真不好意思。」壽衛低頭道歉。

「夫人，別這麼說。請問總共有多少欠款？」

「實不相瞞，我帶了借據來。」

壽衛解開膝上的束口袋。富太郎大吃一驚，因為壽衛從未透露帶了那種東西來。

「昨夜我在旅館算了一下，所有借據加起來超過兩萬八千圓。我不清楚外子向相熟的朋友借了多少，但從他過去的德行看來，我猜大概有一千圓左右。」

她剛才說了「德行」二字嗎？

富太郎假裝咳嗽，感覺在掌櫃與壽衛間變得無所遁形。包括他欠了書店和印刷廠不只百圓，以及一旦「想要」就不管三七二十一立刻買下來的個性。

「討厭啦，就是因為我這個德性，才把老家的財產揮霍殆盡。」

這時除了打哈哈也沒有別的辦法了，但其他人都笑不出來。

「看吧，一下子就超過三萬圓了。少爺果然料事如神。」耳邊傳來掌櫃對孟咬耳朵的低語。長谷川插進來補充，有些債務早已超過還款期限，事態刻不容緩。

「那麼就由我直接與那些債主見面吧，這是最快也最確實的方法。」

孟面不改色地說道。掌櫃在背後猛點頭。

「必須先與債主交涉，才能開始解決問題。」

四天後，孟與掌櫃結伴上京。

與人數眾多的債主交涉時，孟充分發揮法科學生的優勢，搬出各種法律用語，而且態度謙和、人品高尚。錢莊及當鋪的債權人全都被他唬得一愣一愣的，低聲下氣地答應減少債務的金額。

富太郎只是無所事事地坐在客廳，原本三萬又好幾千圓的欠款就被整合成幾乎只剩下三萬，整疊借據一一畫上代表清償的斜線。女婿額賀同為律師，此番陪同出席，只見他小聲附在富太郎耳邊說：

「京阪地區的富豪之子果然受到特別良好的教育。才二十六歲，做事就充滿了成熟的風範。」

富太郎也深感佩服，無法相信眼前發生的一切都是真的。不敢相信從三十歲起就百般折磨自己、令自己苦不堪言的債務居然能在新聞見報的半個月後一筆勾銷。而且考慮到牧野家今後的生活，孟還主動表示「每個月會再援助您一點錢」。

送走債主後，壽衛送上飯菜。富太郎前些日子從大阪買回來的吹田慈姑熬煮得相當入味。關東沒有這種慈姑，有如長角似的從小粒的塊莖長出嫩芽。取發芽代表吉祥、如意、值得慶賀之意，是關西人過年的餐桌上必不可少的料理。回到東京，在貝原益軒的《大和本草》看到以下的記載。

我在攝州吸田的村子裡遇見一種名叫吹田慈姑的植物，葉子和根都很像慈姑，但是個頭嬌小，不開花，氣味佳，風味比慈姑更濃郁。

「慈姑原本就是外來的根莖類，但吹田慈姑好像是另一種植物。」又發現有研究價值的植物了，富太郎不由得滿心歡喜。

「老師也研究蔬菜啊？」孟問道。

「蔬菜和果實、藥草都是植物啊。對了，吹田是大阪的地名。這是天滿果菜市場的老闆告訴我的。」

「關東人應該連唸都不會唸吧。」孟也笑了。卻見掌櫃露出嚴肅的表情，放下手中的筷子。

「大名鼎鼎的蜀山人——大田南畝先生去大阪的銅座赴任之際，聽說很喜歡吹田慈姑，還留下了切斷魚骨的海鰻、日式濃湯、吹田慈姑和天王寺蕪菁皆令他印象深刻的字句。」

看來掌櫃不只打理財務很有一套，學識也很淵博。

「沒想到牧野老師的行程如此匆忙，居然還有時間去天滿。」

「就在登門拜訪的隔天啊。內人說要去京都，我送她到大阪車站，順道前往。真不愧是從舊幕府時代就名滿天下的果菜市場。我還買了天王寺蕪菁和高山牛蒡帶去朝日新聞社，看得長谷川先生目瞪口呆，說他見過形形色色的人來報社，但是提著蕪菁和牛蒡的人還是頭一個。」

市場擠得水泄不通，蔬果及土壤、米袋的氣味幾乎讓人難以呼吸。每個人的嗓門都比富太郎有過之而無不及。

孟與掌櫃吃光所有燉煮料理和豆皮壽司，給足壽衛面子。富太郎喝著飯後的茶，發現不是平常的粗茶。大概是在京都買的茶葉吧。

「老師，關於標本……」孟放下茶杯。

「晚生決定尊重老師的心情，就先放在我這邊吧。」

「我認為這樣甚好。」

孟說話簡潔有力，宛如特快火車。

「我家在會下山有棟房子，我打算存放在那裡。不過，只是放著太可惜了，我想順勢成立研究所，老師覺得呢？」

「研究所？研究所啊……」

富太郎在口中重複這句話。原本默不作聲的額賀銘感五內地說：「爸，這真是太好了。」

「我也很期待。」孟謙遜地說。「既然有緣相識，請老師務必來神戶做研究。為此需要研究所。岐阜有昆蟲研究所，京都也有貝類博物館。既然如此，乾脆在神戶興建足以代表日本植物的研究所——牧野植物研究所。」

富太郎深吸一口氣，定定地直視青年。

明明眼前的人不是壽衛，卻讓他彷彿置身夢境。想捏捏自己的臉，最後改用手掌輕撫臉頰，清了清喉嚨說：

「再怎樣也不能冠上牧野的姓。請命名為池長植物研究所，這樣我才能問心無愧地去神戶。」

「這樣啊，您願意來神戶啊。」

「標本等於是我的孩子。我會以出養孩子給研究所的心情，每個月去看它們一次。」

「那麼，我就來打理會下山的正元館了。以前是小學的禮堂，空間足夠寬敞。對了，老師，有朝一日也展示植物標本，讓一般市民參觀如何？」

「這樣的話，請務必附設植物園。」

兩年前，約莫是大正三年（一九一四年），富太郎寫信給當時的內閣總理大臣大隈重信與農商務省的局長，提出「日本植物研究及植物資源開發意見書」，強調興建實用植物展示園與大規模植物園的必要性。從植物學的角度來看，小石川植物園已經不敷使用。栽培、展示活生生的植物需要提供能配合成長的空間。為了高山或深谷的植物，也需要有山有谷的廣大植物園。

聽完他的一番話，孟目光炯然地附和：「我舉雙手贊成。」

十二月底，富太郎再度西行。既然要和池長家正式簽約，那麼乾脆打鐵趁熱，趕在年內完成。長谷川萬次郎記者提供自己位於蘆屋的家做為簽約地點。

富太郎這次沒帶壽衛同行，孟也獨自前來。長谷川為二人宣讀合約內容。

「池長孟以三萬圓買下牧野富太郎的十萬件植物標本，將其贈與牧野富太郎。但標本將運送至神戶，保管於會下山的正元館，並在此設立植物研究所。池長孟每個月提供牧野家若干援助。牧野富太郎則每月前往神戶一次，進行研究。」

長谷川唸到這裡，暫停片刻，推了推鼻梁上的圓形銀框眼鏡。

「以上可有任何疑異？」

雙方都回答：「沒有。」一式兩份的合約書放在桌上，孟與富太郎各自簽名、蓋章。

「大日本帝國還是有點希望呢。」長谷川感慨良深地喃喃自語。

「世界各地仍烽火連天，日本卻因為一位學生的熱情得以成立研究所，發展文化事業。」

「老師，如果研究上需要什麼工具，請不要客氣，指示晚生代為調度。」孟拿起咖啡杯。

「書本呢？」富太郎也喝口咖啡。

「如有必要可以購買。老師府上的藏書多到可以開圖書館了，晚生非常感動，原來世界級的學者還這麼好學啊。晚生會在神戶也購置需要的書，請您安心地做研究。」

孟笑起來有幾分孩子氣，真是個純真耿直的青年。更重要的是，他非常理解學問的重要性，這點令富太郎喜出望外。

「看來明年會是忙碌的一年。」

「老師，請多多指教。」

「《朝日》也將繼續給予支持。」

蘆屋是個閑靜的小鎮，與年底兵荒馬亂的氣氛宛如兩個世界。窗外開始飄著白雪，西式暖爐燒得紅通通。

十一 怪人

富太郎天生不知疲勞為何物，自從擺脫將全家人逼得喘不過氣來的負債，他更加精力旺盛地四處奔波。

大正六年（一九一七年）剛過完新年，一月二十日就出席橫濱的植物會。到了二月，他聽說本鄉的二手書店進了《本草綱目》及《地錦抄》，立刻二話不說買下。沒多久，長谷川萬次郎上京，富太郎去東京車站大飯店找他，在孟的援助下付清積欠丸善將近十一圓的書錢。此外還出席了東京植物同好會、去帝室博物館上班、與橫濱植物會的成員一起登上鎌倉的衣張山。

三月搬離在白山御殿町租的房子，舉家遷至小石川區戶崎町。明治藥學校也邀請他去演講，植物標本在這段期間又增加了，遂以掛號包裹的方式寄至神戶的池長邸。

四月，百花盛開，埼玉的戶田原開滿了整片的櫻草，箱根蘆之湖的湖畔也開滿三葉躑躅，塔之澤則開滿姬卯木。他感嘆日本不愧是櫻花的國度，觀察日本山櫻與豆櫻，採集花枝，為櫻花寫生，還打算找機會整理日本櫻花的論述，活力充沛地走遍日本各地。

光是想到植物研究所即將落成，腳步益發輕盈。

神戶、神戶、神戶。

熱血沸騰的同時也想起田中芳男男爵。富太郎多想向他報告神戶將成立植物研究所的事，遺憾的是男爵已於去年六月中旬撒手人寰。富太郎前往田中家，為男爵守靈，一直待到隔天的葬禮。第一次見到博物局的天產部長田中芳男是明治十四年（一八八一年）的事，當時的富太郎比池長孟還年輕，如今已五十六歲了。能成為帝室博物館天產課的約聘人員，也多虧與田中男爵細水長流的緣分。聽說每次提到植物，他都會說「去問牧野」。伊藤圭介與田中芳男是師徒關係。

人生在世，關鍵在與誰相遇。

植物同好會今年在東京與橫濱舉辦了很多活動。一切都要感謝四月出版的《植物研究雜誌》第一卷第四號。

「這本雜誌不只面向部分學者，也向各地收藏家傳達了正確的知識。有朝一日，當他們能集結起來發表各自的調查研究時，大家就能認識分布於全國各地的植物。日本人也能闡明日本的植物相了。」

富太郎對孟慷慨陳詞，孟主動表示願意贊助出版費用。

五月爬上富士山，去神奈川時也登上足柄的金時山，在滿地岩石間遇見楚楚可憐的小岩櫻。小岩櫻與櫻草是同類，花朵呈現鮮艷的粉紅色。剛開的時候應為紫紅色，可見已經開了一段期間。腦海中不經意閃過池長家遺孀的倩影。

同年七月，森林太郎先生來信：

> 江戶時代末期的醫生，同時也是儒學家伊澤蘭軒提到「楸」這種植物。但那究竟是何種樹木呢？根據我的調查，楸在古代稱為梓，即現在的野桐，但我不是很確定，即使翻遍植物學的書，

也無法得到明確的答案，只好向您求解。

富太郎立刻提筆回信。

> 承蒙垂詢，以下是我的解答。本草學家一般稱「梓樹」為「楸」，這是一種梓屬的樹，在帝室博物館的腹地內也看得到。「野桐」通常是指「梓」，種植在上野公園入口的左側堤防前，人力車聚集的地方，但這其實是野桐屬的樹。另一方面，發音為azusa的「梓」現在的名稱則是「夜糞峰榛」，又稱「日本櫻樺」，學名為*Betula ulmifolia*[114]，為樺木屬的樹。西起九州到東北地方，分布範圍相當廣泛，屬於深山的落葉木，樹皮若有破口會發出一股臭味。是以前用來製弓的材料，至今在秩父仍稱為azusa，沒有漢字。

也就是說，「楸」是梓樹，和azusa或野桐都是不一樣的植物。

後來《東京日日新聞》的連載小說〈伊澤蘭軒〉第兩百九十四回與兩百九十五回寫出了這段交流。文中記錄他向牧野富太郎請教「楸」的事，以橫書的方式呈現富太郎回信的原文。還不忘嚴謹地註明，富太郎在學名末尾正確地附上了人名，是自己行文時省略掉這個部分。強調「幸得牧野先生的熱心指導」也可以看出森先生的人品。感覺有道非常溫暖的光靜靜地照亮了內心深處。

---

114 目前使用的學名為*Betula grossa*，*Betula ulmifolia*為其異名。

八月，陽光從枝葉的縫隙灑滿整條山路，夏天的鳥鳴聲不絕於耳。

富太郎走遍六甲山。回想二十歲從高知搭船時看到的六甲山就像積雪般慘白，山村盡數被砍伐為建材及石材，淪為光禿禿的荒山。四十年過去，整座山都活了過來，那些枝、那些葉、那些花……他沒走幾步就停下腳步，彎下腰來採集。再往前走，繼續採集，從各個角度觀察，塞進胴亂裡。

「菊薊、秋麒麟草、還有菝葜。」

富太郎加上節拍，幾乎是邊走邊唱，前方有幾個人在等他。長谷川和孟悠然坐在馬背上，充滿貴族派頭。

「老師。」孟伸出一根樹枝。「這是什麼植物？」

富太郎湊近細看，怎麼看都是小衝羽根空木，但是又不敢確定。

「枝葉皆為綠色這點很罕見呢。植物有很多變異，這可能是六甲山特有的小衝羽根空木。」

「當地特有的品種啊。」孟的語氣十分雀躍。

「之所以取名為小衝羽根空木，是因為長得很像過年時打羽板球的羽毛吧？」長谷川也探頭過來看。

「正是。而且果實也會像羽毛一樣旋轉飄落喔。不過，這種小衝羽根空木與衝羽根分屬不同科。衝羽根是檀香科，小衝羽根空木則是忍冬科。」

「科就好比植物的家[115]。」孟告訴長谷川，長谷川回以促狹的眼神：

「在整理標本的過程中，你也學到不少呢。」

「好說好說。光是聽說櫻花屬於薔薇科，我就頭昏腦脹了。」孟搖搖頭，與富太郎並肩同行。

話雖如此，孟真的很好學。依約移送到神戶的標本高達十萬件，但光靠這樣要成立研究所還不夠，至少要再多一倍，甚至更多才行。富太郎卯足了勁，動員壽衛及兒子、在家中出入的學生們打包大量標本，陸續寄至神戶的會下山正元館。正元館是為了紀念孟已故的養父——池長通為當地教育盡心盡力的功勞，致贈舊兵庫尋常高等小學的講堂而來。兒子也原封不動地繼承養父為公共利益不惜散盡家產的寬闊胸襟。

七月，兩人開始整理標本。孟用「空間夠大」來形容果然沒錯，別說十萬件了，就連三十萬件都放得下。「孟同學，給你。」富太郎把標本遞給他，孟接過：「好的。」一件件堆起來。天氣熱得不得了，做沒多久就汗如雨下。回到池長家，池長夫人「哎呀」地驚呼一聲，用袖子掩住口鼻。

「快去洗澡換衣服。」

女傭們一擁而上，協助他們沐浴更衣。洗完澡，孟喝麥酒，富太郎喝冰鎮的麥茶，熱烈討論研究所的未來。

「必須對標本的陳列方法多下一點工夫呢。」

「在那之前得先重新貼過標籤，太舊的標本有些字都看不清了。」

「全部都要嗎？」

「交給我來處理吧，只有我能判別。」

「也得決定研究所的方針與經營方式。家母和掌櫃都建議舉行盛大的開幕式，讓更多人知道。」

---

115 科的原文是 family＝家庭。

「這麼說也有道理。」

「去向京都的貝類博物館取經吧，也可以請教岐阜的昆蟲研究所是怎麼做的。」

「真是個好主意。」

若能前往岐阜和京都，不知又會遇見什麼植物，富太郎興奮莫名。

必需品也逐漸備齊。在京都拜訪了島津標本店，購買新的採集用容器。今天斜背的容器為鐵製，可以裝進相當大量的枝葉，而且比過去使用的容器輕盈許多。在大阪，孟陪他去積欠很多書錢的書店付清帳款，給對方名片，表示以後富太郎買的書都可以找池長家請款。

太陽下山後，孟回自己房間，複習大學的功課。富太郎則在院子草叢傳來的陣陣蟲鳴聲中製作標本。每天都採集到相當大量的植物，所以無論再累、再睏，都得先把標本做好才行。跟來鋪床的女傭要了吸水紙或報紙，還順便借了壓醬菜缸的石頭。很快地，富太郎使用的房間到處都染上了綠色，瀰漫著濃郁的草香。

回想在神戶度過的時光，走在山路上。

「老師，這是杜鵑花吧？」

等在山頂上的孟又問富太郎。富太郎很高興聽到他的呼喚，感覺草木也總是在呼喚著他。

富太郎少爺，要找到我喔。

「老師，您在笑什麼？」

長谷川一臉狐疑。

「這是老師的習慣。」孟笑著說：「老師會跟草木說話。不是比喻，我有時真的這麼覺得。老師會突然大喊一聲：『等我一下。』衝下山谷，開始用土佐腔滔滔不絕地說：『這樣啊，你在這種市中心也能活啊，真厲害，真了不起啊。』滿臉都是笑意。」

「這倒是。」長谷川用隨身攜帶的相機為富太郎拍照，富太郎立刻擺好姿勢。

「好燦爛的笑容啊，您完全不怕鏡頭耶。」

「我最喜歡拍照了。只有期待，哪會怕鏡頭。」富太郎咧著嘴巴大笑。

「這種日本人好少見。大家不是撇開視線，就是全身僵硬，害我傷透腦筋。」

「那就帶他們到山上攝影吧。只要沐浴在陽光下，吹著風，就會自然而然地卸下心防。人本來就能笑得跟花一樣。」

回程聊到長谷川在深川出生，老家是淺草花屋敷[116]的經營者。

「家父原本是木材商人，進入明治時代，從前一任老闆手中接下經營權。」

「花屋敷的歷史很悠久呢。起初是由園藝商人開設的名勝，以牡丹花及菊花打開知名度。」富太郎說道。

「如今已經變成日西和璧的植物園了。」長谷川眉峰微蹙。「興建了五層樓高的奧山閣，為了招攬遊客還養了老虎，致力於各種奇也怪哉的展覽。我想引進更多園藝工人，使其恢復成充滿日本風味的植物園。現在由家兄經營管理，身為出養的養子，我不好多說什麼，多管閒事只會落得要我閉嘴的下場。」

116　開設於一八五三年，是日本最古老的遊樂園，早年是上流階級的休閒場所，並兼營動物園。

「我啊……」長谷川又拿起相機說。

「我很喜歡日本的工匠喔。他們畢生都在鑽研手藝，甚至會讓人覺得，有必要講究到那種地步嗎？所以第一次目睹牧野老師製作標本時，我大受感動。心想這個人不只是偉大的學者，也是對自己喜歡的事、相信的事傾其所有的工匠。」

「你什麼時候看到我製作標本了？」

「無論在會下山還是池長家，您都在製作標本不是嗎？巧奪天工的技術令我瞠目結舌。」

「既然如此，下次我描繪植物畫的時候再請你來看。說到植物畫，沒幾個人能畫得比我好。」

富太郎志得意滿地呵呵笑，兩人都為他鼓掌。

走在下山路上，視野突然開闊起來。座落在山腳下的城市與港口、海洋映入眼簾。海的對岸還能看到大阪的港口，東邊則是鬱鬱蒼蒼的奈良連山。

「孟同學。」富太郎開口：「什麼事？」孟走到他身邊。

「所謂學問，就是要對一百年、兩百年後能派上用場，不，其實根本不確定什麼時候才能派上用場的事物仔細鑽研，流傳給後世。希望池長植物研究所也能以此精神為宗旨，這是我的期許。」

孟立正站好，點頭做出承諾。

夏天的雲亮白得幾近刺眼，三人凝望迴盪著汽笛聲的大海。

富太郎著迷地勤跑神戶。

植物學教室的同僚約好似的絕口不提那則新聞報導。儘管氣氛有些不自然，但既然松村教授擺出相應不理的態度，其他人也比照辦理。富太郎也還有帝室博物館的工作，下了課便速速離開學校。

這麼說來，去年十二月，森林太郎成為帝室博物館的館長。今年是大正七年（一九一八年），在上野精養軒舉行新年餐會，富太郎第一次親眼見到森館長，向其致意。周圍擠滿人，不方便聊太久，只是得知彼此是同齡人後，雙方都難掩意外的表情。

森館長出生於文久二年（一八六二年）一月，富太郎四月出生。因為富太郎的職位是講師，館長似乎以為他應該更年輕點，富太郎也以為，既是前陸軍省醫務局長又是知名文學家的森館長應該已經垂垂老矣。不過館長的臉色看起來確實不太好，莫非是承受太多苦楚，吞了太多青蛙嗎？

四月幾乎都在神戶度過。住在池長家位於垂水的別墅，前往關西各地演講、採集植物，時而將足跡延伸到大阪，與堀見克禮會晤。看到富太郎還給自己的錢，克禮難以置信地問他：「真的沒問題嗎？」

「欠了這麼久，真過意不去。」

「富太郎少爺，不要邊笑邊賠罪好嗎？太詭異了。」

「因為真的很神奇啊，只能說是不可思議的幸運，沒想到能得到這麼多人的幫助。」

轉眼間便在關西結交到許多志同道合的摯友。位於中河內郡的樟蔭高等女學校職員是大阪植物同好會的幹部，因此富太郎經常去學校拜訪，傳授製作標本及寫標籤的方法。心齋橋的鹿田松雲堂是富太郎滯留大阪時常光顧的書店，早已養成先去書店一趟再回別墅的習慣。

五月得回去博物館上班，這才終於返回東京，等孟上京又一起去逛東京的書店，買了一堆書。購買的書會先送到研究所，蓋上「池長植物研究所圖書」的藏書章。

六月再次前往神戶，但之前已約好月底要跟東京植物同好會的會員們一起去高尾山採集，於是趕回東京，七月展開日光採集之旅。下榻於中禪寺，早上駕著一葉扁舟在菖蒲濱上岸，去赤沼原採集植物，欣賞盛放的蓮華躑躅。晚上回到旅宿，突然雷聲大作，下起雨來。早上起床，褄取草與菖蒲散發出雨後的香氣。富太郎在百花的簇擁下想起神戶。

那是充滿希望的土地，風土與人情都很美好，壽喜燒美味至極。

也認識很多蔬菜。從小只要感興趣，就能聽見植物的呼喚。但蔬菜水果在關西的歷史著實悠久，種類也很豐富。富太郎在蘆屋採集野生的紅蘿蔔種子、去京都買南瓜、在神戶元町的南京町買了大黑慈菇。十月上旬，為了去東京植物同好會露臉，又回到東京，後來聽說府中有豆瓣菜，又馬上飛奔而去。村民告訴他，豆瓣菜的方言是和蘭芥子（カワナ），還教他「拌芝麻吃，風味難以形容喔」。這麼說來，精養軒也曾經在烤牛肉旁邊放上同樣的蔬菜。服務生說明：「這道豆瓣菜是西洋的芹菜。」富太郎還為此發表高見：「芹菜是春天的七草[117]之一喔。而豆瓣菜，也就是所謂的和蘭芥子是明治時代才傳入日本並發揚光大的植物，兩者皆在水邊繁殖，但不同科。」服務生以看到瘋子的眼神看著富太郎，避之唯恐不及地速速離去。

為了十月底的開幕儀式，富太郎再度前往神戶。在池長植物研究所舉辦的揭幕活動中，三十一日邀請神戶一帶的中、小學校長、師範學校的校長，十一月一日則邀請池長家的親朋好友，三日招待兵庫縣知事及神戶市的幹部來參觀。掌櫃一手操辦，富太郎只需要等壽衛三十日前來會合即可。

十月二十八日前往京都，參觀了南禪寺附近的園藝場再回到神戶。二十九日接獲希望他到池長家一敘的通知，富太郎如約而至。大概是要討論開幕式的事。他一如既往地被帶到會客室，孟卻遲遲不見人影。以前從未發生過這種事，富太郎開始不耐煩時，孟終於在掌櫃的陪同下進來。孟主動表示要金援富太郎後也討了老婆。聽說對方是個良家婦女，富太郎只與她打過一次招呼。今天也沒看到她。

「呦，終於要舉行開幕式了。」

富太郎舉手示意，孟低垂視線，坐在對面的椅子上。掌櫃還是老樣子，站在孟背後。

「老師……」孟突然抬起頭來：「我有個請求。」

「什麼請求？如果是演講，包在我身上。經常有人說我什麼都好就是話太多，但我這一打開話匣子就停不下來的毛病已經治不好了。」

富太郎笑著望向掌櫃，掌櫃卻一副面有難色的表情，他只好趕緊收起笑容。

「有什麼問題嗎？」

孟的表情蒙上一層陰影。

「之前一直讓您使用垂水的別墅，今後可以請您去住旅館嗎？」

「哦，可以啊。有很多人要從四面八方來參加開幕式吧？我馬上搬。不過未完成的標本堆積如山，所以要從垂水搬走倒是工程浩大。」

還以為孟會跟以前一樣主動說要幫忙，不想孟的語氣始終冷若冰霜。

「請不要使喚我們家的女傭。」

「府上的女傭？我沒使喚她們啊。」

117 芹菜、薺菜、鼠麴草、繁縷、稻槎菜、蕪菁和蘿蔔合稱春七草，煮成七草粥來吃相傳能帶來好兆頭。

「但內人是這麼說的。總之，今後老師若需要人手，請您自行雇用。」

雖說是內人，但應該是遺孀的意思。這麼說來，富太郎倒是有點印象。他曾經拜託這裡的女傭幫忙製作標本過幾次。但每個女傭的態度都很殷勤，每當富太郎讚美她們「妳的屁股長得真好，肯定能生一窩小孩」，她們也只是紅著一張臉回答「討厭啦，老師」。

「我只是想跟府上的女傭打好關係，不會再有下次了。」

「別墅的女傭也是。」

富太郎心裡一驚。關於這方面，他也不是毫無印象。

「呃，那只是鬧著玩。不小心有點過頭了。」

碎嘴的女人，居然向夫人嚼耳根。

「製作標本的紙也請自行購買。」

「你到底想說什麼？」

富太郎忍不住大聲起來。

「你叫我來就只是要囉哩叭嗦地說這些瑣碎的事嗎？」

「這對我們來說是很重要的事。」掌櫃插嘴：「必須做個了斷。」

這句話說得太重，富太郎聽得呆若木雞。孟深深地嘆一口氣。

「我知道研究需要時間，但標本的整理遲遲沒有進展。至少也應該在開幕式前整理、分類、做好展示的準備。我是這麼想的，所以才一直忍到現在。從我買下標本到今年十二月已經兩年，但我只是搬回一座又一座用報紙包起來的標本山，幾乎沒有經過任何整理，不是嗎？我難以想像今後還要花多少勞力與時間才能讓研究所上軌道。」

孟始終正襟危坐，眼神望向遠方。

「研究所真的開得成嗎？」

他說「已經兩年」？他以為兩年就能開設一座像模像樣的研究所嗎？

富太郎這才發現，孟的雙眼充滿血絲。

即使在冠蓋雲集的開幕儀式上，富太郎的心情依然沉重，就連拍紀念照也笑不出來。

壽衛很擔心，但富太郎怎麼可能告訴她真相。

「孩子的爸，你不舒服嗎？」

時序進入十二月，孟做出一個石破天驚的決定。他決定加入陸軍。聽說約莫半年前就提出申請，接受徵兵檢查，以甲種體位合格。

在冬天微陰的天空下送別孟，窩在會下山的研究所裡埋頭苦幹了好一陣子。雖說是研究所，但原本用作小學禮堂，是老舊、寬敞的洋房，也因此冷得要命。即使放上燒柴的暖爐和燒炭的火爐，手還是凍得硬梆梆，只能邊呵氣暖手，邊解開用繩子捆綁的標本，一張一張檢查。用酒精浸濕筆尖，洗去發霉的部分，換紙，撰寫新的標籤。這是富貴草和貓眼草，那是在熊本採集的小鬼百合。

即使已經壓乾水分，變得乾癟，腦海中也能浮現出植物們在山上向陽生長的模樣。

多虧有你，我才能寫論文。

別急，總有一天會寫到你。

藉由跟標本說話為自己加油打氣。

「老師，你在忙嗎？」

長谷川萬次郎邊問邊走進來。

「我帶東西來慰勞你了。」

「那真是感激不盡。」富太郎請他進來。屋裡擺了幾張池長家已經用不到的舊椅子，長谷川拉了一張，坐在暖爐前。富太郎磨咖啡豆，用鐵壺裡的熱水泡咖啡。把夾了火腿和萵苣、起司的黑麵包放在桌上，這才想起今天還沒吃午飯。看了時鐘一眼，已經下午三點多了。

「聽說被派到姬路的聯隊。」

長谷川向富太郎報告。孟入伍當「一年志願兵」。富太郎悶聲不響地喝咖啡。

「池長同學也很痛苦喔。」長谷川補上一句。

「是我害的嗎？」富太郎喃喃低語，彷彿是在捫心自問。

「問題是，我是怎麼害他痛苦了？」

「他曾經來蘆屋找我商量研究所的籌備遲遲沒有進展的事，希望我能幫他催一下老師，我告訴他，老師做事非常仔細。我也知道製作標本比採集困難多了，所以勸他做好心理準備，可能會稍微延誤。而且老師非常講究，簡直到了吹毛求疵的地步。池長同學也明白這點，對老師充滿敬意。」

「要是有什麼我想了解的植物，無論是東北還是九州，我都會去。因為植物有其生長的季節，萬一錯過，可能這輩子再也遇不到了。」

「然而看在池長家眼中，大概會覺得老師的採集之旅是去遊山玩水吧。畢竟一般人對學者的印象就是關在書房裡，愁眉苦臉地拚命讀書。但老師對市井小民一視同仁，毫無隔閡地交流。大家都認得老師的長相，所以可能有人對池長家進讒言，說您在料亭左擁右抱，玩得放浪形骸之類的。池長同學因此挨了母親不少罵。」

果然是遺孀從中作梗。富太郎咀嚼麵包，沒有看上去那麼好吃。

「池長家在關西算是有頭有臉的人家。夫人有義務守住池長家的聲望和品格。所以無論如何都必須避免研究所損害到池長家的名聲。池長同學身為養子，責任感自然比一般人強許多，比誰都在乎研究所能否成功。不僅如此，萬一無法順利開幕，池長家將在關西的上流社會顏面掃地。他最害怕的莫過於先父的名譽因此受損。」

富太郎一句話也說不出來，默默嚥下咖啡和麵包。

「老師不遵守約定也說不過去喔。不是說好每個月固定去神戶一趟嗎？等著等著，還想說這個月不會來了，結果突然出現，而且一待就是好長一段時間。他等於是被老師拉著到處跑，打亂自己的生活步調，掌櫃對此也有很多意見。這些累積下來，久而久之都轉化成他的壓力了啊。」

他確實答應過每個月會去神戶一趟。問題是天氣及旅程隨時都在變。也得照顧同好會的伙伴，好不容易吸引到那麼多人，自然希望每個人都能加深對植物的理解再回去。還得增加採集成果，才有未來可言。他去研究所的時間固然難以捉摸，但其他時間都在垂水的別墅不眠不休地製作標本、描繪植物圖、寫論文，原來這些努力都沒有人知道。孟也不知道。

十二月九日，富太郎在會下山附近採集赤竹，隔天返回東京。

來到大正八年（一九一九年），富太郎的作風仍未改變，並沒有前往神戶。要去大學上課、去博物館工作，還得跟同好聚會、去採集旅行，行程滿檔，蒐集櫻花也令他忙得不可開交。三月、四月採集到寒櫻及緋寒櫻、染井吉野櫻、大島櫻的花枝，在飯倉的德川侯爵府採集到八重櫻的花枝。五月應邀至位於品川大井村的伊達伯爵府，受託判定庭院內的樹木。各種關於植物的諮詢亦如雪片般飛來，富太郎都仔細調查，一一回覆。

六月中旬過後，富太郎得知令他難以置信的消息。

池長家將把研究所的標本捐給京都帝大。問過東京朝日新聞社，確認並非空穴來風，富太郎怒髮衝冠，暴跳如雷。

七月四日深夜跳上火車，鶴代的丈夫額賀也同行。第二天一早抵達神戶時，雨水從黑鴉鴉的烏雲間隙傾瀉而下。只好先在車站稍事休息再前往姬路，在聯隊昏暗的軍營與孟會面。一身軍服的孟相貌堂堂，見到富太郎立刻行了個端端正正的軍禮。他們被帶到會客室，室內十分悶熱，木桌上積了一層厚厚的灰塵。兩位看上去年紀與孟相仿的年輕中尉同席，不確定他們與孟是什麼關係，但兩位軍人都把背挺得筆直，彷彿背後插了一把尺。

富太郎盯著孟不放，調整呼吸。

「池長同學，我今天來是想知道你真正的想法。我聽到一個非常荒唐的謠言，說你打算把我的標本捐給京都帝大。請問是真的嗎？」

孟不假思索地回答：「是真的。」見他態度如此決絕，富太郎氣得腸子都要打結了，下巴忍不住顫抖。

「你在想什麼，居然沒問過我。你應該很清楚標本就跟我的孩子一樣吧？」

孟噤口不言，喉結上下抖動。一旁的中尉正要開口，孟以眼神制止，視線回到富太郎身上。

「是誰丟著那些與自己孩子無異的標本不管？我一直在等老師整理，所謂的一日千秋就是這種心情。但老師完全不管那些標本，也不肯積極地準備。開幕式的日期早就定下，所以能如期舉行，但我認為研究所已經不可能實際運作了。」

「你這個外行人懂什麼！整理標本並不是放到固定的場所就行了，整理作業也是研究上重要的一環。要我在神戶做研究的不是別人，是你吧？池長同學。」

「可是老師不僅不願明確指示研究所的經營方針，我拜託您處理的事務文件也都被丟在一邊，每次找您商量，您都敷衍了事，只是一天到晚往外跑，瘋狂地採集草木，不是嗎？」

「我的研究就是這樣，事到如今你才來質疑這個嗎？」

中尉蹙緊兩道濃眉，露出不以為然的目光。

「池長同學一直默默忍受你的為所欲為，你也稍微體恤一下他的辛苦如何？我不知道你是什麼舉世聞名的學者，看在我眼中，你就是個只管自己、不顧別人的怪人。」

居然說我是怪人。

「再說了，你一直強調『我的研究』、『我的標本』，這句話的前提基本上就錯了吧。那是池長植物研究所的研究、池長植物研究所的標本。」

「池長同學已經送給我了，自然是我的標本。休想拆散我和標本，死都別想。」

富太郎激動得大聲嚷嚷，額賀連忙阻止他：「爸。」

孟不由得露出悲傷的眼神。悲傷的是我吧？富太郎更火大了。

明明我們曾經心意相通地走遍許多地方，你到底是什麼時候，在哪裡走岔了路？

「我是標本的所有人。」孟的視線望向遠方。

「養父英年早逝，留給我龐大的資產，我有責任守護這些資產，也有社會使命保護好那些標本。成立植物研究所，等經營上軌道後，我還有很多計畫，也有夢想。是您讓我認清了理想與現實的差距。植物研究所究竟何時才能正式對外開放，老實說，我已經完全不抱希望了，也無法對母親及親戚交代。更重要的是，我實在不忍心見那麼貴重的標本一直受到冷落，因此我想交給京都帝大。」

「你明知我在東京帝大教書，為何要將我的標本送給京大？」

「那些標本總共有十萬件，不只，現在大概有三十萬件，那是關西的寶貝。既然池長家介入其中，就不能讓這些標本離開關西。這是我與眾人充分討論後的決定。」

兩人的想法始終沒有交集，還沒討論出個所以然來便離開軍營。

回程的火車上，額賀吃著明石的章魚飯，喃喃自語：

「想要在爸身上尋求社會常識或實務能力，根本是緣木求魚嘛。」

「我可不覺得。」

「真正的怪人都不覺得自己怪。」

章魚卡在牙縫，難以吞嚥。

即使回到東京也想不出任何足以改變孟心意的對策，當初為《朝日》撰寫報導的渡邊忠吾及山本松之助部長也都勸他把標本捐給京都帝大。七月底，連神戶商工會議所的人都上京想為此事斡旋，富太郎抵死不從。

「這件事我會直接與池長同學談判，不勞各位費心。只不過，無論談再多次，我都不會同意捐給京大。要殺要剮隨你們，我絕不會改變心意。」

研究植物並向社會傳播，讓大家都能了解植物的生態。

這可不是一時心血來潮就能貫徹到底的志業。才花幾年的時間就想判斷能否辦到，這種研究所不要也罷。

無所謂，我就是怪人，就是沒常識。那又怎樣？

八月，富太郎前往關西參加採集會，沒去神戶，而是去了京都與滋賀。

富太郎在比叡山訂了旅館，先上山採集，再回到位於比叡山山腳下的坂本。這裡是以堆砌石牆闖出名堂的石匠團隊聚集之地，也有很多退休的僧侶住在這裡。他搭乘琵琶湖的汽船取道大津，再回到京都。當地的朋友來旅館找他，探探富太郎的心意。

「那件事有進展嗎？」

「沒有，還僵持不下，直到剛才都還有代理人要我交出標本和書籍，孟同學明明入伍去了。真是片刻都不能掉以輕心。」

「池長同學什麼時候退伍？」

「好像是明年五月底。」

「老師，在那之前請堅持下去。」

無論去哪裡、遇到誰，都會提起研究所的事，甚至有人開始用「池長問題」來概括。二十二日前往大阪，去經常光顧的書店，參觀天王寺公園，從梅田車站上車。第二天一早，與來東京車站接他的壽衛一起搭乘市電回家。

隔著車窗可以看見路上行人不分男女都撐著深綠色的陽傘。

「以陽傘來說，這顏色太熱了吧？」

「你說那個啊。」壽衛也探頭去看。「好像是日本在歐戰打勝仗，開始流行月桂冠的顏色。」

「月桂冠？妳是指用月桂樹的枝葉纏成花環的那個嗎？古希臘人戴的。」

「大概是吧。」壽衛漫不經心的回答令富太郎怒火攻心。

「月桂這種樹的名字起源自中國的古老傳說。傳說中，月亮上長了一棵高達五百丈的桂樹，砍了又砍，還是會再長出來。在中國寫成『桂』字，卻不是日本的桂樹，木犀[118]才是。第一次將laurel翻譯成亞細亞語的月桂大概是《英華字典》，後來直接傳入日本，連日本人也這麼說了。」

「哦，原來如此。」坐在他們對面的紳士聽得很感動，下車時頻頻向富太郎鞠躬：「受教了，萬分感激。」富太郎也摘下帽子，低頭致意。

「孩子的爸，下車囉。澀谷站到了。」

壽衛向他招手，富太郎連忙起身。今年二月中搬到豐多摩郡澀谷町的中澀谷。壽衛極其自然地撐開白麻布陽傘，兩人走在盛夏的街道上。神戶一過了盂蘭盆節就會吹起清涼的山風，但東京仍充滿市電及公車的暑氣，燠熱逼人。

壽衛邊走邊說：「我想了一下。」

「想什麼？」

壽衛直視前方，冒出一句：「關於自力更生啊……」完全不像她會說的話。

「我在想有沒有什麼辦法可以不靠任何人援助，靠自己的力量活下去。」

「如果是每個月的家用，我正在和掌櫃交涉，妳稍安勿躁。」

如今已無法指望池長家的援助。富太郎已經很習慣直接找孟索討從東京出發的車資及差旅費，如今又得自費。擔心購買的書籍如果蓋上研究所的藏書章可能會被沒收，所以最近只得自掏腰包。

「好不容易還清債務，我也想靠你的薪水操持家計。除了大學和博物館，你還有很多收入，賺的錢是一般一家之主的兩到三倍。」

「但我花的錢也是收入的好幾倍。」

像是後天要出版與別人共著的《雜草的研究及其利用》，不用說也知道印刷費用是自己付的。

「那都是為了學問，所以我不會要求你不要花那些錢。研究需要費用。」

「沒錯，沒錯。」富太郎高聲附和。

「所以我想開店。」

「原來如此。妳想開什麼店？賣傘嗎？還是以前開過的糕餅店？真令人懷念啊。」

「那些店的利潤都太薄了，追不上花費。我想乾脆來開一家待合。」

「妳說的待合是指待合茶屋嗎？」

118 日本的桂樹其實是連香樹，而所謂的木犀才是我們熟悉的桂花樹。

「如果是待合，餐飲可以直接點外賣，就不用雇廚師了。」

待合茶屋即所謂的貸席業，提供房間讓客人與藝妓風花雪月。政治家及企業家、軍人們經常用來應酬或密談，也是男女用來幽會的地方。赤坂及新橋、以前住的小石川區的白山都有很多待合。

經過道玄坂時。

「聽說荒木山有個好物件，從我們家可以直接走過去。」

荒木山也是很有名的風月場所。壽衛已經想到那麼遠去啦，富太郎用手背拭去汗水。

「妳什麼時候開始有這個想法？」

「很久了。我一直在想要怎麼擺脫這種貧窮的生活。」

「妳知道要怎麼經營待合嗎？」

「你在說什麼呀，我可是三番町的女兒喔。」

好懷念的稱呼。或許行得通，或許真的行得通也說不定。富太郎仰望天空，夏日的天空藍得望不見一片雲。

「待合啊，或許是個好主意。」

「是個好主意吧？待合。」

壽衛抬頭望向眼前的坡道，轉動陽傘。

秋天過了一半時，待合茶屋「今村」開張了。

一般的待合除了宴席以外，若客人說要留宿，也提供過夜的房間。壽衛起初每天從中澀谷去店裡，沒多久就幾乎都住在店裡了。留宿的客人比想像中多，所以她只有白天的一、兩個小時可以回家，趕緊利用那段時間做家事。還雇了鐘點女傭，所幸女兒巳代已經可以在廚房幫忙，也會照顧妹妹。

富太郎從外地回來的時候也常直接去店裡，在帳房後面的房間吃飽飯，拿出稿件來寫，晚上就留下來過夜。使用走廊角落的廁所時，有時候會遇到客人。其中也有認識富太郎的人，看到富太郎，無不大驚失色。

「牧野老師也住在這裡啊，參加什麼宴會？」

「不是，這是我老婆開的店。」

「那還真是有眼不識泰山。是哦，這裡是老師的店啊。」

富太郎邊洗手邊後知後覺地望向走廊與二樓，從二樓透出的燈光認出對方是經常在博物局見到的老闆，在橫濱從事動物標本的進出口。

「這麼說來，聽說老師捐了上百棵櫻花給上野公園。」

一提到植物的話題，富太郎突然覺得對方變得慈眉善目。

「沒錯。我訂了一百棵北海道產的大山櫻樹苗，前陣子剛種好。」

「大山櫻肯定能將公園妝點得多姿多彩。」

「承你貴言。大山櫻夠高，樹的形狀是寬闊的橢圓形，花也很大朵，顏色比本州的日本山櫻更深一點，等到百花齊放一定很壯觀。秋天的紅葉也別有一番風情。因為會從紅色變成橘色，再變成金光閃閃的黃色。大山櫻的愛奴語[119]是karinpani，語源是櫻花皮的樹。樹皮呈暗褐色，上有灰褐色的橫紋，想必對愛奴族是非常珍貴的生活資源。剝下樹皮，讓太陽曬乾裡面的皮，就成了中藥材的櫻皮。」

耳邊傳來打噴嚏的一聲巨響，男人縮著脖子，原地踏步。

「老師，我先失陪了，改天請務必來晚生的公司演講。」

男人三步併成兩步地上樓去了。富太郎「啊，嗯」地把手插進袖兜裡，轉身正要回房，突然想起是來上廁所的，拉開當初興建時安裝得不甚理想的木門，拎起和服的下襬小解，原本鬥志昂揚的心情逐漸冷卻下來，內心再度充滿不安的疑慮。感覺最近講話經常被打斷。在「池長問題」上，雙方各說各話，始終達不成共識。去年秋天剛成立阪神植物同好會，會員也增加了。不管是研究所還是神戶，他一步都不打算退讓。

話說回來，孟的所做所為活像是不經上野公園同意就把已經捐給上野公園的一百棵大山櫻移到淺草的花屋敷。就算大山櫻長得比較慢，就算有病蟲害，共同守護、共同照顧才是做人的道理不是嗎？最近的年輕人都太沒耐性了，馬上就急著要看到成果。學海無涯，明明花上一輩子的時間都不夠。

富太郎走出茅廁洗手時，二樓傳來三味線的音色，還有客人的笑聲與藝妓們的嬌嗔，看來是場熱鬧的宴會。

生意興隆，很好，很好，那我就繼續寫稿。富太郎沿著走廊回到房間。

牧野真是太不像話了。

該說是意料之中嗎？待合茶屋「今村」的事果然在大學傳開了。富太郎明知會掀起滿城風雨仍置之不理。自己又沒做壞事，反正他早就習慣被挑剔了。然而就在冬天的某一日，上完課，回到辦公室，一群人氣急敗壞地闖進來。

「你這樣也算是要當世人楷模的大學講師嗎？經營傷風敗俗的待合茶屋成何體統！」

「那家店是內人在經營，不是我。」

「有什麼差別。而且深怕沒有客人上門，還帶學生去光顧，簡直胡來。」

「你說的是別家店吧。內人的店生意興隆，根本不愁沒客人上門。再說了，帶學生去光顧這句話說得也太沒品了。我家從以前就經常有大批學生出入，內人早已養成一視同仁請大家吃飯的習慣。現在都住在店裡，沒空回家煮飯給大家吃，所以才偶爾招待大家去荒木山吃飯。」

「問題就出在這裡。」

「這有什麼問題？」

「尊夫人就是個大問題。我把這件事告訴內人，內人差點沒嚇暈。」

這位副教授的夫人主張大學講師的妻子一定要照顧好家庭，再利用閒暇時間從事公益活動，如果要開課，也應該教授茶道或插花、英語、鋼琴，而且不能以賺取學費為目的，必須是振興藝術的一環才行。

「什麼不好做，偏要經營待合茶屋，丟盡帝大教員夫人的臉。內人幾乎聲淚俱下地向我抗議。」

「副教授，扯到丟臉會不會太小題大作了？」話說出口的同時，富太郎拍桌而起。「請收回這句話！」

「你這個傢伙，居然惱羞成怒。」

119　愛奴族是日本的原住民，主要分布在北海道。

「要批評我，我甘願承受，但說我老婆丟盡帝大教員夫人的臉，我就不能忍氣吞聲。」

「我認為內人說的一點都沒錯。身為講師夫人，行為舉止如果不能符合帝大教員之妻的身分地位，連我們都會被拖下水。」

「內人為了成全我的研究，不惜犧牲一切，實在是沒辦法了，才會開始經營待合茶屋，有什麼好丟臉的。」

後來才知道，壽衛好像只花了三圓的本金就開了那間待合茶屋。即便如此，生意卻蒸蒸日上。偶爾去店裡瞧一眼，壽衛總是梳著整齊的髮髻，臉上塗著白粉，還擦了口紅，踩著優雅的腳步在店內忙進忙出。我老婆已經是有模有樣的老闆娘了。不管客人是什麼身分，壽衛都盛情款待對方，聽說還有不少年輕軍人視壽衛如母，充滿孺慕之情。

「內人的情操可高尚了。就算我成了博士，她大概也不會仗勢著丈夫的地位作威作福吧。至少不是那種不問情由就狗眼看人低的傲慢女子。請轉告尊夫人，就說牧野是這麼說的。」

富太郎憤慨地瞪回去，這群人研究學問到底是為了什麼。沾沾自喜地頂著廉價的頭銜，連妻女都跟著自命不凡。

一行人臉色大變地悻悻然退散，富太郎在校內的風評更差了。有一天，就連理學部長五島清太郎博士都叫他去問話，富太郎一五一十地向對方說明。

「如此這般，我沒有做任何虧心事。」

「我知道，但那篇《朝日新聞》的報導已經讓很多人對你有微詞了。」

理學部長的語氣並不嚴厲，也不是沒頭沒腦地叱責富太郎。既肯定富太郎的功蹟，也願意體恤他，但富太郎只是雙手環抱在胸前應道：「那又怎樣？」

「你真的很喜歡給自己樹敵耶。」

「我才不喜歡，是敵人自行增殖了。」

「不要把人形容得跟黴菌一樣。」理學部長苦笑嘆息。「我就趁這個機會跟你挑明好了，你身邊不是只有敵人，也有人看到那篇報導，認為應該重新評價你的為人，幫助你取得學位，升格為副教授。」

這點富太郎也略有耳聞。以前在植物學教室的助手或學生，都成了母校或今年變成農學部的東京帝國大學農科大學的教授、副教授，至今仍保持聯絡的人經常給富太郎很多幫助。自從《朝日新聞》登出那篇報導，他們都勸富太郎「寫論文、拿學位」。

報導雖然說大學針對你、不給你學位，但你別意氣用事，應該能屈能伸地發表論文。這麼一來，應該馬上就能拿到學位。

看在旁人眼中或許是那樣沒錯，但富太郎真的從小到大都覺得有沒有學位無所謂。學者的價值在於有沒有學問，沒有學問的學者有再多學位或稱號也沒有任何意義。沒有學位又怎樣？只要走遍千山萬水的研究成果能獲得世人認同，不就是貨真價實的學者嗎？鄉下中學的教師也有許多了不起的學者。去你的學院派！

「聽我一句勸。」理學部長抓住椅子的扶手。「你現在最好謹言慎行，避免無謂的爭端。家家有本難唸的經，但是關於尊夫人的生意，最好再考慮一下比較好。」

要考慮的事情太多了。

隔年，大正九年（一九二〇年）五月二十九日，接獲池長孟退伍的消息。

即使親自前往池長家詳談，雙方還是各執一詞。

「我不是來神戶，也去研究所上班了嗎？」

「您只出現在研究所一天，就馬上又去採集旅行，不是嗎？」

「那也是研究，到底要說幾次你才懂？」

「您還好意思說。只把標本運來就放著不管，從不整理，口口聲聲研究所、研究所，卻連最基本的雛型也沒有。因為毫無進展，我才想到乾脆送給京都帝大，好運用在學術上，老師卻死不同意。」

「你真的很煩，我絕不會讓你把標本交給京都，死都別想。」

再也沒有比雙方堅持己見、爭論不休更累人的事了。這次依舊沒有結論，富太郎獨自前往池長植物研究所工作。開燈的聲音、腳步聲聽起來異常響亮。環顧大廳，地上擺滿堆積如山的標本，就像一個又一個生命，又像波光粼粼的海浪。黃昏時分的陽光影影綽綽地撫過每一張紙。

仰仗別人的好意航向大海的船即將失去船槳，沉沒在望。

富太郎彷彿在椅子上生根似的整理標籤。

七月底離開東京，在名古屋轉車，前往吉野，再把足跡延伸到高野山。

應和歌山縣教育委員會主辦的採集會之邀，一共有八十人參加，盛況空前。八月十三日之前都待在高野山，指導參加者採集，十二日應邀發表演講。縣公所的人說高野山真言宗御室派的管長[120]土宜法龍是著名的佛教學者，也是南方熊楠的多年好友。

「南方先生也會來聽老師演講吧。請務必讓南方先生說幾句話。」

「真是好主意。我也可以與他對談。」

「對談？真的嗎？那真是太好了。」

熊楠經常在信上對富太郎表示敬意，還曾經充滿歉意地寫下「至今尚未得幸與老師見面」。倘若立場對調，就算對方遠在千里之外，富太郎也會前往拜會，熊楠顯然不是行動派。但不管怎樣，這次總於有機會見面了。

就讓他瞧瞧這位舉世聞名的天才有什麼本事吧。

演講在教會堂的宴會廳舉行，主題是「關於高野山的植物」，反應非常熱烈。

「大家都很開心喔。老師真是妙語如珠，連外行人都聽得懂。兩小時一轉眼就過去了。」

可是熊楠並沒有出現。

大正十年（一九二一年）秋天，某個涼風習習的夜晚，富太郎前往今村。

與香代的丈夫細川正也、鶴代的丈夫額賀次郎約在那裡見面，兩人已經打了好幾個哈欠，一個勁兒地猛抽菸。客人的酒宴遲遲不結束，壽衛直到深夜十二點才忙到一段落，回到位於帳房後面的房間。細川率先打破沉默：

「如同各位所知，這家店在爸任教的大學被視為一大問題。爸爸雖然打算以不變應萬變，不願隨他們起舞。但畢竟是東京帝大，很容易成為眾矢之的。如果報紙不負責任地隨便亂寫，還是會影響到爸

120 宗教團體中位階最高的職位。

的立場。是否該趁這個機會好好思考一下這家店的未來呢？」

「說的也是。」壽衛撐著雪白的下巴。看來真的非常疲憊，妝都花了，感覺整張臉都拉長了。

「這陣子也有客人提到這件事，說東京帝大的老師賺這種錢是否有失體面。」

「我才不在乎，又沒有做任何虧心事。」

富太郎插嘴。

「爸。」額賀將手中的茶杯放回茶托上。「如果您一開始就這麼說，要怎麼討論下去呢？」

兩位女婿皆以「別為反對而反對」的眼神制止他。以眼神示意他明明三人已事先討論好，也達成共識，若富太郎事到如今才想說好話袒護太太，一切就前功盡棄了。

「呃，嗯，當我沒說。」富太郎漫應一聲，低頭喝茶。

明明是因為爆發池長問題才不得不從事這種起死回生的營生，這次又為了他在大學的立場想推翻原本的決定，對壽衛真是太殘酷了。

「呃……」額賀把話題拉回來：「鶴代和香代姊也都很擔心。眼下媽媽幾乎都住在這裡，忙著打點店裡的事。爸生活中也有很多不便之處，儘管我們家那口子有時候會去幫忙做家事，但畢竟孩子還小，想再多幫點忙也心有餘而力不足。光靠巳代一個人著實忙不過來，鐘點女傭好像也不太濟事。由我來說實在很僭越，聽說家裡相當髒亂。我們不懂洗衣打掃的方法，但很擔心媽媽的身體喔。從早忙到晚，還得經常抽空回家做家事，遲早會搞壞身體。恕我直言，您這陣子看起來很疲倦。」

「我想是因為上了年紀的關係。」壽衛虛弱地笑著說。

「媽，既然已經打造成地方上數一數二的名店，不如趁這個機會賣個好價錢。」

「賣掉？」壽衛瞪大雙眼。

「可是如果這時候賣掉，生活馬上就會陷入困境。」

或許是顧慮到富太郎，壽衛低著頭，含糊其詞地說。

「問題就出在這裡。那麼以逐月收取暖簾費[121]的方式交給別人經營如何？」

細川將抽到一半的香菸捻熄在菸灰缸裡，拉回話題：「既然如此，乾脆也把這家店的負責人名義換成其他值得信賴的人如何？這麼一來，其他人也沒理由再指責爸了。」

「我的面子不要緊。」

富太郎忍不住又想推托，壽衛侷促不安地說：「我考慮一下。」

半個月後，今村換了負責人，經營權也交給其他人。女婿們說的沒錯，已經聲名大噪的店完全不愁找不到人接手。壽衛回歸家庭，最高興的莫過於孩子們。玉代已經是小學高年級生了，卻撒嬌地一直喊著「媽媽」，抓住在廚房燉蘿蔔的壽衛衣角不放。

富太郎也放下一顆心，十月二十日離開東京，前往神戶。

研究所的未來還沒有定案，但如果不去研究所上班又會落得「違約」的口實，遭人攻擊。數量龐大的標本在整理上遲遲沒有進展。把在山上採集到的植物做成標本時，總是萬分期待這次又有什麼發現，但只是整理已經了解到不能再了解的標本實在很無聊。為了轉換心情，只好寫信或寫稿，可是連兩天都坐不住，就想去買東西或剪頭髮。才到元町附近，太陽就快下山了。如果想去大阪郊外的樟蔭

121 將自己創立的店交給別人經營，藉此收取費用，類似現在的加盟金。

高等女學校得花上一整天，回程再去書店買書。請款單愈積愈多，但需要的東西就是需要。神戶、大阪的朋友也增加了，有人邀他去參觀須磨的菊人偶，也參加了大阪植物同好會的第一次採集會，指導會員在奈良的春日山採集植物。

後來直接在神戶跨了年，於大正十一年（一九二二年）元旦踏上歸途。

我今年六十一歲了，都已經過了花甲之年，還坐火車到處奔波。

富太郎也覺得這輩子真是定不下來啊，自顧自地笑著遠眺富士山。

冬去春來，櫻花開了，在落櫻繽紛最美的季節，孟說他要去歐洲。對富太郎而言，他當初加入陸軍無異於平地一聲雷，這次旅行也是說走就走。似乎尚未決定歸期。四月十七日，富太郎在橫濱的港口目送他搭大洋丸離開。

五月上旬，富太郎又前往神戶，在名為布引的山林間採集植物。裏白空木的白花今年也如約盛開，土栗從落葉間冒出頭來。到了秋天會撐開外皮，長出外形肖似海星的星形菌菇。晚上再回研究所，把採集到的植物夾進報紙。無論再累，唯有這項作業一定要今日事、今日畢。

第二天白天也見了很多人，吃完晚飯再去研究所上班，為標本換報紙。

萬籟俱寂的夜裡，一個人埋頭苦幹，並不覺得孤單。杜鵑鳥也以叫聲陪伴他。但凡愛好植物的人，無不一口一聲地親暱喊他「牧野老師」，願意收留他過夜的同好也增加了。神戶素負盛名的旅館少東也跟他變成好朋友，富太郎每次前往，對方都會為他準備最高級的房間，大方地請他吃美味的壽喜燒。會下山繁花似錦，富太郎在明石採到粉綠狐尾藻，在大阪的天王寺公園採集到縞布袋竹的樹枝。

與此同時，孟正在異國天空下，研究所的經營與標本的未來仍處於前途未卜的狀態。

五月二十七日回到東京，壽衛告訴他：「今村要關門了。」老闆娘換人後，很多客人都不來了，慢慢地收不到暖簾費。請額賀幫忙清算，把店頂讓給別人。手邊似乎還餘下一點錢，富太郎沒有細問。

十一月，全家又搬到中澀谷內。

十二 愛妻

大正十二年（一九二三年）九月一日接近正午，天氣晴朗，輕風徐來。

富太郎穿著短褲，坐在八張榻榻米大的房間裡，正拿著標本在研究。冷不防，整棟房子發出咔答咔答的聲響。富太郎屏住呼吸，抬頭望向天花板，隨即開始了劇烈的搖晃，強烈到他必須使勁用臀部壓著榻榻米。

晃成這樣可不尋常。

東京是塊地震頻仍的土地，但這次搖晃到簡直像是被丟進巨大的搖籃裡，眼睜睜地隔著簷廊看見鄰居的石牆倒塌。整棟房子都吱嘎作響，堆積如山的書籍與標本散落一地。耳邊傳來餐具櫃與衣櫥傾倒的巨響，書桌都移位了。反應過來後，富太郎衝進庭院，抓住朴樹的樹幹。大地左右晃動的幅度有四、五寸之多，壽衛和孩子們都還在屋裡。

「壽衛、孩子們。」

富太郎大喊，但沒有人敢出來。屋瓦掉落，梅樹悲慘地折斷了好幾根樹枝。晃動總算緩和下來，壽衛和孩子們終於出來庭院。臉色發白，動作也有如淨瑠璃人偶僵硬，幸好沒有受傷。

「孩子的爸，你沒事吧？」

「那當然。不過真是嚇死我了。我本來還想待在屋子裡體會看看能搖多大呢。」

「還好意思說。」春世雙手扠腰，不以為然地冷哼。

「穿成這樣緊抓著樹木，最好是能體會到震動啦。」

「簡直跟猴子沒兩樣嘛。」百世有時講話也很毒。春世今年二十四歲、百世二十二、巳代十九、老么玉代也十四歲了。

「百世，不可以說爸爸是猴子。」

壽衛說歸說，也控制不住臉上的笑意，一點說服力也沒有。全家人哈哈大笑。幸好大家都平安無事，富太郎鬆了一口氣，與此同時，難得遇到這麼大的地震令他有些亢奮。巳代從鄰居口中得知市區發生大火。太陽下山後，富太郎帶春世和百世去九段看熱鬧。

九段下已陷入一片火海，連天空都燒成焦色，迎面而來的風帶著熱氣，簡直慘不忍睹。明明發生如此嚴重的災難，內心反而風平浪靜，真不可思議，甚至還生出幾分虔敬的心情。在大學受盡冷眼、永遠擺脫不了的貧窮、遲遲無法解決的池長問題。比起眼前的慘狀，降臨在區區一個人類身上的災難根本算不了什麼。

回程在六番町也看到火災，回到家已經更深露重了。壽衛和巳代、玉代都在庭院裡。壽衛鋪上草席對他說：「待在屋裡可能會被壓扁，今晚在院子裡過夜吧。」

「我要在家裡睡覺。」

富太郎獨自進屋，撥開堆積如山的標本，躺在榻榻米上。負氣地想：要是再發生大地震，一定要仔細確認搖晃程度，順便想像被壓死時的心情。

我已經六十二歲了，還沒有任何成就。難道這輩子就這樣了嗎？不，如果有天命，我大概還可以再活幾年。富太郎瞪著黑暗的天花板。

到了隔天仍餘震不斷，所幸震度都不大。傍晚，鄰居通知他們朝鮮人來襲，富太郎帶著一家大小離開家園，前往代代木的練兵場避難，交代兩個兒子「看好媽媽和妹妹」，自己慢慢走在最前面。避難民眾的人數難以計算，不少人貌似剛從大火中撿回一命。在街道上走了一圈，幾乎只有他們一家人毫髮無傷，甚至可以用奇蹟來形容。第二天早上回到家，鄰居說東京市郊陸續發生火災，可惜沒有報紙可看，無法確定真實情況。

入夜，植物學教室的友人三宅驥一來看他。三宅目前在東京帝國大學農學部教書，是池野成一郎的部下。

「人沒事就好。」

「你也是。池野兄呢？」

「他也沒事。不過神奈川發生大海嘯，聽說東京的日本橋、神田一帶都滿目瘡痍。」

「這樣啊。沒有報紙，什麼都不知道。災情竟然那麼慘重。」

「各家報社的總部都燒毀了。通訊設備、瓦斯、山手線全都受災嚴重，東京可能要完蛋了。」

大地震後的第三天，富太郎沿著鐵路走到目白，去池袋探望幾位朋友。有人去小田原或箱根還沒回來，生死未卜。聽聞此事，富太郎一時無語。然而至玄關相迎的女傭看到富太郎手中的東西，露出古怪的表情。

「哦，這是仙人草。屬名鐵線蓮。」

是他在目白的路邊發現的蔓草。即使是此時此刻，十字形的白花仍抬頭挺胸地朝天空綻放，但沒有花瓣，看起來像是花的部分其實是萼片。富太郎沒帶採集工具及容器就出門了，所以只能連葉帶藤捧在懷裡。女傭從富太郎身上撇開視線，丟下一句「多謝您來探望」就砰的一聲關上門。這時還捧著花草，被當成怪人也不奇怪。

是夜，春世和百世站在屋外警戒。

隨著日子一天天過去，逐漸釐清地震與火災造成的災情。罹難者與失蹤者多達十四萬人。富太郎走訪各方好友，各方好友也來拜訪他。九月二十日，得知神田的書店及幫忙購書的店都受到祝融之災，由出版社負責保管的《植物研究雜誌》第三卷第一號也化為灰燼，只留下七份打樣。最令他痛心疾首的莫過於珍貴的原圖都燒光了。當時他正與帝國駒場農園長田中貢一合作，決定發行新的植物圖鑑，如火如荼地準備中。過去出版的植物圖鑑沒有附檢索表，因此他們想結合文字解說和圖片，再加上檢索表，製作成更方便閱讀的圖鑑。富太郎指導田中製圖，可惜大部分都付之一炬。與東京帝室博物館約聘的學者根本莞爾共同編纂的《日本植物總覽》也正準備出版，無奈放置研究材料的博物館天產部也因地震不幸倒塌。

震災後沒多久，次女香代回娘家。

「我想跟細川離婚，無論如何都要離。」

「怎麼可以，妳也不想想還有四個孩子。」壽衛臉色大變地阻攔。香代最大的長男今年才十歲，還有一對八歲的龍鳳胎，三男今年一月才出生，還在襁褓中。

「我已經忍無可忍了。」

香代把臉埋在和服袖子裡，哇哇大哭。壽衛輕拍她的背，以充滿歉意的眼神朝富太郎低頭致意。此事交給壽衛，想必很快就會大事化小、小事化無。富太郎一如往常地微微頷首，自顧自地磨咖啡豆。轉動磨豆機的把手時，產生了另一個念頭，既然本人想離婚，何妨順了女兒的意呢？

「不用勉強說服她回家，人生何其短暫，一朝發生天災人禍，人類根本不是老天爺的對手。」

不只壽衛，連號啕大哭的香代本人也愣住了。富太郎慢慢注入熱水，隨即散發出好聞的香味。富太郎端著咖啡，走進書房，坐在書桌前喝咖啡。翻開最近剛買到的外文書。那是一本古老的荷蘭植物學書，富太郎邊查字典，將眼鏡推到額頭上，湊近到幾乎貼在文字上。

啊，果然是鹿子百合。

書上寫著這是幕末隨西博爾德渡海而來的百合。富太郎又啜飲了一口咖啡，繼續往下看。光是看到書上提到日本的植物，就像在黑暗中看到一盞明燈。

大正十三年（一九二四年）八月，富太郎到三重縣的四日市演講，領著一百三十位會員浩浩蕩蕩去採集植物，實地給予指導。二十七日抓緊波平如鏡的天氣搭船抵達紀州勝浦，在那智演講，召開採集會。後來移動到新宮，待了一段時間，九月二十二日經由海路從田邊上岸。

「老師，遠道而來辛苦了。」

多年來魚雁往返的宇井縫藏來接他。在宇井家住了一陣子，前往當地的高等女學校幫忙整理標本，搭乘水產試驗所的汽艇進入神島。在南海的陽光與海風下採集當地人稱為彎珠的日本羊蹄甲，隔天在有名的蟇岩底下採集到桔梗蘭和上臈杜鵑草之後，返回宇井家。

九月底的某個晚上，富太郎再度前往高等女學校整理標本。包括同行的宇井在內，簇擁著富太郎的一行人全都一副坐立不安的樣子嘀咕：「熊楠先生好慢啊。」

「你們在竊竊私語什麼？」

結果熊楠還是沒出現。他當然知道富太郎在田邊，因為每天和富太郎一起去採集的這些人都是熊楠的舊識。協助熊楠採集植物、菌類的學者無不盛情款待富太郎，帶他到處跑，唯有熊楠本人始終不曾露面。

「老師，要不要繞過去看看？」

「去哪裡？」

「熊楠家。」

有人不以為意地提議，富太郎倏地停下腳步。

「沒道理是我去找他吧？」

應該由熊楠主動登門拜訪前輩以表示敬意才對。以前不管他提出什麼問題，富太郎一向知無不言、言無不盡，還曾經把兩份標本的其中一份寄回給他。這次理當換熊楠盡地主之誼吧？如果是我一定會這麼做。

第二天，在女學校的校長及其他人的盛大歡送下，富太郎搭火車離開田邊。

大正十四年（一九二五年）一月四日，平瀨作五郎與世長辭。

他與熊楠共同研究的松葉蕨胚胎發育順序於大正九年（一九二〇年）終於露出闡明的曙光，卻發現澳洲學者也在同一時間發現，並已在學會上發表。平瀨曾向東大詢問此事，所以富太郎略有耳聞。平瀨不得不放棄花了十年歲月的共同研究。

接獲平瀨的死訊時，富太郎火冒三丈。總覺得平瀨是在不得志的情況下抑鬱而終，遺憾得不得了。把那個大發現的獎金投注於研究，結果竟換來這樣的下場。

熊楠這個王八蛋。

富太郎知道這是遷怒。再怎麼天賦異秉，研究植物胚胎學還是需要相當大的運氣成分。但平瀨不是孤軍奮戰，還有熊楠。明明已經成功在望。想像兩人志得意滿地橫掃世界各大學會的模樣，內心不由得烏雲密布。他一直在等待兩人成功的消息。

好想為兩人祝賀。這麼一來，我也能擺脫心魔的糾纏。

富太郎恨得咬牙切齒。

漫步在雜木林的小徑上。

滿地都是黃色的枯葉，分別是麻櫟和小楢、安息香，還有赤松。穿過樹林，眼前是一望無際的蘿蔔、蕪菁田。已經採收完甘藷的田地土壤呈深咖啡色，田埂飄著一縷白色清煙，大概是附近的百姓在燒稻穀殼。芒草在稻田對面閃爍著銀白色的光芒，蓊鬱的圍籬後面隱約露出偌大的茅草屋頂。路邊有座石佛小廟，經過竹林的湧泉，又看到一整排櫸和蔥田。

繼續再往前走，美不勝收的雜木林映入眼簾。

「老師，這裡如何？」

芹澤薰一郎從背後問道。他是年輕時就在牧野家進進出出的書生，現在在北豐島郡的大泉村公所上班。該公所的會計員很喜歡植物，曾經與芹澤一起去富太郎位於中澀谷的家拜訪，也參加過附近的採集活動。震災後趕來探望富太郎，對地震造成的重大災情熱烈議論了一番。

最可怕的就是大火了，三十分鐘就把我花五十年以上蒐集的藏書與標本燒成灰燼，簡直令人欲哭無淚。

有次他不假思索地說了這句話。既然壽衛不再做生意，香代也回來了，富太郎開始思考離開化為一片焦土的市中心，找個僻靜的地方生活也不錯。聽聞此事，兩人立刻幫他尋找合適的地段，帶他去看。富太郎當然帶了壽衛同行。

「挺理想的。」富太郎頗為滿意。

「壽衛，妳覺得呢？這裡還不錯吧？」

壽衛從背後侷促不安地靠近。

「你喜歡就行了。」

回頭看，壽衛正向兩人行禮：「有勞了。」

「不愧是夫人，下決定真乾脆。那麼我們就著手操辦囉。太好了，能請到牧野老師是我們大泉的榮幸。」

兩人的語氣都很雀躍。

回家路上，夫妻倆並肩同行，不由得感慨萬千。

「活到六十五歲，終於有自己的房子了。」

「在大都市住了這麼多年，早已習慣，換作以前絕不會想要搬離東京市區，但自從發生那麼大的地震，光是想像就覺得提心吊膽。感謝他們介紹了這麼好的地方。」

「蓋房子的費用沒問題吧？」

地租相當便宜，蓋房子的費用則由壽衛賣掉今村的權利金支付。

「幸好從今以後只需要繳地租，不用再付房租了。」

「這輩子付了好多房租啊。」

「少來了。不也曾經積欠一大筆房租，連夜逃跑嗎？」

「還曾經因為堆滿書的推車太重了，卡在路上動彈不得呢。」

回想當時手忙腳亂的樣子，實在很滑稽。壽衛也莞爾一笑，小小聲地說：

「我從不奢望大富大貴，但也到了沒力氣再搬家的年紀了。」

與壽衛結褵至今，前前後後至少搬了三十次家。每次都住大房子，因為即使家計再困難，標本和書籍、孩子還是源源不絕地增加。因此富太郎並沒多想，總覺得這輩子大概要一直租房子下去，作夢也沒想到能在雜木林間擁有自己的家。耳邊傳來沙沙的聲響，是松鼠在樹林間穿行。

「是你呀。牧野家也要在樹林中築巢，讓我們打擾一下喔。」

「你應該很忙，木工就交給我來找吧。如果你有什麼想法，要早點跟我說喔。事後再嫌這裡不行、那裡不好就來不及了。」

富太郎稍微掀起帽子說：「了解。」抬頭仰望樹梢。風沙沙作響地吹過樹幹的間隙，綠意及枯葉、果實、土壤的氣味撲鼻而來，就連水肥的臭味都令人懷念。遠處傳來牛叫聲。不久後，當春臨大地，豬牙花大概會掀起林床的枯葉，開出清純可人的淺紫色花朵。夏天的早晚有暮蟬，秋天有楓紅，冬天裸木的枝頭會積雪，各顯風情。

「希望這塊地是我們最後的歸宿。」

壽衛站在身旁，光照在她的額頭上。

大正十五年（一九二六年）五月三日，一家人遷入新居。

就像壽衛說的，家裡的一切都不勞富太郎費心。香代的離婚協議終於在前年成立，或許是擔心留在細川家的孫兒，壽衛經常去看孩子。還利用空檔拓寬大泉村的一部分雜木林，與設計師討論，頻繁地去工地監工。

至於富太郎，除了偶爾去大泉村參觀施工進度外，還是一樣忙得不可開交。震災隔年八月下旬到十月上旬去紀州採集植物，十月底接受伊勢神宮司廳的委託，開始調查內宮、外宮的植物，直到年三十才回家。不僅如此，去年還多了出版《日本植物圖鑑》的工作。

搬到大泉村那年天皇駕崩，十二月二十五日改年號為昭和。

昭和二年（一九二七年）一月十七日，在書房整理標本時一直聽到聲音。四下張望，屋裡還是一樣安靜，心想大概是幻聽，又專注於眼前的放大鏡。時年六十六歲，頭髮雖然花白，依舊耳聰目明，牙口也很強健。今年也預定在日本全國各地舉行採集會和講習會，他已經躍躍欲試了。

「媽媽、媽媽。」

是巳代和玉代的聲音。可能是壽衛打翻鍋子了。走廊上隨即傳來驚慌失措的腳步聲，紙門被用力拉開。

「爸，媽媽不好了。」

玉代臉色大變。富太郎立刻站起來，跟在她背後，只見壽衛蹲在廚房的地上。

「壽衛、壽衛，振作一點，怎麼了？」

壽衛口中發出陣陣呻吟，看來好像很痛，太陽穴滲出油汗。可能是肚子痛，壽衛按著小腹。

「醫生！快請醫生來。」

慌亂的程度就連自己也感到驚訝。

從附近趕來的醫生勸他們：「最好去大學醫院接受檢查。」但壽衛堅持說「我只是太累了」。

我不要去醫院。

壽衛說完就要下床。穿上圍裙，將竹簍放在簷廊，與女兒一起去掉豆子的筋絲。見她沒什麼大礙，富太郎也如釋重負地恢復平常埋首研究的生活。

又過了一陣子，多年好友池野成一郎和三宅驥一再度提起學位的事。

「先不說講師一年一約，你也該拿個博士，提升待遇了。大學那邊也表示，因為你一直不提出論文，他們就算想也無法授予你學位。沒有學位就無法擔任副教授。對方說的也有道理。」

「研究植物……不，與植物交流跟升官發財是兩回事，我不覺得可以用地位或金錢來衡量。」

擁有相應的學歷與學位的人本來就應該提升自己的業績，沒什麼好表揚的。自己既沒有學歷，也沒有頭銜，還能做出這樣的研究成果才值得誇獎。他不想跟別人一樣，落得跟別人相同的標準。

「簡直是販賣靈魂的交易。」

富太郎尖著嗓子說。池野不以為忤，只是微微一笑。

「真有志氣。你這輩子大概都不會向權威低頭。既然如此，平心靜氣地拿個學位又有何妨？也不會少塊肉。」

即使說到這個份上，富太郎仍不肯點頭。過了幾天，換三宅上門遊說，還是要他「考個學位吧」。

「你再不拿個博士學位，大家都不曉得要怎麼用你了。這已經是學界的共識喔。」

因為他們實在太熱心遊說了，而且已經具體談到可以拿刊登在《植物學雜誌》的論文申請學位。三宅提到的論文〈日本植物考察〉是富太郎寫了很多年的專欄。若能以這篇論文申請學位，倒也不是不可行。

三月二十五日以〈日本植物考察〉為主論文申請學位一事經東京帝國大學理學部教授會一致通過，獲得文部大臣的認可，自四月十六日起授與理學博士的學位。

二十三日，富太郎去植物學教室報到，桌子上擺著學位證書。前往事務局領薪水時，事務員對他說：「恭喜。」接過薪水袋，薪水多了十二圓。富太郎都想唱歌了。

與鼻屎一樣大的十二圓　這就是功勳的證明

但壽衛歡欣鼓舞，親朋好友也都額手稱慶地設宴為他祝賀。富太郎總算覺得為五斗米折腰也不失為一件好事。

當時序進入五月，富太郎上茨城的筑波山採集，下旬登上大阪的葛城山，再順道前往神戶，在研究所舉行座談會，會場擠滿了聽眾，富太郎講得比平常更起勁。晚上孟召集當地的士紳為他舉行祝賀餐會。問題尚未解決，但不知是天生的良好教養，還是在歐洲呼吸到什麼新鮮空氣，孟在餐會上露出心無城府的笑容與他談天說地。

六月，壽衛又病倒了。

這次住進位於目白台的東京帝國大學醫學部附屬醫院分院，由磐瀨雄一博士親自診察，富太郎在香代和鶴代、春世的陪同下，在另一個房間與博士討論壽衛的病情。博士以平靜的口吻告訴他：

「夫人體內長了惡性腫瘤。」

「腫瘤？」富太郎愣住了。

「我問過尊夫人，說是從幾年前就開始出血了。」

富太郎與孩子面面相覷。所有人都一臉現在才知道的震驚，個個雙眼圓睜。

「請問治療的方針？」

「我不建議開刀。她有嚴重貧血，營養看起來也不太夠。請先住院一個月，想辦法恢復體力。」

「那腫瘤呢？」

博士默不作聲地搖頭。

已經回天乏術了嗎？富太郎說不出話來，緊緊地捏住麻質西帽的帽簷。

七月十二日，壽衛出院。

富太郎翌日便與學生一起離開東京，前往長野採集。十六日晚上回家，走進壽衛的房間，壽衛已經睡了，所以富太郎沒出聲，回到書房，處理採集的植物至深夜，第二天又跟同好會的成員去千葉的海濱採集。

然後又去目黑的林業試驗場、與出版社開會、攀登大阪的金剛山、回程順道去出版社拿校樣稿。在靜岡舉辦講習會，指導與會者採集，在家裡才待了幾天，便動身前往東北。秋天的青森和秋田收穫頗豐。還深入八幡平茂密的青森冷杉林和偃松林，在沼澤旁邊採到野捕蟲堇。

「老師。」

每當相機朝向自己，富太郎還是會露出牙齒，咧嘴一笑。他沒向任何人透露壽衛生病的事。他本來就不喜歡提私事，就算說了，也只是害大家擔心而已，富太郎希望大家走在青天白日下的時候都能盡情地與草木聊天。壽衛有孩子們幫忙照顧，如果減少外出，壽衛大概會懷疑自己病入膏肓。

沒坦白告訴壽衛診斷的結果。香代好像安撫她只要吃藥就會好，壽衛也不當一回事地聽聽就算了：「哦，是喔。」或許她早已瞭然於心，即便臉色蒼白如紙，也不想改變原來的生活方式。富太郎偶爾在家時，她會去買牛肉和蔥回來煮壽喜燒。壽衛一口也沒吃，只是笑咪咪地忙進忙出。可能沒有力氣握菜刀了，蔥段經常沒有切斷。

十一月，北海道帝國大學要舉行馬克西莫維奇的百年誕辰紀念活動，富太郎二十一日從上野搭乘開往青森的快車。慶祝會在大學講堂舉行，一堆人致辭後，富太郎應觀眾要求上台，暢談當日本的植物學還處於萌芽期時，經常委託馬克西莫維奇鑑別植物，受到他非常多照顧。說著說著，不斷想起自己還是年輕學徒時的種種。

「當時約莫是明治二十四年，距今已經過了三十七年。我的心還一直停留在青年時期呢。」

聽到這裡，原本正經八百的聽眾開始發出此起彼落的竊笑聲。

「即使是名不見經傳的日本青年問他問題，馬克西莫維奇教授也會親切、仔細地回答，而且他大概是住在北海道時學會的，還會用羅馬拼音寫下『敬啟』或『再見』的問候喔。收到這樣的回信，我好高興，像隻小狗似的猛搖尾巴，圍著他打轉。當時我在大學遇到很多不開心的事，還曾經想說乾脆去拜在教授門下好了。沒錯，我本來打算去俄國喔，為此還去拜訪駿河台的尼古拉主教。」

冷不防，想起自己打算拋下壽衛和園，遠赴俄國的過往。

「我一個來自海南土佐的男子，一心只想走出日本，研究植物學，為此熱血沸騰。然而千等萬等，也沒等到教授叫我去俄國的回音。後來收到夫人的來信，才知道教授感染重感冒，不幸逝世。信上說教授非常歡迎我去俄國。倘若教授沒有猝逝，我大概已經改名叫牧野富太夫斯基了。」

聽眾笑容滿面地為他鼓掌，富太郎笑著下台。

但當時的希望與絕望還在內心深處淌流著。

所有人都認為他桀驁不馴，對他避之唯恐不及，那是因為他打從一開始就放眼全世界，這輩子都真誠面對自己喜歡、相信的事。

壽衛的臉浮現腦海，昔日的壽衛就跟新芽一樣稚嫩、柔軟。

妳居然受得了我這種男人。

十一月二十七日離開札幌，在盛岡採集赤竹後，順道前往仙台。

他從明治二十三年（一八九〇年）起就在仙台採集植物，伊藤篤太郎自大正十一年（一九二二年）在此定居。東北帝國大學理學部新設了生物學科，由篤太郎出任講師。長年受到破門草事件的影響，縱然有祖父打下的基礎，依舊無法在東京帝大任職，如今已經五十七歲，才好不容易在東北帝大安身立命。富太郎想與他敘舊，去府上拜訪，可惜對方不在。富太郎又想起東京帝大植物學科的研究生岡田要之助，他從大正元年起在東北帝大擔任副教授。富太郎去了大學，約他去採集植物，他帶了幾名學生同行。

十二月一日，烏雲一掃而空，晴空萬里。清晨卻冷到骨子裡，路上處處結著薄冰。眾人前往龜岡八幡和三居澤間的丘陵，深入山谷。走著走著，富太郎突然停下腳步。眼前是片高度達一、兩公尺的赤竹群落。本州中部以北經常可以看到赤竹的群落，但富太郎仍被吸引住了，走近觀察。岡田也彎下腰，將臉湊近。葉子比較多的那一側背面朝上，形狀有點捲翹，葉子表面不規則地分布著白色的長毛。光看一眼就能發現與其他的赤竹都不一樣。

肯定是新種。

「日本是竹子、赤竹之國。是全世界擁有最多種竹子的國家。」

岡田簡短地回答：「所言甚是。」似乎很感動地盯著赤竹的群落看。一行人開始採集。

昭和三年（一九二八年）過年期間客人上門拜年，壽衛的病再也瞞不住。

多年來師承富太郎，與他共同採集、研究植物的田代善太郎等人如今都成了京都帝大的約聘人員，他們特地前來探病。但富太郎不想讓他們見到壽衛，因為壽衛面容枯槁，下腹劇痛襲來時，會痛得滿地打滾。向田代透露此事，田代立刻意會，陪他去小石川的大學。走出家門，富太郎又恢復老樣子，滿口植物的話題。

十八日，壽衛又住院了。女兒們輪流陪在她身邊，巳代今天也坐在椅子上削蘋果，但壽衛已經無法進食了。

「爸，請用。」

巳代把整盤蘋果遞給他，富太郎應了一聲「嗯」接過。一口咬下，發出咔嚓咔嚓的脆響，那聲音甚是健康。富太郎一面咀嚼，一面望向病床上的壽衛。

「這房間不冷嗎？」

「還好，晚上會把暖水袋放在腳邊。這麼說來，差不多該去準備了。否則等太陽下山，廚房會擠滿人。」

巳代望向背後的門，捧著一堆雜物出去了。富太郎從椅子上站起來，站在窗邊。

窗外是一排冬天的樹。視線停留在高大的冷杉上，病房的窗戶底下植滿青木，看起來十分單調。

背後傳來細微的聲響，回頭看，壽衛正把手伸出被子。

「怎麼啦？妳要喝什麼嗎？」

問也是白問。這陣子因為藥物的關係，壽衛大部分時間都處於迷迷糊糊的狀態。儘管如此，她仍顫動著青筋浮突的蒼白手指，富太郎走到床邊，握住她的指尖。半晌後，壽衛動了動眼皮，微微撐開雙眼。發現她轉動眼球，富太郎忙探出身體，低頭看著壽衛。

「對了，去年我在仙台發現的赤竹新種，用妳的名字命名喔。」

新種一共有三種，其中一種預計發表在《植物研究雜誌》第五卷第二號。那是富太郎持續自費出版的雜誌。

學名為「*Sasa suwekoana Makino*」，俗名為「壽衛子竹」[122]。

富太郎一向不屑在學問裡挾帶私情。得知大名鼎鼎的西博爾德居然用愛妾的名字「阿瀧夫人」為日本的繡球花取名為「*Hydrangea Otaksa*」時，曾經在學會的期刊上大肆批評「清淨的花都被那個名字污染了」。事到如今，他總算理解深愛日本的學者心情。

發行日為二月底，文稿還沒寫好，可是為了給壽衛看，富太郎帶在身上。

「妳看，看得懂嗎？這是英文的論文，這裡有妳的名字喔。」

壽衛默默地凝視富太郎，乾燥龜裂的嘴唇微微顫抖。

「小牧。」

無比清晰的嗓音嚇了富太郎一跳，令他狼狽萬分。反問「什麼事？」的音調高了八度不止。但壽衛似乎只是想喊他的名字，臉上露出滿足的表情，又睡著了。

二月二十三日拂曉，醫師請大家「做好最壞的打算」，但壽衛還有一口氣。

「事到如今，我一定要表達感謝。」

富太郎跳起來。

「非常感謝妳的照顧。」

富太郎立正站好，行了最敬禮。幾秒後，壽衛嚥下最後一口氣。

他們一起生活了四十年。壽衛生下十三名子女，養大六個。享年五十六歲。

來不及讓壽衛看到發表壽衛子竹的《植物研究雜誌》問世。

出殯回來，猶還沒走，把椅子拉到庭院，兩人並肩而坐。

猶幽幽地看了眼富太郎的家。

「打理得井井有條呢，壽衛夫人的品味真好。」

「我這輩子從沒讓她過過一天好日子，經常讓她典當和服，卻沒帶她看過一場戲。她這輩子都沒享受過世間一般女子的幸福。」

「這可不見得。」猶的鄉音還是很重。

「我認為壽衛夫人這輩子可能從未覺得不幸。她曾經笑著說生活窮歸窮，卻是問心無愧的窮困，就像是多了一個不務正業的兒子。」

「她這麼說嗎？」

「你也很依賴她不是嗎？心想只要交給她，沒有什麼事不能解決。」

「嗯。」富太郎老實承認。

「無論是在守靈夜還是葬禮上，不認識壽衛夫人的人都稱讚她是盡心盡力輔助丈夫的賢內助，這句話放在現在這個時代或許是讚美，但壽衛夫人可是江戶女人喔，支持你本來就是她的驕傲。」

「嗯。」

「或許她只是一心一意地愛著你。就像你一心一意地愛著植物那樣。」

富太郎只能發出「嗯」的聲音，仰望初春的天空。

122 suweko是壽衛子的日語發音。

我的學問都是拜妻子所賜
人生有限但壽衛子竹長青

富太郎在口中喃喃自語，天空的顏色在眼底盪漾。

「愈來愈冷了，來沖杯熱熱的咖啡吧。」

富太郎起身，猶也站起來：「也給我一杯。」

十三　未來的種子

連三女鶴代都離婚回娘家了。

「香代就算了，連鶴代也……我們家的女兒究竟是怎麼回事？」

富太郎大為傻眼，鶴代極為俐落地處理家中大小事，扮演起這個家的主婦，不知不覺間，甚至還一肩扛起富太郎的秘書工作。春世和百世都成了攝影師。血緣真不可思議，看來他們繼承到的不是對植物，而是對攝影的熱愛。子女中最有可能成為植物學者的人說不定是鶴代。壽衛也說鶴代成績很好，所以全家只有她讀到高等女學校，現在也經常看到她利用家事空檔讀書的身影。

寫稿累了，走出書房，鶴代正在客廳打掃。白色的雞毛撢子夾雜著紅色及黃色的布條，有如花瓣。

「寫稿的思緒卡住啦？」

「妳怎麼知道？」

「這還用問嗎？」鶴代搖晃雞毛撢子。

「工作進行得很順利時，你會像孩子似的蹦蹦跳跳跑出書房，不順利時就像現在這樣死氣沉沉。」

「我有嗎？」富太郎挑眉。

「有啊，而且你從以前就這樣。看到父親的樣子，母親會說『你們安靜一點』，或是『趁現在可以陪你玩一下』。」

「她是司令官嗎？」

鶴代莞爾一笑，轉頭叫來住在家裡打雜的學生。

「我爸離開書房了，麻煩你趁現在進去打掃，但是請不要碰書櫃和桌上的東西，連一張紙都不能動喔。即使有樹葉掉在地上也不能丟掉，請放進千代紙的盒子裡。對，就是那個紅色的盒子。」

富太郎從簷廊把腳踩進踏石上的木屐，走在庭院的小徑上。蓋房子時，壽衛善用了雜木林的優點。漫步其中，輕柔的秋風拂過樹梢。抬頭仰望葉隙間灑落的陽光，翠綠的米櫧與殷紅的楓葉在青空下迎風舒展。秋意更濃了。

昭和十四年（一九三九年），富太郎辭去東京帝國大學理學部講師一職。

高齡七十八，從擔任助手至今，算一算四十七年了，如果再加上在植物學教室走動的時間，長達五十六年的歲月。從《朝日》、《讀賣》、《每日》等大報到地方性的報紙都報導了他辭職的事，掀起一陣不算小的騷動，還有人重提起他與大學的恩怨。再也沒有像富太郎這種無人不知、無人不曉的植物學者了，所以也有人視他為沒有學歷卻勇於對抗學校派系的庶民代表，站在他這邊。

事實上，就算對方是教授，富太郎也當仁不讓。之所以一直待在大學，一方面當然是為了生計，另一方面是因為他從未忘本。當初是植物學教室接受他這個初出茅廬、不成氣候的青年，讓他接觸貴重的書籍及標本、器材，為他推開通往植物學世界的門。

他至今仍對貝原益軒及小野蘭山、岩崎灌園、宇田川榕菴、飯沼慾齋等舊幕府時代的學者充滿敬意，也非常尊敬胸懷天下的伊藤圭介。這些學者終其一生都夙夜匪懈地研究，不在乎研究成果有沒有實效。物換星移，什麼時候開始日本的學問變成業績至上主義、成果至上主義的呢？這些學者的熱情都在自己的血脈裡湧動。因此聽見有人稱他為「最後一位本草學者」時，富太郎感到莫名欣慰。既然如此，也應該為下一代做點什麼才行。

離開大學要去哪裡？

退休是因為已經過了七十七歲的喜壽嗎？

如果有人這麼問他，富太郎一律一笑置之：「說什麼傻話。」身為植物學者的研究還有好長一段路要走。他的使命尚未完成，所以當然要繼續混在一群身強體壯的年輕人之間，馳騁於天寬野闊的天然研究場，對學問做出貢獻啊。

「老師。」有人喚他，富太郎回過頭去，打雜的學生踩著木屐的腳步聲靠近。

「鶴代小姐交代，該準備出門了。」

「是嗎？」富太郎不置可否地回答。學生提醒他：「今天要去北隆館。」

「我知道。」富太郎冷哼一聲。

「晚上在銀座吃飯，明天去名古屋演講，後天指導採集。」

下個月將應廣島文理科大學之邀去上兩小時的課，富太郎打算順道去愛媛、九州採集植物。預定年底回東京，可是天曉得呢，最近廣播電台及一般的雜誌社也經常委託他寫稿或邀請他參加座談會，寫給他的信更是有如雪片般從全國各地飛來。民間的研究人員也經常委託他鑑別或捐標本給他，還有小學生在作文裡寫富太郎是崇拜的對象。富太郎都會一一回覆，感覺就像請大家吃金平糖。再過不久，北隆館就會出版《牧野日本植物圖鑑》，牧野的名聲今後將更家喻戶曉吧。

與學生一起回到屋裡，鶴代幫他脫下和服，換上西裝。他的腳力甚至比鶴代還好，可以走到大泉學園站。在電車上坐下，正前方投來肆無忌憚打量的視線。不知是否因為領結還很少見，兩位胸前抱著大束口袋的中年婦女正在竊竊私語。視線交會，富太郎大大方方地露齒一笑。

「雙手抱胸，猴也似人，秋風陣陣。」

全車的人都看過來，一旁的鶴代羞紅臉：「爸！」

「你太大聲了。」

「這是珍碩的俳句，妳沒聽過嗎？他是元祿時代的俳諧[123]師。」

明明是故意逗那兩位婦人開口才吟詠這句俳句，怎知兩人默不作聲地站起來換座位。

搞什麼嘛，真沒勁，好無聊。

富太郎閉上雙眼，靜靜地傾聽電車搖晃的聲音。

富太郎開始製作圖鑑的契機是北隆館於明治四十一年（一九〇八年）出版的《植物圖鑑》。由東京博物學研究會編纂，負責人是前中學教員村越三千男。他本人並非植物專家，因此拜託富太郎校訂。沒理由拒絕對植物充滿熱情的人，富太郎二話不說就答應了。

在那之後，富太郎與帝國駒場農園長田中貢一合作，企劃出劃時代的圖鑑。過去的植物圖鑑都沒有附檢索表，如果能為圖說附上檢索表，就能成為具有參考價值的圖鑑。植物圖光靠富太郎一個人畫不過來，所以也指導田中描繪。然而因為那場大地震，幾乎所有原稿都付之一炬。無可奈何下，只好登出所剩無幾的圖稿，由大日本圖書出版《科屬檢索日本植物志》。

幸好村越三千男並未蒙受地震的損失，預計於大正十四年（一九二五年）出版的《大植物圖鑑》編輯作業十分順利。反而是北隆館慌慌張張地跑來找他。

「老師，我們不能輸給村越先生，請讓我們出版《日本植物圖鑑》。」

社長急壞了。雖然換了新的書名，但其實是明治四十一年出版的《植物圖鑑》改版。由村越編輯、富太郎擔任校訂，版權為北隆館所有。

「別急。既然都要花錢出版，就不要沿用以前的內容，應該灌注最新的知識。」

「您說的沒錯，要大改版。」

「而且舊版的圖也不是我畫的，我一直想改掉。還有很多我用紅筆圈起來的地方沒有改，你看，像是這裡，還有這裡，這些都要重新畫過。這段記述也過時了，全都是已經發霉的內容。」

「事不宜遲，趕快開始吧。」

「等等，製作圖鑑急不得喔。萬一提供錯誤的解說，全國的植物愛好者都會被誤導。」

富太郎壓低嗓音強調，但社長不以為然。

「您錯了，老師。植物圖鑑不便宜，沒有人會同時擁有兩、三本。倘若讓村越先生搶先一步出版《大植物圖鑑》，《日本植物圖鑑》無論編得再詳實都賣不出去。」

簡直是出版競賽。

「是嗎？我就有各種不同版本的圖鑑喔。《本草綱目啟蒙》從初版、再版、重修、重訂共十三本，

123 日本文學形式的一種，從正統的連歌分支而來，戲謔性比較高。

《植學啟原》也有十二本。比較每次再版的內容有哪些變動，更能了解學問的深奧之處。」

「所以老師才會被窮鬼附身。」語聲未落，社長連忙摀住嘴。

結果富太郎並未如他所願。即使社長夏天帶他去箱根、冬天帶他去熱海，在旅館軟硬兼施地逼迫他：「老師，請多指教。」也不是一朝一夕就能完成的事。

「不行，這個根的畫法錯了，要重畫。」

「您太講究了。」

這不是講不講究的問題，而是雙方對改版的方針沒有共識。每當話不投機，富太郎就無心工作，只想往外跑。社長派人來盯著他，富太郎避開對方的耳目偷偷打電報，召集各地的學生和同好，偷溜出去，在火山的山腳下或海邊散步，捧著幾乎用雙手都捧不住的植物回旅館，負責盯梢的員工根本拿他沒轍。儘管稿件來不及付梓，社長仍雷厲風行地生出一張張樣稿來給他校對。

富太郎在〈序〉文裡寫下只有部分改訂的理由。

> 距離完成我理想中的圖鑑還需要一段時間，總之先出版這本書來應急。
>
> 這次完全是被周遭的局勢推著走，無法充分發揮，甚感遺憾。

進廠印刷晚村越的《大植物圖鑑》一天，但九月二十四日發行的《日本植物圖鑑》搶先一天上市。這也是社長的堅持，無論如何都要先下手為強。

富太郎翻開村越的《大植物圖鑑》，不由得倒抽了一口氣，因為有東京帝大的松村任三名譽教授幫忙寫序。富太郎冷哼一聲，繼續翻頁。書中有近四千四百張圖，野生植物自不待言，還有許多栽培的品種。不僅如此，關於農業及烹調、加工製造、園藝利用的內容也很齊全，除了學名與俗名，索引也設置藥用、有毒、校園用或染料用等項目。

是站在使用者立場編纂的圖鑑，太驚人了。

即便富太郎不甚滿意，《日本植物圖鑑》仍大受好評，雖然意外，也很開心。十二月，北隆館在山王台的星岡茶寮設宴，奉富太郎為主賓。

出了車站，前往北隆館。

本月二十九日，《牧野日本植物圖鑑》終於出版。並未以《日本植物圖鑑》為底本，而是對三千兩百種以上植物的全新解說，逐一附上圖片，每頁刊登三種植物。一本十五圓，價格昂貴，卻是富太郎嘔心瀝血的作品。

> 從明治時代到大正時代，再改年號為昭和，這段飽經風霜的漫長歲月裡，本國的學問、教育、技術、工藝與產業的發展皆有日新月異的進步，委實讓人感到今非昔比。此番筆者有幸將奉如圭臬的分類系統寫成圖鑑，歷經春風秋雨十數載，孜孜不倦地製作了幾千張新的圖版，同時也準備了幾千條新的說明文字，再配合發行者的期待，今年，也就是昭和十五年（一九四〇年）逐漸完成這本書的初版，終於得以在春風拂面、櫻花爛漫的季節與各位見面。

富太郎在書房的南窗前寫下這篇〈序〉文。

這不是一個人能完成的偉大作品。非常感謝原本擔任東京帝國大學理科大學的教授，現已退休的三宅驥一大力襄助，還有農學部的向坂道治講師及佐久間哲三郎也頻繁來家裡找他，給予協助。卷末的隱花植物中，菌類、藻類、蘚苔類、地衣類等各界赫赫有名的博士都爽快地答應撰文。

「老師，已經收到很多訂單了，這本書一定能賣得很好。」

包括社長在內，熬了無數個夜的編輯部及業務部都為之沸騰。書賣得好不好對出版社而言可是攸關生死的大事，富太郎也不是無欲無求的聖人，版稅當然是多多益善、愈多愈好。有錢就能買更多書，從母親手中接下為家計奔波勞碌宿命的鶴代也能稍微喘口氣。不過還有一件更重要的事。

那就是能不能以自己的工作為榮。

出版後，首刷五千本不一會兒就搶購一空，富太郎接到再刷的通知。

昭和十六年（一九四一年）五月，應南滿洲鐵道公司之邀，富太郎前往滿洲國調查野生的櫻花。這趟旅行有鶴代相伴。從東京前往神戶港，在多方好友的歡送下搭乘黑龍丸出發。五日抵達大連，接連幾天受到當地人盛情款待，再從大連車站搭乘名為亞細亞號的火車前往大約八百四十公里外的吉林省。吉林有座名叫老爺嶺的名山，都說那裡的櫻花美得不似人間，接待的人都勸他一定要看。

車窗外是一望無際的農田，以及筆直無限延伸的樹林。

到站下車，巍峨的青山由南至北峰峰相連。鳥囀不絕於耳。這裡的氣溫還很低，樹木剛換上新綠的衣裳。不過滿眼綠意中隱約透著紅色。鎖定紅色往前走，沒多久便抵達目的地。

是山櫻。嫩葉帶著一抹朱紅，開滿惹人憐愛的花朵，迎風搖曳。聽說外地的櫻花樹不管是花還是樹都比較孱弱，但眼前的山櫻相貌堂堂，樹下充滿香氣。

富太郎少爺，歡迎你來。

聲音好美。富太郎微微一笑，輕撫樹幹。

我來了，從千里之外的日本跑來與你相會。

在那之後一段時間，富太郎每天都興致勃勃地去老爺嶺，下雨天也不例外，急得鶴代憂心忡忡地說：「要是感冒就糟了。」

「老天賦予我強健的體魄，就是要我活動到最後一刻。妳就待在飯店裡好好休息吧。」富太郎反過來要她休息。

這麼說來，去年親赴犬岳採集時，想摘採石楠花，卻不慎跌落懸崖。犬岳是豐前連山的最高峰，山毛櫸林帶群生著到了初夏會綻放粉紅色的絕美筑紫石楠花。雖然不是開花的季節，但他想連根挖起，伸出手的那一刻，悲劇發生了。再加上摔下去的角度不太妙，一時竟陷入昏迷。好像是撞到脊椎了，只好躺在擔架上被人運下山。在別府療養時，醫生擔心會引發脊椎骨髓炎，但十二月底他就離開別府，搭船從大阪天保山入港。鶴代去梅田車站接他，大阪的友人們還招待他去道頓堀吃壽喜燒。

真是太美味了。富太郎膝蓋以下綁著護腿，頭戴西帽、身穿西服、脖子繫著領結、底下是長褲和護腿的穿著打扮不曉得已經持續幾年了，走到哪裡都是這身裝扮。累了就以樹根或胴亂為枕、以草為席，打起瞌睡來，這樣其實非常舒服。下雨便以草葉為傘，脫下淋濕的衣服，擰乾，再繼續往前走。

結束山櫻的採集，終於要離開這片土地時，剛好是繁花落盡的時節。

返國後他在神戶落腳，與池長孟見了面。

「我會在大泉的自家土地蓋一座標本館。」

從以前就對富太郎敬愛有加的某位花道宗師主動說要致贈建築物給富太郎收藏標本。孟當時沒特別說什麼，後來貌似終於下定決心，七月寫信給他。

> 前些日子招待不周請見諒。許久沒見到老師如此硬朗的模樣，感到由衷喜悅。老師要整理從滿洲帶回去的植物想必也很忙碌。關於上次提到的植物標本，我會盡速送往東京。

數量龐大的標本與藏書終究沒有送給別人或賣至別處，又回到富太郎身邊。

巧的是，昭和十五年（一九四〇年）富太郎出版《牧野日本植物圖鑑》時，孟的「池長美術館」也完工落成，用來展示自己收藏的南蠻美術品。富太郎前往參觀、送上祝福，孟也向富太郎表達祝賀之意。彼此個性的稜角都磨平了。富太郎早有預感，遲早會找到解決的辦法。

八月，為取回標本去神戶會下山拜訪時，富太郎向孟伸出手。相隔二十三年的歲月，兩人終於握手言和。此時此刻的標本已多達三十萬件。富太郎召集人手，自己也換上襯衣襯褲幫忙，打包打到氣喘吁吁，腳和腰都好痛。

「累死我了。」

「還好意思說，誰叫您要蒐集這麼多標本。」孟也發牢騷。

拍攝作業中的照片時，連擅長笑著面對鏡頭的富太郎都笑不出來。

十二月八日，日本向英國及美國宣戰。

請新聞記者喝咖啡，自己也啜飲一口後回答：「是的。我在戰時仍繼續舉辦植物採集會，但是會在說明文件上註明注意事項，如果下雨或發布警報就取消。戰時也聚集了上百人呢。有老有少、有男有女在車站集合，如果是東京就在小岩站集合，經常去江戶川河邊採集植物。我的風格啊，沒錯，最有名的莫過於領結了。沒看過我的照片或第一次參加的人都會露出匪夷所思的表情。這也難怪，畢竟誰也想不到年過八十的老頭會如此英姿颯爽地現身。貌似軍國少年的男孩還有點生氣地瞪著我呢。不過，大家不是都會問我植物的名稱嗎？我也毫不保留地回答，有來有往縮短了我們的距離。沒錯，和那個軍國少年之間的距離也縮短了。」

戰時的春日天空下，上百位植物愛好者蹲在岸邊拔草。一知道名字，大家的眼睛無不閃閃發光。

「我們並肩同行，在樹蔭下休息、聊天。凡是對植物有興趣的人，就算對方只有十二歲，我也一視同仁。沒錯，視對方為朋友、伙伴。大學裡那些人都認為民眾教育不是學者該做的事，是非主流。這不是很奇怪嗎？如果不想故步自封，只要走進野山就好了。沒錯，明治時代的學者個個都走遍日本喔。是故我的工作主要是指導採集會，但偶爾也會彎下腰來採集。有經驗的人都自顧自地往前走，有時候還會嫌說：『老師，你太慢了。』」

攝影師為他拍照，富太郎微微抬起下巴，視線對上鏡頭。

「老師，請繼續跟記者對談，不要看這邊。」

「咦，這樣嗎？」

「這樣比較自然。」

「是喔。」富太郎自討沒趣，他自詡是拍照的老手呢。

記者又提出問題，富太郎「關於這個嘛」地點頭回答：

「通常是同一天在同一處大量採集，這是為了掌握那一帶的全貌，所以就連蒲公英的群落也會大量採集。大的小的、形狀不太一樣的，全部採集回家，做成臘葉，比較觀察，才會記住那種植物標準的形態，把那個形態放進圖鑑裡。大量採集還有一個理由，就是為了調查變異。沒錯，像櫻花就是有很多變異的植物，必須判斷是否為新種。如果發現可能是新種的植物，則要調查至今有誰在哪裡做過哪些研究，取了什麼名字。唯有確定都沒有人研究過，才能鑑別為新種，公諸於世。沒錯，是非常縝密、非常費神的工作。什麼？我命名的植物嗎？至少有兩千五百種以上吧。」

對方的反應在意料之中，心想接下來應該要問藏書了，果不其然。

「有好幾萬本吧。書的重量壓得地基都歪了，連其他房間的拉門也位移了。因為數量實在太多，要找書的時候，通常無法一下子找到。還經常向書店訂購，所以書愈來愈多。而且空襲愈來愈頻繁，幸好這一帶遠離市中心，即使女兒要我去防空洞避難，我也懶得動，當然更不可能去避難。畢竟珍貴的標本和書籍都在這裡。無奈昭和二十年春天，這一帶也受到B29轟炸機的空襲，炸彈就掉在我家門口。老天爺，那次真是嚇死我了。後來聽說以前在這一帶當村長的人有親戚在山梨養蠶，我帶上兩車標本和一些生活必需品去投靠他，借住在他家的倉庫，把兩個裝蘋果的箱子堆起來就成了書桌。」

因為營養失調逐漸削瘦，鶴代擔心不已，問題是鶴代比他更憔悴。

「當然在避難時也繼續做研究喔。我多年來蒐集了許多植物的方言，也持續撰寫這個主題的文章。

方言是民眾直接接觸植物時的稱呼，光是關注這個主題，就是知識傳承的證明。方言愈多，表示那個國家的民俗文化愈進步。什麼？哦，我十月回到這裡。差不多是雜木林的樹木要開始變成黃色或紅色的時候，周圍開滿了成片應該早已過了花季的火紅彼岸花。」

那天的風景、顏色至今仍歷歷在目。

「因為戰爭死了很多人嘛。」

戰爭結束後過了三年，昭和二十三年（一九四八年），富太郎進入皇居拜見天皇。

此行是為了在天皇面前講課。當今天皇同時也是生物學者，富太郎耳聞他對植物學有很深的造詣，而且也認識生活學御研究所的服部廣太郎博士，聽說天皇經常垂詢。

牧野還好嗎？

鶴代請西裝店為他做了一套禮服大衣。

他慢條斯理地走在吹上御苑，背後是侍從及警衛，保持著不遠不近的距離。

秋天的陽光照亮草地，腳下傳來踩踏碎石的聲響。天皇不時會問他問題。簡單明瞭的問題不難聽出陛下對植物具有深厚的專業知識。走著走著，前方豁然開朗，遠遠地可以望見梅林及橡樹林，還有高大的栲樹及櫟樹。這無疑是武藏野的植物生態。陛下問他的植物也多半是武藏野的原生種。

「請保持這樣，不要過度管理，就能恢復武藏野本來的模樣。」

「這樣啊。」

陛下停下腳步，與富太郎並肩，兩人眺望遠處的樹林。

「恢復本來的模樣嗎？」

「請恕我修正。正確地說，並不是恢復原狀，而是再度呈現原來的模樣。因為自然是生命的集合體，不可能完全恢復原狀，而是來來回回地遷移，迎向下一個時代。」

「這樣啊。」

陛下興味盎然地微微頷首，眨了眨眼鏡後面的雙眼。

秋陽照亮流動的水面，皇居裡分布著小巧的濕地，鳥兒正在戲水。結束講習，陛下站在富太郎的正前方說：

「你是日本的國寶喔。但年紀畢竟不小了，千萬別逞強。希望你能長命百歲。」

冷不防，腦海中閃過一道白色的幻影。

壽衛。富太郎在胸中輕喚。

妳聽見陛下說的話了嗎？他希望我長命百歲喔。不過，我也覺得自己還沒有要死呢。即使已經八十七歲了，我還能大啖牛排，也會去看脫衣舞秀，而且每天還是研究到半夜兩、三點。鶴代一直要我早點睡，但妳也知道，我一專心起來就什麼也顧不得。

所以啊，壽衛，請再等我一下。

富太郎想向天皇致謝，想了想還是算了。總覺得不管說什麼都會說到哽咽。

昭和二十四年（一九四九年），富太郎因大腸黏膜發炎，陷入病危狀態，主治醫生宣判「已經沒救了」。

子女、孫兒全都圍在枕邊，將臨終之水[124]餵進富太郎嘴裡。水可能太多了，嗆得他咽喉上下震動。想當然耳，當時他已經處於假死狀態，所以完全沒印象。但因為吞下那口水，醫生們再次全力搶救，竟把他從鬼門關前拉回來。

他沒死。

接下來他再度展現奇蹟般的恢復力，令醫生和家人都看得目瞪口呆。只是再也不能像以前那樣隨心所欲地出門採集了，只能窩在書房裡做研究。

昭和二十七年（一九五二年），富太郎高齡九十一歲。《南方熊楠全集》共十二卷於去年依序出版，富太郎向書店訂購，一飽眼福。

下巴撐在書桌上。熊楠於昭和十六年（一九四一年）十二月底與世長辭，享年七十五歲。

抽出幾張照片，翻到背面，寫著攝於大正九年（一九二〇年）八月，宇井縫藏在信裡附了這幾張在紀州高野山的一乘院後面拍的照片。當時的文人很流行互寄照片，用來代替名片，表示「我是這樣的人」。

照片中人剃著平頭，眼睛又圓又大，鼻子也不小。

這個男人究竟是何方神聖。

熊楠死後，柳田國男致上「此人是日本人可能性的極限」的讚詞。能寫出這種全集，足見其天賦

124　醫生宣判病人即將臨終時，家人為病人準備的最後一口水。

異稟。但一碼歸一碼，當富太郎看到報紙上寫熊楠是「在全世界的植物學界留下重要足跡的偉大植物學者」時，不由得想糾正。

昭和十七年（一九四二年），《文藝春秋》二月號向富太郎邀稿，富太郎寫下：

此人或許是很偉大的文學家，但絕不是偉大的植物學家。他似乎對黏菌頗有研究，但我從未見他針對這個主題發表過什麼成書或論文。

這篇文章相當於牧野富太郎以學院派權威的身分公開表示「不承認南方熊楠是植物學者」，聽說熊楠身邊不少人都為此發出不平之鳴。不管他們怎麼抗議，熊楠就不是植物學者，富太郎並沒有冤枉他。熊楠還是比較偏文學家，或是偉大的哲學家。對了，早這麼寫不就好了嗎？

黏菌既不是植物，也不是動物。是存在於這個世界與那個世界之間，在三千世界來去自如的生物。南方熊楠就跟黏菌一樣。

真是的，要不是收到那封有如鬼畫符的信。

思緒遠颺，抬頭仰望南窗。

熊楠老弟啊，我去田邊的時候，你乖乖地來向我問好不就好了嗎？見到彼此，我們一定能意氣相投、包羅萬象地無所不聊。莫非你相當怕生，擔心我硬要與你對談或要你演講嗎？這麼說來，聽說你曾經在某次演講時出糗，不知所措地呆站在台上，所以害怕辯才無礙的我，只想寫信與我交流？但我既不是學院派，也不是權威，大笨蛋與大學者其實只有一線之隔。自己的斤兩只有自己知道。

傻瓜。這張照片是你五十好幾的時候拍的吧？浴衣都穿反了。

這麼說來，記者宮武外骨曾說：「那傢伙才不是熊楠，是熊糞[125]。」能讓那個怪人口不擇言地罵成這樣，你也算是絕無僅有的奇才了。

傻瓜，怎麼才七十五歲就死了？

「可惡的南方熊糞。」

富太郎輕拭眼角，哈哈大笑。

他已經完全重聽了，尤其左耳更加嚴重。

鶴代的孫子一浡來牧野家同住，但不管喊多少次「太爺爺，吃飯了」，富太郎都沒聽見。耳背是一回事，另一方面是因為他一旦開始看書或寫作就聽不見周圍的聲音。《牧野日本植物圖鑑》不斷再版，他希望解說文能一次比一次更完整精確。

剩下的時間不多了。

還是愛吃壽喜燒，但最近更喜歡先用奶油煎牛肉，趁牛肉還沒熟透一口氣淋上關西風味的醬汁，然後再吃蔬菜。也喜歡帶血的三分熟牛排。喝不了日本酒，但如果是紅玉波特葡萄酒，為了凸顯肉的美味，倒是能喝上一杯。故鄉佐川的鰻魚很肥美，因此現在也迷上鰻魚。最近經常吃天麩羅。

除此之外，番茄也是餐桌上不可或缺的蔬菜。還有咖啡。

125　熊楠（kumagusu）與熊糞（kumaguso）的日語讀音近似。

「明明窮得快要被鬼抓去，你太爺爺還是會買上等的咖啡豆，竭誠地招待客人喔。磨咖啡豆時的表情可得意了。走進廚房要砂糖，但當時家裡的砂糖早就用完了，因為積欠三河屋的帳款一直沒能還上，對方不肯送貨。但你太爺爺還是一直吵著要砂糖，所以你太奶奶經常要我或姊姊去跟鄰居借砂糖，真是太丟臉了。」

鶴代對一淳說的話就像閃電突然鑽進耳朵裡，聽得可清楚了。

鶴代沒有告訴他，現在似乎仍跟當鋪有往來。版稅青黃不接時，就拿和服去當，等領到版稅再贖回來。

在書房工作得累了，富太郎拿起放大鏡，走到院子裡，蹲在地上。春天尋找豬牙花，還有二輪草。抬起頭，上方是大寒櫻和緋櫻、仙台屋櫻、山櫻和上溝櫻，白色、紅色、粉紅色……花團錦簇，與春天蔚藍的晴空相映成趣。

日本是竹之國、赤竹之國，也是櫻花之國。

故鄉的稚木櫻大概已經盛開了，還有曾經在博覽會上獲得獎狀的若樹櫻。富太郎於昭和三年（一九二八年）為其取了學名，對外發表。那座野山、城跡、田埂，以及從釀酒廠飄散的甘甜釀酒香，辛夷花綻放，紫玉蘭也開了。柳樹的新芽含苞待放，小河反射陽光，潺潺流淌。

好想回去啊，好想再回故鄉一趟啊。

沒關係，什麼時候都能回去。就算受到歲月的無情沖刷，我也永遠都在故鄉的景色裡。

凝結於黎明的霜之清冽、敲打著屋瓦的雨之靜寂。山崖的霧氣浸濕了森林的土壤，苔蘚蠢蠢欲動。耳邊傳來水流過葉脈的聲音。老樹餵養蕈菇，蕈菇也反哺老樹，孢子四散紛飛，戴著帽子的橡實在雨後初晴時分輕快跳舞。雜草紛紛踮起腳尖，比誰長得高。嫩芽爭先恐後的好勝心令人莞爾。在朝陽下呵出雪白氣息，四下張望。花蕾低著頭沉思，不知不覺染上夕陽餘暉。月下的花大概正對貓頭鷹訴說昔日的戀情。等清晨再度來臨，百花又會各自爭奇鬥艷地用色彩、用形狀、用氣味吸引鳥和蜂、蝶。富太郎也趕緊跑來，大聲喧嘩、笑鬧，與葉相擁。心笙盪漾地躺在草地上，一躍而起，往前奔跑。無論晴雨都不能阻止他與草木親近。穿過林間、翻越山嶺、橫渡河流、迎風高歌。

他把一生都奉獻給最深愛的植物，還有比這更幸福的事嗎？

心中還有很多想探究的種子。

因此他才會在「已經走投無路了」和「船到橋頭自然直」間反覆擺盪。

富太郎少爺，看到了嗎？我在這裡喔。

富太郎少爺，你要找到我喔。

一起玩吧。

謝辭

撰寫本書時，承蒙牧野一淳先生、小松みち女士、田中純子女士、小笠原左衛門尉亮軒先生提供珍貴的資料並給予許多指點，在此致上深深的謝意，非常感謝各位的協助。

另外，也承蒙以下各單位協助採訪、提供資料。非常感謝大家。（省略部分敬稱）

練馬區立牧野記念庭園、高知縣立牧野植物園、佐川町青山文庫、牧野富太郎ふるさと館、雜花園文庫、名古屋市東山動植物園、南方熊楠顯彰館、利尻富士町教育委員會、小笠原誓先生、里見和彥先生

主要參考文獻

《伊沢蘭軒（下）》，森鷗外（筑摩書房）

《江戸の植物学》，大場秀章（東京大学出版會）

《鷗外全集　第十七巻》，森林太郎（岩波書店）

《鷗外の「庭」に咲く草花　牧野富太郎の植物図とともに》，文京區立森鷗外記念館

《改訂版　原色牧野植物大圖鑑　合弁花・離弁花編》，牧野富太郎（北隆館）

《小石川植物園と日光植物園》，東京大學大學院理學系研究科附屬植物園（小石川植物園後援會）

《佐川史談　霧生関（牧野富太郎博士　生誕１５０年記念号）》，佐川史談會

《佐川史談　霧生関（牧野富太郎博士　特集号）》，佐川史談會

《植物文化人物事典―江戸から近現代・植物に魅せられた人々》，大場秀章編（日外アソシエーツ／NICHIGAI ASSOCIATES, INC.）

《新牧野日本植物圖鑑》，牧野富太郎原著／大橋廣好・邑田仁・岩槻邦男編（北隆館）

《名古屋城からはじまる植物物語　図録》，ヤマザキマザック美術館（THE YAMAZAKI MAZAK MUSEUM OF ART）

《日本初の理学博士　伊藤圭介の研究》，土井康弘（皓星社）

《花と恋して　牧野富太郎伝》，上村登（高知新聞社）

《牧野植物図鑑原図集―牧野図鑑の成立》，牧野圖鑑刊行80年紀念出版編輯委員會編（北隆館）

《牧野富太郎植物画集》，高知縣立牧野植物園・高知縣牧野紀念財團編著（アム・プロモーション／UM Promotion）

《牧野富太郎植物採集行動録・明治・大正篇》，山本正江・田中伸幸編（高知縣立牧野植物園）

《牧野富太郎植物採集行動録・昭和篇》，山本正江・田中伸幸編（高知縣立牧野植物園）

《牧野富太郎写真集》，高知縣立牧野植物園
《ＭＡＫＩＮＯ—牧野富太郎生誕１５０年記念出版》，高知新聞社編（北隆館）
《日本植物学の父・牧野富太郎—牧野富太郎生誕１５０年記念特別展示》，佐川町立青山文庫
《牧野富太郎　植物博士の人生図鑑》，コロナ・ブックス編集部編（平凡社）
《牧野富太郎蔵書の世界—牧野文庫貴重書解題》，高知縣立牧野植物園
《牧野富太郎と神戸》，白岩卓巳（神戸新聞綜合出版中心）
《牧野富太郎の本》，高知縣牧野記念財團・高知縣立牧野植物園
《牧野富太郎博士からの手紙》，武井近三郎（高知新聞社）
《植物民俗（ものと人間の文化史１０１）》，長澤武（法政大學出版局）
《雑草のサバイバル大作戦　ドクターマキノの植物たんけん》，里見和彦（世界文化社）
《牧野富太郎—牧野富太郎自叙伝（人間の記録４）》，牧野富太郎（日本圖書中心）
《牧野植物図鑑の謎》，俵浩三（平凡社）
《牧野富太郎　私は草木の精である》，澀谷章（平凡社）
《横倉山植物図鑑　横倉山の自然　見てある記》，高知縣越知町立横倉山自然森林博物館

※參考論文因篇幅有限，無法刊登，在此敬表謝意。

文學森林YY0291C

植物學家

ボタニカ

作者

朝井真果（朝井まかて）

一九五九年出生於大阪。二〇〇八年以《実さえ花さえ》（後改名為《花競べ》）榮獲小說現代長篇新人賞獎勵賞，正式出道。二〇一四年以《戀歌》榮獲直木賞、以《阿蘭陀西鶴》榮獲織田作之助賞，二〇一五年以《すかたん》榮獲大阪ほんま本大賞（大阪真的書大賞），二〇一六年以《眩》榮獲中山義秀文學賞，一七年以《福袋》榮獲舟橋聖一文學賞，二〇一八年以《雲上雲下》榮獲中央公論文藝賞、以《惡玉傳》榮獲司馬遼太郎賞，二〇一九年榮獲大阪文化賞，二〇二〇年以《グッドバイ》榮獲親鸞賞，二〇二一年以《類》榮獲藝術選奬文部科學大臣賞及柴田鍊三郎賞。其他還有《落陽》、《秘密の花園》等著作。

譯者

緋華璃

不知不覺，在全職日文翻譯這條路上踽踽獨行已十年，未能著作等身，但求無愧於心，不負有幸相遇的每一個文字。歡迎來【緋華璃的一期一會】坐坐 www.facebook.com/tsukihikari0220

裝幀設計　萬向欣
內頁排版　立全排版
行銷企劃　黃蕾玲、陳彥廷
主　編　詹修蘋
責任編輯　李家騏
版權負責　李家騏
副總編輯　梁心愉

初版一刷　二〇二四年八月二十六日
定價　新臺幣五〇〇元

特別感謝：本書專業名詞由國立臺灣師範大學生命科學系博士後研究員趙建棣審定。

ThinKingDom 新経典文化

發行人　葉美瑤
出版　新經典圖文傳播有限公司
地址　10045臺北市中正區重慶南路一段五七號十一樓之四
電話　886-2-2331-1830　傳真　886-2-2331-1831
讀者服務信箱　thinkingdomtw@gmail.com
臉書專頁　http://www.facebook.com/thinkingdom/

總經銷　高寶書版集團
地址　11493臺北市內湖區洲子街八八號三樓
電話　886-2-2799-2788　傳真　886-2-2799-0909
海外總經銷　時報文化出版企業股份有限公司
地址　桃園市龜山區萬壽路二段三五一號
電話　886-2-2306-6842　傳真　886-2-2304-9301

植物學家/朝井真果著；緋華璃譯. -- 初版. -- 臺北市：新經典圖文傳播有限公司, 2024.08
456面；　14.8x 21公分. -- (文學森林；LF0191)
譯自：ボタニカ

ISBN 978-626-7421-44-4(平裝)
EISBN 978-626-7421-43-7
EAN 9780020241126

861.57　　113011852